MARDI SOIR 19H

DU MÊME AUTEUR

L'exil des anges, Fleuve Éditions, 2009 ; Pocket, 2010.

Nous étions les hommes, Fleuve Éditions, 2011 ; Pocket, 2014.

Demain j'arrête !, Fleuve Éditions, 2011 ; Pocket, 2013.

Complètement cramé !, Fleuve Éditions, 2012 ; Pocket, 2014.

Et soudain tout change, Fleuve Éditions, 2013 ; Pocket, 2015.

Ça peut pas rater !, Fleuve Éditions, 2014 ; Pocket, 2016.

Quelqu'un pour qui trembler, Fleuve Éditions, 2015 ; Pocket, 2017.

Le premier miracle, Flammarion, 2016 ; J'ai lu, 2017.

Une fois dans ma vie, Flammarion, 2017 ; J'ai lu, 2018.

Vaut-il mieux être toute petite ou abandonné à la naissance ?, avec Mimie Mathy, Belfond 2017 ; Le Livre de Poche, 2018.

Comme une ombre, avec Pascale Legardinier, J'ai lu, 2018, 2020.

J'ai encore menti !, Flammarion, 2018 ; J'ai lu, 2019.

Les phrases interdites si vous voulez rester en couple, avec Pascale Legardinier, J'ai lu, 2019.

Pour un instant d'éternité, Flammarion, 2019 ; J'ai lu, 2020.

Une chance sur un milliard, Flammarion, 2020 ; J'ai lu, 2021.

Le secret de la cité sans soleil, Flammarion, 2022.

GILLES LEGARDINIER

MARDI 19H SOIR

ROMAN

J'AI LU

1

Il fait nuit, de plus en plus froid. Combien de temps vais-je encore tenir ? Je lutte de toutes mes forces mais je suis proche de la rupture, à un cheveu de lâcher l'affaire. Désormais, j'envisage le renoncement comme une délivrance, et j'en imagine déjà tout le bénéfice : baisser les paupières en dépit de ce que je risque, sentir la paix intérieure m'envahir enfin alors que la vitesse augmente et que je perds le contrôle.

Ouvrir les bras en grand, offrir mon corps à l'adversité pour m'abandonner aux éléments. Advienne que pourra, mais s'il vous plaît, dans le chaos qui s'ensuivra, épargnez mon sourire. Il m'a été offert par ma mère et j'y tiens beaucoup.

Les bienfaits de la capitulation seraient probablement réels, mais de courte durée. Comme l'a dit le grand sage Xun Zi : « C'est bien fait, tu n'avais qu'à réfléchir avant. »

Telle que vous me voyez, je ne suis pourtant pas en train d'accomplir un exploit digne d'une brève défilant sur votre téléphone. N'allez pas croire que je suis suspendue à flanc de falaise, à hurler mon désespoir, que l'écho du précipice me renverrait à répétition. Je ne fais que rentrer chez moi. À vélo.

Pas de quoi se vanter, même si c'est un modèle tout simple, sans assistance électrique. Douze bornes, douze petits kilomètres depuis l'hôpital où je travaille comme infirmière, jusqu'à mon modeste appartement que je rejoins par le centre-ville. Ce n'est pas une balade tranquille pour autant. On ne se méfie jamais de ce qui peut surgir lors de ces routines théoriquement bien balisées. J'ai payé pour l'apprendre.

L'adoption de ce mode de transport écolo relève souvent d'une décision prise l'été, sous le soleil, lorsqu'il fait bon. On est en tenue légère, voire en maillot de bain, à siroter un cocktail avec quelques amis. On papote, on envisage, on délire, et la perspective d'échapper à l'infernale pollution de nos cités apparaît soudain comme une évidente nécessité. La main sur le cœur et la conscience illuminée de nobles convictions, on s'engage alors au nom de la préservation de la planète – avec quand même en prime le secret espoir de soigner notre silhouette et le galbe de nos jambes.

L'automne ne tarde pas à débarquer, remettant ces beaux engagements en perspective à coups de grisaille humide, de feuilles mortes dangereusement glissantes, et de ces fichus oiseaux volant de plus en plus bas sans feux de position dans des crépuscules qui n'en finissent pas de gagner du terrain. Dans l'obscurité glacée du matin et du soir, vous devez sans cesse vous répéter que dame Nature et vos fesses méritent réellement cet effort. Surtout vos fesses.

Au fil des semaines, le vent forcit. Ce soir, il est particulièrement vigoureux. Je résiste, mais j'ai du mal. Allez savoir pourquoi, même lorsque je change d'itinéraire, il souffle toujours de face. Un genre d'acharnement.

Quelque part, dans la base secrète qui gère les destins, le chef du service des Vents contraires me guette, c'est sûr. Je ne sais pas pourquoi il en a après moi. Dès qu'il me repère, il hurle à ses collègues des Trous dans la chaussée qui n'existaient pas la veille et à ceux des Bestioles volantes qui visent les yeux : « Hé, les gars ! Voilà Elynn qui rentre chez elle ! Je vais pousser les ventilos à fond et elle va encore rager ! Vous me donnez un coup de main ? »

Si ce n'est pas ainsi que ça se passe, alors expliquez-moi pourquoi un moucheron s'est précipité dans mon œil en plein mois de novembre, pile au moment où je manquais de m'étaler à cause d'une ornière qui n'était pas là hier ?

Ce soir pourtant, j'ai de la chance : il ne pleut pas. Au contraire de jeudi dernier. Une averse à décrasser un bison, associée à un vent à dépoiler un angora. Ils ont dû se tordre de rire dans leur base secrète. J'avais le choix entre protéger mon visage grâce à une capuche qui se gonflait façon parachute au point de me faire reculer, ou faire de l'aquabike tout habillée. J'ai préféré la plongée à la chute libre. Avec en prime la confirmation que le mensonge est un poison qui se glisse jusque dans le mascara, puisque le maquillage waterproof ne l'est que dans une limite très relative.

En arrivant devant mon immeuble, j'étais coiffée comme une sirène après un typhon, et j'avais le visage maculé de coulures. Ça rendait tellement bien que j'aurais pu postuler dans un cirque : la première femme à avoir des varices sur la figure ! Une bien belle affiche pour une nouvelle carrière que j'imagine déjà.

J'ai monté les escaliers quatre à quatre jusqu'à chez moi, espérant ne croiser personne, mais le type qui gère le Hasard des rencontres doit être pote avec celui des Vents contraires. Ils ont un partenariat avec la fée de la Honte, qui m'a toujours beaucoup gâtée. Je suis donc tombée sur la voisine du dessous et sa petite fille. La gamine m'a regardée avec autant de fascination que d'inquiétude. Sa mère m'a avoué que depuis, elle fait des cauchemars, mais surtout qu'elle s'est mise à croire aux zombies.

Lorsque la météo était plus clémente et les jours plus longs, il m'arrivait de contourner le centre-ville pour emprunter les avenues où s'alignent des propriétés plus élégantes les unes que les autres. Le quartier résidentiel des riches. Des styles d'architecture très divers, du palais néoclassique pompeux aux hôtels particuliers du XIXe siècle, mais toujours de vastes jardins. Un autre monde. Les murs d'enceinte sont si hauts qu'on ne voit pas grand-chose, mais la cime des arbres majestueux suffit à faire mon bonheur.

En ce moment, je préfère couper par le centre, d'abord parce que c'est plus court, mais surtout parce que les décorations de Noël sont déjà en place et que les vitrines scintillent de mille feux. J'adore voir la lumière repousser l'obscurité, et les gens faire leurs courses dans un quotidien rassurant. Cela me fait le même effet que ces dîners entre amis où les conversations mêlées font naître une ambiance qui vous enveloppe d'un cocon de bien-être. J'en ai besoin.

Les illuminations de Noël ne sont pas les seules à agrémenter les rues. Plus on s'aventure au cœur de la ville, plus les feux tricolores sont nombreux. Dans la fameuse base secrète, il doit exister un type spécialement chargé des Feux qui passent au rouge pile quand tu arrives dessus. Le mec est doué. Il m'aime beaucoup également, celui-là. Il fait si bien son boulot que le Grand Patron envisage de lui confier le service des Baies vitrées qui ne se voient pas et contre lesquelles tu t'écrases sans aucune dignité.

De croisement en croisement, on progresse par étapes successives. On avance d'un rouge à l'autre, pour s'immobiliser à nouveau. Étant donné ce qui me passe par la tête durant ces mini-pauses forcées, je me demande parfois si les feux sont réellement là pour réguler le trafic, ou pour remplir, à notre insu, une mission bien plus importante... Nous obliger à réfléchir à nos vies, par exemple. Des feux tricolores introspectifs, en quelque sorte. Un arrêt obligatoire, même si le carrefour reste vide. On attend pour rien et le cerveau en profite pour tourner à fond. On rêvasse, on philosophe. On glane alentour quelques détails auxquels nous n'aurions jamais prêté attention si le feu avait été vert.

Tandis que l'on guette l'autorisation lumineuse de reprendre notre chemin – en essayant au passage de manipuler la signalisation à l'aide de phrases incantatoires – une pensée fulgurante nous tombe soudain dessus. Aucun casque ne protège de ce genre de projectile. Le choc peut être rude. Se trouver dans une voiture n'y change rien. Même si on écoute la radio à fond pour se distraire, notre esprit coupe le son avec une indécente facilité lorsqu'il a quelque chose à nous dire.

C'est ce qui m'est arrivé ce soir-là, sur mon vélo, le vent dans la figure et les pieds gelés. J'étais prête à éviter un chien qui aurait traversé par surprise, ou même un bac à fleurs tombant d'un balcon. Mais ce qui a coupé ma route est bien plus redoutable : un sentiment. Il n'existe aucun airbag contre.

Il aura suffi du rire d'une enfant pour que, à l'arrêt, je percute de plein fouet mon propre cœur.

2

Juste devant moi, trois petites filles traversent en chahutant, escortées par une maman qui prend très au sérieux son rôle de garde du corps. Elles rient, complices et insouciantes. Elles se poursuivent en virevoltant joyeusement ; le passage piéton est à peine assez large pour encadrer leurs cavalcades. Elles sont sans doute trop âgées pour croire encore au père Noël, mais encore assez jeunes pour continuer à tout espérer de la vie.

Elles sont emmitouflées de doudounes et d'écharpes. Leurs pantalons de sport et leurs longs cheveux noués en queue-de-cheval laissent supposer qu'elles rejoignent le Complexe Urbain de Loisirs juste en face. Un ancien centre commercial, qui n'a jamais vraiment décollé. La ville l'a finalement racheté pour le reconvertir en centre sportif.

Trois cabris qui bondissent sur le trottoir avec beaucoup plus d'élan et d'énergie que nécessaire – à leur âge, on donne tout ce que l'on a sans compter. Étant donné la vitalité débordante dont elles font preuve, elles pourront se passer d'échauffement.

De sa base secrète, le type qui réalise la bande-son a particulièrement réussi son coup. Il a peut-être même reçu l'appui de la fée des Moments magiques, tant je suis touchée. Quelques notes d'une mélodie de Noël échappée d'un magasin, un très léger brouillard qui nimbe les lueurs des néons et des réverbères, un brouhaha étouffé qui ne couvre pas les éclats hilares du trio de gamines, dont une me ressemble un peu lorsque j'étais petite.

Je la regarde. Pour être tout à fait honnête, je la dévore des yeux. Son sourire, sa joie de vivre… Je suis littéralement hypnotisée. Ces trois fillettes ne se soucient pas du regard des autres. Elles vivent l'instant, se contentant simplement d'incarner les émotions qui les traversent. Un luxe offert gracieusement au commencement de la vie, mais dont le prix ne cesse d'augmenter avec les années.

Ces trois mignonnes tornades de liberté n'en finissent pas de m'émerveiller, fabuleuses perfections de puissance et de légèreté. Pas besoin de les connaître pour savoir qu'elles ont envie de tout ! Vivre, aimer, partager, s'amuser, découvrir, ressentir… Elles ignorent la demi-mesure, les compromis. Aucune chance qu'elles puissent connaître le sens du mot « renoncement ». On l'apprend bien plus tard.

Je les trouve extraordinaires. Je les envie, mais sans aucune jalousie. Tout au plus une nostalgie, immédiatement suivie d'une question qui se pointe à l'improviste en profitant que la porte est ouverte. C'est bien connu, les questions n'attendent surtout pas d'être invitées pour débarquer, et elles ne demandent pas si elles dérangent. Elles forcent votre entrée mentale sans s'essuyer les pieds…

J'ai été comme ces petiotes, il n'y a pas si longtemps. J'ignore quel sport elles vont pratiquer. Moi, c'était le volley. Nous étions une belle bande. Solidaires, proches, infatigables, éperdument vivantes. Il y en avait toujours une, survoltée, pour embarquer les autres. Notre entraîneur nous comparait à une portée de chiots, aussi adorables qu'indisciplinés.

Que s'est-il passé depuis ? Qu'est devenue l'enfant que j'étais ? Qu'ai-je fait de mon stock de rêves, de mes gisements d'espoir, de mon appétit d'avenir ?

Je n'entends soudain plus le monde ni sa bande sonore, tant ces questions résonnent. Elles font trembler mes murs, fissurent mes fondations.

Durant ces quelques dizaines de secondes où je reste bloquée au feu rouge, une faille temporelle s'ouvre en moi. Un sentiment rampant s'immisce, et ce n'est assurément pas la satisfaction d'avoir lâché le guidon en fermant les yeux. Je vais quand même m'écraser quelque part, intérieurement.

Je ne suis pas de nature à me plaindre. J'en vois trop autour de moi qui passent leur temps à se noyer dans un verre d'eau. Toujours à se lamenter sans jamais rien résoudre. Je n'ai pas envie de leur ressembler. Je ne souffre d'aucune maladie. J'ai un toit sur la tête, un frigo rempli. Ma famille est en bonne santé. J'ai d'excellentes amies. Je ne suis même pas célibataire. J'ai conscience de ne pas être la plus mal lotie. Chaque jour, à l'hôpital, ce dont je suis témoin me rappelle que l'on peut toujours trouver plus grave que son propre cas.

N'empêche... Je n'exulte pas pour autant. Les malheurs auxquels j'échappe ne m'aident pas à me sentir mieux.

Pourquoi, sans être malheureuse, ne suis-je pas heureuse ? N'avoir aucune catastrophe à affronter est-il suffisant pour ne rien changer à ma vie ? Puis-je me satisfaire de simplement continuer sur ma lancée ? Pourquoi, confrontée au frémissement de ces merveilleuses enfants, ai-je brusquement l'impression d'être si vide ? Où est passé mon élan ?

Ces satanées questions sont en train de cochonner mon intérieur mental avec leurs gros sabots. Même en démarrant en roue arrière dès que le feu passera au vert, même en pédalant à fond au point de me faire flasher, je ne vais pas réussir à les semer. La course-poursuite est perdue d'avance. Ces saletés de pensées torves sont assises sur mon porte-bagages et m'enlacent de leurs bras visqueux. Jusqu'à m'empêcher de respirer.

Pas question de me laisser glisser sur le toboggan du misérabilisme. Néanmoins, mon désarroi est bien réel. Si j'accepte de poser les mots sans tricher, ce qui résume le mieux mon ressenti, c'est la déception. Ma vie m'ennuie. J'ai l'impression de faire du sur-place. Je n'attends pas grand-chose, et plus rien ne m'excite. Alors que beaucoup de mes proches ont des projets et avancent, moi, je reste en rade.

Entre ces petites filles affamées du monde et moi, entre celles qui sont prêtes à tout dévorer et la jeune femme que je suis, il n'existe vraisemblablement qu'une seule différence : je commence à connaître les plats qui composent le menu de l'existence, et parfois, je préfère sauter un repas parce que certains sont écœurants ou donnent des boutons.

Alors quoi ? Que signifie cette lassitude à mon âge ? Pourquoi cette impression lancinante que je suis en train de perdre mon temps, de passer à côté de ma grande aventure ? Je peux toujours essayer de me convaincre que c'est juste un état d'âme, que ça passera. Je l'ai déjà fait, mais ce vilain sentiment finit par revenir. Il est là, tapi, et il grandit.

Ferais-je partie des éternelles insatisfaites ? Celles qui sont « toujours à se plaindre », comme le leur reprochent les plus hargneux en puisant dans leur arsenal de clichés ? À moins que les temples que nous bâtissons en nous pour accueillir ces trésors d'espoir ne soient trop vastes pour ce que la réalité nous permet d'y placer.

Prenons l'exemple de ma vie sentimentale – chapitre essentiel d'une destinée, peut-être même le plus important de tous. Je vous disais tout à l'heure que je n'étais pas célibataire. Je m'aperçois que ma formulation trahit déjà la situation. « Je ne suis pas célibataire. » Cela ne signifie pas pour autant que je suis en couple, du moins pas comme je l'espérais. Il est gentil, Enzo, il n'est pas laid. De temps en temps, il me fait même bien rire. Mais puisqu'on en est aux confidences, les quelques cases qu'il coche n'en font pas le compagnon que j'imaginais. Pourquoi, alors, suis-je avec lui ?

Je n'ai pas besoin de creuser profond pour trouver la réponse. C'est terrible, mais j'ai pris ce que je trouvais de mieux dans ce qui était disponible. Rien qu'en le disant, je me fais l'impression de raconter une séance de shopping à moitié réussie. Avant de rencontrer Enzo, je ne trébuchais pas tous les deux mètres sur des chevaliers servants qui, un genou à terre et une rose rouge en offrande, me suppliaient de devenir leur reine. Alors j'ai pris ce qui m'allait à peu près. Il n'y avait pas exactement ma taille dans la boutique, mais je n'allais quand même pas me balader toute nue !

J'espère ne pas vous choquer en étant franche, mais ces petites filles éclatantes me forcent à ouvrir les yeux. Si l'on veut s'en sortir, le diagnostic doit être le plus précis possible. Je le constate tous les jours à l'hôpital, et comme le dit ma tante Florence : « On ne répare pas la chaudière en accusant les radiateurs. » Je crois que j'ai le brûleur encrassé.

Le feu passe au vert. Je ne bouge pas. Le trio pénètre dans le complexe de loisirs et disparaît, me laissant seule avec ma farandole de questions. On klaxonne déjà pour que j'avance. Je ne vais pas y arriver. Les doutes qui se sont installés sur mon porte-bagages pèsent trop lourd. Il faudrait un gros hélico pour les soulever. S'il pouvait aller les balancer quelque part dans un gouffre, très loin, ça m'arrangerait.

Je n'ai pas choisi de m'infliger cette prise de conscience, ce soir, sur mon vélo. Mais puisque c'est arrivé, autant ausculter ma vie à fond pour en avoir le cœur net. De toute façon, je ne vais pas pouvoir y échapper. Aucun anesthésiste ne pourra rendormir ma conscience.

À tout seigneur tout honneur, l'examen clinique va débuter par une petite visite à celui qui me sert d'homme. Dans la famille de ceux qui font ma vie, je demande le garçon.

3

Il est toujours intéressant de mesurer l'écart entre l'idée que l'on se fait des choses et la réalité.

Prenons l'exemple d'Enzo. Alors que, transie de froid, je puise dans mes ultimes ressources pour pédaler jusqu'à sa résidence, je revisite mentalement notre histoire avec une clairvoyance inédite. Encore sous le coup de ma rencontre avec les prodigieuses petites créatures qui m'ont renvoyée à ma propre enfance, je me surprends à analyser notre relation avec un détachement étonnamment objectif. Je ne sais pas ce qui m'arrive ce soir. À croire que mon pauvre cerveau n'attendait que cette apparition au feu rouge pour déclencher un audit. Je sens venir la restructuration…

Enzo et moi nous sommes rencontrés à la soirée des vingt-cinq ans d'une amie. Je l'ai d'abord remarqué parce qu'il dansait bien. Au milieu de la piste, il se démenait avec un sens évident du rythme, occupant l'espace sans aucune inhibition. Sous les projecteurs colorés, j'ai d'abord eu du mal à définir la teinte de ses vêtements, et même de ses cheveux tellement il attrapait la lumière. Une sorte d'éblouissement. Il ne se la racontait pas. Il émanait de lui quelque chose de totalement libre qui m'a immédiatement séduite. Le fait qu'il ne fasse pas grand cas de sa partenaire, voire qu'il danse seul, aurait dû m'interpeller.

Nous avons tout de suite bien accroché. On ne s'est plus quittés de la soirée. Il m'a beaucoup parlé, de nombreuses choses – enfin, je crois. Il avait l'air si vivant…

Avec le recul, je m'interroge : aurais-je été à ce point emballée si la musique avait été moins forte ? Je regrette d'avoir à verser cette pièce au dossier, mais une bonne part de mon enthousiasme provenait certainement du fait que je n'entendais pratiquement rien. Dans le vacarme, je comprenais à peine un mot sur dix. Entre deux refrains de tubes repris en chœur par l'assistance de plus en plus éméchée, tandis qu'il faisait de grands gestes enflammés, je saisissais : « ludique », « intuitif », « grandiose », « à fond », « poétique », « immersif », « révolutionnaire » et « pingouin démoniaque ».

Le cerveau humain est ainsi fait qu'il a tendance à combler les vides avec ce qu'il connaît. C'est donc tout naturellement que, sur la foi de ces échantillons très aléatoires, j'ai conclu que ce jeune homme était aussi original dans sa vie que sur un dancefloor. Charmée par cette première impression, je n'ai pas cherché à analyser le discours. Sa passion était communicative, et le pingouin démoniaque m'a fait beaucoup d'effet.

Si seulement les hits qui s'enchaînaient sur des coups de basse assez puissants pour faire sauter les lentilles de contact de ma copine Fanny n'avaient pas couvert ce qu'il me confiait de « foudroyant » et d'« épique », je me serais rendu compte que tout ce qui l'intéresse tourne autour des jeux vidéo et des mangas. Je ne peux même pas lui reprocher de m'avoir baratinée, il n'a été que lui-même, et c'est tout à son honneur. Simplement, j'aurais mieux fait de ne pas me jouer tout un cinéma en extrapolant à partir des maigres bribes capturées au vol, sur lesquelles j'ai projeté tout ce que j'aime. Notre histoire n'aurait alors probablement même pas commencé. Mais le dicton est sans appel : cœur affamé n'a pas d'oreilles. Le mien avait les crocs, et il était aussi sourd que mon ballon d'eau chaude.

J'ignore par contre ce qui a pu l'attirer chez moi. Certainement pas ma brillante conversation, vu le peu que j'ai pu placer. Comment savoir d'où vient la première étincelle ? On devrait toujours se poser cette question. Je rechigne à me dire que c'est arrivé simplement parce que c'était possible. Quand ça commence avec « l'occasion fait le larron », ça finit souvent avec « tant va la cruche à l'eau... ». Sordide.

Bref, on est sortis ensemble, suivant un schéma très conventionnel.

Semaine 1 : Resto, chacun paie sa part, je parle tout le temps, je rigole pour rien, je me trouve nulle mais il semble m'accepter telle que je suis. Je suis une petite veinarde qui y croit à fond.

Semaine 2 : Resto, chacun paie sa part mais il m'invite ensuite au cinéma, et on regagne nos pénates séparément. Je me cogne dans toutes les portes parce que je ne pense qu'à lui. Je me brosse les dents avec ma crème de nuit. C'est si beau l'amour.

Semaine 3 : Resto, il m'invite. À partir du dessert, il me lorgne comme une salamandre qui vient de découvrir qu'on a inventé le grille-pain, et je ne rentre pas chez moi. C'est officiel, nous sommes en couple, mais pour le moment, on ne va pas en parler à ses parents qu'il doit d'abord « préparer psychologiquement ». Il n'y a que nos sous-vêtements et ma copine Caroline qui sont au courant.

Ne vous gênez pas. Soyez sans pitié. Jugez-moi. Joëlle, une amie du service maternité, s'est déjà chargée de me dire que notre début de relation était d'une affligeante banalité, et qu'on allait former un couple supplémentaire de gentils blaireaux dont le monde n'a pas besoin. Elle a même précisé que si Ikea fabriquait des histoires d'amour, la nôtre en serait une – sauf que dans notre cas, il ne manquait aucune pièce et que tout s'est bien emboîté.

Le jugement de Joëlle était prémonitoire, car deux ans plus tard, les blaireaux ne font toujours pas terrier commun, et si vous me demandez ce qu'on a vécu de fort, un seul souvenir me revient : lorsque, pendant un de nos rares week-ends, il s'est fait courser par un chien. C'est la seule fois où je l'ai vu faire du sport. Pour que le séjour soit vraiment mémorable, j'aurais dû le passer avec le clébard, qui sautait sur tout le monde sauf sur moi. Un peu comme Jérémy Lebriardin quand on était en sixième.

Depuis le soir de notre rencontre, le seul point qui ait évolué, c'est l'absence de musique trop forte quand Enzo me parle. Je répugne à l'admettre, mais souvent, je préférerais qu'il y en ait. Je vais prier pour que le responsable des Ambiances sonores m'aide depuis sa base secrète.

Avec Enzo, on s'est clairement installés dans un paisible train-train. Si c'est indéniablement lui qui pousse à cela, je suis coupable de mon côté de ne pas savoir le bousculer. Avec une régularité de chemins de fer suisses, on se voit tous les jeudis soir à partir de 19 h 45, et un week-end sur deux. Pas d'imprévu, aucune spontanéité, que du planifié-validé.

Ces cases étant immuables, il ne faut pas s'attendre à des folies. Tout est rituel et tourne majoritairement autour de ses centres d'intérêt.

Attention, je ne me considère pas comme une victime. Je pourrais orienter notre temps libre autrement, sans même avoir à forcer, mais je n'ose pas. Alors, j'ai souvent l'impression qu'on a cent quatorze ans et que notre fin de vie commune est écrite d'avance. Un genre de pilotage automatique en basse altitude jusqu'à la fin de nos jours. Il n'est toujours pas question d'officialiser notre union, et à chaque naissance dans notre entourage, un silence gêné s'installe autour du concept de parentalité.

Je me suis bien sûr demandé pourquoi je restais avec lui. Notamment une fois, l'année dernière, un samedi soir, pendant une coupure pub. Ça m'a vraiment perturbée. Puis la série a repris, et je me suis reconcentrée sur Jennifer qui voulait se venger de Doug parce qu'il avait tué Forester et caché le corps sous l'abreuvoir. Les chevaux ont tout vu, mais ils ne parleront jamais. Souvent, ça nous arrange bien de penser à autre chose.

Vous devez estimer que j'aurais dû rompre depuis longtemps. Ce soir, j'ai tendance à être d'accord avec vous. Forcément, quand ce n'est pas votre histoire, tout paraît plus limpide. On arrive à raisonner, à analyser cliniquement, à tirer des conclusions. Mais, lorsque vous êtes personnellement impliquée, ce n'est pas aussi simple.

Je suppose également que, d'une certaine façon, notre relation me va. Ni trop exigeante, ni trop contraignante. Parce que, si Enzo ne correspond pas au compagnon que j'imaginais, je ne peux le blâmer de rien. Depuis qu'on est ensemble, il ne m'a vraiment déçue que parce qu'il a oublié mon anniversaire. À cette foirade-là, il a obtenu le score maximum : deux fois en deux ans. Bingo ! Je ne compte pas, bien entendu, les anniversaires de notre rencontre, dont il semble établi que tous les hommes se fichent éperdument. Mais pour le reste, il n'est jamais méchant, il n'a trahi aucune de ses promesses puisqu'il ne m'en a jamais fait, il ne boit pas, il se lave, il porte mes paquets trop lourds quand il est là, et me laisse décider de ma vie. Est-ce suffisant pour en faire l'idole que j'espérais installer sur l'autel de mon temple dédié à l'Amour ? Il chausse du 42. J'avais prévu un piédestal pour une pointure beaucoup plus grande.

En vingt-six mois, notre plus longue conversation a duré trente-sept minutes, autour des défis climatiques. Au début, j'ai cru qu'il développait une fibre écologiste et je m'en suis réjouie, mais en bon concepteur de systèmes de climatisation, il voit surtout le réchauffement comme une formidable opportunité commerciale, « parce qu'il va en falloir des clims pour tenir ! ». Comme la banquise, j'ai failli fondre en larmes…

Je n'ai jamais insisté pour m'installer avec lui. Ce signe-là aussi aurait dû m'alerter. D'abord, parce que son appart est un frigo. Au-dessus de 17 °C, Enzo tombe en panne, certainement par déformation professionnelle. D'autre part, son univers ne me correspond pas. Ma tante Florence me répète toujours que si l'on veut connaître la véritable nature d'un inconnu, il n'y a qu'à constater quelle est, chez lui, la pièce la plus équipée. « Si c'est la cuisine, tu vas prendre dix kilos. Si c'est la chambre, tu prendras cher, mais s'il y a une télé au pied du lit, tu vas t'ennuyer à mourir. » Chez Enzo, la réponse défie les normes. Ce n'est pas une pièce qui constitue le centre de gravité de son appartement, mais un meuble : un poste de pilotage virtuel, en plein milieu de son salon, sur lequel il dispute des courses automobiles en ligne. Un véritable cockpit de Formule 1, avec siège baquet, volant sport à retour de force, pédales chromées et tout le tremblement, devant un écran géant. Il faudra que je demande à Florence ce qu'elle en déduit… Que l'on va finir dans le décor ?

Depuis qu'on se fréquente, c'est la première fois que je débarque chez lui à l'improviste. Alors que j'attache mon vélo, mon esprit s'emballe. Et s'il menait une double vie ? Concepteur de clims le jour et danseur mondain la nuit. Son minuscule salon rempli de femmes fatales en robe longue, qui attendent leur tour jusque dans le couloir pour l'extase d'un tango dans ses bras.

J'arrive à son étage, mais personne ne fait la queue sur le palier. Je sonne, prête à tout. Du fond de son appart, il demande :

— C'est qui ?

J'ai envie de lui répondre d'une voix suraiguë : « Boucles d'or ! Et avec mes potes les trois ours, on est venus te parler du réchauffement climatique qui n'est pas du tout une opportunité commerciale. » Mais je suis trop sage. Entravée par mes principes. En m'élevant dans le respect des autres et des règles, mes parents m'ont coupé les ailes, me privant de l'envol qui m'aurait permis de dominer le monde en trois coups de cuillère à pot. Leurs jolis préceptes sont autant de verrous sur la cage de la bête qui sommeille en moi. Il me faut d'urgence un serrurier pour me libérer. Pas de bol, je suis avec un spécialiste en climatisation.

J'opte pour une réponse neutre :

— C'est Elynn.

Pendant les quelques secondes qui suivent, je perçois uniquement des rugissements de moteur. Quelle déception ! Quand je ne suis pas là, il fait exactement la même chose que lorsque je suis avec lui. Il joue à vroum-vroum !

Toujours depuis son salon, il réagit enfin :

— On est déjà jeudi ?

— Non, mais je t'aime !

Qu'est-ce qui m'a pris de répondre ça ? Non seulement c'est hors de propos, mais je ne suis pas certaine que ce soit vrai.

Bruit de pas pressés qui s'approchent, tripatouillage de serrure, et nouveaux bruits de pas qui, cette fois, s'éloignent.

Est-il en train de prendre la fuite ? M'entendre soudainement brailler mon amour l'aura-t-il convaincu de déguerpir par la fenêtre, terrifié à l'idée de tout ce qui peut s'ensuivre – les enfants, les couches, les réunions de parents d'élèves, les crédits, la croisière pour nos vingt ans de mariage, et les travaux de la salle de bains qui est vraiment trop laide en fuchsia ?

Il hurle :

— Entre, je risque la disqualification si je lâche le volant. C'est un Grand Prix !

Il ne m'a même pas ouvert la porte. Sale mufle. Mes trois ours vont lui éclater sa tête.

4

Je me glisse dans le couloir d'Enzo en refermant la porte le plus discrètement possible. À quoi bon cette précaution, puisque les moteurs hurlent ?

Une sensation perturbante m'envahit : je ne suis pas du tout à ma place. L'impression d'être une intruse. Il me faut quelques instants avant d'arriver à faire le moindre mouvement.

Flottante, je retire mes chaussures et avance jusqu'au salon. Ces deux malheureux mètres à parcourir prennent des allures de parcours du combattant psychologique. Je dois lutter contre des forces invisibles qui me poussent à battre en retraite.

Entièrement absorbé par sa course virtuelle, Enzo me tourne le dos, harnaché dans son siège baquet comme s'il risquait sa vie alors qu'il ne se déplace pas d'un millimètre. Sur l'écran géant, les virages s'enchaînent à toute allure. Il passe les vitesses nerveusement, rétrograde, puis accélère à fond. Ça a l'air si vrai que je réagis comme le chien d'une copine qui, lorsqu'il est assis sur le siège arrière d'une voiture, anticipe chaque virage en s'inclinant.

Enzo ne se retourne pas. Pas un signe, ni même un mot. Peut-être a-t-il déjà oublié que j'étais là ? J'ai bien fait de passer.

Je vis un moment surréaliste. Une première constatation s'impose : nous sommes dans la même pièce, mais pas ensemble.

Qu'est-ce qui définit une relation de couple ? À travers quels indices perçoit-on que deux êtres partagent un lien particulier ? Quels sont les témoins de leur attachement ?

Cela se manifeste-t-il par une façon de s'enlacer, de s'embrasser ? Par l'intensité d'un regard échangé ? Des gestes d'une proximité impossible avec n'importe qui d'autre ?

En doublant un concurrent, Enzo vient de mordre le bord de la piste, mais il rattrape le coup en évitant le crash de peu.

Que penserait un œil étranger de l'accueil qu'il m'a réservé ? Sachant que c'est un œil, il en serait certainement réduit à pleurer. De chagrin ou de rire.

Je me demande vraiment ce que je fais là. D'autant que j'ignore quand son Grand Prix va se terminer. S'il est sur les 24 Heures du Mans, je peux repasser demain !

Je ne me sens pas assez à l'aise chez lui pour m'asseoir et bouquiner, d'autant que sa bibliothèque est exclusivement remplie de mangas auxquels il déteste que l'on touche.

Dans mon désarroi, apercevoir de la vaisselle sale dans l'évier me procure une vraie joie : je vais pouvoir m'occuper ! Je ne peux même pas le soupçonner de l'avoir laissée exprès, il ne savait pas que j'allais passer et de toute façon, ce n'est pas son genre. Il ne s'est jamais montré sexiste. Dommage, cela aurait pu m'aider à réagir. Si seulement il poussait le bouchon trop loin, s'il essayait de m'enfermer dans un archétype machiste, je n'aurais aucun mal à l'envoyer balader ! Mais sur ce terrain-là non plus, il ne fait pas d'étincelles. Il n'y a finalement que sur ses circuits qui n'existent pas et ne conduisent nulle part qu'il prend des risques.

Tandis que l'eau coule et que je m'affaire à récurer, il n'a aucune réaction. Trop occupé à piloter, il ne prête aucune attention à ce qui se passe chez lui.

Une chape de plomb s'abat sur mes épaules. Bien que mon « compagnon » soit à quelques pas de moi, je me sens dramatiquement seule.

Puisque ce soir, je suis décidée à plonger dans ma réalité, autant me jeter sans filet. C'est parti pour un éblouissant numéro de trapèze volant. Bienvenue dans notre édition spéciale « Comment pourrais-je dépeindre notre couple ? », avec, pour en débattre, des invités prestigieux : une casserole tapissée de nouilles collées, une assiette avec de la pizza séchée, et moi.

Sans attendre, la casserole prend la parole : « Elynn, qu'apprécies-tu le plus chez Enzo ? » « Ben, en fait, je sais pas trop. » Déjà une nouvelle question de nos spectateurs, qui peuvent gagner 2 000 patates s'ils répondent à la question bonus : « Elynn fait-elle pitié ? » Tapez 1 si vous pensez que oui, 2 si vous pensez que non, 3 si vous aimez appuyer sur le 3.

Pendant ce temps, je continue à enchaîner les figures pour donner le change. « Qu'est-ce qui te manque le plus quand il n'est pas là ? » Double salto arrière. « As-tu envie de passer ta vie à ses côtés ? » Triple vrille et saut très périlleux. « Est-ce que tu l'imagines dans le rôle du père de tes enfants ? » On va envoyer la pub, le temps que la casserole cesse de se foutre de moi.

J'arrête mon numéro de voltige mentale, sous peine de me ratatiner sur la piste. Je ne suis même pas sûre qu'Enzo se souvienne du service dans lequel je bosse à l'hôpital. Quant à pouvoir me donner le prénom de ma meilleure amie, ou même citer une de mes chansons préférées…

Je reste immobile devant son évier. L'eau tiède ruisselle sur mes mains. C'est agréable, mais je ferme le robinet, parce que j'ai l'impression de gaspiller les derniers litres d'un village en Afrique. La mauvaise conscience vient de s'allier à la solitude pour que je me sente mieux. Formidable. Je touche le fond, de ma vie et de l'évier.

Je suis bien obligée d'admettre que la principale vertu d'Enzo est de me fournir un alibi : à défaut de faire équipe avec un homme, je peux me dire que je ne suis pas seule. Super. Ça me donne envie de me noyer dans le bac à vaisselle, mais j'ai pied.

Quitte à souffrir un grand coup, allons au fond des choses : qui suis-je pour lui ? Une petite copine comme s'il était encore au collège ? Est-ce qu'il parle de moi à ses amis ? A-t-il donné mon prénom à sa voiture de course préférée ? Expose-t-il une seule photo de nous dans son appartement ? Puis-je y trouver un objet m'appartenant qui laisserait penser que je suis, après deux ans, même très modestement, un peu chez moi ? Dirait-il que nous avons un avenir commun, ou se contente-t-il de coucher de temps en temps avec son lave-vaisselle ? J'ai fini le rinçage. Ma vie manque de sel régénérant.

Aussi incroyable que cela paraisse, je ne l'ai même pas encore vu de face depuis que je suis là. Lui n'a pas cherché à apercevoir mon visage. Pour ça, il faudrait qu'il installe des rétroviseurs ! Je pourrais me teindre les cheveux en bleu ou me laisser pousser des tentacules qu'il ne s'en rendrait même pas compte. Soudain, je suis prise de vertige.

Lorsque j'écrirai mes mémoires, il faudra absolument que je modifie le décor de cette scène pour que ça fasse plus classe, parce que présentée comme ça...

Mon vertige est bien réel, mais il rendrait mieux au bord d'une falaise plutôt que d'un évier. Dominant la mer en furie, dressée dans le vent du large, affrontant subitement mon tragique destin, brisée mais digne, je me demanderais si je vais sauter dans le vide par dépit romantique, ou me retourner et faire feu de mon mousquet sur l'amoureux repentant qui, réalisant sa méprise, implorerait ma miséricorde. « Non, mon doux Enzo, je ne puis te pardonner. Que nenni dans ta face. Tu ne m'as offert que tiédeur et attente. Arrière, bonnet de nuit. Je veux vivre ! À jamais notre amour restera une chimère. » Alors, je viserai une roue de sa voiture qui n'existe pas et j'appuierai sur la détente. Il hurlera son désespoir pendant que le pneu se dégonflera en faisant un bruit de jouet à chien, et je sauterai dans le vide. Hop !

Évidemment, sauter à pieds joints dans sa cuisine n'a aucun sens, et le seul truc que je puisse lui balancer, c'est une éponge. Pas certain qu'il comprenne toute la noble profondeur de mon drame... Je l'entends déjà : « Ben bébé, qu'est-ce que t'as ? Regarde, t'as taché mon blouson fétiche de compète. » Parce que, tenez-vous bien, il a un blouson fétiche de compète.

Voilà longtemps, ma tante Florence m'a prévenue que parfois, dans la vie, ce que l'on refuse de voir a grossi au point qu'il devient tout à coup impossible de regarder ailleurs. Pour moi, c'est maintenant.

La situation m'apparaît désormais très clairement. Il n'y a pourtant aucun fait nouveau. Seul mon point de vue a changé. J'arrête de fantasmer sur ce que j'espérais, et j'en suis réduite à constater ce qui est. Le mirage de l'oasis se dissipe, et ne reste que le désert. J'ai soif.

Sommes-nous à ce point programmées pour croire si fort ? Condamnées par voie de conséquence à n'être que déçues ? Notre malédiction repose-t-elle sur des rêves voués à se briser ? Peut-être faudrait-il espérer moins, ou alors ne jamais ouvrir les yeux... Je refuse que la résignation puisse être une philosophie de vie. L'assiette et la casserole sont d'accord avec moi.

Mon histoire avec Enzo est une impasse. Je ne suis ni déçue, ni en colère. Ce n'est pas comme si on s'était aimés et que c'était fini. J'ai déjà été amoureuse, une fois, follement, et parce que je n'ai pas eu le courage de l'admettre, j'en ai été réduite à voir celui qui m'enflammait se tourner vers une autre. Mais avec Enzo, il y avait sans doute plus de raison que de sentiments. L'étincelle d'une nuit de danse n'aura pas survécu à la lumière du jour.

La rencontre avec les trois petites filles m'aura vraiment fait de l'effet. L'une d'elles rêvera-t-elle un jour de vivre avec un garçon comme Enzo ? Existe-t-il dans le vaste monde assez de princes charmants pour que chaque princesse ait le sien ?

J'ai l'impression que je cherche l'électrochoc qui réveillera ma vie. Je suis à deux doigts de lécher les prises électriques.

Il faut que dans mon quotidien, face au grand mur gris qui s'élève sournoisement autour de moi, je perce rapidement une fenêtre. Sinon, je vais étouffer.

Debout dans sa cuisine, tandis qu'il attaque une ligne droite devant trois autres bolides, il me semble que je suis sereinement en train de lui dire adieu.

Ce n'est pas si grave, sa vaisselle est faite.

5

Inutile de vous dire que la nuit a été courte. Contre toute attente, ce n'est pas la déprime qui m'a empêchée de dormir, mais au contraire un bouillonnement intérieur assez positif. Certainement les effets secondaires d'une situation qui, à défaut de me ravir, a au moins le mérite d'être clarifiée. Je me suis soudain retrouvée dans le même état que si je redécouvrais des pièces oubliées après avoir fait un grand ménage. Ouvrir les volets, laisser entrer la lumière en retirant les draps qui recouvrent les meubles. Mon cœur n'est plus encombré par un cockpit de Formule 1 !

Je suis fascinée par la vitesse à laquelle ma perception s'est ajustée. Comme si je n'attendais que cette prise de conscience pour acter ce que je me refusais à admettre depuis déjà longtemps. J'ai un peu honte de l'avouer, mais prendre mes distances avec Enzo me soulage. Comme si je m'allégeais.

En s'envolant, mes illusions ont laissé la place à un appétit dévorant de nouveauté. Du coup, à 2 h du matin, ivre de cette autolibération, j'ai écouté plein de chansons que j'adorais et qui me manquaient. En dansant, j'ai fait un grand rangement dans mes affaires d'été. J'ai même sérieusement envisagé de déplacer des meubles, de faire la révolution dans mon 35 mètres carrés. Mais la crainte de déranger les voisins m'en a dissuadée. Toujours cette peur de faire des vagues ! Alors, plus modestement, j'ai répondu à des courriers que je laissais traîner depuis des semaines. Une super nuit quand même, inattendue et productive.

Bien sûr, lorsque le réveil a sonné, la belle énergie qui m'avait tenue éveillée était partie sans laisser d'adresse, et c'est dans un état lamentable que je me suis arrachée à mon lit. Je suis certaine que vous connaissez ça : comme si vous étiez deux, et que l'une tire les pieds de l'autre qui se cramponne au matelas pour se rendormir. Je rêve d'un monde où ce ne serait pas toujours la même qui gagne.

J'avais si peu envie d'enfourcher mon vélo que je ne lui ai même pas dit bonjour. Pendant le trajet, j'ai pédalé comme un robot. Le type des Vents contraires a eu pitié de moi et m'a fichu la paix. À plusieurs reprises, j'ai même senti les bourrasques me pousser. Pas de nouveau nid-de-poule, ni de moucheron vicieux. Merci les gars !

Une fois à l'hôpital, avant de rejoindre la salle de soins pour la transmission des consignes de 7 h, je fais un crochet par la chambre de Mme Cassel, double fracture du col du fémur. Je lui ai promis hier de venir la saluer dès mon arrivée. Elle avait l'air d'y tenir, et je l'aime bien.

En entrant dans la chambre, je trouve le lit vide. Je file voir mes collègues et lance :

— Bonjour les filles ! Elle est où, Mme Cassel ? Elle ne commence la kiné que demain. J'espère qu'ils n'ont pas encore fait une erreur de planning, parce que…

Erika, qui sort de sa garde de nuit, pose la main sur mon bras.

— Bonjour Elynn. Mme Cassel est partie tôt ce matin. Paisiblement, dans son sommeil. On l'a trouvée vers 3 h. On allait te l'annoncer, mais tu nous as prises de vitesse…

Sonnée, je la dévisage.

— Mais hier, elle allait bien…

En prononçant cette phrase, je sais pertinemment ce qu'elle a de naïf. Je l'ai lancée sans réfléchir, à l'instinct, une ultime indignation face au sort, comme à l'époque où j'ignorais encore que la mort fait ce qu'elle veut en se moquant éperdument de la logique et des convenances.

Est-ce parce qu'elle sentait sa fin venir que Mme Cassel m'a demandé de passer à la première heure ? Pour avoir un autre rendez-vous à attendre que celui qu'elle redoutait ?

Sur le grand tableau blanc des répartitions, son nom est barré. J'encaisse. Je ne suis plus une débutante. N'empêche, je n'arrive pas à m'y habituer. Comme chaque fois, je me souviens de mon premier décès. La patiente s'appelait Mme Adenassous, mais elle m'avait demandé de l'appeler Flora. Pendant nos études, on nous répète sans arrêt qu'il ne faut pas s'attacher, on nous rabâche que nous devons prendre soin des gens mais qu'ils ne sont pas de notre famille, et qu'a priori, lorsqu'ils commencent à relever de notre compétence, surtout s'ils sont un peu âgés, il y a des chances que leur karma ne soit plus tout à fait étanche. Je le sais. On le sait toutes. La théorie est indiscutable, mais dans la pratique, tout se nuance. On ne devient pas infirmière si on n'a pas d'empathie.

Lorsque Mme Adenassous est morte, je n'étais même pas encore diplômée. Ma cadre de santé de l'époque, Christiane, une lionne qui nous considérait comme ses filles, m'a doucement prise à part : « Elynn, si tu meurs un peu avec chacun de ceux qui nous quittent, tu ne vivras pas assez longtemps pour sauver les autres. Or c'est pour cela que tu as choisi ce métier. À la maternité, tout commence – et encore, quand ça se passe bien. Sur les quatre autres étages, tout se complique. Nous sommes les garde-frontières de la vie, on se bat pour repousser ce qui la menace. Tu dois l'intégrer, et accepter que la seule chose qui survit en ce bas monde, ce sont les sentiments partagés. Seuls les espoirs, les envies et les affections demeurent. Tout le reste finit par s'en aller. »

En avril, cela fera cinq ans que je suis diplômée, et pas une journée ne passe sans que se confirment les propos de cette femme remarquable. J'épaule les nouvelles collègues quand elles affrontent leur première fois, et lorsqu'un départ me touche trop, à défaut de réussir à ne pas pleurer, je me cache pour le faire.

De notre service de chirurgie orthopédique, les patients ne sortent heureusement pas tous dans des housses. La plupart repartent sur leurs deux jambes.

Ma copine Caroline entre en coup de vent dans le bureau.

— Salut les paupiettes !

Avec Caro, chaque jour, on est un plat différent. Hier, on était des saucisses. La semaine dernière, des loukoums. Il suffit qu'une seule d'entre nous prenne un peu de poids pour que l'on devienne toutes des plats en sauce.

Tout en finalisant leur compte-rendu de nuit, les collègues répondent plus ou moins machinalement. Caroline se sert une tasse de thé et me glisse en aparté :

— Dis donc, t'as l'air épuisée. C'est ton spécialiste en clim qui a fait monter la température ?

— Rien de croustillant, je te rassure. J'arrive, comme toi. Au chapitre des tristes nouvelles, Mme Cassel est décédée cette nuit.

Elle s'interrompt à peine en commentant :

— La pauvre, c'était une femme adorable.

Je sais que Caroline l'aimait bien, mais elle s'est toujours montrée plus aguerrie que moi dans sa gestion des émotions. Il faut dire qu'elle a trois ans de plus dans le métier. Quand je serai grande, je serai comme elle.

Elle attrape un des petits gâteaux qu'un patient sorti la veille nous a offerts et déclare :

— Par contre, au chapitre des bonnes nouvelles, avec Jérôme, on signe jeudi pour la maison.

— Félicitations, c'est super ! Vous devez être heureux.

— Les jumeaux sont hystériques. Je ne sais pas pourquoi, puisque à leur âge, ils ne peuvent pas comprendre ce que ça représente. Ils doivent sentir notre excitation. Le pédiatre dit qu'ils sont le reflet de notre état.

Elle me regarde.
— Tu trouves que je suis hystérique en ce moment ?
— Pas plus que d'habitude.
— Méchante paupiette ! En attendant, il faut que je trouve quelqu'un pour me remplacer. On a rendez-vous chez le notaire à 18 h.
Elle avance vers le tableau blanc des consignes et attrape un feutre pour y inscrire sa demande.
— Si tu veux, dis-je, je prends ton tour.
— Mais n'est-ce pas le jeudi que tu vois ton Roméo ?
— En principe, si, mais pour ce que ça change…
Elle plisse les yeux pour me scruter. Je déteste quand elle fait ça, on dirait l'affreux psychopathe chargé de faire avouer le héros dans un film.
— Que se passe-t-il ? Y a de l'eau dans le ventilateur ?
— Disons que j'en ai assez que rien n'avance. Je passe à autre chose.
— Tu « passes à autre chose » ?
— C'est tout frais, ça date d'hier soir.
— Vous avez rompu ?
— Même pas. J'ai failli me noyer dans son évier pendant qu'il roulait dans l'herbe. Peu importe. Pour jeudi, tu peux compter sur moi.
Elle n'insiste pas, mais je suis certaine qu'elle ne va pas s'en tenir là. En attendant, elle est contente.
— Merci Elynn, tu seras la première invitée dans notre…
Face au tableau de service, elle se fige. Un lapin pris dans les phares. Je n'identifie pas

immédiatement, dans l'accumulation de messages et de notes administratives, ce qui lui décroche la mâchoire à ce point.

— Qu'est-ce que tu as ? Tu n'avais pas encore vu la circulaire de Moëlner qui nous interdit de le tutoyer ? Quel vieux croûton, celui-là !

Hypnotisée par le coin supérieur droit du tableau, Caro ne m'a pas entendue. En suivant son regard, je me pétrifie à mon tour. Même mâchoire décrochée, même tête éberluée. On doit être drôlement belles...

Les deux chiffres inscrits au feutre bleu ont changé. Comment est-ce possible ? Il faut vous expliquer que ces « scores », bien qu'exposés à la vue de tout le service, sont un des secrets les mieux gardés de notre joyeuse équipe.

Le premier, qui était jusqu'ici de 28, est passé directement à 30. Il désigne le nombre d'infirmières de l'étage à qui le nouveau brancardier, Tristan, a fait des avances. Un genre de castor.

Le second, qui est passé de 4 à 5, comptabilise celles qui lui ont cédé. Ne sont prises en compte que les informations vérifiées, recoupées et dûment certifiées. Comme quand Fabiola s'est fait surprendre avec lui en petite tenue dans le local technique. Même les tuyaux d'eau froide étaient chauds.

Caroline fronce les sourcils.

— Qui a modifié les chiffres ? Laquelle de ces sauterelles a été assez stupide pour succomber ?

Alors que Caro mène déjà son enquête, jetant des coups d'œil suspicieux à nos collègues qui ne sont pas toutes au courant de la signification de cet indice, je remarque un prospectus abandonné sur la table, pour des cours de gym le mardi soir au Complexe Urbain de Loisirs. Le type en charge du service des Trucs qui traînent et qui tombent bien a tapé dans le mille.

On finira bien par découvrir qui Tristan a accroché à son tableau de chasse. En attendant, j'ai peut-être trouvé un moyen d'aérer mon quotidien. Ma fenêtre dans le mur gris.

6

Un hôpital est un zoo. Croyez-moi, je sais de quoi je parle, je fais partie de la ménagerie. On y rencontre de vieux lions qui se prennent pour les rois de la jungle, des rascasses qui n'abaissent jamais leurs piques venimeuses avant leur troisième café, des suricates toujours à l'affût du moindre ragot, des gazelles qui s'affolent pour un rien, des crocodiles, des hyènes, et beaucoup de ouistitis mâles et femelles dont il est impossible de prévoir quel tour ils vont vous jouer.

Toutes sortes de bestioles enfermées dans une même cage divisée en services, un monde en soi qui ne dort jamais, régenté par des règles plus intenses qu'ailleurs, parce que si vous nous faites l'honneur d'une visite, pour vous, au fond, il ne peut être question que de vivre ou de mourir.

Un univers entièrement dévoué au bien-être de nos visiteurs, sauf qu'ils ne viennent pas pour rêver d'exotisme en nous jetant des cacahuètes – même si un vieux ronchon l'a déjà fait. Ils débarquent en nous confiant leur existence ou celle de leurs proches.

Ici, pour que vous alliez mieux, on est prêts à vous charcuter, vous bombarder aux rayons X, vous faire boire des trucs infâmes, vous déguiser en pompe à essence en vous plantant des tuyaux partout. Chez nous, un stylo-bille ne sert pas uniquement à écrire : en cas d'urgence absolue, on peut vous le planter dans la gorge en guise de trachéotomie. Je connais des chirurgiens qui, pour vous rendre service, sont capables de vous meuler une rotule ou de vous éviscérer. Pour votre bien, nous n'hésiterons pas à coller la peau de vos fesses sur votre tête, à vous visser des plaques, ou à recasser l'os qui se serait soudé de travers. S'il le faut, nous nous ferons un plaisir de vous ouvrir, de retirer des morceaux de vous-même, éventuellement de les remplacer, de bricoler un peu avant de vous recoudre, le tout en vous souhaitant longue vie et beaucoup de bonheur. Avouez que c'est spécial.

Les gens n'ont aucune idée de l'endroit où ils mettent les pieds, et viennent d'ailleurs rarement de leur plein gré. S'ils savaient quels spécimens se cachent sous les titres et les fonctions, ils seraient surpris. Car derrière les uniformes, nous ne sommes que des humains, exactement comme eux.

Ce matin par exemple, Tristan, le brancardier qui drague tout ce qui bouge, se promène comme un coq qui passerait ses poules en revue. Son assurance a de quoi fasciner. Un vrai cas d'école. On est quelques-unes à ne pas entrer dans son jeu, mais les autres salivent devant lui. Depuis deux mois qu'il est là, il s'est arrangé pour que toutes, nous ayons aperçu ses pectoraux et ses abdos travaillés, qu'il exhibe régulièrement « par inadvertance ». Vas-y que je me balade avec ma blouse trop ouverte. Vas-y que je me change dans la salle de détente pendant qu'on mange, parce que je suis trop débordé pour avoir le temps d'aller le faire dans les vestiaires juste à côté…

Par malheur pour la gent féminine, les plus naïves d'entre nous évaluent les garçons en se fondant sur le prix qu'eux-mêmes se donnent. Autant dire qu'on est souvent dans la surévaluation, voire dans l'escroquerie pure et simple. Elles sont prêtes à tomber amoureuses du porte-avions à propulsion nucléaire que leur vante la petite annonce, alors qu'elles risquent fort de récupérer une trottinette à piles qui coulera à la première flaque.

Le plus étonnant, c'est que malgré toutes les histoires qui circulent et les nombreuses générations qui se sont fait rouler dans la farine au point d'être panées, la plupart n'apprennent pas. Elles courent toujours la bouche en cœur et la cuisse légère, convaincues d'avoir déniché avant toutes les autres l'homme idéal – qui bien entendu, les préfère elles parce qu'elles sont uniques. Le coup de grâce arrive en général juste après qu'il leur a murmuré ce qu'elles veulent entendre. Blablabla tes yeux, blablabla tes lèvres, blablabla je suis si bien avec toi, blablabla et si je posais ma main là ?

Je suis convaincue que le secret de séduction de Tristan repose ainsi sur sa propre conviction, qui s'épanouit vigoureusement sur le terrain fertile des faiblesses de ses cibles. Un cocktail détonant.

Pour l'instant, il est allé chercher la triple fracture de la chambre 12 afin de l'emmener au bloc, et en profite pour faire son tour. Non, mais regardez-le : à force de se trouver irrésistible – dans le miroir de sa salle de bains, dans les chromes de sa pseudo-voiture de sport ou dans le verre saphir de sa grosse montre prétentieuse – il doit sécréter un truc capable d'envoûter les esprits simples. Je vous jure que l'effet est spectaculaire. Là, devant moi, le paon traverse la basse-cour, et elles sont déjà trois à avoir arrêté de picorer. Vous allez voir qu'à force de minauder, elles vont direct nous pondre un œuf.

Il ne s'aventure toutefois jamais à charmer les patientes, même jeunes, même jolies. En bon filou, il doit savoir ce qu'il risquerait à ce jeu-là.

Caroline me donne un coup de coude alors qu'il complimente la nouvelle étudiante infirmière sur sa coiffure. Qu'est-ce qu'il espère pêcher avec des câbles aussi gros et son sourire d'émoji ? Pourtant, l'autre rougit et pouffe. Incroyable. On aura de la dinde au dîner.

Caroline se penche discrètement vers moi :

— Tu crois que c'est elle, sa nouvelle victime ?

— À sa réaction, je te parie qu'elle n'a pas encore succombé. As-tu découvert qui a modifié les chiffres ?

— J'y travaille.

Je secoue la tête de dépit.

— Quel dommage pour cette pauvre fille… Elle a l'air toute gentille. Soraya, c'est ça ? On devrait peut-être la prévenir.

— Arrête de vouloir sauver tout le monde. Elle est assez grande pour se débrouiller toute seule. D'ailleurs, si tu veux lui expliquer la vie, il va falloir que tu repartes de la base.

— Pourquoi ?

— Elle est convaincue qu'il y a une vie après la mort, mais elle n'est pas sûre qu'elle soit remboursée par la Sécu. Elle m'a aussi déclaré que si certains moineaux sont plus gros que les autres, c'est parce qu'ils sont « enceintes ».

— Une chance qu'elle soigne les humains et pas les piafs…

— Et tout ça en moins de dix minutes de discussion. Un festival. Une indéniable bonté naturelle, mais il ne faut surtout pas lui demander de réparer une centrale nucléaire. Si tu veux lui faire plaisir, garde-lui tes bouchons de bouteille en plastique. Elle les collectionne, certaine que si elle en accumule dix mille et qu'elle les envoie à la Maison-Blanche, ils offriront une voiture à un handicapé.

Le téléphone sonne, une collègue décroche. Elle échange trois mots en me faisant signe :

— Elynn, c'est Lionel, aux urgences. Est-ce que tu connais une certaine Florence ? Elle dit qu'elle est de ta famille.

Je blêmis. Caroline me pousse déjà dehors.

— File, on va s'occuper de ton secteur.

7

Il est couramment admis que tant que vous ne vous êtes pas retrouvée à soigner un proche, votre formation n'est pas tout à fait achevée. C'est l'épreuve ultime, celle qui vous confronte à toutes les limites de l'exercice en une seule fois.

Beaucoup de collègues m'ont raconté ce que ça faisait de pratiquer un massage cardiaque, de nettoyer le visage ensanglanté d'un accidenté, et de s'apercevoir tout à coup que vous le connaissez, ou pire, qu'il est de votre famille. Je n'ai pas envie de terminer ce volet-là de ma formation avec ma tante Florence. Je l'adore, et je ne veux pas qu'il lui arrive malheur. Puisqu'elle est déjà aux urgences, je suppose que mon souhait arrive trop tard pour être pris en compte par les mecs de la base secrète qui gèrent les Coups du sort.

Trois divorces fracassants, un franc-parler légendaire, c'est curieux, mais j'ai toujours davantage perçu Tata Florence comme une grande sœur que comme l'aînée de ma mère – qui, d'ailleurs, par comparaison, est étonnamment plus calme. Sans aller jusqu'à dire que ça ne me ferait rien de récupérer certains des membres de ma famille aux urgences, je suis au moins certaine que Florence fait partie de ceux que j'ai le moins envie d'y voir.

Dans quel état vais-je la découvrir ? Blessée à un doigt parce qu'elle a voulu aider le mixeur à tourner plus vite ? Le visage tuméfié après un coup de boule à l'un de ses ex ? En morceaux dans un petit sac pour avoir provoqué en duel une pelleteuse ? En même temps, un petit sac n'aurait pas dit qu'il était de ma famille…

Lionel m'attrape au vol à la sortie de l'ascenseur.

— Respire, Elynn, ce n'est rien. Une jambe bien cassée, mais ça va. Elle est au box 5. Je termine avec une gamine qui s'est ouvert le front et je vous rejoins.

Je pourrais pleurer de soulagement. J'essaie de me ressaisir et j'écarte le panneau coulissant de la salle d'examen.

Tante Florence est là, étendue sur le lit plastifié, la jambe droite de son pantalon déchirée et imbibée de sang séché. Étant donné la forme en « S » de sa jambe, je confirme le diagnostic, avec une fracture ouverte en prime.

En la voyant allongée ainsi, une effroyable pensée me vient. De ma vie, je ne l'avais jamais vue immobile, les yeux clos. D'habitude, elle est toujours en mouvement, et le plus souvent en train de menacer quelque chose ou quelqu'un. Telle qu'elle gît là, elle pourrait être morte. Mon cœur se serre. C'est l'un des risques du métier : projeter sur nos proches les drames dont nous sommes quotidiennement témoins. Une vie bascule si vite… Il suffit d'en prendre conscience pour ne plus jamais envisager le monde de la même façon. On tremble alors d'autant plus pour les siens, trop averti de ce qu'ils risquent simplement en existant. C'est certainement pour cela que par réaction, toutes les pulsions de vie sont exacerbées dans notre zoo.

Je me concentre pour ne pas me laisser déborder par l'émotion, puis je me penche sur elle :

— Tata, c'est Elynn.

Elle ouvre les yeux. Elle a le regard clair.

— Qu'est-ce qui t'es arrivé ?

— Sûrement un truc assez grave, répond-elle, parce que tu ne m'avais plus appelée « Tata » depuis tes huit ans. Chaque fois que tu m'appelais « Tata », ça me vieillissait de vingt piges, alors s'il te plaît, ne recommence pas, sinon je vais finir à la morgue.

Je prends doucement sa main tachée de sang. Par réflexe, je ne peux m'empêcher d'évaluer son pouls. Toujours suivre les constantes...

— Tu es tombée ?

— Non, j'ai shooté dans une bagnole ! Je crois d'ailleurs que j'ai bousillé sa portière. Bien fait !

— Tu as donné un coup de pied dans une voiture ?

— Qui forçait le passage piéton devant l'école primaire. Tu te rends compte ? Cette andouille a failli écraser des mômes pour gagner deux secondes avec sa voiture de pétasse !

— C'était une femme ?

— J'en sais rien, mais c'était quand même une grosse pétasse avec une voiture de grosse pétasse !

— Vu ta jambe, tu n'as pas dû y aller de main morte... ou de pied mort !

Elle gigote.

— Ne me fais pas rire, ça va me faire mal. Le vrai problème, c'est que ce chauffard n'a même pas ralenti. Il m'a laissée par terre, comme une bête mourante. Je m'en fiche, parce que j'ai eu le temps de relever que sur sa plaque, il y a des lettres et un 2.

— Tu le tiens, c'est sûr. Tu n'as rien noté de plus ?

— Tu as déjà essayé de sortir tes lunettes et de les enfiler pendant que tu valdingues ?

— Pour le moment, essaie de te détendre et reste calme. Tu ne souffres pas trop ?

— C'est comme si je n'avais plus de jambes. J'ai même regardé pour vérifier qu'on ne me les avait pas fauchées. Ils m'ont fait une injection, et c'est bizarre, mais je me sens vachement bien. Si tu pouvais m'avoir de ce produit, disons un bidon de 30 litres, je crois que j'arriverais à trouver cette chienne de vie acceptable.

Je consulte sa fiche de soins et je vois effectivement que Lionel lui a administré une dose de morphine pour éléphant. Quand je vous disais qu'on était au zoo...

Le fait est que même sous calmant, Florence a encore beaucoup d'énergie. Elle regarde autour d'elle.

— Alors, c'est ici que tu bosses ?

— Deux étages au-dessus, en chirurgie orthopédique.

— Tu dois en voir de toutes les couleurs, ma pauvre petite.

— On ne s'ennuie pas.

— Il me paraît très bien, le jeune homme qui m'a prise en charge. Visiblement, il te connaît.

Lorsque je lui ai expliqué qu'on était de la même famille, j'ai bien vu à sa réaction qu'il t'apprécie…

— Florence, s'il te plaît, ne commence pas. Arrête d'essayer de me marier à tout le monde. Lionel est effectivement un type bien, mais c'est un drôle de zèbre…

— Si tu ne veux pas de lui, tu pourrais au moins rencontrer l'un des pompiers qui m'a ramassée. Un dénommé David, une jolie petite gueule et des cuisses à pousser une charrette hors de l'ornière. J'ai son numéro.

Je suis effarée.

— Tu lui as demandé son numéro de téléphone ?

— Non, il est écrit sur son beau camion rouge. Le 18. Appelle-le de ma part. J'ai quand même une préférence pour ton Lionel. Il est un peu moins musclé, mais il a l'air très doux.

— C'est sûr : il parle aux chats sauvages qui vivent près des cuisines, et les seules chansons qu'il fredonne sont des chants indiens cherokees. Il en connaît plein. J'avoue que ça apaise les enfants.

— C'est très bien, je vois que vous êtes déjà proches.

— Florence, si tu continues, je t'appelle « Tata ».

— Assassin. En attendant, tu végètes avec cet Enzo qui aurait tout juste été passable comme petit copain de primaire. Il est grand temps de te trouver un homme pour faire ta vie. Il est très bien, ce Lionel. En plus, il pourrait m'avoir mon bidon de 30 litres, et il fait super bien les piqûres.

Elle marque une pause et incline la tête sur l'oreiller.

— Ta mère m'a confié que tu te posais des questions sur ton avenir avec Enzo.

Même blessée, elle trouve encore le moyen de s'intéresser à mes histoires. Je la regarde dans les yeux.

— En fait, non, je ne m'en pose plus vraiment. Je pense que nous allons nous séparer. Surtout moi.

— Il en dit quoi ?

— Comment pourrais-je lui en parler ? Il ne faut pas discuter avec le chauffeur lorsqu'il conduit. C'est dangereux. Alors, puisque je dois me débrouiller toute seule, j'en profite pour faire des expériences. Des choses qu'on n'oserait jamais faire quand on veut qu'une histoire dure.

Elle s'enthousiasme :

— Tu lui bouches le nez quand il ronfle ? J'en ai toujours rêvé, mais je n'ai jamais eu le cran de passer à l'acte.

— Non. Je ne lui donne plus signe de vie, et j'attends de voir au bout de combien de temps il va réagir. J'en suis à cinq jours.

— Et alors ? Il chante sous tes fenêtres ?

— Même pas un message.

— Ma pauvre petite… La dernière fois que j'ai joué à ça, c'était avec mon deuxième mari. Paix à son âme.

— Francis est mort ?

— Non, mais je voudrais bien. Pour voir à quel point il se foutait de moi, j'avais décidé de ne plus ramasser les chaussettes qu'il laissait traîner au pied de notre lit. Je voulais savoir combien de temps il allait mettre à assumer ce petit rien, juste pour savoir s'il était long à la détente ou trop habitué à ce que je me tape tout.

— Quel a été le score ?

— On s'est engueulés, on a divorcé, je me suis remariée, j'ai divorcé d'un autre encore une fois, et je crois qu'elles y sont toujours, ses maudites chaussettes !

J'éclate de rire.

— Crois-moi, Elynn, dit Florence, tout à coup sérieuse. Si un homme veut faire quelque chose, il le fait tout de suite. Sinon, ce n'est même pas la peine d'attendre.

Je souris. Les circonstances étranges de notre conversation m'offrent l'occasion d'aborder des sujets que nous évitons le reste du temps. Parce qu'en fin de compte, de tous les mystères de l'univers, le fait qu'une femme aussi fabuleuse demeure célibataire constitue à mon avis l'une des plus grandes énigmes.

J'adopte le ton le plus anodin possible :

— Est-ce parce que tu n'attends plus rien des hommes que tu restes seule ?

Elle ne répond pas. Elle s'est assoupie. Ses traits sont détendus.

Le panneau du box s'ouvre, me faisant sursauter. Lionel entre. J'avais oublié que nous étions aux urgences.

— Elle dort ?

— Oui.

— Remontée à bloc, ta tante.

— Ce n'est rien de le dire.

— On va la transférer dans ton service pour réduire sa fracture. Je ne te conseille pas d'y assister étant donné vos liens.

— Merci.

Il nettoie la plaie avec des gestes rapides et précis. Je ne l'avais jamais vu travailler d'aussi près.

Lionel, on le connaît tous : un peu fou, toujours positif. Il n'a pas son pareil pour faire le tri à l'accueil des urgences. Je l'ai vu réussir à faire rire des patients qui avaient la tête en sang, mais il est également capable de convaincre quelqu'un venu se plaindre pour une égratignure de retourner chez lui avant qu'on ne lui fasse subir des examens si épouvantables que même les scénaristes de *L'Hôpital de l'enfer* n'ont pas voulu les mettre dans le film.

Dans notre ménagerie, quel animal serait-il ? L'image d'un gorille s'impose à moi. Grand, puissant, protecteur, avec quelque chose de tendre et d'un peu triste dans le regard, comme s'il se demandait quelle est sa place dans ce monde. Je le comprends si bien.

8

Mardi soir, bientôt 19 h. Ma première séance de gym – je me suis laissé tenter par l'alléchant prospectus promettant de « retrouver énergie et harmonie ». Mon cœur bat si fort que j'en suis surprise. Dans quel état faut-il être pour donner tant d'importance à une simple activité sportive ? J'en attends peut-être trop, mais ce rendez-vous me fait déjà du bien.

J'ai beau passer devant tous les jours depuis des années, je n'ai mis les pieds qu'une seule fois au Complexe Urbain de Loisirs. Pour retrouver une amie qui s'était mise au krav maga en espérant réussir à tenir tête à son chat qui l'attaquait sans arrêt. Je n'avais jamais remarqué que l'acronyme de Complexe Urbain de Loisirs se résume à « CUL ». Venir au CUL pour se bouger les fesses semble assez cohérent.

L'endroit est vaste, lumineux, d'un style sobre et passe-partout : plantes vertes increvables et immenses photos des activités proposées dont ont été artistiquement isolés des détails. Un pied qui frappe un ballon de foot en salle, les mains d'une nageuse pénétrant dans l'eau, un revers de ping-pong…

Du centre commercial qui occupait les lieux auparavant, il ne reste que le monumental espace du hall s'élevant entre les volutes d'escaliers et les colonnes d'ascenseurs vitrés. Au sous-sol, on trouve la piscine et le spa. Au dernier étage, les activités musicales, culturelles, et même une unité de réalité virtuelle. Entre les deux, trois étages de salles et d'installations en tous genres où se croisent toutes sortes de sportifs dans un étonnant mélange.

Un ascenseur emporte côte à côte une danseuse, un judoka, un escrimeur et un haltérophile, chacun dans sa panoplie. De ma place, on dirait une boîte de personnages articulés avec tous leurs accessoires.

Au comptoir d'accueil, situé juste à côté du bar à jus de fruits aux teintes acidulées, je remets à une jeune femme mon formulaire d'inscription rempli sur Internet. Elle vérifie et m'indique que l'activité Énergie & Harmonie – j'aime bien le nom – se déroulera en salle B 12.

Les vestiaires encore déserts sont impeccables, avec de grands casiers de couleurs vives dans un univers de bois blond. Les douches sont réparties en cabines individuelles. Rien à voir avec le gymnase où je jouais au volley lorsque j'étais ado. Me retrouver dans ce genre d'univers réveille beaucoup de sensations datant de cette époque.

Je n'ai jamais vraiment été à l'aise dans les vestiaires. Avec le recul, je n'éprouve aucune difficulté à le reconnaître. Ma mère le justifiait par ma grande timidité, mais j'étais surtout complexée de me dévêtir devant des filles beaucoup mieux fichues que moi. Je ne m'attardais jamais.

Une étude sociologique pour analyser ce que notre rapport aux vestiaires dit de nous serait certainement passionnante. Entre ceux qui aiment s'y exhiber et ceux qui préfèrent attraper la crève en repartant chez eux en sueur pour ne pas avoir à se déshabiller en public, c'est tout un pan de notre personnalité qui se révèle.

Enfant, j'ai passé énormément de temps à la porte des vestiaires de mon grand frère, Valentin, qui faisait du karaté. J'étais comme un chiot qui attend son maître parce que je n'avais pas le droit de rentrer à la maison sans lui. Condamnée à poireauter pendant qu'il y traînait des heures. Un comble. On peut toujours raconter que ce sont les filles qui mettent des plombes à s'habiller ! Je l'entendais rire avec ses copains, se courser à poil en se fouettant avec leurs serviettes. C'est très tôt, assise par terre devant cette porte d'où s'échappaient des bruits impossibles, que j'ai compris qu'hommes et femmes n'avaient pas du tout le même rapport à leur corps. Nous bâtissons des temples, ils en font des stades. L'hôpital est venu me le confirmer.

Pour le premier cours de ce soir, à part mes vieilles chaussures de running exhumées d'un placard, je n'ai que des affaires neuves. Un legging, un tee-shirt technique. J'ai largement eu le temps de me changer seule, tranquille, sans avoir à confronter mon corps au regard de quiconque.

La porte s'ouvre. Une femme, légèrement plus âgée que moi, entre et s'installe en me saluant avec entrain. J'essaie de paraître occupée aux lavabos tout en l'observant du coin de l'œil. Elle se montre à l'aise, sans trop en faire. En comparaison, je dois avoir l'air d'une réfugiée politique traquée par la police. D'autres débarquent ensuite, au compte-gouttes. Étonnant casting qui s'assemble. Des petites, des grandes, certaines très musclées, d'autres moins.

Plus la dernière minute approche, et plus celles qui nous rejoignent sont jeunes. À ce jeu-là, étant arrivée la première, je serais donc la plus ancienne de toutes. Une momie. Je préfère ne pas y penser.

C'est drôle, moi qui suis tout le temps en train de guetter le décalage, le petit détail qui part en sucette, je reste cette fois très sérieuse. J'observe, j'écoute, comme une enfant bien élevée le jour de la rentrée. Est-ce mon instinct qui pressent que ce cours va devenir important pour moi ? Ou le simple fait de m'aventurer hors de ma zone d'habitudes pour la première fois depuis longtemps ?

Ça y est, il est 19 h. Je suis le mouvement et on se retrouve dans une salle de danse, avec d'un côté d'immenses baies vitrées plongeant sur la rue, et de l'autre un mur de miroirs équipés de barres d'exercice. Nous sommes près d'une vingtaine. Sans surprise, que des filles. Compte tenu de la disparité des profils, cette activité constitue vraisemblablement notre seul point commun.

À première vue, je n'en repère que trois à être plus jeunes que moi. Une bonne moitié doit graviter autour de la trentaine, et les autres se répartissent dans des âges plus élevés. Quelques-unes semblent se connaître.

La fille la plus ronde discute déjà avec celle qui a des allures de mannequin de magazine

– j'aime l'idée que les contraires s'associent. La plus petite parle avec énergie et l'autre, magnifiquement mise en valeur par des vêtements que l'on dirait coupés sur mesure pour elle, hoche la tête avec un intérêt sincère, dénué de la condescendance que l'on constate souvent chez des femmes d'une telle beauté.

La doyenne du groupe doit avoir une petite soixantaine. Tout le monde lui témoigne du respect, elle a clairement une place à part. On peut se raconter ce qu'on veut, on reste des animaux, et on a besoin de se situer selon des critères simples. La plus jeune, la plus âgée, la plus ronde, la plus belle… Des repères évidents, même s'ils sont forcément réducteurs.

À part quelques salutations polies, je n'ai pas prononcé une parole. D'après les bribes de conversations que j'ai pu capter, la prof est une ancienne danseuse autrefois réputée qui reprend l'animation de l'association cette année.

La jeune femme de l'accueil entre et annonce à la ronde :

— Bonsoir à toutes ! Bienvenue à Énergie & Harmonie. Votre coach va avoir un peu de retard et j'en suis désolée. Je vous propose de mettre ce temps à profit pour apprendre à vous connaître. Si vous le voulez bien, faisons un rapide tour de présentation. Qui veut se lancer ?

La benjamine lève la main bien haut et déclare :

— Bonjour, je m'appelle Margaux, j'ai vingt-deux ans, je suis en couple et on devrait se marier l'année prochaine. Je poursuis des études de management et techniques de vente.

— Merci, Margaux. Peux-tu nous dire ce que tu attends de cette activité ?

La jeune fille fait une moue songeuse avant d'affirmer très sérieusement :

— J'ai envie de préserver mon équilibre, d'apprendre à rester souple et ouverte dans un emploi du temps débordé.

Bon courage, Margaux. Si tu es déjà surmenée à ton âge, sangle-toi solidement au bateau parce que tu vas constater que, pour ce qui est de préserver l'équilibre et de rester souple, la vie te donnera vite du fil à retordre. Ça va secouer !

— Qui d'autre ? relance l'hôtesse. Vous, madame ?

Elle s'est adressée à la doyenne, qui répond de bonne grâce :

— Je m'appelle Fabienne, je suis plus âgée que vous toutes – peut-être même réunies ! – et en m'inscrivant ici, j'espère m'assurer que je ne suis pas complètement morte et que je peux encore bouger !

Premier rire du groupe. La jeune femme ronde qui discutait avec Miss Sublime prend le relais :

— Moi, c'est Lisa. Je suis ici pour réussir un tour de magie. En deux ans, j'ai pris quatorze kilos, et je compte bien les faire disparaître !

Second rire partagé. D'autres filles se présentent, le ton est de plus en plus détendu. Tiphaine ne sait pas trop ce qu'elle attend, mais elle aime déjà bien la troupe. Rose veut parfaire son sens de la coordination gestuelle. Laure, taillée comme une athlète, explique qu'elle était déjà là l'année dernière et que c'était très sympa, même si elle espère qu'avec la prof qui arrive cette année, ce sera un peu plus que de la gym douce. Salima est là pour sortir de chez elle et affirme qu'elle cherche autant à se faire de nouvelles amies qu'à s'entretenir. Ça a le mérite d'être clair.

Lorsqu'une dénommée Aubeline prend la parole, son calme et son phrasé en imposent immédiatement. Elle explique qu'elle a quatre enfants et qu'elle est là parce qu'elle a le sentiment de se noyer dans sa vie. Elle considère cette activité comme une bouée de sauvetage. En venant ici, elle a l'impression de creuser un tunnel pour s'évader quelques heures. Il y a de la désespérance dans son aveu. Elle est bouleversante, et après un tel témoignage, je prie pour que l'hôtesse ne me demande pas de me présenter, parce que tout ce que je pourrais dire semblerait bien fade.

Une femme me sauve en entrant dans la salle. Elle est vêtue d'une courte tunique qui laisse entrevoir un justaucorps de danseuse classique, mais c'est son maintien qui frappe d'abord. Ses cheveux sont tirés à l'extrême dans un chignon impeccable. On sait tous que ce genre de personnalité existe, mais d'habitude, on les voit seulement dans des documentaires ou des films, jamais d'aussi près, et encore moins en relief.

— Bonsoir mesdames. Je vous prie d'excuser mon retard. Cela ne se reproduira pas. Je suis Francesca, votre professeur.

La diction est précise et chaque syllabe appuyée. L'hôtesse d'accueil intervient :

— Le groupe était en train de se présenter…

— Merci beaucoup. Je suis arrivée, maintenant. Vous pouvez nous laisser.

Elle se tourne vers nous, sans plus prêter attention à la jeune femme qu'elle vient de congédier.

— Je vais vous demander de vous répartir sur deux lignes. Vous conserverez vos places d'un cours sur l'autre. J'ai une excellente mémoire visuelle, mais je n'arrive pas à mémoriser les noms.

Nous nous réorganisons docilement. Francesca envoie Lisa sur le rang du fond parce qu'elle l'empêche de voir Laure derrière elle.

J'ai la nette impression que l'ambiance s'annonçait meilleure quand la prof n'était pas encore là.

9

Lorsque nous sommes enfin sorties de la salle – « enfuies » serait un terme plus approprié – certaines boitaient, d'autres se tenaient les reins. J'en ai entendu gémir. Une bande de rescapées se traînant hors des décombres d'un immeuble effondré.

Elle a de l'allure, Francesca, ses gestes sont d'une fluidité et d'une grâce que je n'avais jamais observées chez aucun être humain, mais Énergie & Harmonie n'est pas le nom le plus approprié à son cours. Je propose « Torsion & Torture » ou alors « Toi aussi, deviens un scoubidou et fais des nœuds avec ton corps ».

Dans le vestiaire, je m'affale sur un banc. Je me sens comme un trombone qu'on aurait tordu pour en faire autre chose que ce pour quoi il était prévu. J'étais tranquille dans une corbeille à courrier, toute chromée et brillante – ce qui ne m'arrive pas souvent ; je discutais avec une punaise – ce qui m'arrive parfois, reliant ensemble quelques feuilles de papier. Tout à coup, Francesca m'a dépliée comme je pensais impossible de le faire, vous savez, comme quand on a besoin d'une petite tige de fer pour aller appuyer sur le minuscule bouton « reset » des appareils électroniques. Depuis, je suis un trombone déstructuré. Je vais finir au recyclage. Pitié ! Je ne veux pas quitter ce bureau avant d'avoir connu l'ivresse d'un beau presse-papier magnétique qui me colle à lui !

Cette souffrance présente au moins un avantage : pendant une heure et demie, je n'ai pensé à rien d'autre. Envolés les problèmes, plus d'incertitudes, finies les questions. Le seul enjeu consistait à survivre, en échangeant régulièrement des regards chargés d'émotion avec mes voisines qui enduraient le même martyre. Je n'avais jamais entendu craquer les vertèbres d'inconnues. Sans parler des miennes… Désormais, je sais exactement combien j'en ai, et je connais leur localisation exacte. Je ne sais pas si j'aurais tenu sans ce lien discret avec mes sœurs de captivité. C'est fou, les quelques mots partagés avant l'irruption de notre geôlière auront suffi à créer une touchante solidarité.

Francesca a peut-être été une grande danseuse professionnelle, mais elle n'est vraiment pas douée pour s'adapter à son public. Savait-elle que nous étions débutantes ? A-t-elle perdu de vue que nous sommes là pour pratiquer un loisir ? Je ne suis pas contre un peu de rigueur, mais là, on frise le camp de rééducation. Elle s'est comportée comme si nous étions ses ballerines reprenant après le mois de vacances qu'elle ne nous aurait pas pardonné.

Rose titube. Je ne suis pas certaine que son déhanché de catcheuse percutée par un train corresponde à l'idée qu'elle se faisait d'une coordination gestuelle maîtrisée. Par contre, elle a réussi à poser son nez sur des parties de son corps qu'elle n'avait même jamais vues en photo. Quant à notre doyenne, à défaut de savoir si elle peut toujours bouger, elle a désormais la confirmation qu'elle peut se plier en huit. C'est merveilleux. Aubeline, qui espérait creuser un tunnel pour échapper à sa vie étouffante, a failli mourir écrasée sous les éboulis de sa propre carcasse.

Notre top model est la première à filer à la douche. Loin de s'exhiber, elle fait preuve d'une pudeur dont je me sens proche. Deux autres filles se sont changées avec un naturel que j'envie. La plupart des participantes se sont quand même sauvées sans même passer par les vestiaires. Impossible de savoir si c'est pour éviter la case « intimité » ou pour aller de toute urgence savourer l'air frais de la liberté retrouvée. J'aurais bien voulu faire pareil, mais je ne peux pas reprendre directement mon vélo avec le froid qu'il fait dehors. Pas besoin d'une crève en plus des courbatures historiques dont je vais forcément écoper. Alors je traîne en espérant que la plupart de mes consœurs seront parties lorsque je me changerai.

Aubeline semble faire de même. Elle est assise en face de moi et regarde fixement une lumière au plafond. Peut-être sa lueur au bout du tunnel ?

Je me penche vers elle :

— Ce que tu as dit tout à l'heure, sur les raisons qui te poussent à être là, m'a beaucoup touchée.

Elle me regarde, un peu hébétée.

— Merci.

— J'ai été impressionnée que tu puisses exprimer tout cela aussi simplement, aussi ouvertement.

— C'est gentil, mais ce n'est pas du courage. Parfois, tu n'as même plus la force de mentir…

— Je n'ai pas quatre enfants à élever et ma vie est sûrement moins compliquée que la tienne, mais d'une certaine façon, je te comprends. Je suis ici non pas pour creuser un tunnel et m'enfuir, mais pour ouvrir une fenêtre et reprendre de l'air.

— Profites-en pour t'envoler. Je te souhaite de réussir.

Je lui tends la main.

— Elynn. Elynn Lafonta.

Elle me sourit doucement et serre la mienne.

— Aubeline de Maublaincourt.

La vache ! Dois-je l'appeler « Votre Altesse » ou « Ta Magnificence » ? Si j'avais entendu son nom dans d'autres circonstances, je me serais immédiatement imaginé une aristocrate pratiquant l'équitation, ayant les portraits de ses ancêtres accrochés jusque dans ses toilettes grandes comme mon salon, et adorant rire en jouant avec sa rivière de diamants lorsque le duc raconte la façon désopilante dont son arrière-arrière-arrière-grand-oncle fut massacré sur le chemin de ronde du château fort familial. Mais je ne vois devant moi qu'une femme émouvante, sans doute légèrement dépressive.

— Toi aussi, dis-je à voix basse, tu traînes parce que tu n'as pas envie de te changer devant tout le monde ?

— Non, Elynn. Je traîne parce que je n'ai aucun désir de rentrer chez moi.

Sa façon de dire les choses sans détour me fascine. Elle sourit :

— En plus, j'ai du mal à marcher. Elle nous en a fait baver, cette Francesca. Peut-être cherche-t-elle à nous dégoûter ? Ou bien à ne garder que les meilleures ? Mais cela ne marchera pas avec moi. Je vais me cramponner. Ce tunnel, je vais me le creuser, même si je dois traverser un roc.

Notre top model brosse ses longs cheveux humides devant un miroir. Je crois qu'elle écoute nos propos et qu'ils trouvent un écho en elle.

Aubeline se lève, telle une condamnée résignée à retourner en cellule après la promenade.

— Il faut que je rentre, souffle-t-elle. Plus je tarde, plus je vais le payer.

Je ne sais pas quoi lui répondre. Si j'étais capable de m'exprimer aussi franchement qu'elle, je lui souhaiterais simplement bon courage.

Le temps que j'en arrive à cette conclusion, elle est déjà partie.

10

Ma tournée des chambres est un calvaire. Lorsque je redresse les patients dans leur lit, je gémis plus qu'eux. Placer les perfusions, changer les pansements, même ouvrir un opercule de médicament, tout prend des allures d'épreuve olympique. Heureusement que mon aide-soignante, Fatoumata, est géniale. On forme un excellent tandem. Surtout elle. Car quelle que soit la partie de mon corps que je sollicite, des muscles dont je n'avais jamais soupçonné l'existence manifestent leur douleur et leur colère. Ils sont légion et crient d'une seule voix qu'ils veulent retomber dans leur paisible anonymat. Les grands fessiers mènent la fronde. J'ai peur que même en m'asseyant dessus, ça ne les fasse pas taire, bien au contraire.

Pour savoir à quoi ressemble ma démarche aujourd'hui, il suffit d'imaginer le premier robot humanoïde que les scientifiques ont programmé pour avancer tout seul. Le machin avait du mal à filer droit, il manquait de se renverser à chaque pas, il grinçait, et la seule fois où il a réussi à parcourir deux mètres, il s'est mis à fumer et a pris feu. C'est tout moi.

Je quitte la chambre, laissant Fatoumata avec la malade. Je récupère mon chariot, que je pousse comme à la mine. À l'angle du couloir, je tombe sur le Dr Moëlner. Il ne manquait plus que lui. À la façon dont il réagit en me voyant, notre rencontre n'est pas le fruit du hasard.

— Mademoiselle Lafonta, je vous cherchais. C'est bien vous, Elynn, n'est-ce pas ?

— La seule du service.

— Très bien, très bien. Dites-moi, mademoiselle, est-ce vous qui avez déclaré à la famille de Mme Badaoui, chambre 17, qu'elle se portait « vraiment mieux » et qu'elle pourrait bientôt sortir ?

Suis-je la seule à entendre le galop des ennuis qui approchent ? Cataclop, cataclop…

— J'ai simplement constaté qu'elle se rétablissait rapidement et qu'elle était déjà quasiment autonome. L'aide-soignante ne l'assiste plus pour sa toilette, et ses soins sont réduits au minimum. Ses examens étant bons, je leur ai dit…

— S'il vous plaît, rafraîchissez-moi la mémoire. Quel diplôme avez-vous ?

Je déteste lorsqu'il joue à ce petit jeu. Derrière son phrasé propre et net, au-delà de cette politesse de façade, je sais qu'il se prépare à me rabaisser. Il est coutumier du fait.

Je m'efforce d'argumenter :

— Sa fille et son mari étaient inquiets, et ils voulaient déjà s'organiser pour son retour. Ils m'ont simplement posé des questions…

— Vous n'avez pas répondu à la mienne. Avez-vous fait médecine ? Êtes-vous diplômée de la Faculté ?

— Non docteur, je suis infirmière.

— Noble fonction assurément, mais qui, selon les canons de la profession, ne vous autorise nullement à tenir ce genre de propos qui nous engage en tant qu'institution et que je dois ensuite gérer.

— Elle ne va pas sortir bientôt ?

— Si, mais ce n'est pas à vous de l'annoncer.

Lui, dans le zoo, ce serait le babouin tombé de sa branche alors qu'il faisait la sieste. Je le soupçonne aussi d'avoir le croupion irrité. Je ne dis pas que c'est un mauvais médecin, mais humainement, c'est vraiment un nuisible. Toujours à brandir son petit pouvoir, à se grandir en marchant sur les autres. On m'a raconté qu'avant mon arrivée, il avait brigué la direction du service, et que, n'ayant pas été choisi, il a depuis des problèmes d'ulcère. Étant donné le peu d'années qu'il lui reste à faire, il va finir sa carrière sans avoir accédé à un poste qui aurait satisfait son ego. Résultat : il le fait payer à tout le monde, surtout à ceux qu'il domine hiérarchiquement. Son dernier coup est une circulaire nous interdisant de le tutoyer, alors que c'est un usage couramment admis vis-à-vis des médecins.

— Avez-vous compris ce que je viens de vous expliquer ?

— Tout à fait, docteur.

Il bombe le torse. Le petit sourire qu'il arbore quand il est fier de lui se dessine déjà à la commissure de ses fines lèvres. C'est parti pour la mise à mort. Il va me piétiner, m'écrabouiller, et je ne vais rien pouvoir répondre à cause de ces satanés verrous qui retiennent la bête dans sa cage de beaux principes.

Je m'en fous. Je suis déjà à l'abri dans ma cachette secrète de ma tête. Quand ça devient trop tendu pour moi, je m'évade dans une bulle, je me réfugie dans un souvenir et j'y suis à l'abri. Un sanctuaire pare-balles, un blockhaus d'affection. Pendant qu'il s'excite en faisant des gestes saccadés de dictateur halluciné, je me trouve mentalement au sommet de la colline où mon grand-père m'emmenait lorsque j'étais petite. Une vue ouverte sur l'horizon, le parfum des sapins que je respire à pleins poumons, sa voix rocailleuse qui me raconte les villages de son enfance, et parfois un lapin qui pointe son bout de nez en se demandant ce que l'on fait chez lui.

— Elynn, vous m'écoutez ?

— Bien évidemment.

— Je vais vous expliquer les choses assez simplement pour que vous puissiez les retenir. Cet hôpital est une machine complexe dans laquelle chaque rouage a son utilité. Vous me suivez ?

— Comme une trotteuse.

— Chaque pièce doit cependant rester à sa place, sinon c'est l'anarchie.

— J'ai saisi.

— Pour que pareille situation ne se reproduise pas, je vous demande de garder en permanence à l'esprit deux principes fondamentaux. Si vous craignez de ne pas réussir à les mémoriser, vous pouvez les écrire sur un bristol que vous collerez sur votre chariot ou que vous afficherez en fond d'écran.

Tellement de réponses me viennent, mais je dois la boucler.

Il poursuit :

— Principe n° 1 : vous n'êtes pas habilitée à émettre un diagnostic. Principe n° 2 : même si le malade ou sa famille vous le demandent, vous n'êtes pas là pour leur faire plaisir, mais pour administrer les soins qu'un professionnel compétent, ayant suivi le cursus adéquat, juge utiles. Tenez-vous-en à cela et nous serons les meilleurs amis du monde.

Je me retiens de justesse de lui hurler que je n'ai pas envie qu'il devienne « mon meilleur ami du monde ». Pas du tout. Qu'il éclate. Je préférerais un hamster pelé plutôt que lui.

Que puis-je face à une telle attitude ? Je me sens comme King Kong se débattant impuissant contre ceux qui le maltraitent, ligotée par mes principes et la réserve que mon éducation m'impose.

— Ai-je été assez clair ?

— Limpide, docteur.

— Merci de votre attention. Excellente journée.

Il tourne les talons et s'éloigne, manifestement satisfait de m'avoir laminée. Même de dos, cela se voit. Il se tient plus droit, il marche d'un pas conquérant. Heureusement que parmi tous les médecins, il n'y en a qu'un comme lui.

Il est convaincu d'avoir raison. Il se considère comme irréprochable. Pourtant, dans sa façon de faire, je sais qu'il a tort. Son attitude est détestable.

Suis-je condamnée à subir ce genre d'humiliation toute ma vie ? Est-ce notre condition ? Devons-nous en permanence nous écraser et nous soumettre ? Faut-il avoir atteint un certain âge pour que les petits roquets n'osent plus vous mordre ? À moins qu'il ne faille apprendre par nous-mêmes à nous en prémunir…

Que faut-il avoir vécu pour trouver la force de rompre nos entraves et de repousser ces cloportes qui pourrissent nos vies ?

11

— Alors, monsieur Guardo ? L'aide-soignante me signale que vous n'avez pas touché à votre plateau ?

Malgré son âge, il baisse les yeux comme un enfant pris en faute.

— Pardon, mademoiselle. Je n'ai vraiment pas faim.

— Vous n'aimez pas la blanquette ?

— La blanquette n'y est pour rien, c'est l'appétit qui manque.

— On vous laisse au moins le dessert pour plus tard ?

Il ne répond pas. Je fais signe à ma collègue des repas de débarrasser son plateau et j'ajoute d'une voix plus douce :

— Vous devez reprendre des forces, monsieur Guardo. Le docteur envisage votre transfert en rééducation. Il faut que vous soyez en forme.

Il n'a pas l'air de considérer l'idée de quitter le service comme une bonne nouvelle.

M. Guardo est arrivé ici pour une hanche cassée. Soixante-trois ans, c'est jeune pour ce genre de problème, mais il n'y a pas de règle. Je l'ai tout de suite remarqué, avec son air de chien battu. Je dois y être particulièrement réceptive. Chez nous, quand on désigne un patient autrement que par son numéro de chambre ou sa pathologie, c'est déjà qu'on lui témoigne un petit attachement. J'ai mémorisé son nom dès le lendemain de son opération. J'ai mis par contre quelques jours à comprendre un de ses comportements, que je trouve attendrissant. Il me joue le même tour à chaque fin de repas. Comme maintenant.

Osant à peine croiser mon regard, il attend que je lui demande ce qu'il a regardé à la télé. C'est un sujet de conversation facile avec les malades quand on leur prodigue les soins, mais lui a fait de ce bref échange un rituel. Dès que je pose la question, il s'anime et se montre bien plus loquace que d'ordinaire. Je le soupçonne même de ne suivre certains programmes que pour alimenter ce contact.

L'autre jour, il m'a interrogée sur ce que j'appréciais sur le petit écran, et j'ai machinalement mentionné une série policière. L'après-midi même, il était devant. Il ne manque plus aucun des épisodes multirediffusés. Ensuite, il me parle des personnages, de ce qui leur arrive. J'ai beau être perdue dans les intrigues qui se ressemblent toutes, je joue le jeu en m'intéressant. Je prends le temps de l'écouter, même si le nombre de patients à gérer dans le service nous pousse à ne jamais nous attarder. Je lui trouve quelque chose d'émouvant.

Bien que partageant l'intimité de leur vie, on sait finalement peu de choses des gens que l'on soigne. Ils atterrissent un jour dans une de nos chambres, sans que l'on sache rien de leur histoire. Un nom, une date de naissance, une pathologie, quelques antécédents médicaux le cas échéant, un diagnostic, et des soins. Riches ou pauvres, à l'hôpital, ils finissent tous habillés pareil, débarrassés de leur enveloppe sociale pour n'être plus vêtus que de leur humanité et d'une tenue standard. Quelle que soit la cylindrée de leur voiture, ils se déplacent tous en lit ou en fauteuil roulant.

Le professeur Sijri, un chirurgien que j'apprécie beaucoup, défend une théorie selon laquelle c'est vraiment mieux ainsi. Parce que l'on voit passer tout le monde ici, absolument tout le monde. Les crapules, les gens bien, les victimes, les bourreaux, les pires crétins, sans parler des âmes cabossées. Le professeur estime que nous sommes un port franc dans les tempêtes que subissent les gens sur leurs océans personnels. On les accueille tous pour réparer les avaries avant qu'ils ne reprennent la mer. Sans poser de question. Je suis d'accord avec lui sur le fait que si on laissait notre ressenti affectif interférer avec notre mission, nous ne serions plus à même de la mener à bien objectivement. Parce que, soyons clairs, si la plupart des patients sont corrects et donnent envie de se démener pour les sortir de la panade, quelques-uns sont suffisamment infréquentables pour déclencher des vocations de tueur à gages. Même si on n'a pas le droit de faire de différence, certains sont bouleversants, alors que d'autres sont puants au point que s'ils n'étaient pas déjà malades, on serait tentés de leur inoculer la peste et le choléra à la fois pour être vraiment certains d'en débarrasser la planète. C'est humain.

Dans l'équipe, entre nous, on rigole des pires et on se souvient des meilleurs. M. Guardo est un de mes chouchous. On lui a trouvé un voisin de chambre sympa avec qui il peut discuter. Comme souvent, je me suis demandé à quoi pouvait ressembler sa vie de famille. Il semble si gentil. J'ai guetté sa femme, ses enfants ou ses proches, mais personne n'est venu lui rendre visite, à part un copain de son âge qui, étant donné son état, ne devrait pas tarder à séjourner dans le service qui traite des problèmes liés à l'alcool.

L'heure tourne. Obligée d'abandonner M. Guardo, je quitte sa chambre pour enchaîner. C'est alors qu'à l'extrémité du couloir, j'aperçois la nouvelle étudiante infirmière, Soraya, qui se tient comme un flamant rose, en équilibre sur une jambe, l'autre repliée, les yeux fermés et les mains jointes au-dessus de sa tête.

Je m'approche sans bruit. Elle respire profondément, avec régularité.

— Qu'est-ce que tu fais ?

Elle ouvre les yeux sans rien bouger d'autre.

— Du yoga.

— Tu as bien raison, en pleine tournée des soins, c'est le bon moment. D'ailleurs, tout le monde fait le lotus dans le couloir.

— Ah bon ?

— Bien sûr. Il y en a même qui font la bête à deux dos dans le local technique.

— Je ne connais pas cette figure. Je ne dois pas être encore assez avancée dans ma progression.

J'arrête de plaisanter.

— Sans rire, Soraya, évite ça, ou alors va au moins dans la salle de détente.

— T'as raison, mais là il fallait que je décompresse d'urgence.

— Qu'est-ce qui se passe ?

— Je viens d'aller changer la perfusion de la 14…

J'ai un rire nerveux.

— Tu ne connaissais pas encore la femme piranha ?

— La femme piranha ?

— C'est Caroline qui la surnomme comme ça. Des gros yeux globuleux, toujours prête à te déchiqueter si tu l'approches, et la moindre goutte de sang la rend folle.

— Cette femme est méchante.

— Excellent diagnostic. Quel est son problème cette fois ? L'oreiller n'est pas ergonomique ? Les draps font du bruit ? Sa voisine ronfle ? On n'a pas le câble ?

— La salle de bains est minuscule et il n'y a pas de miroir grossissant. Elle m'a aussi jeté au visage que c'étaient ses impôts qui me payaient.

— Ne te bile pas, Soraya, il y en a des comme ça de temps en temps. Tu en rencontreras qui se croient à l'hôtel et qui nous prennent pour leurs larbins… Si elle n'est pas contente, dis-lui d'aller se faire soigner dans une clinique à Monaco, mais qu'elle n'oublie pas sa Carte Bleue…

La pauvre semble sincèrement éprouvée. Elle a commencé voilà à peine une semaine. Tout le monde s'accorde à dire qu'elle a vraiment la vocation et qu'elle est adorable, mais sa naïveté nous étonne toutes. Étais-je aussi vulnérable à mes débuts ? Me serais-je endurcie sans m'en rendre compte ?

— Ne le prends pas personnellement. L'autre jour, elle a incendié Caroline parce qu'elle trouvait ses cachets trop gros...

— Comment arrivez-vous à garder votre sang-froid face à de tels comportements ?

— Moi, je m'enfuis dans ma tête sur la colline pour aller voir les lapins avec mon grand-père.

Elle a l'air gênée. C'est vrai que, présenté comme ça, je ne suis plus crédible pour l'empêcher de faire le lampadaire javanais au milieu du couloir.

— J'ai entendu dire que tu t'étais fait remonter les bretelles par le Dr Moëlner... dit-elle, changeant de sujet.

— Il faut bien qu'il passe ses petits nerfs sur quelqu'un. C'est tombé sur moi. Quand ton prénom, c'est Gontran, tu as de quoi être en rogne contre la terre entière !

Elle rit. J'ajoute :

— Méfie-toi de ses mouvements d'humeur. N'hésite pas à venir me parler si tu en as besoin.

Elle sourit, rassurée.

— Tu es gentille. Tristan aussi est gentil, il fait attention à moi.

Que dois-je répondre ? La vérité ? Botter en touche ? Simuler un accouchement d'oiseau, ou alors lui parler des licornes qui lèchent les extincteurs et que je suis la seule à voir ?

12

L'ambiance dans le vestiaire a des allures de veillée d'armes. Cette fois, nous ne sommes plus dans l'observation les unes des autres. Chacune est concentrée sur sa propre préparation.

Fabienne, la doyenne, lace bien serrées ses tennis du siècle dernier. Ce soir, instruite par l'expérience, Laure a mis un soutien-gorge « sport intensif ». Aubeline ajuste les manches de son tee-shirt comme si elle se préparait à mener le combat de sa vie, mais elle m'a tout de même saluée très gentiment. Lisa, « qui empêchait la prof de voir derrière elle », est très remontée et s'organise déjà avec la top model, qui s'appelle Mandy. Ces deux-là sont bien parties pour faire la paire.

À 18 h 55, c'est en rangs serrés et en silence que nous rejoignons la salle. Mâchoires crispées, regards combatifs, comme une équipe de foot américain filmée au ralenti. L'esprit est au volontarisme. Francesca ne nous brisera pas ! Au mépris de la consigne donnée par la prof, Rose et une autre fille avec qui elle semble très bien s'entendre squattent le centre du premier rang, pile face à l'emplacement que viendra occuper notre formatrice. Se positionnent-elles ainsi pour attenter à ses jours avant qu'elle n'impose la dictature du chausson de danse sur tout le continent ? On communique à voix basse. On s'encourage à grand renfort de regards entendus.

Maintenant que la troupe est en place et les rangs formés, il apparaît que depuis la dernière fois, nous avons perdu six inscrites. Pour les dégoûter, Francesca n'aura eu besoin que d'un seul cours. Chapeau, l'artiste ! Nous ne sommes plus que quatorze, mais unies comme les dix doigts des mains qui auraient pactisé avec quatre orteils pour faire le compte.

L'idée de lâcher ne m'est pas venue une seule fois. Plusieurs raisons à cela : d'abord, même si elle n'a pas besoin de mon aide, je refuse d'abandonner Aubeline lors de sa tentative d'évasion. Moi aussi, je cherche un passage vers l'air libre. D'autre part, ce deuxième cours revêt désormais des allures de défi. Vais-je tenir psychologiquement ? Suis-je capable d'encaisser physiquement ? Il y a une chance pour que je me brise en deux et que je finisse hospitalisée dans mon propre service. La perspective est intéressante. Qu'il serait bon de me faire soigner par mes collègues ! Quand Caroline sera de service, je la dérangerai tout le temps, pour qu'elle me prépare un grog, pour qu'elle me chante une berceuse parce que je n'arrive pas à m'endormir. Je veux qu'elle me fasse manger, et si ce n'est pas bon, je régurgiterai tout direct comme un nouveau-né. J'ai plein d'idées.

19 h. Francesca entre d'un pas gracieux mais légèrement martial. Elle referme la porte

derrière elle, sans toutefois la verrouiller à clé, ce que j'avais pourtant envisagé. Elle se plante face à nous et lance :

— Bonsoir mesdames. Dès aujourd'hui, nous allons entamer un cycle d'assouplissements et de travail de renforcement qui va nous permettre d'aborder les enchaînements essentiels.

Je crois qu'elle n'a pas remarqué qu'on avait changé nos places, ni qu'il manquait du monde. Je suis entre Aubeline et Fabienne.

— Commençons par quelques positions...

Elle nous montre une posture qui semble assez simple et qui me rappelle d'ailleurs Soraya faisant le cochon pendu un soir de pleine lune dans le hall du service.

— Tenez ainsi pendant trente secondes. Le poids bien sur les talons. On recommence trois fois, puis on passe en dynamique.

Dans un bel ensemble, tout le monde s'exécute. À la façon dont Rose et sa voisine se comportent, il devient clair qu'elles ne comptent nullement renverser notre général tortionnaire. Elles semblent même décidées à collaborer. Elles sont devant et mettent toute leur énergie à se faire bien voir. Elles sourient et s'acharnent à en donner plus que ce qu'on leur demande. Je crois que notre benjamine, Margaux, vingt-deux ans, en couple et normalement mariée l'année prochaine, est tentée de les imiter. Grand bien leur fasse. Pour ma part, je ne suis pas là pour chercher l'approbation de la prof, mais pour me sentir bien.

— À présent, tendez le pied gauche le plus haut possible, tenez l'équilibre en restant bien droite. Rentrez le ventre, menton levé. Imaginez que le public a les yeux rivés sur vous un soir de première à l'Opéra.

Notre image se reflète dans les grands miroirs. Franchement, si c'est une soirée de gala, je vais demander à me faire rembourser mes places. On dirait plutôt un épisode de *Pamela répare tout chez elle sans le moindre outil*, celui où elle réussit l'exploit de remplacer une ampoule en équilibre sur l'accoudoir d'un fauteuil.

— À mon signal, changez de jambe. Attention… Top !

J'ai compris le jeu. « Jacques a dit : fais la poule d'eau. » Puis je parie que ça va être « Jacques a dit : fais le lémurien qui smurfe », et enfin « Jacques a dit : fais la femme ventilateur, qui suite à la décision d'un irresponsable, a été mutée au guidage des avions sur la piste 2 ». Mon esprit est en train de se fissurer, mais moins que mon dos.

Francesca passe dans les rangs, corrigeant nos positions sans douceur. On a commencé depuis dix minutes et elle nous tortille déjà. Elle nous bouge comme si on était ses poupées.

Margaux ose une remarque :

— Francesca, sommes-nous supposées faire notre propre échauffement avant le début du cours ?

Adieu, Margaux. Tu n'attendras même pas quelques années pour savoir à quel point la vie peut te faire tanguer, parce que tu vas couler à pic ce soir, torpillée par un destroyer qui fait des pointes.

Tel un renard dans une basse-cour, la prof s'approche d'elle en louvoyant entre nous. Si elle avait un fouet, je ne donnerais pas cher de la peau de l'étudiante en management et techniques de vente. Au pilori, la gueuse ! Avec vingt coups de lanière supplémentaires pour avoir osé appeler la patronne par son prénom.

— Jeune fille, ces mouvements constituent justement l'échauffement. Rassurez-vous, je sais ce qu'il convient de faire. Gardez la position.

L'imprudente intervention de Margaux a eu le mérite de distraire le cerbère, et nous en avons toutes honteusement profité pour nous relâcher une microseconde. Le plus dur dans ce cours, c'est d'arriver à respirer. Mais la gardienne des enfers est de retour, et notre assemblée se retend soudain, ondulant tel un champ de roseaux dans la brise.

— Lorsque j'ai commencé la danse, clame Francesca, j'étais exactement comme vous : sans maintien, distendue, épuisée au moindre effort…

Qu'est-ce qu'elle vient de dire, la ballerine ? Je rêve, ou elle nous a traitées d'invertébrés flapis ?

— Cependant, en m'inspirant des plus grands, à force d'efforts et de sacrifices, j'ai réussi à me dépasser.

Une fois, moi aussi, ça m'est arrivé. Je me suis dépassée, en voiture, quand, dans une grande descente, ma roue arrière droite s'est détachée et m'a doublée. Je n'ai jamais su pourquoi. Quand je l'ai vue filer devant moi, je me suis dit que les gens balançaient vraiment n'importe quoi sur la route, et j'ai klaxonné. Je ne sais pas si elle a entendu, parce que c'est là que j'ai eu mon accident.

Francesca poursuit la revue de ses troupes en scrutant nos visages. Elle traque le moindre signe de capitulation. Espèce de perverse.

— La vie se déroule tel un ballet, en une suite de tableaux, philosophe-t-elle pendant qu'on en bave. À la fin, mesdames et mesdemoiselles, le rideau tombe, mais tant que la lumière est sur vous, la discipline vous offre une chance de traverser la scène avec grâce et volupté.

Pauvre folle, j'ai déjà du mal à traverser la rue... Je suis certaine que la boule que je sens en bas de ma jambe, c'est mon mollet qui se replie en position fœtale. Aubeline serre les dents, mais je sais qu'elle ne lâchera jamais. Ils peuvent la torturer ou la jeter au cachot, elle est en train de réussir à se creuser son tunnel d'évasion. Sur le front de Lisa glissent quelques gouttes de sueur, mais elle s'en sort bien. Elle et Mandy se soutiennent, c'est évident. Les deux fayottes ont quant à elles le sourire de plus en plus crispé, et moi je dois faire la même tête que sur ma photo de classe de CE1, quand on m'a obligée à poser à côté du clown Saperlipopette qui me faisait si peur.

Pour les historiens spécialistes des sévices infligés aux civils pendant les invasions barbares, la suite des exercices pourrait s'avérer passionnante. Je ne suis pas certaine d'arriver à les décrire, mais pour vous donner une idée, j'ai marché sur une de mes oreilles, j'ai touché mon nombril en passant par l'arrière, et j'ai aussi failli vomir dans ma chaussette gauche.

À l'issue d'un exercice de trop, notre doyenne soupire un grand coup et abandonne sa position. Elle se rétablit, sereinement campée sur ses jambes, les mains sur les hanches, et fait doucement rouler sa tête sur ses épaules pour se détendre. Elle est rouge, essoufflée.

Chacune de nous a entendu qu'il se passait quelque chose et tente de faire jouer son coefficient de torsion pour voir dans les miroirs ou en direct, tout en conservant la position imposée. Pour moi, c'est assez facile, vu que je suis juste à côté. Celles du premier rang vont avoir un torticolis en plus du reste.

Francesca rejoint Fabienne sans se hâter. Nous sommes toutes curieuses de sa réaction – et elle n'est pas décevante. Au lieu de prendre soin de son élève, la prof se place de côté et la toise. Fabienne sourit malgré tout et explique :

— Je me suis inscrite à ce cours pour savoir si je pouvais encore bouger… Je vous remercie : je suis en train de me découvrir encore assez jeune pour souffrir en faisant du sport. Je ne pense pas avoir le niveau pour vous suivre.

Sans tenir aucunement compte de son air épuisé, la prof lâche :

— Bien sûr que vous n'avez pas mon niveau. Nous parlons d'une vie consacrée à l'effort. Il est impossible pour vous d'envisager l'atteindre un jour. Mais c'est pour vous permettre de l'approcher que je suis ici. Je ne vous demande rien de difficile. L'aspect physique n'est pas ce qui compte le plus au départ.

— On en reparlera quand vous aurez mon âge…

Francesca ne semble même pas entendre la remarque.

— Ce que j'attends de vous, poursuit-elle, c'est de la volonté. Tout est affaire de mental. Ce que je veux éveiller en vous, c'est une aptitude à vous dominer, à tenir, à obéir.

Aubeline relâche elle aussi sa position en expirant bruyamment. Je la soupçonne de l'avoir fait intentionnellement de façon si sonore.

— Je ne suis pas ici pour subir une tyrannie de plus, grogne-t-elle, j'ai mon compte ailleurs.

Francesca tourne la tête et la fixe. Elle s'en approche d'un pas mesuré et se place bien en face d'elle, le menton légèrement relevé.

— Que voulez-vous dire ? Je suis un tyran ?

Aubeline fuit son regard, ses mains tremblent. Mais elle ne se tait pas.

— Vous nous traitez mal. Vous nous parlez mal. On se croirait dans un établissement pénitentiaire. Vous êtes vraisemblablement très douée dans votre domaine, mais nous ne sommes ni vos disciples, ni vos prisonnières. Nous sommes là pour nous détendre.

— Cela veut-il dire que tout doit être exécuté n'importe comment ?

J'ai de la chance, je suis aux premières loges. Pile entre les deux foyers de révolte. La tension est palpable. Toutes les filles ont abandonné la position, sauf Rose et sa voisine qui font du zèle devant, mais en vain puisque la prof leur tourne le dos.

Je décide d'intervenir :

— Le moment est peut-être venu de faire une pause, de décompresser et d'échanger sereinement sur les objectifs de ce cours.

Francesca pivote vers moi. Elle me bombarde d'un regard incandescent. C'est super, je n'avais jamais vu la mort en face. Elle est glaçante, guindée dans sa supériorité.

— « Échanger sur les objectifs de ce cours ? » articule-t-elle, incrédule.

— C'est l'idée.

— Vous pensez que c'est à vous de me dire ce que je dois faire ?

Elle me choisit clairement comme adversaire parce qu'elle sent que je lui donnerai moins de fil à retordre qu'Aubeline ou Fabienne. À l'époque de sa splendeur, entre deux représentations du *Lac des cygnes* ou de *Giselle*, elle a dû lire *L'Art de la guerre*. Toujours concentrer le feu sur la position la plus fragile de l'ennemi pour saper son moral.

Je tente de répliquer en restant dans les clous :

— Je n'ai pas cette prétention, mais vous devriez prendre en considération les réactions de celles qui n'y trouvent pas leur compte.

Elle me fixe avec une telle intensité que je ne vais pas tarder à entrer en fusion. Drapée dans sa fierté d'impératrice, elle balaie soudain le groupe d'un regard circulaire avant de revenir sur moi. Youpi.

— Deux personnes ont atteint leur limite, et vous transformez cela en remise en cause générale. Savez-vous ce qui se serait passé pour vous dans le cours que je suivais lorsque j'avais votre âge ?

Le pilori ? Le gibet par les couettes ? Des moustaches de chat au marqueur indélébile ? Je m'en fous, je suis sur la colline avec mon grand-père et les lapins. J'ai quand même envie de lui répondre qu'elle et son immense talent peuvent aller se faire repeindre en bleu à la fête des coquelicots. Je bous de lui hurler que moi aussi, j'ai mon quota de petits chefs, de gens imbus de leur prétendue supériorité. Je devrais lui balancer que je suis infirmière et que je n'ai pas envie de soigner Fabienne parce qu'en parfaite égoïste, elle n'aura pas su prendre soin de son élève. Je peux aussi ajouter que je m'en cogne de sa vie, de son courage, de ses sacrifices, de sa gloire, et que si elle était si douée que ça, elle ne serait pas en train de donner des cours de gym améliorée à des femmes aussi normales que nous !

Le verrou qui m'impose de me taire commence à donner des signes de faiblesse, mais il résiste encore. Je vais garder le silence. Pas de vague, pas de scandale. J'ai déjà payé pour apprendre que celle qui l'ouvre est fusillée la première parce que les autres, même si elles sont d'accord, préfèrent se taire plutôt que de courir le moindre risque.

Barbie Danse ta vie a gagné. Elle se pavane :

— En avons-nous fini avec cette petite rébellion ? Pouvons-nous reprendre ?

13

Nous sommes toutes sorties du cours fourbues, mais absolument pas détendues. On était même tellement à cran que l'une ou l'autre d'entre nous prise au hasard aurait pu aller mettre une pilée à n'importe quel sportif du complexe, quels que soient sa discipline ou son niveau.

Notre gentille Fabienne elle-même aurait été capable d'aller provoquer des jeunes délinquants dans les quartiers louches, juste pour se défouler en leur flanquant une raclée. La rage, c'est comme les cyclones, il faut que ça passe quelque part.

Je m'apprête à quitter le bâtiment quand, au comptoir d'accueil, j'aperçois l'hôtesse qui nous avait demandé ce que nous attendions de l'activité Énergie & Harmonie. Je suis tentée d'aller l'avertir de ce qui se passe, au moins pour avoir son avis et savoir si l'attitude de Francesca est normale. Alors que j'hésite, du coin de l'œil, je repère Aubeline, blottie sur une des banquettes du hall. Je jurerais qu'elle a fait exprès de s'installer dans le recoin le plus abrité, derrière les plantes. Les yeux rivés sur la porte d'entrée, elle ressemble à une bête craintive aux abois.

— Tu attends quelqu'un, Aubeline ?

— Oui, l'envie de rentrer chez moi. Mais elle a toujours du retard...

Elle n'a même pas tourné la tête. Je lui désigne quand même le bar à jus de fruits.

— Je t'offre un verre ? Ça lui laissera le temps d'arriver.

Elle se décide à me regarder, étonnée.

— Pourquoi pas ? C'est vraiment très aimable à toi. Mais c'est moi qui t'invite. Profitons du seul problème que je n'ai pas : l'argent !

On s'avance toutes les deux vers l'espace aménagé autour d'un imposant bar circulaire ultra coloré. À mi-chemin entre une cafétéria et un fast-food, un vrai décor de série des années 2000. Des colonnes translucides remplies de fruits variés éclairés par le dessous forment un « orgue à vitamines ». Tables et chaises de couleurs fluo sont séparées par des bacs luxuriants aux allures de mini-forêts tropicales. L'ambiance est plus vivifiante que chaleureuse.

Nous attendons sagement que l'on vienne nous placer. Du coin de l'œil, j'aperçois Fabienne qui se dirige d'un pas traînant vers la sortie du complexe. Je l'interpelle et la salue. Elle me répond en lançant :

— Demain, je m'attaque à un autre genre de sport : je garde mes petits-enfants ! À la semaine prochaine !

Elle ne semble pas plus traumatisée que ça, finalement. Une serveuse nous fait signe de nous installer où bon nous semble.

Au fond, Lisa et Mandy sont déjà en train de siroter un jus. Je leur adresse un signe avant de me glisser sur la banquette en face d'Aubeline, qui me demande directement :

— Tu vas continuer à venir ou te faire rembourser ?

— Je t'avoue qu'après son petit numéro de ce soir, je me pose des questions. Je ne m'attendais pas à ça. Pourtant, j'ai très envie de cette parenthèse hors de ma vie. Mais avec une prof si peu agréable…

— « Si peu agréable » ? réagit-elle. Un euphémisme ! C'est une peste aigrie et méprisante. Je ne sais pas pour qui elle se prend, mais je ne vais pas servir de victime expiatoire à son orgueil frustré.

— Tu comptes arrêter ?

— Hors de question. Je passe ma vie à m'écraser devant des gens comme elle. J'ai mon compte. Elle tombe mal. Cela n'arrivera pas cette fois.

Elle fulmine avant d'ajouter, les poings serrés :

— Je me suis battue pour avoir la liberté de reprendre une activité. Je l'ai choisie. Je ne vais pas laisser cette saleté me gâcher ce minuscule espace de liberté.

Tout est sorti d'un trait. Sans la moindre hésitation.

— Qu'est-ce qui vous ferait plaisir ? demande le serveur venu prendre notre commande.

— Un fusil à canon scié, réplique Aubeline, et l'adresse de la vilaine diva qui se rêve en première étoile de ballet.

J'éclate de rire. Aubeline reste très sérieuse, et le garçon peine à savoir sur quel pied danser. Je lui réponds :

— C'est notre première fois ici, servez-nous le cocktail vitaminé que vous préférez. On vous fait confiance.

— Fruits rouges ?

Aubeline glousse. À contretemps de sa propre vanne. Ça fait peur, surtout qu'elle rit de plus en plus fort. Je crois que sa soupape de surpression vient de sauter.

— C'est ça, grince-t-elle, rouge sang, avec une tranche de danseuse en garniture.

Elle n'en finit pas de se marrer, les larmes commencent à couler sur ses joues. Le serveur s'enfuit. Je ris aussi, mais moins qu'elle.

Moi qui pensais que j'étais tendue, je m'aperçois qu'au grand concours des Cocottes-Minute sur le point de siffler elle a une bonne cuisson d'avance. C'est curieux. Je suis attablée avec une femme dont je ne sais rien, à part qu'elle étouffe dans sa vie, et malgré tout je m'en sens proche.

C'est seulement à quelques mètres d'ici, dehors, au feu rouge, que j'ai aperçu les trois fillettes qui ont tout déclenché. C'est finalement à cause d'elles que je me retrouve ici ce soir. Et maintenant, après une séance cauchemardesque, me voilà à boire un verre avec une femme qui veut fuir sa vie, tandis que je me demande quel chemin emprunter pour ne pas me perdre dans la mienne.

Le garçon revient avec deux grands verres remplis d'un mix épais qui sent délicieusement bon. Pas de tranche de danseuse en garniture, mais une fraise coupée juchée sur le bord du verre.

Aubeline désigne son cocktail et hoquette entre deux spasmes de rire :

— Elle m'a mise hors de moi, cette sorcière, je pourrais la réduire en smoothie, parfum pomme empoisonnée !

La voilà repartie de plus belle. Dans le service, sa pauvre blague n'aurait fait rigoler que deux ou trois collègues, et pas les plus malignes. Mais elle doit avoir quelque chose à évacuer, et tant mieux si ça l'aide.

Elle se balance d'avant en arrière, secouée de tics nerveux. D'un point de vue médical, je trouve cela très intéressant, mais je suis heureuse de constater qu'ils s'espacent, parce que ça fout quand même un peu la trouille. Dans quel service Lionel l'enverrait-il si elle débarquait ainsi aux urgences ?

Il lui faut quelques minutes pour retrouver un semblant de calme. Elle me fixe avec un sourire béat et, sans prévenir, m'attrape la main. Ce n'est pas du tout son genre. Mon Dieu, à tous les coups elle est devenue frugivore et elle me voit comme une papaye. À l'aide !

— Merci, merci, merci ! me souffle-t-elle. Merci d'être intervenue ! C'était la première fois que je me rebiffais depuis je ne sais combien de temps. Et pourtant, malgré ma conviction, je n'aurais pas eu la force de résister à cette vipère. Si tu n'avais pas pris le relais, je crois que je me serais mise à pleurer. La honte !

Elle fronce les sourcils.

— Voilà le résultat d'une vie coincée entre la bonne conscience, le sens du devoir et la crainte du regard des autres. Même quand je prends ma douche, j'ai l'impression de voler de l'eau à des gens qui meurent de soif. C'est sans répit. Partout, la vie me dit que je ne fais pas le poids.

— Ne dis pas ça. C'est forcément faux.

— Tu parles... J'aurais très mal vécu de céder devant cette mégère alors qu'on avait parfaitement raison. Cela ne devrait jamais arriver. Hélas, dans ce monde, c'est la raison du plus fort qui l'emporte, et je suis loin d'être la plus solide.

Son histoire de douche qui confisque l'eau d'autres plus malheureux que nous, je l'ai déjà ressentie. Ses mots sur le carcan du devoir et du regard d'autrui, j'aurais pu les prononcer. Je compatis, tout en éprouvant une vraie joie à me rendre compte que je ne suis pas la seule à vivre sous cette espèce de nuage de mauvaise conscience paralysante. Nous sommes donc plusieurs à ne rien oser ?

— Toi aussi, tu as du mal à dire non, même si tu es dans ton bon droit ?

— La dernière fois que j'ai tenu tête à quelque chose, c'était à un paquet de chips, et s'il a effectivement cédé, je m'en suis quand même pris plein la figure – au sens propre !

Elle renifle et enchaîne :

— Merci aussi de m'avoir invitée à prendre un verre. Je ne me souviens pas de la dernière fois où quelqu'un m'a témoigné ce genre d'attention.

Elle me sourit, le visage encore trempé des larmes de son fou rire. Elle avale une gorgée de son cocktail, auquel elle n'avait pas touché. Ses yeux s'ouvrent en grand.

— Du sucre. Du pur sucre ! Normalement, je devrais immédiatement arrêter de boire, parce que ce verre va me faire prendre au moins cent grammes. Mais en l'occurrence, je m'en fiche complètement. J'en ai envie. C'est vraiment excellent, tu ne trouves pas ?

— Effectivement, dis-je en goûtant à mon tour.

— Tant pis si je les prends, ces cent grammes. Tant pis si je deviens une grosse vache. J'en ai assez.

Elle se redresse sur sa banquette.

— L'autre fois, tu m'as dit que toi aussi, tu avais besoin de changer d'air dans ton quotidien. Tu as des enfants ?

— Non.

— Un mari qui a fait de toi l'instrument de sa réussite ?

— Pas de mari, et presque plus de petit ami.

— Qu'est-ce que tu fais dans la vie ?

— Je suis infirmière, à l'hôpital.

— Superbe. Cela ne me surprend pas. On perçoit immédiatement l'attention que tu portes aux autres.

— Merci. Et toi ? Qu'est-ce que tu fais ?

— J'obéis. C'est un job à plein temps. J'obéis à mon mari, qui veut que je sois le prolongement de son image de marque professionnelle. J'obéis à mes garçons, qui me considèrent comme leur service de conciergerie. J'obéis aux principes que l'on m'a inculqués. J'obéis aux règles, aux quatre volontés de tout ce que la société et cette vie m'imposent. Ça fait un chouette CV, tu ne trouves pas ? J'ai bientôt vingt ans d'expérience !

Sur l'obéissance aux règles et ce qu'impose la bienséance, je me retrouve à nouveau dans son propos.

Elle soupire :

— Quand je pense à toutes celles que j'aurais pu être... Mieux, à toutes celles que j'ai rêvé d'être ! Si l'on considère ce que je suis devenue, il y a de quoi se flinguer.

Elle reprend une gorgée en me fixant étrangement.

— Quel âge as-tu, Elynn ?

— Vingt-huit ans.

— C'est amusant, j'ai l'impression que j'étais un peu comme toi à ton âge. Tournée vers les autres, vivante, toujours prête à m'y mettre et à rigoler. Regarde le résultat. À part ce cocktail, je vais t'offrir un conseil. Un modeste conseil que la totalité de mes échecs et de mes renoncements cumulés me permet de te garantir comme pertinent : réfléchis bien, Elynn. Tu es à l'âge où tout est encore possible. Ne deviens pas comme moi. Suis uniquement tes envies et ton instinct. Les autres tenteront toujours de faire de toi ce qui les arrange. Même s'ils ne le font pas exprès, ce sera forcément le cas. Alors, tant que tu n'as pas de chaîne aux pieds, cours. Galope. Vole ! Ne fais pas cadeau de ta vie à ceux qui ne feront que la consommer.

Pourquoi me dit-elle tout ça ? Pourquoi maintenant ? Se peut-il que le chargé des Rencontres fortuites l'ait placée sur ma route ? Si oui, il faudra que je le remercie.

— Aubeline, puis-je te poser une question ?

— Autant que tu veux ! Voilà des siècles que je n'ai pas parlé avec une créature humaine. Qu'est-ce que ça fait comme bien !

14

Je n'ai pas pour habitude de traîner dans les magasins, et encore moins dans ceux spécialisés en chaussures de sport. Mais j'en ai besoin pour mon cours, parce que celles que j'ai récupérées au fond de mon placard sont en train de lâcher.

Je me demande comment le groupe va évoluer dans le climat qu'impose Francesca. Face à son dirigisme, notre troupe va-t-elle se souder, ou se scinder en deux camps ? Qui va ramper ? Qui se révoltera ? À titre personnel, je pense que je peux m'endurcir et ne pas me laisser faire. Même si je ne me suis pas inscrite à un cours d'autodéfense, c'est une compétence qui ne pourra m'être qu'utile. Peut-être me ferai-je moins avoir par la suite ? Quoi qu'il en soit, en plus de la dimension sportive, l'expérience a pris un tour sociologique. J'ai hâte de voir comment les pauvres petits rats de l'Opéra ou de laboratoire que nous sommes allons réagir face à notre dresseuse !

Pour le moment, je me tiens, perplexe, devant un mur tapissé d'une quantité phénoménale de modèles de chaussures. Moi qui suis en principe plutôt instinctive au niveau des fringues, je peine à choisir. Éliminons déjà tout ce qui est trop fluo ou à paillettes.

Une vendeuse approche :

— Vous trouvez ce que vous cherchez ?

— Cela ne saurait tarder.

— C'est pour quelle activité ?

— Assez polyvalente, avec option « coups de pied fouettés en pleine tête ».

— Un sport de combat ?

— C'est ça, mais en tutu.

Elle ne se démonte pas et tente de me faire l'article sur une paire de la nouvelle collection, qui a, selon elle, récemment figuré à la une d'un magazine dont je n'avais jamais entendu le nom. Je lui désigne un modèle voisin, d'un plaisant violet sombre, nettement moins tapageur.

— Auriez-vous plutôt celles-là, s'il vous plaît ? En 39.

— Installez-vous, je vais vérifier le stock.

Je m'assois déjà sur le banc d'essayage pour patienter. Face à moi, de l'autre côté du magasin, sont exposés les modèles masculins. Quelques potentiels acheteurs mâles sont en train de regarder ou d'essayer. J'en vois un qui tord une chaussure dans tous les sens jusqu'à la vriller. Je peine à imaginer les circonstances qui obligeraient la tatane à prendre cette forme une fois chaussée.

Côté style, les garçons n'ont droit ni aux petits cœurs, ni aux sequins. À bien y regarder, leurs modèles ressemblent un peu à des voitures de sport, avec leurs bandes latérales de couleurs vives, façon bolide. Enzo serait content. Vroum dans son salon, vroum à ses pieds…

Mon regard vagabonde toujours, quand la silhouette d'un des clients attire mon attention. Sa façon de bouger me rappelle quelqu'un. Avant même que mon cerveau n'ait identifié qui, mon corps réagit. Une véritable secousse sismique.

Cet homme ne fait pas que me rappeler quelqu'un : *c'est* lui. Baptiste. L'identification est formelle. Mon pauvre esprit court aux archives récupérer un dossier que je pensais classé. Mon cœur saute deux battements, mes forces m'abandonnent. Avis de coupure de courant dans l'usine. Je reste assise, inerte, hypnotisée.

Voilà des années que je ne l'avais pas vu. Il a un peu vieilli, mais à nos âges, c'est presque un atout. J'ai l'impression que ce charme qui m'avait enflammée autrefois n'a fait que s'affirmer. La promesse qu'il portait en lui est tenue. Il a transformé l'essai et ne s'est pas arrêté au stade de beau gosse : c'est devenu un bel homme.

Il s'intéresse à une paire de runnings bleues et discute avec un vendeur.

Les grandes douleurs sont muettes, mais les passions n'attendent que la première occasion pour sortir le porte-voix. En vieillissant, on pense avoir dépassé certaines choses, mais on se trompe. On croit oublier, c'est faux. Au mieux, on enterre. Au pire, on se ment.

À quelques mètres de moi se tient le premier et le seul garçon dont je sois réellement tombée amoureuse. J'en ai fréquenté quelques-uns, avant et surtout après, mais avec lui, c'était différent. Pourtant, nous ne sommes jamais sortis ensemble. Je l'avais vécu comme un drame.

Nous étions en terminale. Il me trouvait « sympa », alors que moi, je l'aimais. Horrible décalage. N'ayant jamais eu le courage de lui avouer mes sentiments, j'ai vécu l'enfer. Malgré mon calvaire, j'ai eu le grand privilège de connaître encore pire ensuite, puisque nous sommes devenus amis ! Un cauchemar. Je le dévorais des yeux à la dérobée, et il me vannait comme un pote. Je suis certaine que je connaissais mieux son visage que lui-même. J'en étais réduite à faire croire que je perdais tout le temps l'équilibre pour qu'il me rattrape dans ses bras. Souvent, il me confiait ses histoires avec d'autres filles, tandis que je m'en inventais avec d'autres garçons pour ne pas avoir l'air idiote.

Baptiste n'était pas un séducteur compulsif, mais il avait du succès. Est-ce par peur d'être rejetée que je n'ai même pas tenté ma chance ? L'importance de l'enjeu a-t-elle eu raison de mon courage ? D'ailleurs, pourquoi m'aurait-il choisie ? Qu'avais-je de plus que les autres à lui offrir ?

En le revoyant, tellement de sensations me reviennent. L'impatience de le retrouver le matin, la phobie de me ridiculiser devant lui. Ça me fait drôle d'être à nouveau en sa présence... Dans ma chambre, chez mes parents, il y a encore une photo de notre classe au mur, que j'ai gardée parce que nous y sommes côte à côte. Dans mes affaires de l'époque, je conserve comme un trésor le seul cadeau qu'il m'ait jamais fait : un petit bonnet tout fin avec des lanières pour l'attacher aux oreilles, la grande mode en Finlande à ce moment-là. Avec le recul, je définirais l'objet comme un string pour la tête. Comment ai-je pu à ce point vénérer cette horreur ?

La jeune vendeuse revient et me tend la boîte, mais je suis incapable de la saisir. J'espère avoir l'air assez misérable pour qu'elle ne m'en veuille pas.

— Pardonnez-moi, pouvez-vous la poser à côté ? Je vais l'essayer dès que je récupérerai un peu d'influx, mais là, je suis en panne. Vous fermez à quelle heure ?

Je dois faire pitié, parce qu'elle s'inquiète.

— Tout va bien ? Vous êtes toute pâle...

Je suis surtout toute seule. Dans la base secrète, je crois qu'ils ont fait passer mon dossier sur le haut de la pile. Le chef des Vents contraires commençait à peine à se calmer sur mon matricule que celui des Rencontres fortuites a pris le relais. « Elynn veut du changement ? On va lui arranger ça ! » Ils ont la vocation, les gars. Et du talent. Ils viennent de frapper un grand coup. Ça m'apprendra à trouver ma vie monotone.

Quelle probabilité y avait-il pour que je me retrouve à cette heure-ci, précisément dans ce magasin, confrontée au seul garçon dont j'ai été raide dingue et qui m'a appris, sans même le savoir, ce qu'étaient la frustration et un gros chagrin d'amour ? Bon sang, je n'étais venue que pour acheter des chaussures ! On peut dire que même sans les avoir essayées, elles m'emmènent très loin. En arrière. Pourquoi m'infliger cette rencontre au moment où ma relation avec Enzo pique du nez ? Dois-je y voir un signe ? Une chance ? Un piège à belette ?

Baptiste est là, pour de vrai. J'ai rêvé de ses bras m'enlaçant. J'ai voulu me blottir au creux de son épaule. J'ai secrètement espéré qu'il soit ma première fois. Plus que tout, j'ai prié pour avoir le droit de regarder ses yeux sans qu'il se détourne. À l'époque, j'aurais donné n'importe quoi, y compris mon scooter, pour sentir ses doigts courir sur ma peau. Telle que vous me voyez, je ne suis pas près d'essayer mes pompes…

Je n'arrive pas à détacher mon regard de lui. C'est magnétique, c'est tellurique, c'est physique. Son vendeur part lui chercher une paire. Il s'assoit sur le banc d'essayage situé exactement face au mien. Je viens de me mordre la langue.

Planque-toi, Elynn, sinon ça va dégénérer. Il ne faut pas qu'il te repère. Fais en sorte qu'il ne te reconnaisse pas. Laisse-toi vite pousser les cheveux, ou fais le poirier. Trouve une solution, n'importe laquelle, mais pour l'amour du ciel, ne reste pas bien en vue !

Il va forcément finir par me remarquer. Je le pressens. C'est écrit dans le grand livre de l'histoire de l'univers : « Au troisième jour, l'homme leva les yeux et découvrit que la femme était devant lui, à côté du bac des chaussettes en promo. »

Jouant le tout pour le tout, en mobilisant le peu de forces qu'il me reste, je peux essayer de basculer en arrière pour tomber comme un vieux flan derrière mon banc. Je vous en supplie, s'il existe un service spécialisé dans les Trucs inattendus qui se produisent pour attirer l'attention ailleurs que sur moi, c'est le moment de passer à l'action !

Forcément, la commission chargée de faire respecter la loi qui dit que « c'est pas toi qui décides de ce qui va t'arriver » a mis son veto, et ma demande d'aide urgente a été rejetée. M'en fiche. Vous me le paierez.

Baptiste relève la tête, et son regard vert émeraude accroche le mien. Un grand « clang » résonne en moi. Comme si un wagonnet de marchandises rempli de peluches venait de s'atteler à une puissante locomotive. Je vais dérailler.

Il me dévisage. Son incrédulité dure beaucoup moins longtemps que la mienne. Je suis comme l'écureuil piégé par un éboulement de noisettes. Pauvre petite bête, ce qu'elle aimait le plus va la tuer ! Que ce monde est cruel…

Je suis incapable d'échapper à son regard, et pire encore, je n'ai aucune idée de la tête que je fais, parce que je ne maîtrise plus rien. Est-ce que je souris ? Est-ce que je pleure ? Est-ce que je bave ? Quelqu'un pourrait-il faire une photo de moi et me l'envoyer sur mon téléphone, que je sache ?

Il me sourit. Je fais l'appel : ses fossettes ? Présentes ! Ses yeux rieurs ? Présents ! Ses dents à croquer la vie ? Présentes aussi !

Comme à l'époque, j'essaie de contenir l'effet que cela me fait, mais je ne suis pas certaine d'y parvenir. Me voilà renvoyée au lycée. J'ai la moyenne partout, mais la prof de maths m'a dans le collimateur parce que je rigole tout le temps. Ce midi, à la cantine, c'était bizarre. On ne sait pas si on a mangé des légumes louches ou des matériaux de construction. Seule certitude : ça colle au plafond.

Je deviens folle, de lui, à nouveau. Je me mets à claquer des dents tout en étant secouée de tremblements. C'est d'un romantisme fou.

Il se lève et avance dans ma direction. En principe, je devrais faire de même et gérer cette situation tout à fait banale de façon complètement naturelle. Sauf que j'en suis incapable. Quelqu'un m'a piqué la télécommande de mes jambes. Je suis victime d'une anesthésie générale.

— Salut Elynn, tu me reconnais ? Baptiste. On était ensemble au lycée.

Bien sûr que je te reconnais. Quand tu as rêvé d'un mec plus de quatre cents nuits d'affilée, tu gagnes en cadeau son image gravée dans ta tête pour le restant de tes jours !

— Évidemment que je me souviens de toi, dis-je sobrement. Ça fait plaisir de te voir.

Comment justifier que je ne me lève pas pour l'embrasser comme le feraient deux anciens copains ? Après tout, de son point de vue, c'est ce que nous sommes. Je peux prétendre qu'ils ont mis de la colle sur le banc et que la vendeuse est partie chercher un pied-de-biche. Ou alors que j'ai la maladie du cul lourd et que j'ai une crise.

Il se penche et me fait la bise. Je sens sa chaleur, sa douceur malgré sa barbe qui pique légèrement. Je sais désormais que je ne vais pas réussir à essayer mes chaussures avant la fermeture. Ce n'est pas grave. Je vais passer la nuit ici, et on verra demain matin. Si j'ai faim, comme je claque toujours des dents, je peux éventuellement bouffer mes godasses neuves.

Très naturellement, il s'assoit à côté de moi. Son épaule effleure la mienne. S'il vous plaît, remettez-moi une autre paire, j'ai très faim.

— Alors, qu'est-ce que tu deviens ?

Je n'arrive pas à articuler. Je le regarde fixement, fascinée par ce qu'il représente encore pour moi et épouvantée par l'état dans lequel cela me met. Le mélange doit être assez joli à voir. Moitié furet affamé, moitié panneau indiquant que la baignade est dangereuse. Je devrais le prévenir que je risque d'être prise de convulsions d'une seconde à l'autre. À moins que je ne me mette à aboyer... Elynn, il faut que tu reprennes le contrôle. Allô la tour, j'ai tous les moteurs en feu et y a plus de biscuits salés !

Je chevrote enfin :

— Tu t'achètes des chaussures ?

Ça valait la peine de cramer mes ultimes forces pour sortir ça.

— Oui, je vais reprendre la course à pied. Je viens de rentrer après trois ans à Taïwan. Là-bas, ils ont une excellente hygiène de vie. Je faisais beaucoup de sport et ça me manque déjà.

À moi aussi tu manques déjà. Depuis dix ans.

En plus, il me répond. Pas besoin de lui tirer les vers du nez, il parle tout seul ! Je suis en train de vivre en direct un essai comparatif. D'un côté, Enzo, sympa, excellent danseur, mais qui passe sa vie sur les routes dans son salon. De l'autre, Baptiste. Juste Baptiste.

Je mesure toute la différence entre un homme choisi avec raison et un autre choisi avec tout le reste. En deux ans, même en cumulant tous mes électrocardiogrammes, Enzo ne m'a jamais foudroyée comme Baptiste vient de le faire.

— Tu es mariée ? Des enfants ?

Le magasin vient de s'évaporer. Nous sommes seuls au monde, assis dans la cour du lycée. Il y avait si peu de bancs qu'il fallait se battre pour en occuper un. Je ne me suis pourtant jamais assise avec lui, alors que j'en crevais d'envie. Dans un paradoxe qu'une vie ne suffira vraisemblablement pas à expliquer, ce soir, dans ce magasin de chaussures qui pue le plastique, j'y ai droit sans rien demander.

Je vais faire signe à la vendeuse. J'ai changé d'avis. Je veux des chaussures à paillettes, et je vais aussi prendre un minishort.

15

Je vais vous épargner les détails. Baptiste et moi sommes restés à discuter jusqu'à la fermeture. Ils nous ont presque jetés dehors, exaspérés qu'on ait squatté leur banc en obligeant les clients à s'asseoir par terre pour essayer.

Ils nous ont tout de même autorisés à acheter nos chaussures. Le même jour, à la même heure. Si j'avais encore dix-sept ans, j'y verrais un signe du ciel, la preuve que nos destins sont liés pour l'éternité, et que si jusque-là ça n'a jamais vraiment marché pour moi avec les mecs, c'est parce que la déesse de l'Amour – dont le bureau est à trois portes de celui de la fée de la Honte – me préservait en attendant que nos routes se recroisent.

Je n'ai plus dix-sept ans, mais j'étais quand même dans tous mes états. Nous avons continué à papoter sur le parking, qui lui ne ferme jamais, sinon ils nous auraient chassés aussi. Moi qui grelotte tout le temps, je n'ai pas eu froid.

Je suis rentrée épuisée. Je n'ai presque pas dormi. Un peu parce qu'on a échangé nos numéros, beaucoup parce qu'il est célibataire, et surtout parce que parler avec lui m'a fait l'effet d'une semaine de vacances au soleil des Bahamas dans un hôtel de luxe. Je suis certaine que j'ai la marque du maillot.

Ce matin, par contre, c'est telle une larve que je suis sortie de sous la couette, rampant jusqu'à la douche et ayant beaucoup de mal à attraper le robinet parce que mes petites pattes n'ont pas encore poussé. Heureusement que mon fidèle vélo connaît par cœur le chemin de l'hôpital, car je dormais dessus.

Dans la salle de soins, je retrouve Caroline, qui a ce matin des airs de conspiratrice. Tant mieux, ça lui évitera de me bombarder de questions alors que je n'ai moi-même aucune réponse. Je me concentre sur la préparation des traitements pour les patients.

Elle me donne un léger coup de coude et souffle :

— Je sais qui c'est.

— De quoi parles-tu ?

Du menton, elle désigne les scores de séduction de Tristan notés sur le tableau et m'explique à voix basse :

— La nuit où les chiffres ont été modifiés, seules quatre de celles qui connaissent leur signification étaient de service.

J'adore, on dirait le début d'un film policier. Je m'enthousiasme :

— Très bien. On n'a qu'à les torturer pour les faire parler. Je leur tiens les bras et tu leur fais bouffer tes macarons loupés.

— Pourquoi tu dis ça ? Ils sont pas ratés, mes macarons !

— Quand tu les mets dans l'eau, ils coulent. C'est pas normal. Les bons macarons, ça flotte.

— Tu as mis mes macarons dans l'eau ? Mais pourquoi t'as fait ça ? T'es malade !

— J'ai essayé d'en noyer un parce qu'il me tentait et qu'il fallait que je m'en débarrasse.

Caro me fixe avec sévérité.

— C'est dégueulasse de faire ça. La prochaine fois que tu feras une tarte, je la coulerai direct.

— Elle flottera. Je te le signe. Mais vas-y, dis-moi plutôt qui a succombé au Castor Cavaleur…

— Tu ne vas pas le croire. J'ai discrètement interrogé les quatre qui auraient pu changer le chiffre en connaissance de cause.

— Et alors ?

— C'est Yasmine.

— Qui a-t-elle surpris en idylle avec le bel excité ?

— C'est ça le scoop. Elle n'a surpris personne…

— Moi pas comprendre.

— Elle a modifié le score pour elle-même ! C'est elle qui fricote avec Tristan, et elle l'a inscrit au tableau !

Je vais ramasser ma mâchoire, qui vient de se décrocher. Forrest Gump avait raison : cette vie est une boîte de chocolats, et dans la mienne, je viens de trouver une côte de porc.

— On parle bien de la Yasmine qui a juré de ne jamais y toucher ?

— C'est ça.

— Celle qui critique les petites amourettes et se pose en modèle de fidélité ?

— C'est bien elle. Il faut croire qu'elle a dû se poser ailleurs.

Je reste sans voix. Non seulement notre estimable collègue fait l'inverse de ce qu'elle prêche, mais en plus elle le revendique en le consignant au tableau. Parfois, la nature humaine me désarçonne.

Caroline n'a pas l'air plus choquée que ça. Mais est-ce surprenant, venant d'une femme qui fabrique des jumeaux et des macarons qui coulent ?

Mes traitements sont prêts, il est temps d'y retourner. Au moment de sortir, je croise Yasmine.

— Salut les filles !

Elle rayonne, elle exulte. Il va falloir que quelqu'un m'explique. Comment a-t-elle pu se faire avoir par le type même dont elle dénonçait les agissements ? La voilà qui lance à la cantonade :

— Au fait, Caroline, j'ai goûté tes macarons. Ils sont dé-li-cieux ! J'en ai mangé plein. Il ne faudrait pas que j'abuse, parce que ce soir, je vais à la piscine exhiber mon corps de sirène à un apollon...

Ce n'est pas la peine que je ramasse ma mâchoire parce qu'en ce moment, elle tombe tout le temps. Si Yasmine a mangé plus de cinq macarons, on ne la reverra jamais, parce qu'elle va se noyer dans la piscine. Ils vont l'envoyer par le fond. Adieu Yasminouche, on te regrettera sincèrement, mais ça t'apprendra à manger n'importe quoi en couchant avec n'importe qui.

16

Je découvre Tata Florence bien calée dans son canapé, sa jambe plâtrée posée sur la table basse. Pourquoi diable tient-elle un fusil ? Et que vise-t-elle avec autant de soin ? Comme je suis encore dans son couloir, je ne vois pas sa cible, mais elle s'applique. Le petit bout de sa langue qui pointe entre ses lèvres serrées témoigne de sa concentration. Je n'ose pas avancer.

— Entre, Elynn, me murmure-t-elle. J'en tiens un beau. Celui-là, je ne vais pas le louper…

Elle presse la détente dans un bruit de gros ressort. Je lâche les sacs de commissions et je me précipite pour voir ce qu'elle a touché.

Un homme s'est pris une fléchette à ventouse en plein front. Un type en costume, qui parle à la télévision. Le projectile collé sur l'écran écorne furieusement son image d'expert. Difficile de le prendre au sérieux alors qu'il a un jouet d'enfant planté sur la figure et qu'il ne s'en rend même pas compte. Plus rien de ce qu'il peut dire ne semble crédible. Il va ramer pour nous convaincre que les gens qui n'y connaissent rien ont tout intérêt à risquer leurs économies sur les marchés boursiers…

Florence savoure son carton.

— Je ne supporte plus ces charlatans, ces pseudo-spécialistes sortis d'on ne sait où. Ils nous prennent vraiment pour des crétins.

— Je constate que tu vas mieux.

L'écran de sa télé est criblé de traces de ventouses. Elle a dû faire une hécatombe chez les chroniqueurs des chaînes info.

— Si tu ne les aimes pas, pourquoi les regardes-tu ?

Elle me désigne son plâtre décoré de signatures et de dessins en grognant :

— Ce machin me bloque. Je m'ennuie comme un rat mort ! Je n'ai toujours pas le droit de poser le pied par terre. Hier, je me barbais à tel point que j'en ai été réduite à balancer mes pelures de clémentine sur les passants dans la rue.

— Tu ne peux pas jeter tes détritus comme ça sur des inconnus qui ne t'ont rien fait !

— Disons que c'était une expérience scientifique. D'ailleurs, les réactions étaient tordantes. J'ai encore beaucoup appris sur la nature humaine. Il y a ceux qui ne remarquent rien, ceux qui ne veulent rien remarquer, et ceux qui regardent le ciel en cherchant d'où ça peut venir. Qu'est-ce qu'ils croient ? Qu'un type avale une clémentine dans un avion et qu'il éjecte la peau par sa fenêtre ouverte ?

— Comment t'est venue l'idée de tirer sur les gens qui parlent à la télévision ?

— Le ras-le-bol est un de mes proches conseillers. On s'entend très bien, et il me souffle d'excellentes idées. Quand tu es coincée devant ton poste et que tu as le choix entre les téléfilms de Noël ou ces types-là, tu te rends compte de la tragique médiocrité de ce qui passe en boucle.

— Où t'es-tu procuré l'arme du crime ?

— Louée au fils de la voisine. Il est gentil, ce gamin. Je lui ai expliqué pourquoi j'avais besoin de son joujou et du coup, il a baissé son prix.

— Son prix ?

— Un sachet de bonbons par semaine. J'ai bien négocié : toute période commencée est due en intégralité, mais il a accepté de me faire crédit jusqu'à ce que je puisse à nouveau sortir faire les courses.

J'hallucine.

— Comme ça, fais-je remarquer, en plus de récupérer son fusil, il gagnera un diabète. Florence, arrête de tirer sur des gens, même si tu ne les apprécies pas. Et ne jette plus rien par la fenêtre.

Je ramasse les provisions et me dirige vers la cuisine.

— Je mets le frais au frigo.

— Tu es bien mignonne.

Elle recharge déjà une ventouse, prenant bien soin de la lécher avant.

En passant devant la porte ouverte de sa chambre, j'aperçois le relatif désordre autour de son couchage défait. Rien de surprenant dans son état. Au pied du lit, une petite masse sombre capte pourtant mon attention : une paire de chaussettes noires qui contraste sur la moquette claire. Cette vision m'arrête dans mon élan.

— Florence, puis-je te poser une question ?

Je reviens vers le salon et m'accroupis pour me placer à sa hauteur.

— Ne reste pas là, m'apostrophe-t-elle, tu es dans la ligne de mire ! L'autre chauve va parler de la place des femmes qui s'améliore dans les entreprises, ça fait deux fois que je l'entends et j'ai un contrat sur lui…

— Il y a des chaussettes au pied de ton lit…

— Il y a aussi des feuilles au pied des arbres et des rivières au pied des montagnes, qu'est-ce que ça peut faire ?

— Est-ce que ce sont les chaussettes de Francis dont tu m'as parlé l'autre jour aux urgences ?

Florence essaie de mettre sa cible en joue par-dessus mon épaule, mais je vois bien qu'elle a du mal. Je la sens perturbée.

J'insiste :

— Étant donné la taille et la couleur, elles ne sont pas à toi…

Elle résiste de toutes ses forces, quand tout à coup, dans un grand soupir, elle abandonne sa position de sniper. Elle pose son arme et me regarde franchement.

— Que veux-tu que je te dise ?

— Qu'elles ne sont pas restées là depuis que vous avez divorcé. Ce serait encore plus répugnant que de lécher tes ventouses.

Florence lâche un bref éclat de rire, mais son ricanement s'éteint vite, comme s'il ne parvenait pas à endiguer le sentiment qu'elle cherche à étouffer. J'ai touché un point sensible.

— Si ça te gêne d'en parler, on oublie. Je retourne ranger les courses.

Alors que je me relève, elle m'attrape par le poignet et coupe le son de la télé.

— Je ne sais pas pourquoi je les ai gardées. C'est sûrement idiot. Je me surprends moi-même, mais je n'ai pas été capable de m'en débarrasser.

Elle se détourne.

— Évidemment, poursuit-elle, elles ne traînent pas là depuis toutes ces années. Avant que tu ne le demandes, je tiens aussi à préciser qu'elles ont été lavées. Non mais franchement, tu m'imagines en train de passer l'aspirateur tout autour en prenant soin de ne pas les déplacer ?

Elle tripote les boutons de son gilet pour se donner une contenance.

— L'autre jour, quand on en a parlé, ça m'a fait un drôle d'effet. Ne me demande pas pourquoi, mais dès que je suis rentrée de l'hôpital, la première chose que j'ai eu envie de faire, c'est de les ressortir pour les remettre à leur place. C'était plus fort que moi. Il fallait absolument qu'elles retournent au pied du lit.

Elle ajoute, pensive :

— Il m'en a fait baver, ce sale type. Quel égoïste ! Personne ne m'a autant mise en rage que lui. Pourtant, tu sais quoi ? Malgré tout, parfois, il me manque.

Elle marque une pause et baisse la tête.

— Certains soirs, surtout. Je te jure que quand ça arrive, j'ai envie de m'insulter tant je me trouve stupide. Ça ne change rien. En dépit des tours de cochon qu'il a pu me jouer, j'aimerais bien qu'il soit là.

Je prends sa main avec douceur.

— De tous mes maris, ajoute-t-elle tristement, Francis a été mon préféré. C'est le seul à avoir eu quelques vrais gestes de tendresse envers moi. Aujourd'hui, il ne me reste de lui qu'une poignée de bons souvenirs, des tonnes de colère, et ces saletés de chaussettes. Elles sont la dernière preuve matérielle qu'il y a eu quelque chose entre nous. Des reliques, 95 % coton et 5 % élasthanne.

Elle soupire.

— Je sais que notre histoire ne mérite aucune nostalgie, mais qu'est-ce que j'y peux si elle est là quand même...

— J'étais jeune à l'époque, mais je me souviens de ce qu'il t'a fait endurer, de ses bobards pour couvrir ses aventures...

— C'est sûr. Il avait tort et j'avais raison. C'est indiscutable. Il s'est scandaleusement fichu de moi. Mais au final, même si le jugement est sans appel, la sentence ne frappe pas forcément celui qui la mérite. Je suis certaine qu'il s'est retrouvé quelqu'un, alors que moi je reste seule.

Elle désigne son plâtre.

— Tu sais qui a signé ?

— Tes copines ?

— Elles ont autre chose à faire. À toi, je peux le dire : je ne voulais pas qu'il reste sans dédicaces. Quand j'étais petite, si tu avais un plâtre et qu'il n'était pas rapidement couvert par les graffitis de tes amis, cela signifiait que tu n'en avais pas. C'était humiliant. Figure-toi que j'ai été obligée de demander au fils de la voisine, au type de l'entretien de la cage d'escalier et au postier de me gribouiller quelque chose pour ne pas qu'il reste blanc.

Elle baisse la tête.

— Je suis seule, Elynn. Toute l'énergie que je déploie pour faire illusion n'y change rien. C'est la vérité. Je me demande de plus en plus souvent ce que j'ai raté.

Ses mots me choquent.

— Tu penses avoir commis des erreurs ?

— J'ai peut-être été trop exigeante...

— Tu te dis sérieusement que tu aurais dû accepter d'être trompée, de voir tes économies pillées ou d'être traitée comme une servante au Moyen Âge ? Parce que c'est ce qu'ils t'ont fait, et encore, je ne sais pas tout.

Elle a un petit haussement d'épaules.

— Bien sûr, présenté sous cet angle, le jury est unanime. Mais de toutes les peines à purger, quelle est la plus douloureuse ? La tromperie, le mensonge, le mépris ? Ou la solitude ? Je ne suis plus certaine de la réponse.

— Il faudrait tout endurer, tout assumer, au nom d'une vie de couple ? J'ai toujours entendu dire qu'il valait mieux être seule que mal accompagnée.

— Je voudrais pouvoir t'offrir une réponse pleine de sagesse et de certitude, mais je suis complètement perdue... S'il te plaît, n'en parle pas à ta mère. Je n'ai pas envie qu'elle m'offre une séance de psy pour Noël.

Nous restons un instant silencieuses, chacune perdue dans ses pensées.

— Où en es-tu avec ton Enzo ?

— J'ai eu du mal à ne pas lui faire signe, mais j'ai tenu bon. Malgré tout, je me sens encore un peu liée.

— Plus envie de continuer mais pas la force d'arrêter ?

— C'est ça. Pitoyable, n'est-ce pas ?

— Il faut parfois du temps pour passer de la décision à l'acte. Ne te condamne pas, avance à ton rythme, sans rien forcer. A-t-il pris de tes nouvelles ?

— Il a mis sept jours à m'envoyer un message.

— Sept jours ? Quand il s'agit de s'en foutre, ils ne sont vraiment pas décevants.

— Sept jours. C'est le délai que Dieu aurait mis pour créer le monde. Lui n'a envoyé qu'un SMS. Il ne m'a d'ailleurs pas écrit pour savoir comment j'allais, mais pour m'annoncer qu'il avait remporté un prix virtuel de je ne sais trop quoi.

— J'imagine que ça ne va pas te donner envie de te jeter dans ses bras.

— Disons que si faire un couple, c'est créer une équipe, je crois que je ferais mieux de m'associer avec un kangourou. Je pourrais au moins lui confier mes affaires pour qu'il les mette dans sa poche.

Florence paraît songeuse. Je n'ai pas envie de lui parler de Baptiste. Il est trop tôt, et je n'ai aucune idée de ce que ça donnera, même si j'y pense beaucoup.

— Tu vas lui parler ?

— À qui ?

— À ton coureur immobile.

— Je ne suis pas convaincue que cela changerait quoi que ce soit. En attendant, je poursuis mes expériences. Je suis impatiente de vérifier à quel moment il se sentira concerné par ce qui peut m'arriver.

— Tu me raconteras ?

— Peut-être même que je t'emprunterai ton fusil.

17

Mardi soir, 18 h 55. Sur deux rangs, nous sommes déjà toutes en place devant les miroirs d'exercice. Quand je dis toutes en place, c'est une façon de parler, parce que nous avons encore perdu quatre participantes depuis la semaine dernière. Nous ne sommes plus que dix. Comme les sept mercenaires alliés à Riri, Fifi et Loulou.

Nous formons désormais une escouade, voire un commando. Je suis toujours placée entre Aubeline et Fabienne. À mi-chemin entre la révolte et la sérénité. Ça me va très bien.

Quelles que soient les raisons pour lesquelles chacune de nous s'est inscrite à cette activité, l'attitude de Francesca les a forcément redéfinies. Lisa et Mandy s'appuient l'une sur l'autre pour atteindre leur but, qui ne peut pourtant pas être le même. Rose est cramponnée au premier rang avec son double collabo, une dénommée Églantine. Elles sont décidées à devenir les préférées de la prof, mais je suis déjà curieuse d'observer comment évoluera leur alliance lorsqu'il n'y aura plus de place que pour une seule des deux. Laure est sans doute celle qui s'accommode le mieux de cette discipline extrême.

Margaux, dans son hésitante jeunesse, est égale à elle-même. Fabienne s'amuse à sa façon, Aubeline creuse son tunnel, et moi je rame. J'ai cependant aujourd'hui une arme secrète qui me donne un avantage : mes chaussures neuves, que Baptiste trouve « très mignonnes ». Ainsi, j'ai l'impression qu'il est un peu avec moi et qu'il me soutient. Je suis invincible, dans la limite des stocks disponibles et des magasins participant à l'opération.

19 h 01. La prof n'est pas là, mais le groupe reste très concentré. Ça ne discute pas. Tout le monde est au taquet. Rose et Églantine s'échauffent pour être au top quand la reine du tutu débarquera. Quant à moi, je suis au bord du grand plongeoir, prête à me balancer dans le vide. Nous avons en commun notre détermination à tenir, quoi qu'elle puisse nous infliger. Ambiance.

Les minutes passent. Elle n'arrive toujours pas.

Tout à coup, dans une tentative d'imitation – je ne sais pas ce qui me passe par la tête – je lance à la cantonade avec un fort accent de surveillant de goulag :

— Mesdames, je vous prie d'excuser mon retard, cela ne se reproduira pas. Je suis Cruella, votre nouvelle exécutrice sadique !

Tout le monde s'esclaffe, sauf les deux premières de la classe. Je parie qu'elles peuvent cafter pour se faire encore mieux voir.

Bruits de pas dans le couloir. Les silhouettes se redressent, les muscles se raidissent.

Ce n'est pas Francesca qui entre, mais la sympathique hôtesse du complexe.

— Bonsoir à toutes. J'espère que vous êtes en forme. Pardon de vous prévenir à la dernière minute, mais votre animatrice sera absente quelque temps.

Soyons honnêtes, si certaines manifestent une déception, c'est parce qu'elles ne vont pas pouvoir en découdre.

Rose demande d'un ton mielleux :

— Elle n'est pas malade, au moins ?

— Elle vous donnera elle-même de ses nouvelles lorsqu'elle reviendra. Toujours est-il qu'elle ne sera pas en mesure d'assurer les cours pendant plusieurs semaines.

Le groupe bruisse de murmures. Chacune imagine déjà les raisons qui pourraient justifier son indisponibilité. Pour ma part, je suis persuadée qu'elle a voulu obliger un grizzli à faire des pointes « parce que l'excellence est au bout de l'effort et que lui aussi peut traverser la scène avec grâce ». Sauf qu'il n'a pas été d'accord. 645 points de suture, et ils vont devoir l'opérer pour récupérer ses chaussons de danse que l'animal lui a fait manger…

— S'il vous plaît ! s'exclame la jeune femme, élevant la voix pour ramener le calme.

Dans le silence tout à coup rétabli, elle poursuit :

— Nous avons cependant réussi à vous trouver quelqu'un pour assurer l'intérim.

Dans l'embrasure de la porte, un homme apparaît. Personne ne s'attendait à ça. La trentaine, plutôt joli garçon, et taillé comme un coach sportif doit l'être. Je sais ce que dirait Florence au sujet de sa petite gueule, de ses cuisses et des charrettes à sortir de l'ornière.

— Je vous présente Mathieu.

Personne ne répond tant la surprise est grande. L'objet de notre stupéfaction nous adresse un rapide signe de la main. Toutes mes consœurs ont les yeux braqués sur lui.

Une évidence me frappe : à la seconde où « il » est entré, quelque chose a instantanément changé dans la salle. Une reconfiguration complète de l'ambiance et des attitudes s'est opérée. Quels que soient l'âge ou la personnalité, nous participons toutes à ce phénomène déroutant. Que s'est-il passé ?

Sommes-nous soulagées d'être débarrassées de l'autre fléau pour un bon moment ? La pression retombe-t-elle parce que l'absence de Francesca nous épargne le conflit qui couvait ?

J'ai cependant l'impression que l'explication se trouve ailleurs. Elle est là, devant nous, avec sa carrure, sa puissance naturelle, ses fossettes et ses phéromones. Nous attendions une femme désagréable, et c'est un beau mec qui a fait son apparition. Nous n'étions pas préparées à cela, et le décalage est d'autant plus violent que le registre est bien différent. En un clin d'œil, nous sommes passées du rapport de forces à ce qui ressemble déjà pour beaucoup de mes voisines à un rapport de séduction.

L'hôtesse prend congé.

— Je vous laisse entre de bonnes mains, excellente séance !

Lisa a un rire nerveux et répète à mi-voix :

— « Entre de bonnes mains… »

Mathieu s'avance. Ce sont dix paires d'yeux qui l'épluchent de la tête aux pieds. Les miroirs nous permettent en plus de le voir de face et de dos en même temps. Tout y passe : ses cheveux coupés court, ses lèvres essayant de sourire sans vraiment oser. Sous son tee-shirt ajusté, on devine sans peine la musculature de ses épaules et de ses bras. Il porte un pantalon de sport, mais pas à la façon de ceux qui croient élégant de se balader en jogging informe. Non, lui fait partie des personnes pour qui ce genre de vêtements a été conçu, et ça rend drôlement bien. En quelques pas, même moi, j'ai remarqué la souplesse de sa démarche. Aucune incertitude sur le fait qu'il peut courir vite ou sauter haut.

On attendait une hyène, on récupère un puma. On a bien fait de revenir.

— Bonsoir.

On vient d'entendre sa voix. Premier mot prononcé. Beaucoup, dans le groupe, paraissent déjà entrer en résonance avec son timbre grave et légèrement rocailleux.

— J'ignore la façon dont celle que je remplace gérait le cours puisque je n'ai pas pu lui parler, poursuit-il, mais si vous le voulez bien, on va repartir de zéro.

— Vous êtes danseur ? demande Églantine.

— Pas vraiment.

— Vous allez faire les exercices avec nous ? interroge Mandy.

— C'est la base.

— Vous êtes célibataire ?

C'est Margaux qui a osé demander. Tout le monde rigole, sauf lui. Je crois même qu'il rougit. Le pauvre, passé au crible par dix femmes à la fois… Une véritable inspection d'étalon reproducteur à la foire agricole. J'ai presque pitié. Fait-il de même avec nous ? Est-il en train de nous évaluer ? Si oui, sur quel plan ? Est-il question d'aptitude physique, ou de charme ? S'il nous jauge, il le fait avec beaucoup plus de discrétion que la plus jeune du groupe, qui le dévore littéralement des yeux. Margaux, dois-je te rappeler que tu es fiancée et que tu es supposée te marier l'année prochaine ? Espèce de bête !

— Si vous êtes d'accord, le groupe n'étant pas trop important, vous pourriez vous répartir en arc de cercle. On se verrait mieux.

Ni une ni deux, on se place toutes autour de lui. Le voilà cerné, mais c'est lui qui l'a voulu.

Il propose d'abord un tour de présentation. Étrangement, les réponses ne sont pas du tout les mêmes que lorsque l'hôtesse nous l'avait demandé. La différence est flagrante. Cette fois, aucune plaisanterie, aucune autodérision. Nous restons toutes très sages, et aucune ne précise son âge. Margaux oublie de mentionner qu'elle est en couple, Lisa ne parle plus de ses kilos en trop, et même Aubeline ne justifie plus sa présence comme une échappatoire à l'oppression qu'elle subit chez elle. Seule Fabienne – privilège de l'âge – se montre assez honnête :

— Au départ, j'étais là pour vérifier que mes articulations fonctionnaient encore, et Francesca m'a rassurée sur ce point. J'aurais tendance à considérer que j'avais ma réponse, mais maintenant que vous êtes là, je vais continuer pour le seul plaisir de côtoyer de près un beau jeune homme. Cela fait longtemps que ça ne m'est pas arrivé !

Il rougit encore un peu plus et répond de la voix la plus neutre possible :

— Merci madame.

Puis il enchaîne :

— Et vous ? Quels sont vos objectifs en venant ici ?

Je crois que c'est à moi qu'il s'adresse. Je bafouille. Serais-je à mon tour victime de « l'effet joli garçon » ? Comment est-ce possible ? Je suis techniquement toujours en couple, et je viens en outre de retrouver mon amour de jeunesse, avec qui j'ai peut-être une chance. Ça devrait me suffire, mais apparemment pas. Je me déçois beaucoup. Le fait d'en être consciente m'enlève encore plus de ressources pour lui répondre. Allons, Elynn ! Tu n'as aucune raison d'être déstabilisée, il n'y a pas la moindre ambiguïté.

Je me ressaisis et je donne tout ce que j'ai :

— Mon objectif est de faire du sport.

Alors là, bravo. Un bigorneau aurait été capable de répondre plus intelligemment. Même le coach, qui doit être habitué à de la repartie bien nulle, semble peu impressionné. Il est clair que je ne vais plus pouvoir me moquer de qui que ce soit pendant un moment. Ma réponse est ridicule, tout le monde s'en est mieux sorti ! S'il me demande pourquoi je vais chez le poissonnier, je peux lui répondre du tac au tac que mon objectif est d'acheter du poisson ! Imbattable. Pareil chez le boulanger, ou le fromager. Pourvu qu'il ne me demande pas pourquoi je vais chez l'esthéticienne. Pour acheter de la beauté ?

Deux personnes de plus ont répondu pendant que je me méprisais intérieurement. Soit elles ont fait vite, soit je me suis méprisée longtemps.

Je suis bluffée par tout ce que modifie la présence d'un homme. C'est magique, et tenez-vous bien, il en suffit d'un seul ! Lorsque nous étions entre filles, il y avait une liberté de ton, une absence complète de jugement, et un naturel assumé. Puis un mâle a surgi – un beau spécimen, il est vrai – et la donne a radicalement changé. Alors que nous ignorons tout de lui, son regard est immédiatement devenu essentiel pour nous. C'est énorme. Comme si le seul fait qu'il nous observe déterminait notre façon d'être. C'est très inquiétant.

— Qu'aviez-vous l'habitude de pratiquer comme exercices ?

— On se cassait en trois ! lance Tiphaine.

— On essayait de s'embrasser les pieds en se prenant pour des papillons ! ajoute Aubeline.

Nous rigolons toutes, mais il ne se laisse pas perturber.

— Commençons par des séquences simples, et allons-y progressivement. Cela me permettra de voir où vous en êtes.

Lisa a un autre rire nerveux. « Allons-y progressivement », répète-t-elle, mais cette fois, je crois qu'il a entendu. C'est elle qui devient rouge cerise.

— On aura besoin de tapis de sol ? demande Églantine.

— Si c'est plus confortable pour vous, pourquoi pas. Mais je ne veux pas vous pousser à la dépense. Je ne suis là que temporairement.

Je devine que beaucoup sont déçues à l'idée qu'il reparte. Pour être tout à fait honnête, moi aussi. Avec l'autre despote, il fallait s'accrocher pour venir aux cours, alors qu'avec lui, j'ai l'impression qu'il va falloir en chasser beaucoup pour qu'elles rentrent chez elles.

Notre nouveau coach a commencé par des mouvements très doux, genre on lève un genou puis l'autre. Au début, ça semblait facile, mais mine de rien, la cadence s'accélérant, il nous a quand même rapidement fait augmenter le rythme cardiaque. Avec son air de ne pas y toucher, il sait y faire. Petit coquin !

Il passe entre nous, étudie nos postures, nous donne quelques conseils. Pour le moment, il ne nous accompagne pas pour les exercices, mais il porte une véritable attention à chacune. Notre doyenne donne des signes de fatigue. Il s'en inquiète.

— Fabienne, c'est bien ça ?

— Ce qu'il en reste…

— Si vous le voulez bien, vous allez vous reposer un peu. C'est une demande officielle du jeune homme que vous côtoyez de près…

Le bougre a réussi à transformer en ironie les allusions qui l'ont fait rougir tout à l'heure. Son ton est complice, son sourire charmeur. Il est clair que sous son apparence lisse et très professionnelle, ce garçon cache une personnalité. Nom d'une perfusion qui fuit, je rêve ! Fabienne est en train de minauder ! Le loup est peut-être dans la bergerie. Le voilà qui prend son pouls à son poignet. Le moins que l'on puisse dire, c'est qu'elle ne se débat pas.

— Je ne suis pas là pour faire de vous des championnes olympiques, mais pour vous amener, chacune à votre niveau, au maximum de votre potentiel personnel.

Je n'ai rien compris, mais j'aime décidément sa voix. C'est la foire dans ma tête. Dans les grands miroirs, je constate que tout le monde s'est relâché et le contemple en rêvassant. Pour un tel crime, l'autre sauvage nous aurait marquées au fer rouge et balancées dans la fosse d'orchestre. On n'a pas perdu au change.

Nous avons repris, en augmentant encore le tempo. Il en a ainsi progressivement mis trois au repos, tandis qu'aux autres, dont moi, il a fait faire des exercices de cardio, puis des pompes. Cette fois, il a tout exécuté avec nous. Je me demande si par moments, Aubeline ne cherche pas à tenir autant pour lui que pour elle-même…

Le cours est passé trop vite, et en repartant, je ne saurais dire si nous étions épuisées à cause des efforts physiques ou de toutes les émotions que l'arrivée de cet homme a provoquées.

Ce soir, plus aucune d'entre nous ne sait exactement ce qui l'avait poussée à s'inscrire, mais par une étrange alchimie, on sait pourquoi on va revenir.

18

En quittant les vestiaires, j'ai proposé à Aubeline d'aller prendre un cocktail au bar. Elle a si vite accepté que je suis prête à parier qu'elle n'attendait que ça. Tant mieux. J'aimerais beaucoup que cela devienne notre petite tradition.

Nous sommes descendues en même temps que deux culturistes. Plus baraqués que des armoires à glace, de véritables buffets ! Quand j'ai discrètement fait remarquer à Aubeline qu'on pouvait les prendre pour nos gardes du corps, elle a simplement souri. Si ça se trouve, elle en a pour de vrai.

Au rez-de-chaussée, nous avons rattrapé Fabienne, à qui nous avons offert de se joindre à nous, mais qui a poliment décliné.

Lisa et Mandy sont déjà installées au fond, à la même table que la dernière fois. Je trouve leur tandem attachant. Elles sont lancées dans une grande conversation. J'ai l'impression qu'elles se sont vraiment trouvées.

Nous nous sommes assises. En traversant le hall, Laure nous a fait signe de loin. Margaux a retrouvé son amoureux, qui l'attendait, en lui sautant dans les bras de façon très démonstrative.

Rose et Églantine sont sorties ensemble, mais n'ont rien manifesté à notre intention. Je suis pourtant certaine qu'elles nous ont repérées. Ces deux-là se la jouent perso.

Après avoir commandé, je demande à Aubeline :

— Alors, à ton avis, pourquoi Francesca est-elle absente ? Les paris sont ouverts.

— Je m'en moque complètement. Je ne lui souhaite pas de mal, mais j'espère bien qu'elle va revenir le plus tard possible, voire jamais. L'atmosphère est bien plus respirable lorsqu'elle n'est pas là.

— Avec le nouveau prof, les courbatures vont être d'un autre genre, mais on en aura quand même !

— C'est sûr. Il présente au moins l'avantage de nous faire travailler dans une dynamique positive. Avec lui, on a l'impression d'accomplir un effort satisfaisant, pas de subir un châtiment.

Nous avons discuté de certains exercices, plus exigeants qu'ils n'y paraissent, en évitant toutefois d'évoquer l'effet qu'a produit Mathieu en débarquant. Aubeline parle de lui comme d'un intervenant technique alors qu'il ne peut clairement pas se résumer à cela. N'en est-elle pas consciente ? À moins que son éducation ne l'empêche de s'aventurer dans cette analyse-là.

Nous avons ensuite abordé ce qui nous était arrivé dans la semaine, dans nos vraies vies. Aubeline se livre facilement et en toute transparence, même si son existence ne ressemble pas du tout à celle du commun des mortels.

Elle organise régulièrement des dîners d'affaires pour son mari. Deux jeunes filles au pair s'occupent à plein temps de ses enfants encore jeunes lorsqu'ils ne sont pas en internat à l'étranger. Trois domestiques assurent le fonctionnement d'une maison dont j'évalue mal la taille, mais qui, sur la foi du nombre de pièces qu'elle évoque en quelques phrases, semble très vaste. Elle a entre autres mentionné une bibliothèque, un « petit » salon où ils étaient quand même une quinzaine à se réunir, et jusqu'à une dépendance dans leur parc où elle ne met jamais les pieds parce qu'elle est trop loin...

Elle s'astreint aussi à un genre de discipline que je n'avais pas imaginée possible : elle tient un fichier informatique pour s'assurer que les relations de son époux ne la rencontrent pas deux fois dans la même robe haute couture et ne mangent jamais le même plat à leur table. Elle ne l'explique pas pour étaler son train de vie, mais simplement parce que nous évoquons nos quotidiens et que c'est le sien. Moi, si je devais tenir un tel registre, un tableur serait tout à fait inutile, un dos de ticket de parking suffirait !

En l'écoutant égrener les événements protocolaires qui rythment son emploi du temps, j'ai l'impression de regarder une série anglaise sur ces grandes familles de la noblesse qui gèrent essentiellement les problèmes que posent leurs membres.

Pour ma part, je lui ai raconté comment un pneu de mon vélo a crevé et décrit la patiente de la 19 qui s'est mise à hurler à la mort quand elle a vu la prothèse de hanche qu'on allait lui poser. Elle a bien ri.

Lorsque Aubeline s'exprime, elle le fait aussi avec ses mains. Elle distille une petite touche très huppée dans chacun de ses gestes. Nous n'appartenons pas du tout au même milieu social, mais elle se comporte sans suffisance ni affectation.

Elle m'a posé beaucoup de questions sur mon métier, sur l'implication affective que cela représente. J'ai été touchée qu'elle se souvienne du prénom d'Enzo et me demande des nouvelles de notre relation parfaitement mémorisée comme déclinante. Elle s'est montrée rassurante, m'expliquant que le temps qui passe ne doit jamais être une pression, surtout à mon âge, et que je ne dois surtout pas m'engager si je ne suis pas viscéralement convaincue. Elle m'a surtout donné un point de vue que je ne suis pas près d'oublier.

— Quand tu mesures l'énergie qu'il faut pour durer à deux, tout ce que cela exige au quotidien, si tu n'y crois pas à fond au départ, alors il y a de grandes chances que ça n'aille pas loin. Un doute, c'est une fissure, et ne perds pas de vue qu'au moindre soubresaut, même les plus infimes peuvent se transformer en failles, voire en gouffres. Il n'existe pas de chemin sans chaos, et les secousses finissent toujours par arriver…

Sa façon de présenter les choses m'inspire vraiment. En l'écoutant, les écueils paraissent moins insurmontables. Dans mon entourage, je ne manque pas de gens avec qui discuter, mais avec Aubeline, il y a réellement un ingrédient particulier que je ne trouve pas ailleurs. Maintenant que j'y ai goûté, cela me manquerait si j'en étais privée. J'aime le regard à la fois frais et lucide qu'elle porte sur ma vie. Grâce à elle, mon existence me paraît plus acidulée.

Je me suis demandé ce qui pouvait expliquer cette liberté de ton lors de nos échanges. Nous ne sommes que deux femmes qui partageons une parenthèse. Nous n'avons aucun lien et ne nous connaissons pas. Aucune ne cherche à convaincre l'autre ni à lui vendre quoi que ce soit. Il est parfois finalement plus facile de se confier à une inconnue. On peut parler franchement, exprimer ce que l'on ressent sans que cela porte à conséquence. Nos discussions ont lieu dans une zone neutre, dépourvue d'arrière-pensées, sans crainte de jugement.

Alors que je commence à évoquer Baptiste, elle jette des regards de plus en plus fréquents vers son téléphone.

— Je te saoule avec mes histoires, lui dis-je. Tu as certainement rendez-vous.

— Détrompe-toi, converser avec toi me fait beaucoup de bien. Mais je sais que le chauffeur m'attend depuis la fin du cours. Je l'estime capable de patienter une petite heure avant d'en rendre compte à Laurent, mon mari. Ensuite, on me demandera pourquoi j'ai été si longue, et l'excuse facile des femmes qui mettent beaucoup de temps à se changer ne suffira plus.

— On te serre à ce point ?

— Tu n'imagines pas. Ma laisse est courte.

— Encore des obligations ce soir ?

— Nous avons une conf-call avec les enfants, et nous devons aussi valider les menus des prochains dîners. Celui de vendredi s'annonce comme un véritable casse-tête, avec des Indiens et des Japonais à la même table.

— Quel espace te reste-t-il pour toi dans tout ça ?

Elle demeure un instant pensive avant de répondre :

— Là, avec toi, en parlant d'égale à égale de petites choses qui nous touchent. C'est affligeant, mais je crois que je n'ai rien d'autre.

— Pourquoi ne pas dire que le cours a duré plus longtemps et te ménager le temps de profiter sans stresser ? Rien ne t'en empêche.

Elle laisse échapper un rire bref.

— Tu as raison, rien ne m'en empêche. À part moi. J'aurais l'impression de tromper, de trahir. En plus des employés de mon mari, j'aurais ma mauvaise conscience sur le dos. Je suis ainsi. Je n'ose d'ailleurs pas imaginer la réaction de Laurent s'il découvrait mon mensonge…

Elle finit son verre.

— Tu dois me trouver ridicule.

— Pas du tout. Ma tante prétend que nous sommes tous prisonniers de cages dont nous forgeons nous-mêmes les barreaux.

— Elle n'a pas tort.

Aubeline se lève. Alors que je ne m'y attendais pas du tout, elle se penche et m'embrasse sur la joue. Son geste est simple, familier, naturel. J'en suis touchée.

Je la raccompagne jusqu'à la sortie, m'arrêtant avant les portes automatiques. Elle s'en étonne :

— Tu ne rentres pas chez toi ?

— Je dois d'abord aller récupérer mon vélo au parking.

D'un mouvement chaleureux, elle pose sa main sur mon bras.

— Merci beaucoup pour le verre. J'attends déjà la semaine prochaine avec impatience.

— Moi aussi.

Elle remonte son col, me fait un clin d'œil et sort.

À peine a-t-elle fait quelques pas sur le trottoir qu'une imposante berline noire se range à sa hauteur. Le chauffeur descend et lui ouvre la portière arrière. Elle monte en repliant ses jambes comme une star de cinéma. Ce n'est plus tout à fait l'Aubeline que je connais. Les codes ont repris le dessus, son sourire a disparu. La voiture démarre et s'éloigne dans la nuit.

Je reste un moment à songer à la façon dont chacune d'entre nous s'en est allée du seul lieu qui nous réunit. Margaux dans les bras de son fiancé, Fabienne d'un pas volontaire vers sa famille, Mandy et Lisa ensemble, Aubeline en limousine, et moi à vélo. Tellement de manières d'avancer, mais toujours avec le même espoir de croiser le bonheur sur sa route.

19

Ce matin, la tournée des patients s'est avérée plus compliquée que prévu. Il y a des jours comme ça. Les chirurgiens arrivés en retard parce qu'ils ont été retenus au bloc, un protocole à ajuster, les appels incessants des familles qui s'inquiètent, une douleur postopératoire inattendue, l'indisponibilité de lits en soins de suite, qui nous oblige à garder un sortant plus longtemps… Rien de catastrophique en soi, mais l'accumulation produit l'effet d'une bourrasque sur l'organisation, qui a tout du château de cartes. Du coup, ce midi, j'ai peu de temps pour avaler ma gamelle.

Dans la salle de détente décorée de guirlandes de Noël par l'équipe de nuit, les collègues vont et viennent au rythme de leurs pauses. Je me suis installée au fond, sur la petite table d'angle tacitement considérée comme la zone réservée à celles et ceux qui ont besoin de se retrouver un peu seuls.

Je n'écoute pas vraiment les conversations, trop occupée à lire et relire les messages que Baptiste m'a envoyés. Je décortique chaque mot en m'en faisant un roman, essayant d'extrapoler ce qu'il a voulu y glisser. Je traque le sens caché, le sous-texte subliminal. Quand il écrit « j'espère que tu vas bien », dois-je comprendre qu'il pense que je vais mal, ou qu'il s'inquiète pour moi ? Si je n'allais pas bien, dans quelle mesure pourrais-je compter sur lui ? Est-ce une offre de service ? Dans l'hypothèse où je serais kidnappée, quelle serait notre phrase secrète pour m'assurer que c'est bien lui qui vient me sauver ? Comment diable en suis-je arrivée à cette question-là ? Épuisant.

Le moindre indice capable d'accréditer la thèse d'un scénario idéal accélère mes battements cardiaques, tandis que le plus petit doute m'expose à l'embolie pulmonaire. J'ai de la chance, l'armoire des anticoagulants est dans la pièce voisine, et j'ai le code !

Mais au fait, quel serait le scénario idéal ?

Une idylle enflammée avec mon amour d'adolescence me tente beaucoup. Renouer avec la pureté de sentiments inégalés depuis. Courir, libres, dans la nature, et se rouler dans l'herbe en riant comme des chèvres. Pourquoi pas ? À condition qu'il n'y ait ni bestioles ni plantes urticantes.

Ma conscience, que je n'avais pas entendue depuis un moment, me transmet à l'instant quelques questions du BVAI – le Bureau de Vérification des Actes Irréfléchis. Le fait de céder à la joie des retrouvailles me permettrait-il vraiment de réussir ma vie sentimentale ? Suis-je en train de tomber amoureuse d'un souvenir, ou de l'homme qu'il est aujourd'hui ? Me ferait-il cet effet-là si je n'avais pas ce passé avec lui ? Est-il prudent de se précipiter ? Les taches de chlorophylle partiront-elles à 40 °C une fois qu'on se sera roulés dans l'herbe ? J'ai mal à la tête.

Bâtir une relation trop rapidement peut en fragiliser les bases – Aubeline évoquerait les fissures pouvant résulter de fondations bâclées. D'autre part, ai-je le droit de me projeter avec Baptiste, alors même que mon histoire avec Enzo n'est pas encore complètement achevée ?

Voilà six jours que Baptiste et moi nous sommes recroisés, et j'ai déjà reçu trois textos de lui. Peut-être jugerez-vous que ce n'est pas énorme, mais dans mon référentiel sentimental personnel, ça l'est ! Ses messages sont de plus en plus longs. Tous ont un point commun : il répète combien il est « très heureux que le ciel m'ait replacée sur sa route ». Pulsations à 150. Il insiste sur le fait qu'il espère « me revoir très bientôt ». Les pulsations montent à 180, et j'ai chaud.

Même si j'en ai envie, je prends bien garde de ne pas répondre trop rapidement. Telle une funambule, je cherche le juste équilibre. Réagir assez vite et avec suffisamment d'enthousiasme pour qu'il ne soit pas tenté d'aller voir ailleurs, mais pas trop quand même pour ne pas avoir l'air de me jeter sur lui. Je ne veux surtout pas lui donner l'impression d'être une midinette. J'avais tellement bien réussi à le lui dissimuler à dix-sept ans qu'il n'en avait rien soupçonné. Ce n'est pas avec onze ans de CDD affectifs supplémentaires au compteur que je vais me laisser enfermer dans un cliché de débutante !

À titre de comparaison, pendant ces mêmes six jours, Enzo ne m'a écrit qu'une seule fois, pour demander si on se voyait le week-end prochain. Je lui ai répondu en pleine nuit, pour jouer les débordées, en expliquant que mes parents recevaient de la famille exceptionnellement de passage et que j'allais rester avec eux. J'ai préféré la mauvaise conscience d'un petit mensonge à l'ennui de longues heures dans la même pièce que lui alors que nous n'avons rien à nous dire.

Bien que je reçoive pas mal de messages de mes proches, le type qui gère mon destin a fait en sorte que l'unique SMS d'Enzo et le dernier de Baptiste figurent l'un au-dessus de l'autre. Qu'essaie-t-on de me dire en haut lieu ? C'est quoi, l'idée ? Un essai comparatif ? Me désigner ma nouvelle planche de salut au moment où la précédente craque sous mes pieds ?

Il faut avouer que le contraste entre les deux garçons s'avère spectaculaire. D'un côté, les habitudes, le vide, et un intérêt de principe. De l'autre, le frisson, l'espoir, et des chaussures neuves achetées dans une magnifique communion.

Caroline fait irruption dans ma bulle. C'est la seule qui puisse se le permettre. Elle traîne une chaise et s'incruste à ma table.

— Salut, ma tartelette. Tu as vu que Vanessa était revenue ?

— Non. Je n'ai pas arrêté une seconde ce matin. Il faudra d'ailleurs suivre la glycémie de la 11. Son dossier n'indique pas de diabète, mais ça me chiffonne.

— On attend les résultats de sa prise de sang tout à l'heure.

— Parfait. Sinon, Vanessa est en forme ? Ses vacances se sont bien passées ?

— Pas du tout. C'est pour ça que je t'en parle. J'ai remarqué qu'elle avait du mal à bouger son bras gauche, et elle porte des lunettes avec des verres fumés.

— Caro, sur terre, ça s'appelle des lunettes de soleil.

— Justement pas, madame Je-sais-tout. Ce ne sont pas des lunettes de soleil, mais des verres colorés. En la voyant arriver, je me suis demandé si elle ne cherchait pas à dissimuler ses yeux.

— Ce n'est pas infirmière que tu aurais dû être, c'est enquêtrice à la CIA.

— Moque-toi, mais j'avais raison de flairer l'embrouille. Vanessa a un œil au beurre noir, grossièrement maquillé.

J'accuse le coup. Caroline insiste :

— Il faut qu'on lui parle, Elynn. On ne peut pas fermer les yeux en sachant ce qui se passe.

J'approuve d'un hochement de tête.

Un service hospitalier qui tourne bien, c'est comme une famille. À force de passer nos journées et nos nuits ensemble à gérer les blessures des autres, on se connaît souvent mieux que nos proches. On sait tout de nos petites histoires, les maris, les gamins, les problèmes d'argent, même de poids, sans parler des amants quand il y en a… Alors, quand l'une de nous va mal, on est aux premières loges. Si une tuile s'abat sur quelqu'un de l'équipe, on a tendance à faire bloc autour.

Vanessa ne s'est jamais plainte de rien, pourtant elle en aurait le droit. Elle a un véritable don pour attirer les hommes à problèmes. Je ne sais pas si cela tient à ses longues jambes ou à sa charmante frimousse, mais le fait est qu'ils la repèrent de loin. Le dernier en date est un modèle du genre. On ne l'a aperçu qu'une seule fois, et il avait déjà un dossier si épais que Caro avait voulu aller lui injecter tout un tas de produits aux effets dévastateurs. Comme quoi elle était vraiment faite pour la CIA.

Le bougre a pourtant toutes les apparences d'un beau parti : excellente situation professionnelle, accro aux voitures de sport de collection et aux duplex avec terrasse… mais d'une jalousie maladive vis-à-vis de « sa » Vanessa. Il lui a toujours fait payer le moindre regard masculin posé sur elle. Qu'est-ce qu'il croit ? Qu'il est le seul coq capable de détecter une jolie fille à deux cents mètres ?

Je ne vous raconte pas la pression qu'il lui met. Chaque fois, on la récupère à la petite cuillère. Il lui a fait des scènes au resto, au cinéma, et régulièrement, il se montre violent dès qu'ils se retrouvent seuls. On l'a vue revenir avec des ecchymoses, aux bras, au visage. On lui en a parlé, mais elle a toujours esquivé, lui trouvant des excuses. Nous avons alerté le professeur Sijri, qui y est allé de son petit couplet pour lui expliquer qu'elle n'avait pas à subir ça et qu'il existait un arsenal légal pour la protéger. Rien n'y a fait, elle est toujours avec cette brute qu'elle a dans la peau.

Cette fois, Caroline organise déjà un plan de bataille.

— Après-demain, m'annonce-t-elle, on sera sur le même secteur. On peut arriver à lui parler après les consignes, pendant la préparation des traitements. Les aides-soignantes sauront se taire.

— Entendu.

Yasmine vient d'entrer dans la salle de détente. À l'évidence, elle n'a pas coulé dans la piscine, mais elle ne semble plus aussi radieuse. Un macaron coincé ? Un problème avec Apollon ? Le local technique n'est plus l'Olympe ?

Vanessa arrive immédiatement derrière. En m'apercevant, elle vient me faire la bise.

— Hello Elynn.

— Bonjour Vanessa.

Ses lunettes et son fond de teint cachent effectivement assez mal son cocard. Innocemment, je demande :

— Alors, tes vacances ? C'était bien, la Grèce ?

Je dois être mauvaise actrice, parce qu'elle n'est pas dupe de ma question anodine. En prenant son temps, elle me dévisage, puis fait de même avec Caroline, qui est encore moins douée que moi pour jouer les innocentes.

— OK, les filles…

Elle jette un œil alentour pour vérifier qu'aucune oreille ne traîne et se penche vers nous.

— Écoutez-moi, toutes les deux, déclare-t-elle à voix basse. Je sais que vous faites ça pour mon bien et je vous adore. Mais cette fois, je ne vais pas avoir besoin d'être mise en garde contre mon mec, parce que c'est fini avec lui. J'ai rompu. Je lui ai dit que c'était terminé. Il est allé trop loin.

— Il t'a encore frappée ? demande Caro.

— Sauf que ce coup-ci, je ne me suis pas laissé faire. Je lui ai lacéré la joue avec un couteau.

— La vache ! Tu te sens mieux ?

— S'il n'avait pas détalé comme un lapin, je vous jure que je l'aurais saigné.

— Ma pauvre, dis-je, compatissante. C'est bien que tu aies enfin ouvert les yeux. On était inquiètes pour toi…

— Merci, mais ne vous en faites plus. J'ai compris la leçon. Il m'aura fallu du temps pour en avoir marre, mais cette fois, c'est la bonne. Je ne lui pardonnerai jamais. Si je le revois, je le massacre.

Son regard est d'une intensité impressionnante. Elle ne plaisante pas. Sa rage est profonde, et si l'autre fait l'erreur de se pointer, elle lui fera payer l'addition, avec les intérêts.

Puis, dans une fulgurante métamorphose, son rictus de tueuse s'efface, laissant place à l'adorable jeune femme que tout le monde connaît. Elle soupire de soulagement.

— Voilà, les filles. Je vous le dis parce que vous avez toujours été là pour moi, mais s'il vous plaît, n'en parlez à personne. Je vais déjà bien mieux.

— On est là si tu as besoin.

— Je sais, et je vous en remercie. Ça compte beaucoup pour moi. Si je le tue, vous serez mon alibi…

Pas le temps d'ajouter quoi que ce soit car Soraya passe la tête par la porte de la salle.

— Elynn, pardon de te déranger, mais il y a un monsieur pour toi, et il a une sacrée surprise !

Je vous le disais, il y a des jours comme ça.

20

Il me faut en général moins d'une minute pour rejoindre l'entrée du service, située près des ascenseurs. C'est plus qu'il n'en faut pour laisser dix mille questions me bombarder les méninges. Ça part dans tous les sens. J'ai la cervelle comme un sachet de pop-corn.

« Il y a un monsieur pour toi, et il a une sacrée surprise. » Je l'aime bien, Soraya, mais franchement, ce genre d'annonce est néfaste pour les nerfs. Elle qui pratique le yoga devrait comprendre. Un nom et un motif n'auraient pas été un luxe.

De qui peut-il s'agir ? Est-ce Enzo qui est passé parce que je lui manque trop ? À la faveur d'une panne de son écran géant, se serait-il rendu compte que je n'étais plus dans les parages ? Pour en arriver là, encore aurait-il fallu qu'il réussisse à se dessangler de son siège et qu'il se souvienne dans quel hôpital je travaille. D'ailleurs, le voir débouler me ferait-il tant plaisir que ça ?

Mon cœur bondit soudain quand j'envisage une autre option. Et s'il s'agissait de Baptiste ? Impatient de me revoir, il aurait enfilé ses chaussures neuves et aurait couru, prenant l'initiative de se présenter ici. J'en suis bouleversée, au point de tituber comme une ivrogne. Excellent pour l'image du service auprès des patients…

Plus j'avance, plus je pressens qu'il ne peut s'agir que de lui. Je le devine capable de ce genre de folie. Mon imagination s'emballe et sécrète n'importe quoi. J'ai tout à coup une vision : il va me demander en mariage. C'est certain. D'ailleurs, la logique est de mon côté. Il ne s'est pas donné le mal de venir simplement pour obtenir ma célèbre recette du risotto ou des conseils beauté, c'est donc pour m'épouser qu'il est ici.

Je visualise déjà la scène. M'offrant une gerbe de divines roses rouges, il pose un genou à terre et m'explique que sa vie n'est plus la même depuis qu'on s'est revus près du bac à chaussettes en solde. Il n'arrive plus à respirer lorsque je suis loin de lui. Pendant qu'il me détaille tout ce qu'il éprouve, des dizaines de colombes immaculées s'envolent en faisant coin-coin, emportant avec elles des tubes à perfusion pour construire leur nid. C'est trop beau.

Ne me condamnez pas trop vite à l'internement. Une part de mon esprit est debout sur le frein et m'incite à rester prudente dans mes hypothèses. Je dois cependant avouer que la raison est minoritaire dans le concert qui se joue. L'équivalent d'un tambourin d'enfant au milieu d'un orchestre symphonique se donnant à fond. Je me mets à courir.

En débouchant à l'angle du couloir, j'aperçois d'abord l'énorme bouquet de fleurs. Pas de roses, mais un feu d'artifice de couleurs. Mon cœur explose de bonheur. Quand je songe que j'ai voulu en finir en sautant dans l'évier ! Quelle ironie du sort ! Comment ai-je pu envisager une issue aussi triste alors qu'il me restait cela à vivre ?

Je tiens à remercier officiellement ceux qui ont géré mon destin, particulièrement le responsable des nouilles qui attachent aux casseroles. Devant vous, puissants stratèges qui agencez nos jours, je jure solennellement d'aimer l'homme qui se cache derrière ce sublime bouquet, de le protéger, de le chérir, et de lui préparer mon clafoutis aux cerises quand ce sera la saison.

Je m'arrête net en découvrant de qui il s'agit.

— Monsieur Guardo ?

Il ôte sa casquette.

— Bonjour mademoiselle. Pardon de vous déranger, mais je quitte l'unité de rééducation aujourd'hui. Je ne pouvais pas partir sans venir vous saluer…

Il m'offre son monumental bouquet.

— Voici un bien modeste témoignage de ma gratitude pour tout ce que vous avez fait pour moi.

Je suis sous le choc. Il doit penser que je réagis ainsi parce que son geste me touche infiniment, ce qui est vrai. Mais j'avoue que la déception que ce ne soit pas Baptiste me perturbe tout autant. Elles sont où, mes colombes immaculées ? Comment peut-il survivre alors qu'on ne s'est pas vus depuis des jours ?

Je reprends laborieusement mes esprits.

— Merci beaucoup, monsieur Guardo. On ne m'a jamais offert un aussi beau bouquet. Vous n'êtes pas raisonnable. Vous avez dû dévaliser le kiosque…

— Vous avez été formidable.

— Je n'ai fait que mon travail. Comment va votre hanche ?

Il exécute un étrange pas de danse supposé me prouver que tout va bien. Un peu gêné par le va-et-vient incessant autour de nous, il s'approche en serrant encore plus fort sa casquette entre ses mains.

— Je suis maladroit, peu habitué à prononcer de telles paroles, mais je veux que vous sachiez que je ne vous oublierai pas. Pour les soins bien sûr, mais surtout pour votre gentillesse. Vous avez du cœur, mademoiselle.

Il va me faire rougir.

— C'est très gentil, monsieur Guardo, vraiment. Vous avez été un patient adorable et je vous souhaite le meilleur. Soyez quand même prudent les premiers temps.

— Ne vous en faites pas pour moi. Vous savez, je vais continuer à regarder cette série en me rappelant nos échanges…

— N'hésitez pas à en découvrir d'autres ! Il en existe beaucoup qui pourraient vous intéresser.

— Celle-là tiendra toujours une place à part.

Il hésite.

— Si vous le permettez, j'aimerais solliciter une faveur personnelle…

J'espère qu'il ne va pas me demander en mariage, parce que bien qu'ayant juré d'aimer l'homme qui se tenait derrière cet énorme bouquet, je vais me retrouver obligée de lui faire de la peine, ce dont je n'ai pas envie.

Il se lance :

— Accepteriez-vous de passer chez moi ? Pour prendre un café. Je souhaiterais vous montrer quelque chose.

Ma mine interdite doit trahir mon manque d'enthousiasme.

— Ma requête peut vous paraître incongrue, mais rassurez-vous : je n'ai que de bonnes intentions.

Je ne sais pas quoi répondre. Il me tend un petit papier avec son adresse et son numéro de téléphone.

— Voilà, vous savez où me joindre. Vous ferez ce que vous voudrez. Je ne vous prends pas plus de temps. J'ai séjourné assez longuement ici pour savoir à quel point vos heures sont bien remplies. Merci pour tout, mademoiselle. Peut-être à bientôt, si vous en avez envie.

21

Entre le service dont tous les lits sont occupés et le début de la chasse aux cadeaux pour les fêtes, la semaine est passée sans que je m'en rende compte.

Je suis surprise de l'importance que cette simple séance de sport a déjà prise dans ma vie. Je l'attends de plus en plus impatiemment, y compris le moment qui suit l'entraînement, lorsque Aubeline et moi partageons un verre en papotant.

Je suis en train de me libérer d'habitudes, de m'aventurer hors de ma zone de confort. Je rencontre des gens qui ne sont ni des patients, ni des collègues. Je ne retranche rien d'essentiel à ma vie, mais elle s'élargit pourtant.

Je suis arrivée de justesse au complexe, quelques minutes seulement avant le début du cours. Ce n'est plus moi la momie, je rajeunis !

Détail révélateur : plusieurs de mes compagnes de sport ont investi dans des vêtements neufs. Il peut bien entendu s'agir d'un hasard, mais je soupçonne que « l'effet Mathieu » y est pour quelque chose. Églantine a même changé de coiffure, et Laure est légèrement maquillée.

Jusqu'à Fabienne qui s'est équipée d'un pantalon et d'un tee-shirt bien plus tendance. Sans doute au cas où notre joli coach lui reprendrait le pouls…

La moitié des filles sont aussi venues avec un tapis d'exercice. Je n'y ai même pas pensé. Tant pis, je vais continuer à la dure.

Nous sommes en place. 19 h sonnent. Je remarque du coin de l'œil que Tiphaine guette la porte.

— Qu'est-ce qui t'arrive, tu as l'air stressée ?

— J'ai fait un cauchemar. Francesca s'était remise sur pied plus vite que prévu et elle revenait.

On dirait l'accroche d'un film d'horreur : « Francesca s'est remise plus vite que prévu et elle revient. » La foule s'enfuit en hurlant, pendant qu'à l'autre bout de la ville, elle arrache un building de ses fondations pour lui apprendre à valser.

J'ose à peine imaginer la tête que nous ferions toutes si elle se pointait – les deux lèche-bottes comprises.

Moi aussi, je fixe la porte. Mais pour une autre raison. J'attends Aubeline, qui n'est pas là. Pourvu que rien de fâcheux ne lui soit arrivé. Je n'ai même pas le moyen de la joindre pour prendre de ses nouvelles, nous n'avons pas échangé nos numéros de portable. J'espère qu'elle n'a pas eu de problème suite au temps que nous avons passé à bavarder la dernière fois. Alors que je l'imagine déjà enchaînée au fond d'une geôle humide, avec une gamelle d'eau et un bol de croquettes à chat, Mathieu fait son entrée.

C'est lui que nous attendions, et je suis certaine qu'aucune de nous n'avait oublié à quoi il ressemble. Pourtant, l'effet « coucou qui c'est ? » illumine quand même le visage de plusieurs des participantes comme si elles le découvraient pour la première fois. Lisa et Mandy sont à deux doigts d'applaudir. Tiphaine est soulagée.

— Mesdames, mesdemoiselles. J'espère que vous avez passé une bonne semaine et que vous êtes d'attaque pour notre séance.

Murmures d'approbation teintés de quelques gloussements. Il pointe un doigt quelque part vers ma gauche.

— Aurions-nous une absente ? Aubeline, si ma mémoire est bonne…

Je suis estomaquée. Il se souvient de son prénom. Se rappelle-t-il celui de chacune de nous ? Il ne les a pourtant pas beaucoup entendus.

— L'une de vous sait-elle si elle est souffrante ?

Je pense être la plus légitime pour répondre.

— Aucune idée.

Être la plus légitime pour ne rien savoir, c'est quand même une sacrée responsabilité.

On démarre sans attendre avec des exercices de respiration et d'échauffement. Très vite, on est sur des fentes et des mouvements cardio. Mathieu fait les exercices avec nous et cela motive beaucoup d'entre nous. Je suis étonnée de la façon dont Mandy ondule alors qu'il ne s'agit que de se plier.

Après une série de montées de genoux éreintantes, on passe à du gainage. Je ne connaissais même pas le mot. Mathieu va de l'une à l'autre, en prenant le temps de s'occuper de chacune.

Je note qu'il évite de nous toucher, mais que si cela s'avère nécessaire, il n'hésite pas. On ne lui fait pas peur. Par contre, Margaux est devenue toute chose quand il lui a étiré une jambe à cause d'une crampe, et Laure a viré cramoisie lorsqu'il a effleuré sa cambrure.

Alors qu'il rôde dans mon coin, bien malgré moi, mon cœur accélère.

— Elynn, c'est bien ça ?

Il se souvient de mon prénom aussi ! Ce n'est pas grand-chose quand on y réfléchit, et pourtant ça me trouble. Entre deux extensions, j'arrive à réunir assez de souffle pour répondre :

— Tout à fait.

— Vous avez l'air très dynamique physiquement, mais j'ai l'impression que votre forme ne vous vient pas de ce genre de séances. Vous n'en avez pas l'habitude, n'est-ce pas ?

— Je fais du vélo, vingt-quatre kilomètres par jour, pour aller au travail et en revenir.

— Excellent. J'avais noté que vos membres inférieurs étaient votre point fort.

Mes membres inférieurs... Mon cerveau commence à partir de travers. Ressaisis-toi, Elynn. Que l'esprit de Baptiste, et même celui d'Enzo, te protègent du Malin et des pensées qu'il trimballe toujours dans son petit panier ! S'il te plaît, ne deviens pas comme celles que tu observes avec tant d'ironie. Tu ne peux pas te laisser déstabiliser par le premier garçon séduisant qui t'adresse la parole. Pas toi, pas après des années dans le milieu médical, où le mystère et l'art de la séduction feutrée ne sont franchement pas ce que l'on cultive le plus !

Cela étant dit, je me sens vraiment bien près de Mathieu. Il dégage quelque chose de rassurant. Je ne l'ai jamais vu d'aussi près. Il m'étudie avec attention, et moi je fais semblant de ne pas le voir. Ses bras sont juste sous mon nez. Je perçois sa chaleur, son parfum aussi, légèrement boisé. J'entends même le bruissement du tissu de ses vêtements. Si j'étais un hippopotame, mes petites oreilles seraient tournées vers lui pour ne rien en perdre. Tous mes sens le captent. C'est bien simple, à moi toute seule, je suis tous les animaux de la savane aux aguets.

— Vous êtes en train de désynchroniser votre enchaînement, Elynn.

Si je n'étais en train de désynchroniser que cela… Je m'attends à ce qu'il me ramène dans le droit chemin d'une main assurée, mais il me laisse me débrouiller seule. Inutile de me mentir. À cet instant, sous son regard, c'est d'abord pour lui que je fais l'effort de reprendre le contrôle de ma coordination. Si cela ne dépendait que de moi, je me contenterais de faire la bombe dans la piscine en hurlant « Alerte au plouf ! », ce qui demande beaucoup moins de rigueur.

C'est évidemment stupide, mais lorsqu'il s'est relevé pour rejoindre Laure, je l'ai vécu comme une véritable rupture. Un abandon déchirant. Me quitter ainsi, après tout ce qu'on avait vécu ensemble pendant une minute et dix-sept secondes ? Quel drame ! Il n'a même pas tiré ma jambe ou repositionné mon dos. Pas le moindre contact.

Je découvre le concept de micro-dépression affective. Caroline dirait que je suis une âme perdue, Tata Florence que je suis une fille facile, et Mme Delestre, la vieille voisine de mon grand-père qui nous donnait des œufs et du lait, me jugerait bien trop jeune pour savoir comment les vaches font les veaux.

Le moment me paraît idéal pour me demander ce qui me met dans cet état-là. L'autre jour, Baptiste m'a gentiment fait disjoncter dans le magasin, et Mathieu vient presque d'y parvenir. Comment est-il possible que je perde le contrôle de moi-même à ce point ? Comment se fait-il que moi, l'obsédée du questionnement, je me retrouve ainsi à ne plus rien savoir et à en être heureuse ? D'où vient ce surprenant bien-être ?

J'ai déjà galopé à cheval, sauté de vélo, fait des loopings dans des manèges à sensation, mangé trop de glace ou regardé des comédies romantiques en boucle, mais il se passe vraiment quelque chose de spécial quand un homme fait attention à vous.

Florence a bien raison : « Une guitare ne joue que parce que l'on fait vibrer ses cordes. » Débrouille-toi pour te construire avec ce genre de phrase. Serais-je un ukulélé en train de devenir une harpe ?

22

Envoyez des messagers à travers tout le royaume ! Lancez des enclumes en l'air en l'honneur de la grande nouvelle ! Puis barrez-vous à toutes jambes parce qu'elles vont retomber.

Baptiste m'invite à dîner ! Il me demande quand je suis disponible. Ce message-là, je vais y répondre vite. Ce coup-ci, je ne vais pas jouer les timides et abandonner la place à une autre. D'autant que, depuis notre adolescence, l'arsenal d'outils à la disposition d'un homme pour faire des rencontres est devenu dangereusement phénoménal.

Avant, il leur fallait sortir, se faire beaux, parfois draguer, au moins se montrer, offrir un verre ou déployer mille ruses pour espérer nous approcher. Aujourd'hui, en quelques minutes sur une myriade de sites, ils peuvent instantanément entrer en contact avec des milliers de concurrentes. Vous me direz que ces outils sont à notre disposition de la même façon, mais dans la pratique, j'ai vraiment le sentiment que ça fait plus leur jeu que le nôtre. Je n'ai jamais réussi à considérer la recherche de l'amour comme une compétition ou une foire aux bestiaux, mais face à ces systèmes dont j'ignore tout, si je traîne, la partie est perdue d'avance.

Ce matin, les admissions ont été nombreuses, et les retours de bloc sont loin d'être évidents à gérer. Je prends ma première pause après six heures de cavalcade, et je la passe dans la salle de détente, à avaler un croissant de la veille en butant sur chaque lettre de ma réponse pour accepter son invitation. Surtout ne pas donner l'impression de la trouver banale, tout en évitant de trahir l'état hautement inflammable dans lequel elle me met.

Caroline se penche par-dessus mon épaule.

— Le principe est très simple, Elynn, ma chouquette. Tu verras, toi aussi tu peux y arriver. Les mots sont faits de lettres que tu disposes selon une combinaison particulière. Ainsi, celui à qui tu envoies ton message reconnaît l'agencement et comprend ce que tu as voulu dire. La première lettre, c'est le « A », comme « Albatros » ou « Aplatir le Dr Moëlner parce que c'est un sale cafard »...

— Pitié, ne te moque pas de moi, c'est trop important.

— Un SMS, « trop important » ? Si tu me parles de faux ongles, je te fais exorciser.

— J'essaie de répondre à Baptiste. Il m'invite à dîner.

— Super ! Celui-là a l'air moins empoté, c'est très bien.

— Qu'est-ce que je lui dis ?

— « Oui » me semble une excellente option. Trouve d'abord le « O » sur ton clavier...

— Caro, je suis sérieuse.

Sur mon téléphone, le curseur clignote en piaffant, attendant désespérément que je le fasse bouger. Je lève les yeux vers mon amie.

— Comment tu as fait, toi, avec Jérôme ?

Ma question la prend de court. Elle me dévisage.

— Tu dois être dans une sacrée mélasse pour me demander ça…

— J'ai peur de tout rater encore une fois.

— Décompresse. La matinée a été rude.

— Je voudrais tant savoir comment m'y prendre…

— Commençons dans l'ordre : as-tu envie d'aller plus loin avec lui ?

— Bien sûr ! On parle du seul garçon qui m'a rendue folle ! Qu'il soit revenu dans ma vie comme par enchantement tient du miracle.

— Techniquement, l'enchantement est le fait des fées, alors que le miracle est d'origine divine…

— Alors disons que pour la première fois de ma vie, j'ai l'impression que les dieux et les fées se sont associés pour me tendre la perche !

— Donc où est le problème ? Réponds-lui en accord avec ton envie, sincèrement. N'essaie pas de jouer un jeu dont tu ne maîtrises pas les règles et qui ne profite à personne, à part peut-être aux fourbes et aux ambigus.

— Si la sincérité était la solution à tout, on ne serait pas si nombreuses à galérer sentimentalement… Toi, par exemple : comment as-tu su que Jérôme était le bon ?

Elle fait une moue dubitative.

— Aucune idée. On s'est bien entendus, on a avancé ensemble... Je ne me souviens plus trop, ça fait un bail.

— Mais par rapport aux autres ? Pourquoi l'avoir préféré, lui ?

— Il n'y en a pas eu tant que ça, des mecs. J'avais des copines qui étaient de vrais bancs d'essai, mais ce n'était pas mon trip. Je crois aussi qu'on a eu la chance de se rencontrer jeunes. Bien avant les questions que les autres t'obligent à te poser. On s'est finalement mis ensemble innocemment, à l'instinct.

Tout à coup, elle ne plaisante plus. Le roc sous la glace, le bunker derrière la façade de boîte de nuit. J'entrevois ce que j'apprécie autant chez elle : cette maturité, cette force intérieure qu'elle dissimule souvent derrière une folie qui n'est qu'apparente. Elle a beau n'avoir que trois ans de plus que moi, Caro fait preuve sur les sujets importants d'une sérénité qui me semble inaccessible.

— Qu'est-ce qui te manque le plus quand Jérôme n'est pas là ?

Elle ouvre de grands yeux étonnés.

— C'est quoi, cette question à deux balles ?

— S'il te plaît, réfléchis.

— Ce qui me manque le plus ? Je ne sais pas. Lui.

— Tu ne t'es jamais demandé ce qu'il t'apportait, ou ce qu'il avait changé en toi ?

— En fait, pas vraiment. Je le ressens, je ne le dissèque pas.

— Il y a pourtant bien eu un moment où tu as su que c'était lui ?

Elle réfléchit.

— En fait, je n'ai jamais « su », Elynn, j'ai simplement cru en lui, et on s'est lancés.

— C'est très beau, mais ça ne m'aide pas. Je me pose tellement de questions... Quand j'entends tout ce qui se passe autour de moi, toutes ces histoires d'amour malheureuses, je panique. Tu n'as jamais peur pour toi, pour vous, de finir comme tous ceux que l'on voit se déchirer après s'être juré de s'aimer pour la vie ?

— Si tu commences à prêter attention aux histoires des autres, tu ne vis plus la tienne. Réfléchis, fais le compte, je suis sûre que dans ton entourage, tu as beaucoup de couples heureux et stables, mais ceux-là ne font pas de bruit. Le bonheur est invisible pour ceux qui ne le vivent pas. Alors on ne parle que du pire...

Je songe à mes parents, à quelques copines aussi pour qui ça se passe bien. Caroline me pose la main sur l'épaule.

— Tu réfléchis trop, Elynn. Depuis que je te connais, je t'ai toujours vue t'interroger. Aussi bien dans ton travail que dans ta vie. Je me souviens très bien de notre première vraie discussion lorsqu'on s'est rencontrées au service maternité. Il était question d'un nouveau-né avec une malformation cardiaque. C'est toi qui as décelé le problème, avant même le docteur.

— Ça me dit vaguement quelque chose, mais...

— Tu as raison de chercher à comprendre. C'est une immense qualité. Partout. Sauf en amour. Excuse-moi, mais si tu avais écouté ton cœur, si tu n'avais pas fait passer tes raisonnements avant tes sentiments, tu n'aurais jamais fréquenté Enzo, parce que tu serais peut-être avec ton Baptiste depuis la fin de votre lycée.

— C'est supposé me remonter le moral ?

— C'est supposé te filer un coup de pompe aux fesses pour que tu réagisses. Réponds à ton Baptiste. Écris-lui que c'est quand il veut, où il veut.

— Que va-t-il penser ?

— C'est son problème. Mais s'il doit devenir ton homme, c'est à lui d'avoir la bonne réaction, et pas à toi de t'arranger pour l'y amener. Laisse-le être lui-même. Fais-lui confiance, fais-toi confiance, et essaie de faire preuve d'encore un peu de vigilance, parce que telle que je te connais, si tu tombes amoureuse, tu vas nous faire n'importe quoi.

La régie me souffle dans l'oreillette que pour la vigilance, c'est pas gagné.

23

J'ignore pourquoi je suis venue. Je me suis dit que passer devant l'adresse ne m'engageait à rien, et que j'y trouverais peut-être des éléments pour décider de la conduite à adopter. Est-il raisonnable de donner suite à l'invitation de M. Guardo ?

La situation est inédite. Jamais un patient ne m'avait fait ce genre de proposition, et j'avoue que si je n'avais pas senti chez lui une nature profondément bienveillante, n'ayant aucune idée de ce qu'il veut, je m'en serais tenue à la prudence sans aller plus loin.

Je n'avais pas prémédité d'effectuer ce crochet de quelques kilomètres ce matin, mais je devais de toute façon faire un saut à l'hôpital et en sortant, j'ai été cueillie par une aube comme seul l'hiver est capable d'en offrir. Un temps sec, sans le moindre vent, sous un ciel d'un rose profond que le responsable éclairagiste du secteur fait superbement évoluer de minute en minute vers un bleu idéal.

Sa rue est assez éloignée de mon quartier, et je n'ai jamais eu l'occasion d'y passer. Je la découvre commerçante, joliment décorée pour les fêtes, et déjà animée bien que la plupart des magasins ne soient pas encore ouverts. Les camions de livraison stationnent le long des trottoirs, leurs feux de détresse clignotent dans le jour qui s'installe.

Je remonte l'artère, mais en arrivant à la hauteur du numéro qu'il m'a indiqué, je crois m'être trompée. Sur mon téléphone, je vérifie aussitôt la photo de son petit mot, mais je n'ai pas commis d'erreur. Je ne m'attendais pas du tout à cela.

Je m'amuse régulièrement à essayer d'imaginer le cadre de vie des gens que je rencontre, et à vrai dire, les rares fois où j'ai pu vérifier, je m'étais toujours trompée dans les grandes largeurs.

Je voyais bien M. Guardo dans un appartement ou une charmante petite maison, mais pas à l'hôtel. D'autant qu'à bien y regarder, j'ai l'impression que l'établissement est fermé.

Je descends de vélo et m'avance sur le trottoir afin d'y regarder de plus près. Aucune indication de tarif ou d'étoile. Les rideaux sont tirés. Tout est terne, sauf le cuivre des poignées, parfaitement astiqué. Étrange. Avec ses lettres façon office du tourisme, l'enseigne a dû être moderne quand je n'étais pas encore née. L'Hôtel Windermere a tout d'une ancienne résidence de style pseudo-anglais oubliée par le temps. Personne ne peut habiter ici.

Je n'arrive pas à croire que M. Guardo m'ait donné une fausse adresse. Cela n'aurait aucun sens.

— Mademoiselle Lafonta ?

Je me retourne. M. Guardo se tient au pied du perron, sa casquette sur la tête, une grosse écharpe autour du cou et une baguette sous le bras.

— Vous pouvez toujours sonner, plaisante-t-il, l'interphone ne marche plus. J'ai bien failli ne pas vous reconnaître, ainsi emballée et avec votre bicyclette. Il faut dire que je ne vous ai vue que dans votre tenue d'infirmière !

Il est manifestement très heureux de me voir. Pour ma part, je me retrouve coincée, sans savoir quelle attitude adopter.

— Si vous m'aviez prévenu, poursuit-il, j'aurais soigné l'accueil. Mais j'imagine que vous avez fait ce que vous avez pu, vous vous occupez de tellement de choses.

Le voilà qui sort un trousseau de clés, s'excuse de me passer devant, et déverrouille la porte de l'établissement. Il maintient le battant grand ouvert.

— Je vous en prie, entrez ! Ne laissez pas votre vélo dehors. Même si le coin est tranquille, je serai plus rassuré de le savoir à l'intérieur. Ce n'est pas la place qui manque.

Pas d'autre choix que de le suivre. Je me retrouve dans le hall, mon vélo à la main.

— Bienvenue à l'Hôtel Windermere !

Avec un petit rire, il ajoute :

— C'est une formule que je n'ai pas prononcée depuis longtemps. Appuyez votre vélo contre le comptoir, il ne dérangera personne.

Je regarde autour de moi. Hormis quelques caisses posées à même le sol, tout est en place, comme prêt à accueillir les clients, mais dans un décor que le temps aurait figé. Tout est cependant très propre.

M. Guardo retire son blouson et me propose de me débarrasser de mon manteau.

— Mettez-vous à l'aise, je ne vous retiendrai pas longtemps. Je suis si content que vous ayez accepté de passer !

— Vous vivez ici ?

Ce sont les premiers mots que je prononce, tant je suis déstabilisée par la situation et le lieu. C'est le genre d'endroit que l'on ne connaît qu'avec du passage, de l'activité et du personnel. Mais il n'y a que nous deux, dans un silence sépulcral.

— C'est effectivement ma maison. L'hôtel a été fondé par mes grands-parents, puis repris par mes parents, et j'en ai hérité.

— Il est fermé ?

— Depuis plus de dix ans. Je ne me résous pas à le vendre. Alors, tant que j'en ai les moyens, j'y habite.

Des escaliers bien raides montent vers les étages. Avec un mouvement de tête dans leur direction, je demande :

— Ce sont eux qui vous ont coûté votre hanche ?

— Vous tenez les coupables ! C'est sur les dernières marches que je me suis cassé la figure. Mais je ne leur en tiens pas rigueur. Cet accident m'aura permis de vous rencontrer !

La remarque me met mal à l'aise.

— Depuis que je suis minot, précise-t-il, j'ai dû gravir et descendre ces escaliers des milliers de fois !

— Vous n'avez jamais songé à faire installer un ascenseur ?

— Les travaux s'avèrent très compliqués dans un bâtiment aussi ancien, les coûts sont exorbitants, et puis les réglementations changent sans arrêt. L'époque aussi. Mais vous avez raison, tout aurait été différent si on s'était équipés d'un ascenseur. Un destin se joue parfois sur des paramètres totalement inattendus. Je vous prépare un café ?

— Plutôt un thé, si c'est possible.

— Sans problème.

Il passe derrière le comptoir et disparaît vers ce qui doit être l'office. Sa voix lointaine me parvient :

— Ne restez pas toute seule dans le hall, c'est lugubre. Venez ! Puisqu'il est encore tôt, voulez-vous que je vous serve un petit-déjeuner complet ?

— C'est très aimable, mais je ne peux pas rester longtemps.

Je le rejoins timidement pour découvrir une immense cuisine. Des fourneaux professionnels en très bon état, des batteries de casseroles, des plans de découpe, et quelques ustensiles qui traînent.

— C'est gigantesque !

— Pour un homme seul, certes, mais à l'époque nous tenions aussi le restaurant voisin. Avant la fermeture, nous venions de tout refaire. Ça n'a pas été beaucoup utilisé. Tant pis. Si vous le voulez bien, nous allons passer au salon.

Je vois le moment où je vais y passer la matinée.

— Pardon, je ne veux pas vous paraître grossière, mais vous souhaitiez me montrer quelque chose…

— C'est juste ! Tout excité par votre visite, je parle, je parle, et j'en oublie pourquoi je vous ai invitée !

Il abandonne son plateau et me fait signe de le suivre.

— C'est dans l'ancienne salle de restaurant. J'espère que ça vous plaira. Ne vous formalisez pas, il va falloir faire preuve de souplesse…

24

— Pouvez-vous fermer les yeux ?

— Monsieur Guardo...

— N'ayez crainte, je vais vous guider. Afin de préserver votre plaisir, je dois vous installer sans que vous puissiez deviner de quoi il s'agit.

Je me sens de plus en plus mal à l'aise. Nous sommes au seuil d'une salle complètement obscure. Même si je ne vois rien, le léger écho de nos voix laisse à penser qu'elle est assez vaste. Je n'ai aucune idée de ce qu'il prépare, et encore moins du rôle qu'il espère me faire jouer. Je suis de moins en moins rassurée. Du fond de son hôtel, la ville paraît bien loin...

— Monsieur Guardo, pardon, mais je ne sais pas...

— Vous ne risquez rien. Je vais vous placer au bon endroit, et vous n'aurez qu'à vous glisser à quatre pattes dans le petit passage.

Tout à coup, il perçoit ma réticence.

— Vous avez peur du noir ? Vous êtes claustrophobe ?

— Ce n'est pas ça, mais...

Il me dévisage, je ne détourne pas les yeux. Il semble enfin saisir la véritable raison de mon blocage.

— Vous vous méfiez de moi ?

— Mettez-vous à ma place. Bien que vous soyez très sympathique, on ne se connaît pas. Vous m'invitez dans un hôtel désert où nous sommes seuls… Vous parlez de m'installer dans le noir…

Il rumine.

— Bien sûr. Je suis d'une impardonnable maladresse…

Un silence gêné s'installe entre nous.

— Peut-être vaut-il mieux que je vous laisse, monsieur Guardo.

Je tourne déjà les talons pour regagner le hall et récupérer mon vélo. Je l'entends fouiller fébrilement dans ses poches alors qu'il m'interpelle :

— Tenez, avec ça vous vous sentirez en sécurité.

Je me retourne. Il me tend un objet que je n'identifie pas immédiatement.

— Qu'est-ce que c'est ?

— Mon couteau.

Il déplie la lame et me présente le manche.

— Si je vous manque de respect, tuez-moi.

— Monsieur Guardo, je vous en prie. Vous sortez de l'hôpital, je n'ai pas envie de vous y renvoyer.

— Alors, s'il vous plaît, laissez-moi une chance. Une seule. Vous êtes la première personne à qui j'ai envie de montrer la seule chose qui compte encore pour moi. Je vous jure que vous n'avez rien à craindre. J'ai l'âge d'être votre père, et j'éprouve pour vous la plus grande bienveillance. C'est sûr, de votre point de vue, la situation peut sembler douteuse, mais je vous en prie, faites-moi confiance.

Il se tient bien droit, son couteau offert pour que je puisse me défendre. Son arme ne me rassure pas, mais son regard me convainc. À cet instant, s'il était un animal, ce serait une petite bête sur laquelle j'ai l'impression d'avoir le pouvoir de vie ou de mort.

— Rangez votre couteau, monsieur Guardo, et guidez-moi.

25

Dans le noir complet, je me tiens à son bras pour le suivre. J'ai l'impression qu'il tremble. Nous franchissons un épais rideau, faisons quelques pas de plus, puis il s'arrête.

— À partir d'ici, annonce-t-il, vous devez vous glisser sous le grand plateau. Ensuite, vous vous faufilez tout droit jusqu'au premier coussin. Vous ne pouvez pas vous perdre.

— Vous me laissez seule ?

— Je ne serai pas loin. Il faut que je branche tout.

— Que vous branchiez tout ?

— Vous allez vite comprendre, ne vous en faites pas.

— Vous me parlerez ?

— Sans cesse, si cela peut vous rassurer.

Il me lâche. À tâtons, je trouve le rebord de ce qui semble être une table. Je me baisse et me coule dessous à quatre pattes. Qu'est-ce que je fais là ? Je ne vois absolument rien. Je progresse entre des montants en bois, mon crâne frôle le plateau. Le carrelage du sol est froid sous mes paumes.

— Vous êtes toujours là, monsieur Guardo ?

— À quelques mètres de vous.

Sa voix est légèrement étouffée.

— Vous y arrivez ? ajoute-t-il.

— Ce n'est pas large, mais je m'en sors.

J'ai déjà dû parcourir six mètres. Si c'est une table, elle est immense. Tout à coup, ma main rencontre une sorte de matelas couvert de velours.

— Je suis arrivée au premier coussin.

— Parfait. Juste au-dessus de vous, vous allez trouver un trou. Passez-y la tête, je n'en ai plus pour longtemps.

Génial, je vais finir décapitée dans un hôtel fantôme. Je me contorsionne pour me redresser.

— C'est bon, je suis en place. Il n'y a pas de serpents ou d'araignées géantes, j'espère ?

Il ricane.

Sur ma gauche, j'entends un grésillement électrique. Je pivote en frôlant la crise cardiaque, mais en une fraction de seconde, la peur s'efface pour laisser place à un autre sentiment.

Une maison miniature est en train de s'éclairer progressivement. Les fenêtres, le grand porche. Ce n'est pas une habitation, mais une gare ! Les quais s'allument, se matérialisant dans toute leur longueur. Les lueurs des phares annoncent l'arrivée d'un train. Une locomotive et ses wagons entrent sous la verrière et décélèrent exactement comme le feraient des vrais, avant de s'immobiliser.

Je suis bluffée. Ma tête émerge au centre d'un décor à échelle réduite nimbé d'une ambiance de nuit. Ciel étoilé, clair de lune. Attirée par un son, je pivote. Une ambiance urbaine étouffée. Une par une, les fenêtres de mini-immeubles se mettent à briller, révélant progressivement les détails d'un monde fabuleux qui semble s'étendre à l'infini. Les réverbères s'activent à leur tour, divulguant un dédale de rues qui partent de la place centrale où je me trouve. Une ville idéale, aux dimensions des maisons de poupées. Ni trop petite, ni trop grande. La taille des rêves d'enfants. Des véhicules s'animent, voitures, fourgonnettes, et même un camion de pompiers. Suivent les enseignes, qui s'illuminent, ainsi que les vitrines des magasins reproduits avec une précision inouïe. Un quincaillier, un marchand de fruits et légumes, un fleuriste, une boulangerie, et j'aperçois plus loin un bureau de tabac et une boutique de jouets. Avec les personnages sur les trottoirs ! J'ai la sensation d'être Gulliver transporté au royaume des Lilliputiens. Je suis ébahie, subjuguée. C'est un monde incroyable, qui me replonge instantanément dans un émerveillement que je ne pensais plus jamais ressentir. Un enchantement de minimerveilles qui prennent vie peu à peu. Le point de vue est idéal. Je suis à la hauteur des figurines qui peuplent cette mise en scène. Je pourrais presque marcher pour aller les saluer. J'aperçois un chat faisant le gros dos sur le haut d'un mur, et un chien qui semble japper dessus pour jouer.

Une musique derrière moi me surprend. Je pivote encore. Un manège vient de se mettre à tourner. Les chevaux de bois montent et descendent en prenant de la vitesse. C'est féerique !

— Alors, qu'en dites-vous ?

Je reste sans voix, fascinée par le spectacle qui s'étend tout autour de moi.

— Tout va bien, mademoiselle ? s'inquiète M. Guardo.

— Tout va très bien. C'est magique !

Je savoure. Mon regard se perd dans les perspectives.

— Voulez-vous voir l'ambiance de jour ? C'est assez différent.

— Avec plaisir !

La multitude d'éclairages nocturnes décline, jusqu'au noir complet. Cette fois, je n'ai plus peur. Je scrute l'obscurité, à l'affût de ce qui va se passer. Je suis une enfant dans le laboratoire expérimental du père Noël.

— C'est vous qui avez construit tout cela ?

— J'ai mis dix ans. Ce n'est d'ailleurs pas terminé.

L'aube d'un jaune pâle découpe d'abord les silhouettes des innombrables bâtisses aux toits irréguliers hérissés de cheminées et d'antennes. Les ombres se dessinent sur le sol de la place couverte de minuscules pavés. Une fontaine se met en marche, avec de l'eau véritable ! Cette ambiance-là permet d'apercevoir d'autres aménagements que la nuit dissimulait. Des enfants tournent sur les jeux du jardin public.

— C'est extraordinaire, monsieur Guardo ! Je n'ai jamais rien vu de tel !

— Je suis bien heureux, mademoiselle. Vous voyez, vous n'aviez rien à craindre.

— Comment aurais-je pu m'attendre à pareille surprise ?

Le décor est rempli d'éléments qui enflamment l'imagination, et je n'arrive pas à rester calme. Je voudrais pouvoir tout visiter ! Je tourne sur moi-même en me remplissant les yeux.

Un pan du ciel peint s'ouvre, dans lequel M. Guardo apparaît.

— J'avais prévu de prolonger ce diorama par un second, consacré à une forêt enchantée, mais je n'arrive pas à m'y mettre.

— C'est un travail de titan ! Vous avez tout réalisé vous-même ?

— Pratiquement. Quelques amis viennent parfois m'aider, mais sinon, je m'y consacre seul. Il faut dire que j'ai le temps.

— C'est prodigieux ! Vous savez quoi ? J'adorerais vivre dans votre petite ville. On s'y sent bien. Vous avez créé un passage secret vers l'enfance !

— Je suis vraiment comblé que cela vous plaise. Merci de m'avoir fait confiance. Mais vous devez sans doute y aller. Je ne veux pas vous prendre davantage de temps.

— Avant de partir, puis-je vous demander de me refaire l'ambiance de nuit ?

26

— La 9 est sortante, et la 12 peut à nouveau faire sa toilette seule.

— Très bien, c'est noté. Dis-moi, tu te souviens de M. Guardo ?

— Bien sûr. La hanche de la 15, qui t'a offert un bouquet si gros qu'il a fallu la baignoire pour servir de vase. Ce n'est pas lui qui t'avait invitée chez lui pour te demander en mariage ?

— J'y suis allée.

Caroline écarquille les yeux comme une enfant qui découvre que sa copine a fait une très grosse bêtise. À tous les coups, elle va courir me dénoncer à la maîtresse.

— C'est pas possible. T'as pas fait ça ?

Elle en a reposé les doses injectables qu'elle s'apprêtait à ajouter à son chariot.

— Je te jure que je ne voulais pas, mais je me suis retrouvée chez lui sans le vouloir.

— Ben voyons. Petite friponne.

— Pas du tout. Je suis arrivée à son hôtel, et c'est…

Caro n'est plus seulement incrédule, elle est scandalisée. J'aime bien la tête que ça lui fait. Les mains qu'elle porte à sa bouche ne contiennent pas son exclamation outrée.

— Tu es allée à l'hôtel avec un patient ! Je n'arrive pas à le croire ! Toi que je prenais pour une romantique...

— Arrête, c'est pas ça du tout !

Elle éclate de rire.

— Je vois bien que c'est pas ça du tout ! se moque-t-elle. T'es une bête, comme les autres ! T'attends même pas le printemps pour te déchaîner, tu attaques dès Noël !

La voilà qui place ses paumes en porte-voix et lance à la cantonade :

— Planquez-vous les elfes, Elynn en veut à votre petit corps dodu ! Elle kiffe les vieux !

— Tais-toi, tout le monde va t'entendre !

Elle rigole et reprend à voix basse :

— Alors comme ça, Enzo, Baptiste et le coach « craquant » dont j'ai oublié le nom ne te suffisent plus ? Si tu veux, on peut faire signe à Tristan, il a l'air doué pour éteindre les incendies... Parles-en à Yasmine. Quelle coquine, cette Elynn !

— Tu es folle. Je voulais juste te raconter que M. Guardo a construit un village entier dans son restaurant.

— Un village entier ? Dans son restaurant ?

— Oui. Tu peux passer la tête par un trou, et tu te retrouves sur une jolie place dans un autre monde, avec des trains électriques qui fument. C'est absolument fabuleux.

— Y a pas que les trains qui fument. Je te préviens, Elynn, si tu touches à la drogue, je te désintoxique moi-même avec des méthodes qui font mal mais qui donnent de vrais résultats.

— Je sais que ça paraît dément, mais ce n'est pas du tout ce que tu crois. C'est un homme adorable. Je ne sais même pas...

Le bip d'un appel patient m'interrompt. Caro jette un œil.

— C'est la femme piranha. Qu'est-ce qu'elle veut encore ?

Elle sort la pièce de monnaie qu'elle garde toujours sur elle.

— Tu prends pile ou face ?

— Face.

Elle jette la pièce en l'air pour savoir qui de nous deux va se coltiner la galère.

— Pile. T'as de la chance. Reste à rêver de ton village imaginaire pendant que je vais soigner la Gorgone. Si elle me cherche encore avec ses médocs trop gros à avaler, je lui suggère de les prendre en suppositoire.

27

Pas mécontente d'arriver enfin chez moi. Le froid est devenu mordant avec la nuit tombante, et les routes sont d'autant plus glissantes.

C'est sûr, si le sol se transforme en patinoire, ça va nous envoyer du monde dans le service. Des chutes, des entorses de partout, des fractures. C'est imparable. D'après la météo, il pourrait y avoir de la neige. Ça promet ! À croire que les gens guettent le moindre prétexte pour rappliquer chez nous. Chaque saison a ses bobos. Au printemps, on a davantage de blessures avec les outils de jardin. L'année dernière, on a eu un type qui, avec sa hache, a loupé sa bûche mais pas son pied. Avec les beaux jours, les accidents de vélo et de moto se multiplient, sans oublier les petites mamies qui s'aventurent sur leur escabeau pour faire leurs carreaux. Boum, vlan et paf. C'est notre calendrier à nous. C'est la Sainte-Gamelle presque tous les jours. Mais il y a aussi les dates où le sang pisse partout. Par exemple, le matin de Noël, on va en récupérer au moins quatre qui se seront massacré la main en ouvrant les huîtres. C'est garanti. On est si habitués qu'on fait des paris dans le service.

Va-t-on pulvériser le record de l'année passée, qui était de huit ?

À la porte de mon immeuble, j'ai tout de suite repéré le pauvre bougre blotti dans le coin. Assis à même le sol, recroquevillé en boule, la tête emmitouflée dans sa capuche. Il m'a entendue approcher et s'anime. Je songe déjà à ce que je peux lui donner pour qu'il s'offre un repas chaud.

Soudain, je pile net.

— Enzo ?

Ce n'est pas un clochard, c'est mon copain. Enfin, celui qui « faisait office de ».

— Bonsoir Elynn.

— Qu'est-ce que tu fais là ?

— Je t'attendais.

Engourdi par le froid, il se lève avec difficulté et ajoute :

— Ça fait des semaines qu'on ne s'est pas vus. Tu ne décroches jamais ton téléphone, et tu réponds de moins en moins à mes messages…

Très fort au niveau de l'argumentaire, mais il ne va pas réussir à me donner mauvaise conscience avec ses deux tentatives d'appel et ses quatre SMS en trois semaines. Elynn, fais bien attention à la façon dont tu vas lui répondre…

Ma tendance naturelle serait de l'accueillir en disant par exemple que je suis contente de le voir, mais ce serait amplement exagéré. Lui demander directement ce qu'il veut serait vulgaire. En même temps, je suis assez curieuse de savoir ce qui l'a poussé à lâcher son volant et ses clims pour rappliquer à l'improviste alors que ce n'est pas du tout son genre.

— Imagine que je ne sois pas rentrée ce soir, tu aurais poireauté toute la nuit ?

— C'est notre jour, notre heure, je me suis dit que j'avais une chance de te trouver chez toi. Tu veux bien qu'on rentre au chaud ? Je suis frigorifié.

Je croyais que tu détestais la chaleur ? Mes trois ours t'embrassent.

Il me suit jusqu'au local à vélos en me parlant sans arrêt. Incroyable. Je ne l'avais jamais entendu produire autant de phrases d'affilée. Nous revenons vers l'escalier lorsqu'il prend de mes nouvelles. J'hallucine ! Il ne l'a quasiment jamais fait en deux ans, et tout à coup, ça l'intéresse. Je lui réponds en puisant dans l'assortiment de lieux communs que j'ai développé au contact des patients. Le travail tellement compliqué, le temps qui file si vite, la vie, blablabla...

Je suis un peu embêtée qu'il monte chez moi parce que, n'attendant aucune visite, j'ai laissé mon appart dans un état dont personne ne doit être témoin. S'il repère ma guirlande de culottes qui sèchent ou mes soutifs dans lesquels je suspends les tomates à la poignée de la fenêtre pour qu'elles finissent de mûrir à travers les carreaux, il faudra que je l'élimine. S'en rendra-t-il seulement compte ?

Nous ne sommes même pas encore à mon étage qu'il m'interroge déjà :

— Tu vois quelqu'un d'autre ?

Je suis sciée. Ce serait donc ça, son problème ? Est-il possible que ce ne soit pas le manque de moi qui l'ait poussé à venir, mais la trouille de se faire piquer sa place ?

Je vais le faire mariner un peu. Évitons de le rassurer immédiatement, ce serait trop facile. Le bonhomme serait capable de filer jouer aussi sec. Je n'espérais pas du tout qu'il débarque, mais puisqu'il est là, hors de question de le laisser repartir sans prendre le temps de savourer cette petite victoire !

J'ai bien envie de lui montrer l'échographie qu'une copine m'a envoyée en lui faisant croire que c'est la mienne. Rien que pour voir sa tête. Quelle serait sa réaction si je lui annonçais que je suis enceinte ? Je dois même pouvoir pousser jusqu'à lui baratiner que j'ai fréquenté tant de monde ces derniers temps que je ne sais pas qui est le père. Il n'a qu'à demander à Caro, elle peut témoigner que je couche même avec les farfadets ! De toute façon, je compte garder l'enfant. Il faudra attendre que le bébé naisse et grandisse pour savoir à qui il ressemble. Si son premier mot est « J'aurais-dû-gagner-mais-ma-manette-a-lâché », il y a des chances que ce soit son fils.

Enzo attend ma réponse. Je ne vais pas arriver à me montrer cruelle. Pour cette fois encore, la bête va rester enfermée dans sa cage.

— Franchement, tu es sérieux ? Tu me connais si peu ?

Il a l'air de s'en contenter.

Signe qu'il est moins inquiet, il commence aussitôt à me raconter ses courses. Je suis atterrée. Il fait quand même l'effort de me demander ce que je fais en dehors du travail. À moins que ce ne soit encore une façon de contrôler. Je lui parle des achats de Noël. Tiens, au fait, je n'ai prévu aucun cadeau pour lui. De toute façon, en deux ans, il m'a offert deux écharpes qui grattent, tandis que moi je m'échinais à lui dégoter des mangas rares.

Évidemment, alors que nous échangeons d'un ton guilleret, il est exclu d'évoquer ma nouvelle activité sportive. Encore moins le fait que j'ai retrouvé Baptiste. Je m'aperçois, non sans une certaine tristesse, que je n'ai toujours pas grand-chose à lui dire, mais que j'en ai par contre de plus en plus à lui cacher. Ce n'est jamais bon lorsque vous commencez à cloisonner votre vie vis-à-vis de ceux qui sont supposés la partager.

Nous pénétrons chez moi. À peine à l'intérieur, il m'interroge :

— Elles sont neuves, ces chaussures de sport. Tu t'y es remise ?

Nom d'un chien ! Il faut que j'allume un contre-feu.

— Il en est question. Au fait, bravo pour ton prix, ça a dû te faire plaisir. C'était sur quel circuit ?

— Marina Bay, à Singapour, sous la pluie. Furieusement épique. Je me suis battu comme un enragé et j'ai plusieurs fois failli perdre, mais...

Je connais la musique. Il va me raconter que c'était « grandiose », « mythique », et peut-être même évoquer un « pingouin démoniaque ». Le fait est que, lancé sur son centre d'intérêt par un biais flatteur, il ne cesse plus de parler et ne remarque rien du désordre qui règne dans mon terrier.

Je l'étudie tandis qu'il monologue. C'est horrible, mais j'ai du mal à me dire qu'à une époque pas si lointaine, j'envisageais de faire ma vie avec ce garçon. Je le reconnais à peine, comme si les sentiments que l'on éprouve pour quelqu'un constituaient un filtre qui teinte l'image que l'on se fait de lui. Au point de lui donner une épaisseur et un éclat qu'il n'a pas forcément. Quand les émotions et les enjeux disparaissent, ces êtres ont soudain l'air plus fades, plus creux, et terriblement banals.

Tout à coup, Enzo s'arrête et regarde autour de lui comme s'il venait de se réveiller en sursaut.

— Ça fait combien de temps que je ne suis pas venu ?

— Quasiment deux ans. La dernière fois que je te l'ai proposé, tu m'as répondu que le débit de ma connexion était, je cite : « digne d'une grotte préhistorique », et qu'on était mieux chez toi.

Il se tourne vers moi. Je sens qu'il va tenter le geste affectueux. Hors de question de me laisser entraîner sur ce terrain-là. J'esquive et file me laver les mains à l'évier.

— Je te sens distante, Elynn. Qu'est-ce qui se passe ?

— Je sors de douze heures de service. Je suis épuisée.

— Pourquoi on ne se voit plus ?

À quel moment ce puissant questionnement lui est-il apparu ? Un jour de coupure Internet ? Parce que son évier déborde de vaisselle sale ? À moins que la casserole avec les nouilles collées ne lui ait passé un coup de fil anonyme… « Allô ? Je ne peux pas vous donner mon nom, mais regarde autour de toi, pauvre têtard ! Tu es seul avec tes pixels, et je moisis dans l'évier ! Misère, j'en ai déjà trop dit… »

— Tu sais, bébé, notre histoire est importante pour moi.

Ma parole, il a regardé une série brésilienne à la télé et en a appris les répliques par cœur.

— Enzo, puisqu'on se parle franchement...

— Oui, bébé, je t'écoute.

— Je déteste que tu m'appelles « bébé ». J'ai toujours trouvé ça idiot. Ç'est le surnom passe-partout que ceux qui sont infoutus d'en trouver utilisent pour faire genre.

Il se renfrogne.

— Message reçu.

On se dévisage un bref instant. Ce n'est pas si souvent que je l'ai vu de face, ces derniers temps. Il est clair que la perception que j'ai de lui a changé. Il me regarde comme si j'étais une gazelle échappée de son enclos qu'il espère rattraper. Accroche-toi, mon bonhomme. Je passe mon temps à essayer de m'évader en ce moment.

— Je t'ai apporté un cadeau, Elynn...

Nom d'une compresse, il a décidé de me jouer ce soir tout ce qu'il a loupé depuis qu'on se connaît. On est sur une séance de rattrapage !

Le voilà qui sort un petit objet de sa poche. Même pas emballé.

— Voici une clé de mon appartement, Elynn. Comme ça, quand tu viendras le jeudi soir, si je suis en train de jouer, tu n'auras pas à attendre et tu pourras entrer directement.

Je suppose que voilà quelques mois, cette attention aurait suffi à me rendre folle de bonheur, mais là...

Je réagis sobrement :

— Merci Enzo.

Je prends la clé sans trop savoir quoi en faire. Je la pose sur ma table. Il cherche mon regard, attendant que je me répande en remerciements. Mais non. Il renonce et change de sujet :

— Tu n'aurais pas quelque chose à manger ?

Il jette un œil autour de lui, sans même remarquer les tomates suspendues devant la fenêtre. Deux ans que nous sommes ensemble, et il ne sait même pas où se trouve mon frigo.

Je le lui désigne :

— Ouvre et prends ce que tu veux. Tu risques quand même d'être déçu, c'est un frigo de fille.

Le voilà qui éternue.

— J'ai sûrement attrapé froid en t'attendant. C'est pas grave. C'est pour la bonne cause. Tu me manquais trop.

J'ai de la chance, entre deux *telenovelas*, il a aussi regardé un tuto sur l'art d'apitoyer.

Mon téléphone vient de vibrer dans ma poche. Un SMS. Pendant qu'Enzo me détaille tout ce qui fait la force de notre couple à coups de métaphores automobiles, je sors mon portable le plus naturellement possible. J'arrive à voir que c'est un message de Baptiste. Il ne m'invite plus à dîner, il propose carrément que l'on passe la journée de samedi prochain ensemble. J'ai du mal à contenir ma réaction.

Je viens de découvrir que dans la base secrète, il existe un service que je ne connaissais pas encore : celui des Hasards qui te placent face à tes choix. Ils m'ont directement offert la carte VIP Gold. Merci beaucoup, les gars. Elle va être sympa, la soirée.

28

Ce cours-là est vraiment agréable. On y trouve enfin l'énergie et l'harmonie promises, sans aucun imprévu. Tout ce que j'espérais en m'inscrivant. Après les derniers jours, plutôt exigeants nerveusement, c'est une récréation bienvenue. Je m'abandonne au seul plaisir de l'exercice en oubliant tout le reste.

Je me suis quand même offert un vrai stress avant le début de la séance, parce qu'Aubeline était encore absente. Plus l'heure approchait, plus l'angoisse montait. Je redoutais ce qui pouvait justifier sa nouvelle défection. C'est bizarre, mais je n'ai été capable d'imaginer que le pire.

C'est donc avec un soulagement d'autant plus grand que je l'ai vue débarquer à la dernière minute dans les vestiaires. On s'est fait la bise, et elle a juste eu le temps de se changer en me glissant qu'on se raconterait tout au bar ensuite. Elle en a autant envie que moi, et ça me fait drôlement plaisir.

Notre petit groupe commence à se connaître et fonctionne de mieux en mieux. Mathieu parvient à nous faire travailler avec une réelle efficacité tout en prenant soin de nous. Nous sommes suffisamment peu nombreuses pour avoir l'impression de l'avoir chacune comme coach personnel. Il se montre de plus en plus à l'aise parmi nous, et l'équilibre de nos rapports s'est stabilisé. C'est toujours un bel homme au milieu de dix femmes sous le charme, mais sans aller jusqu'à trouver ça banal, nous arrivons toutes à gérer l'effet qu'il produit.

Après les échauffements, Mathieu nous a fait travailler pour la première fois en tandem. Les duos se sont formés naturellement. Margaux ayant un peu mal au dos, Tiphaine a été obligée de faire équipe avec lui. J'avoue que je l'envie presque. Pour ma part, je suis évidemment avec Aubeline. Le fait de réaliser les exercices à deux change spectaculairement la donne. Confronter son corps à une autre force vivante est une expérience très intéressante, dont on perd finalement l'habitude en grandissant. Entre enfants, le contact physique est courant, à travers le chahut, les jeux ou le sport. Mais avec les années, les occasions se raréfient, pour se concentrer en quelques situations qui relèvent souvent de l'intime. Il n'est pas forcément question de faire l'amour ou de se battre, mais plus on avance en âge, moins se toucher devient anodin.

Le contact à l'autre modifie complètement la perception de soi, dans un effet miroir très inhabituel. Nous nous retrouvons ainsi obligées de nous faire confiance, de nous appuyer les unes sur les autres au sens propre du terme.

Mathieu dit que c'est excellent pour renforcer le lien et la cohésion du groupe. En attendant, entre les maladresses et la difficulté à se coordonner, on s'est bien amusées. Je me demande si c'est vraiment par hasard que Tiphaine a quasiment fait une main aux fesses à notre entraîneur. Qu'est-ce qui est le plus surprenant ? Qu'elle l'ait fait, ou qu'il n'ait eu aucune réaction ?

Au moment de clore la session, Mathieu a organisé une mêlée, comme au rugby, toutes en cercle, nos bras sur les épaules des voisines. Chacune devenue le maillon d'un anneau vivant, nous devions pousser vers le centre en essayant de maintenir la forme globale. Dans la salle, notre cercle a évolué telle une créature aquatique mouvante. L'ensemble avait une allure quasi organique. Très étonnant. J'étais entre Aubeline et Laure, dont j'ai bien senti la puissance.

Lorsque nous avons quitté la salle, il flottait dans l'air un je-ne-sais-quoi d'inédit, une ambiance joyeuse et légère. Mathieu nous a souhaité une bonne semaine et nous a donné rendez-vous pour la prochaine fois. Nous lui avons répondu en chœur avec enthousiasme.

Aubeline et moi sommes descendues au bar, même table, même place. Elle sort son téléphone.

— Avant d'oublier, échangeons nos numéros. Comme ça, si l'une de nous a un empêchement, on pourra se prévenir.

— Je veux bien, parce que je me suis inquiétée la semaine dernière.

— Un dîner imprévu. Il y en a toujours, en fin d'année.

Le serveur approche. Noël oblige, il porte un petit bonnet de lutin clignotant, ce qui n'a pas l'air de l'enchanter.

Aubeline prend l'initiative :

— Deux Fruits défendus, s'il vous plaît.

Elle cherche mon approbation du regard. Je hoche la tête.

— Ça marche, répond le garçon.

Il tourne les talons. Ma complice semble plus détendue ce soir.

— Tu te donnes un peu de temps pour savourer ton cocktail ?

— J'ai dit au chauffeur que je voyais une amie. Après tout, ce n'est pas un crime.

Je note le ton décidé. Elle enchaîne :

— Qu'est-ce que tu fais pour les fêtes ?

— Je suis de service le jour de Noël, et je rejoindrai ensuite mes parents, qui reçoivent de la famille. Ce ne sera qu'un semblant de Noël, vu l'heure à laquelle je vais arriver !

— Tu es courageuse. On oublie souvent que pendant qu'on festoie, d'autres tiennent la barre. Et pour le réveillon ?

— Aucune idée.

— Quelle chance tu as ! Ouverte à l'inconnu. Moi, je sais déjà tout ce qui nous attend, à la minute près. Comme tous les ans !

— En famille, avec des amis ?

— Pas vraiment. Dans le milieu de Laurent, la famille est d'abord l'instrument d'une image sociale. Quant aux amis, ils se résument aux relations d'affaires. Je me souviens, chez mes parents, des repas, des fêtes entre nous. J'en ai souvent la nostalgie. Rien à voir avec ce que je vis depuis que je suis mariée. Si Laurent expose des photos de nous dans son bureau, ce n'est pas pour se souvenir, mais pour montrer. Une femme pas trop moche et quatre garçons, ça vous pose un homme ! C'est presque aussi flatteur qu'une collection d'antiquités ou une toile de maître. Avec la notion de dynastie en prime.

Le jeune homme revient avec nos boissons. On trinque, et Aubeline déguste pensivement sa première gorgée.

— Au début, j'ai joué le jeu, reprend-elle en s'amusant machinalement avec la petite ombrelle décorative. Je l'admirais tellement que j'étais fière de servir son parcours. Jusqu'à ce que je me rende compte de ce que cela me coûtait sur le plan personnel. Peu à peu, tout ce que j'aimais, tout ce que j'espérais, s'est évaporé au profit de ce qui s'avérait convenable pour son évolution professionnelle. Tout est mis en scène, exposé, instrumentalisé dans l'intérêt de sa carrière. C'est bien sûr nécessaire à son niveau, mais cela ne me correspond pas. Je suis plus sentimentale que Laurent. Il est irréprochable avec moi, mais souvent, celui qu'il était plus jeune, avant sa réussite, me manque.

— Tu lui en as parlé ?

— Pour ça, il faudrait que je prenne rendez-vous auprès de son secrétariat ! En espérant qu'il aurait la tête à m'écouter…

— Tu es plus proche de tes enfants ?

— Ils font leur internat en Angleterre. Déjà sur les traces de leur père… Ils n'auront pas été mes petits très longtemps. Je me demande parfois si cette éducation qui les programme ne va pas étouffer leur personnalité.

Elle détache ses yeux de son verre et me regarde.

— Tu sais ce qu'ils vont recevoir pour Noël, à dix, onze, douze et quatorze ans ?

— Une Rolex ?

— Ils en ont déjà. Non, ils vont se voir octroyer 2 % des parts de la holding de leur père.

— Super, ça va s'amuser à mort chez les Maublaincourt ! Note que c'est moins de travail pour toi que les boîtes de 1 500 briques à assembler parce que tes gamins veulent jouer tout de suite avec !

Elle rit.

— Tu sais quoi, Elynn ? Je me suis laissé embarquer dans une vie qui ne me ressemble pas.

— Aucune échappatoire ?

— Un divorce, et encore. Cela reviendrait à passer de la prison au champ de bataille.

— Sans aller jusque-là, il est sans doute possible de faire évoluer le schéma.

— Tu parles ! Je suis vissée de partout. Par exemple, le 15 janvier, c'est mon anniversaire. Officiellement pour me faire plaisir, c'est la date que Laurent avait choisie pour notre mariage. Une belle métaphore de ce qui m'est arrivé. Je me suis retrouvée diluée dans notre union. Entièrement absorbée par elle.

— Il ne te fête plus ton anniversaire ?

— Bien au contraire : c'est l'occasion pour lui d'organiser un grand repas, un machin insensé dont je n'ai jamais voulu, durant lequel il déclare devant un parterre d'invités à quel point il m'aime.

— Ça part probablement d'une bonne intention…

— Il m'offre des bijoux hors de prix et des œuvres d'art moderne. La seule chose que j'aie jamais demandée, c'était une guitare, toute simple, pour en jouer comme quand j'étais ado !

— Il veut se montrer généreux.

— C'est ce que j'ai cru au départ, mais ses bijoux ne sont que des placements, et les œuvres un moyen de défiscaliser. En vingt ans de mariage, j'ai compris que mon grand dîner d'anniversaire n'est en fait qu'une occasion d'humaniser son personnage d'homme d'affaires et de cultiver ses relations dans un climat plus « personnel ». Il n'y a d'ailleurs personne de ma famille, et encore moins d'amis. Les premiers vivent trop loin d'ici, et j'ai perdu de vue les seconds. Ils ont été remplacés dans mon carnet d'adresses par d'autres femmes qui, comme moi, passent leur existence dans l'ombre de leur époux. Je déteste ma vie. Je donnerais n'importe quoi pour une soirée toute simple, sans être obligée de faire des ronds de jambe indexés sur le niveau des fortunes, sans avoir à m'esclaffer de force pour des plaisanteries réchauffées.

Elle soupire et se redresse.

— Et toi, c'est parce que tu es célibataire que tu ne prévois rien pour le réveillon ?

— Célibataire, entre deux, je ne sais pas. Enzo est venu me faire la danse du ventre pour sauver le peu qui reste, mais je suis surtout retombée sur un amour de lycée. Avec lui, je suis sur un petit nuage…

— À toi de choisir. Mais fais attention, quelle que soit ta décision, ne te mens pas. En attendant, si le cœur t'en dit, avec l'amoureux qui aura ta préférence, tu es la bienvenue à notre « grande soirée du 31 décembre ». Ça me fera au moins quelqu'un de sincère à mes côtés !

29

Samedi matin, 10 h tapantes. J'attends Baptiste en bas de mon immeuble. Il m'a demandé d'être ponctuelle. J'espère qu'il le sera aussi, parce que poireauter dans la rue en tenue d'infirmière n'est pas ce que je préfère.

Ce n'est pas tant la température qui me pose problème que le regard des passants. Si la blouse courte et le pantalon blanc sont tout à fait habituels en milieu hospitalier, hors de son contexte, l'uniforme immaculé attire beaucoup l'attention et je me méfie. Entre les curieux et les pervers, il y a de quoi faire.

Baptiste n'a rien voulu révéler du programme de la journée. Il veut m'en faire la surprise. Il m'a juste précisé qu'il fallait que je sois costumée. Je lui ai bien fait répéter pour être certaine d'avoir compris. « Oui, oui, costumée. » J'ai rétorqué que je n'avais rien sous la main comme déguisement. C'est lui qui a alors suggéré que j'opte pour ma tenue professionnelle. À sa voix, l'idée semblait vraiment lui plaire. Peut-être va-t-il me proposer de jouer au docteur ? Je pense que je vais accepter…

Sa voiture arrive et se range juste devant moi. Un modèle basique, mais je me sens quand même comme Aubeline avec sa berline de luxe. D'ailleurs, Baptiste sort pour venir m'ouvrir la portière.

Et là, c'est le choc. Il est habillé en centurion romain, jupette à lanières de cuir, plastron doré avec pectoraux saillants et abdos gravés valorisant sa carrure – qui n'en avait pas besoin. Il bondit pour m'embrasser avec enthousiasme, puis recule en prenant la pose.

— Qu'est-ce que tu en dis ?

« J'aime tes cuisses, et j'ai très envie qu'on monte chez moi vérifier si tes abdos ressemblent à ceux du plastron. »

J'éclate de rire.

— Ça te va super bien. Tu fais un très beau soldat.

Si Lisa était présente, elle répéterait sûrement « beau soldat… » avec un rire nerveux. Baptiste frappe son torse de son poing comme les soldats de César saluant leur empereur.

— Tu verras, avec le casque et la cape rouge, ça rend encore mieux.

Il me prend tout à coup par la taille sans manière.

— Tu sais que tu fais une infirmière très sexy ?

Je ne suis jamais tombée dans les pommes en regardant un péplum, mais là, avec le relief et les mains de l'acteur principal posées sur moi, je suis à deux doigts.

Le voilà déjà reparti s'installer au volant.

— Monte ! Ce n'est pas très loin, mais il vaut mieux arriver tôt.

Je boucle ma ceinture, il démarre et nous voilà partis à l'aventure.

— Maintenant, tu peux me dire où nous allons.

— Certainement pas.

Je le regarde, et cette fois, pas besoin de le faire à la dérobée. J'aime son profil, j'aime sa tenue. Je ne sais pas ce que nous allons fabriquer dans cet accoutrement, mais je m'en fiche. Je me sens drôlement bien. Avec lui, j'ai le sentiment d'être en sécurité. Qui ne le serait pas en compagnie d'un centurion ? Il conduit son char tout en souplesse. J'adore la façon dont il passe les vitesses. Rien de virtuel dans son cas. Au passage, j'admire ses cuisses. Nous formons un étrange duo, c'est lui qui est en jupe et moi en pantalon.

Il tourne la tête vers moi et surprend le regard que je promenais sur lui. J'ai dû grandir un peu en onze ans, parce que cette fois, je ne rougis pas et ne détourne pas les yeux.

Que nous réserve cette escapade ? Sommes-nous en route pour un bal costumé ? Une fête clandestine ? Va-t-il m'inviter à déjeuner ? Paierons-nous chacun notre part, ou ferons-nous déjà addition commune, ce qui, dans le balisage des relations naissantes, marquerait une étape que je suis tout à fait d'accord pour brûler ?

— Aujourd'hui, tu ne te soucies de rien. Tu es mon invitée, Elynn. Amuse-toi, je m'occupe de tout.

Ma parole, il lit dans mes pensées ! Mince, il faut que j'arrête de reluquer sa jupe et ses cuisses ! Pense à un truc triste, Elynn, genre la tomate qui a moisi dans ton soutif.

Nous roulons sans prononcer une parole, mais je suis certaine que nos songes vont de concert. Cela ne veut pas dire pour autant que mon esprit reste silencieux. Je crois même qu'à cet instant précis il chante sous la douche. À tue-tête.

J'ignore à quel service du destin je dois dire merci, mais je vais faire un mémo général pour assurer les responsables de ma profonde gratitude. Tout est parfait : la lumière, le ronronnement du moteur, son sourire. Celui de Baptiste, pas du moteur. C'est moi qui suis à un poil de ronronner. Même la costumière a drôlement assuré. Si notre histoire était un film, on y suivrait le destin d'une infirmière renvoyée dans le passé grâce à une machine révolutionnaire pour sauver un beau centurion et l'empêcher d'être gravement blessé lors d'un combat homérique. C'est nul, comme scénario, mais j'ai quand même vachement envie de voir le résultat. Surtout la scène du premier baiser.

Baptiste avait raison, nous n'avions pas des heures de route à faire, mais en arrivant, j'ai quand même atterri à des années-lumière de ma vie.

30

Le parking est plein à craquer et les voitures déversent une foule de visiteurs insolite et bigarrée. Tous convergent vers un gigantesque centre d'exposition décoré pour l'événement, cohorte incroyablement costumée progressant dans un brassage qui voit se télescoper de multiples mondes imaginaires. On trouve de tout : des personnages de jeux vidéo, des super-héros de cinéma, des cow-boys, des guerriers de science-fiction, des bonnes sœurs futuristes, des peluches plus grandes que moi, et même des insectes qui dansent.

Sur la foi des quelques visages que les panoplies laissent entrevoir, le public n'est pas si adolescent que cela. Je dirais même que Baptiste et moi nous situons pile dans la moyenne d'âge.

Mon centurion s'amuse de ma mine effarée.

— Tu ne connais pas le cosplay ?

— J'ai déjà vu des reportages à la télé, mais c'est bien plus étonnant en vrai.

— J'ai découvert cette culture à Taïwan. Là-bas, le phénomène prend des proportions insensées. Certains passent des mois à se confectionner la tenue dans laquelle ils deviennent leur héros. Ils se retrouvent ensuite lors de ces grands rassemblements.

Alors que nous prenons place dans la procession, je découvre en effet des costumes d'une fascinante beauté. Des fées, des géants en armures étincelantes, également quelques versions plus historiques ou techniques comme les nôtres.

Quand nous entrons dans le bâtiment, je m'aperçois que je ne suis pas la seule infirmière. Les autres sont par contre visiblement tirées de mangas conçus par une bande de garçons bouillonnants d'hormones, étant donné la taille surdimensionnée de leur poitrine et celle extrêmement réduite de leur jupe…

Quel fantastique univers, dans lequel je déambule comme dans un rêve éveillé. Je suis si loin de ma vie ! Je reconnais quand même le personnage principal des mangas qu'Enzo collectionne avec tant de ferveur. Ce n'est pourtant pas lui qui aurait eu l'idée de m'emmener ici… Baptiste semble très à l'aise et salue parfois des personnages comme s'il les connaissait. Le plus surprenant reste qu'ils lui répondent. L'esprit est bon enfant. L'influence de l'Asie apparaît prépondérante. Je suis impressionnée par ces filles aux tenues sensuelles assumées et aux coiffures de couleurs vives. Chacun évolue dans son personnage, au carrefour de dimensions parallèles qui se croisent, dans un tourbillon d'imagination ayant pris corps.

— Ça te plaît ?

— C'est complètement dépaysant.

— Pas trop désorientée ?

— Je suis heureuse d'être ici avec toi.

Nous nous promenons dans les allées bordées de stands proposant d'innombrables produits dérivés. On nage en pleine pop culture. Des gadgets, des chats stylisés sous toutes les formes, des tee-shirts, des accessoires de costumes, des insignes, des figurines hors de prix. Même si, pour notre première sortie, j'avais imaginé quelque chose de plus intime que cette foire, je suis emballée de m'y trouver avec Baptiste. Cette surprise-là est excellente. Plongée dans cet environnement très jeune, j'ai l'impression que nous sommes toujours un peu au lycée !

Baptiste trace la voie dans la foule. Entre sa haute taille et ses larges épaules, il n'a aucun mal à se frayer un chemin. Les filles lui sourient. Je tente de le suivre, mais je crains de le perdre. Il y a déjà un Pokémon et un soldat de l'Empire entre nous. Un champignon avec une couronne d'or vient s'intercaler en plus. Nous devons être connectés pourtant, parce qu'il se retourne et s'aperçoit que j'ai du mal à tenir la cadence. Il s'arrête et, entre un chevalier noir et une fleur fluo dont les bras sont des feuilles, le voilà qui me tend la main pour que je la saisisse.

Quelque chose vient de sauter dans ma tête. Plus aucune voix dans l'oreillette. Plus de foule autour de nous. Je me fous de la reine des princesses ou du cavalier de l'Apocalypse. Ils ne pourront pas m'empêcher d'atteindre Baptiste. Je l'attrape, mes doigts se glissent entre les siens, nos mains s'unissent tandis qu'il m'attire contre lui.

— Reste près de moi, sinon tu pourrais te perdre.

C'est ce que je me dis depuis que j'ai dix-sept ans.

Je vous avoue que pendant un bon moment, je n'ai rien vu de l'exposition, concentrée sur sa main, son corps, contre lequel un ours en peluche géant et un sorcier zombie m'ont plaquée. Merci, les garçons.

On est allés voir les BD, sans s'y attarder. Ensuite, Baptiste m'a demandé si ça ne m'embêtait pas que l'on regarde un peu les objets collectors.

On fait ce que tu veux tant que tu ne lâches pas ma main.

Il m'a offert un bijou. Une jolie petite hache à double tranchant suspendue à une chaîne toute simple. La réplique miniature d'une arme dont, d'après ce que j'ai compris, les gnomes résilients se servent pour déchiqueter les limaces sanguinaires spatiales. Comme c'est charmant ! De prime abord, peut-être aurais-je préféré quelque chose de plus féminin, mais lorsque Baptiste me l'a lui-même accrochée autour du cou, quand je l'ai senti dégager ma nuque et ai perçu son souffle sur ma peau, je ne me suis même plus posé la question. Peu importe ce que représente cette hache, elle me rappellera toujours ce moment de bonheur avec lui – et aussi un peu le pauvre gars qu'on avait opéré parce qu'il avait loupé sa bûche.

Pour le déjeuner, il m'a laissé le choix, mais dans cet environnement, ce ne sont pas les stands veggies ou les restos italiens pour amoureux qui fleurissent à chaque coin d'allée. Pourtant, ce hot-dog avec sa sauce qui brille dans le noir restera un de mes plus beaux souvenirs de repas partagés avec un garçon. Il m'a invitée. Inutile de lancer les dés, saute deux cases, petit cheval. La partie est bien engagée.

Pendant que je m'étouffais avec le pain tout sec, il m'a aussi parlé.

— Alors comme ça, c'est ta vraie tenue de travail ?

— Tout à fait. J'imagine que toi, tu n'es pas habillé en centurion pour gérer ta logistique industrielle ?

— Pas exactement.

Nous rions comme des chèvres. J'ai une hache autour du cou, je mange du plastique, et un requin vient de me faire un clin d'œil. Je suis folle de bonheur.

— Dis-moi, tes patients, des fois, ils n'essaient pas de te draguer ?

— En général, quand tu as une épaule broyée, le coccyx en trois morceaux, ou ton pied posé sur ton ventre, tu as moins l'esprit à la bagatelle. Quoique, une fois, on en a eu un à qui il ne restait plus qu'un bras en état de marche, mais c'était suffisant pour qu'il ait la main baladeuse.

Nous rions à nouveau. Bêêê ! On va pouvoir faire du fromage, parce qu'avec le bruit qu'on fait, c'est à croire qu'on est tout un troupeau.

Je ne me suis pas sentie aussi bien depuis des années. Je voudrais ne jamais repartir de cet endroit de fous. Je rêve de vivre ici éternellement. On doit bien pouvoir trouver un roi ou un demi-dieu quelconque pour célébrer notre mariage, et je suis certaine que Hello Kitty pourra m'aider à accoucher pendant que nous emménagerons dans la maison des nains.

Baptiste passe la main sous son plastron et en extirpe son téléphone. Je ne m'en étonne même pas. Ici, rien n'est surprenant.

— Dans dix minutes, le concours de sosies de personnages historiques commence. Ça te dit ?

31

J'ai du mal à conceptualiser que sur la même planète, au même moment, pendant que des gens se battent pour survivre, pendant que les équipes de notre service s'efforcent de réparer des corps brisés, les personnes que j'ai devant moi sont en train de faire ce qu'elles font.

Sur une scène s'alignent des clones de grandes figures de l'histoire. Spectacle surréaliste que tout le monde semble prendre très au sérieux. Une véritable fresque temporelle où les grands noms du passé se côtoient sans aucune logique. Phénomène troublant, il y a parfois plusieurs exemplaires du même.

Une voix sortie des haut-parleurs annonce :

— Dans la catégorie Tyrans et dictateurs, sont nommés : Hitler, Attila, Gengis Khan et Napoléon.

Les projecteurs se braquent sur eux. Applaudissements de la foule. Attila est à fond dans son rôle. Je parie qu'il va violer la plante verte et mettre le feu aux tentures. Les trois Hitler lèvent le bras pour saluer la foule parce qu'ils sont convaincus qu'ils vont gagner. L'histoire se répète, ça fout les jetons. Napoléon leur lance un regard noir plein de mépris. Lui est plus petit et seul, mais encouragé par sa Joséphine assise au premier rang.

— Dans la catégorie Humanistes et bienfaiteurs sont nommés : Gandhi, Mère Teresa et la fée Morgane.

Applaudissements moins nourris. C'est triste. Moi, je n'applaudis pour personne parce que je ne veux pas lâcher la main de Baptiste, que j'ai réussi à reprendre. Pour ça, je suis prête à sacrifier mon admiration.

Suivent d'autres catégories : Scientifiques, Artistes et Hommes politiques, mais le plus souvent ce sont des gens en costumes anciens avec des grosses perruques. On ne risque pas de pouvoir juger s'ils sont ressemblants ou non, vu que personne dans l'assistance n'a jamais observé les originaux de ses propres yeux. Au mieux, ils ont l'allure qu'on leur a donnée dans des films, des pubs, ou sur des emballages de biscuits. Pour quelques-uns, un certain flou brouille les genres. Quelle différence entre Newton, Bach et Marie Curie ? Ils ont tous la même coiffure !

— Voici enfin notre dernière catégorie, poursuit la voix : Célébrités, personnages bibliques, divinités et autres, dans laquelle sont nommés Jésus, Cléopâtre, Zeus, Bob Marley, Bouddha, Harry Potter, et l'Agneau pascal.

Je suis perplexe. D'abord parce qu'il y a quatre Jésus, dont l'un porte une croix gonflable, ce qui constitue une inacceptable aberration historique. Ensuite, parce que l'éclair que brandit Zeus est clairement en polystyrène et que, sauf s'il le frotte sur un pull en acrylique, il n'en sortira jamais la moindre étincelle. Cléopâtre semble plus proche du défilé de lingerie que d'une puissante reine d'Égypte. Je me demande également ce que Bob Marley fait là, tout en remarquant que celui qui postule pour le prix du Bouddha le plus réaliste a dû concentrer la majeure partie de son budget costume dans l'absorption de hamburgers avec supplément fromage. Ses authentiques bourrelets peints en doré sont du plus bel effet. Le tableau est saisissant. Et que fait ce mouton en toc animé par deux types sur la scène ? Pascal, c'est son prénom ?

Je vous épargne les cinq vagues de votes à l'applaudimètre pour départager tout ce petit monde, mais le fait est qu'à la proclamation des résultats, Mère Teresa a essayé d'étrangler Gandhi parce qu'il avait gagné et pas elle. On pense connaître les gens, on se trompe. Je peux vous assurer que Mère Teresa fait les clés au bras les plus efficaces que j'aie jamais vues. Je crois que Gandhi s'est aussi chamaillé avec Harry Potter, au prétexte qu'ils portent exactement les mêmes lunettes.

Dans le chaos, le mouton est tombé de la scène, et contre toute attente, c'est le train arrière qui s'est relevé le premier. À l'évidence, le Jésus avec la croix gonflable n'a pas accepté sa défaite, parce qu'il a profité de la cohue pour gifler son double. C'est la première fois que je suis témoin d'un conflit intérieur qui se matérialise à l'air libre.

Comme ne nous l'a pas enseigné l'histoire, ce sont les Hitler qui ont séparé la sainte de Calcutta et le militant pour l'indépendance de l'Inde. Les tragédies, elles, ne se répètent heureusement pas toujours. Il a fallu des pilotes galactiques et des agents de sécurité pour rétablir l'ordre.

Après ce déferlement de violence, l'animateur a demandé s'il y avait un médecin dans l'assistance. Bien que sachant ce qu'aurait pensé cet abruti de Dr Moëlner, je me suis portée volontaire, en même temps qu'un plombier vert à fausse moustache et un lézard cannibale. On a soigné des petits bobos sans gravité. Qui peut se vanter d'avoir fait un pansement à Jésus, à Bouddha, et à un popotin de mouton dans la même journée ? Par contre, Gandhi a pris cher. Il n'aurait pas dû énerver une prix Nobel de la paix et un jeune sorcier.

Tandis que je réconfortais l'icône de l'Inde, Baptiste est resté auprès de moi. C'est en croisant son regard que j'ai tout à coup pris conscience de l'aberration de la situation. Nous avons été pris d'un fou rire incontrôlable qui a fait fuir Attila. Comme quoi ce n'était pas si compliqué de repousser les invasions barbares.

32

Parmi les nouveaux patients du week-end, une femme a été admise suite à un accident de karting tellement violent qu'en plus de lui fracturer une jambe et de lui fêler quatre côtes, le choc a décalé une de ses prothèses mammaires pour l'envoyer directement à côté de l'autre. Du jamais vu. Même les chirurgiens pensaient que c'était impossible. Du coup, elle a les deux seins du même côté. En attendant qu'on lui arrange ça, il va falloir qu'elle choisisse son bon profil si elle va à la plage...

Nous avons aussi récupéré un petit gars de treize ans qui, en voulant sauter un mur à partir d'une pile de caisses posées en équilibre, a réalisé une cascade involontaire que son copain a filmée avec son téléphone. Le pauvre vient d'être opéré du poignet et du bras. À cet âge-là, il va s'en sortir sans séquelles, mais ça aurait pu mal finir. Il est trop mignon, tout le service est aux petits soins pour lui. Yasmine dit quand même que si c'était son fils, elle lui en aurait collé une bonne pour avoir échafaudé ce plan de crétin. Personne ne sait ce qui s'est passé, mais depuis l'épisode de la piscine, elle est d'une humeur massacrante.

Alors que Caro et moi étiquetons les prélèvements qui partent au labo, je murmure en faisant onduler mes mains devant son visage à la façon d'un mage révélant ses perceptions extrasensorielles :

— Je vois… je vois… Je vois que tu as passé ton week-end à faire des travaux dans ta nouvelle maison.

— J'ai l'air si claquée que ça ?

— Non. Il te reste des gouttelettes de peinture sur le front et dans les cheveux. Qu'est-ce que vous avez peint en jaune poussin ?

— La chambre des jumeaux, et eux aussi du coup, puisqu'ils traînaient sans arrêt dans nos jambes.

Elle vérifie aussitôt son image dans le reflet d'un bac en Inox.

— Quelle saleté, cette peinture ! Jérôme a voulu tout faire au rouleau. Et toi, qu'est-ce que t'as fait ce week-end ?

— J'ai passé la journée de samedi avec Baptiste. Extraordinaire.

— Voilà donc l'explication de ce sourire niais qui ne te quitte pas.

Je lui raconte rapidement combien il a été attentionné. Elle se fiche de moi lorsque je lui confie à quel point tenir sa main m'a fait de l'effet. Je vois bien qu'elle me taquine parce qu'au fond, elle se réjouit pour moi.

— Profites-en, mon Elynn, tu tiens peut-être enfin le bon.

Cependant, à mesure que je lui décrivais par le menu notre visite au salon du cosplay, j'ai vu Caro froncer de plus en plus les sourcils. Je revivais tout avec un enthousiasme sans doute excessif, mais quand même.

— Tu aurais dû voir Gandhi se crêper le chignon avec Mère Teresa pendant que l'autre nazi tentait de les séparer...

Elle s'approche de moi, presque menaçante.

— Gandhi n'a pas de chignon, et je ne sais pas ce que tu bois, fumes ou t'injectes, mais il va falloir que tu te calmes. Je la vois bien venir, ta cure de désintox façon Caro...

— Je te jure que c'est vrai !

Elle renifle, dubitative, et reprend ses préparations.

— Dis donc, puisqu'on en est aux histoires improbables, tu veux la dernière ?

— S'il est question d'un castor, d'une nouvelle dinde et du local technique, je passe. Je suis en mode romantique.

— Je te rassure, tu n'es pas la seule. Soraya aussi est d'humeur langoureuse...

— La nouvelle élève ?

— Celle-là même qui prend la posture du corbeau quand elle est stressée. Si c'était une coccinelle, elle ferait la morte à chaque contrariété.

— Ne me dis pas que Tristan a mis la main dessus, ça me ferait vraiment de la peine.

— Pas du tout. D'après mes informations, elle sort avec Lionel, des urgences. Tu sais, celui qui chante des chants extraterrestres aux enfants...

— Cherokees, pas extraterrestres. Je vais te dire : ce n'est pas une mauvaise nouvelle. Je trouve même qu'ils vont bien ensemble. Ils sont assortis. Une sorte de folie poétique...

— Tu l'as dit. On les a surpris derrière l'unité des cuisines.

— Dehors, par ce froid ?

— Oh, rien de scabreux. Ils donnaient un concert à deux voix pour les chats sauvages qui font les poubelles.

Je vous avais prévenus : on est dans un zoo.

33

Ce sont les trains, lorsqu'ils arrivent en gare, et le carrousel qui se met à tourner avec ses chevaux de bois qui me font le plus d'effet. La fontaine avec son délicat glouglou n'est pas loin derrière dans le classement. Ça ne loupe pas. Chaque fois que M. Guardo les déclenche dans son village miniature, je redeviens instantanément une enfant de six ans et j'ai envie d'applaudir. Lorsqu'il m'a demandé si je préférais la version de jour ou de nuit, j'ai été incapable de trancher. Les deux m'emballent.

Deux fois par an, avant Noël et avant les grandes vacances d'été, il effectue un nettoyage complet de son diorama. Un travail de titan. Aujourd'hui, il s'occupe des personnages. Cent vingt-deux au total, sans compter les chiens et les chats. Il les a retirés avec soin de sa ville pour les disposer sur une table roulante. J'ai l'impression d'être à l'hôpital, avec les blessés qui font la queue sur leur brancard en attendant qu'on les soigne.

Je les époussette avec un pinceau pendant qu'il effectue les éventuelles retouches sur les corps et les vêtements.

— C'est vraiment gentil de m'aider, mademoiselle, répète-t-il régulièrement.

— Elynn, appelez-moi Elynn.

— Avec plaisir. Moi, c'est Raphaël.

Nous sommes très concentrés sur nos petits « malades ». Je dépoussière mon douzième adulte tandis qu'il recolle la manche d'une veste à l'aide d'une seringue de colle et d'une pince à épiler.

— Alors, c'est vrai, vous n'aviez jamais montré votre création à personne ?

— Sauf aux rares qui sont venus m'aider de temps en temps au fil des années.

— Quel dommage. C'est si beau !

Il ne réagit pas. Je lui signale une poupée dont les cheveux se détachent. Il la place à part.

— Puis-je vous poser une question, Raphaël ?

— Bien sûr, Elynn.

Chacun de nous a légèrement appuyé le prénom de l'autre, comme si nous savourions le fait de pouvoir l'utiliser.

— Pourquoi avez-vous eu envie de me montrer votre décor ?

Il interrompt sa réparation et me regarde pardessus ses lunettes, perplexe, au point que je me sens obligée de préciser :

— Je considère bien entendu cela comme un privilège et vous en remercie. Mais pourquoi est-ce à moi que vous avez accordé cet honneur ?

Il pose sa pince.

— Vous voulez la vraie raison ?

— Bien sûr.

Il semble hésiter, jette un œil sur son immense décor.

— Si j'avais eu la chance d'avoir une fille, j'aurais beaucoup aimé qu'elle vous ressemble. J'en aurais été fier. Avant vous, je ne l'avais jamais pensé de personne.

Mon pinceau reste en suspens au-dessus du visage d'enfant que je m'apprêtais à nettoyer. Je suis terriblement touchée.

— Merci, Raphaël.

— De rien, Elynn, c'est la vérité. Je vous ai prévenue, je ne suis pas doué pour exprimer mes sentiments. Surtout ceux-là. Ils sont très personnels.

Nous reprenons notre travail, côte à côte, en silence. Sa phrase résonne en moi, autant pour les mots en eux-mêmes que pour les émotions qu'il a laissées filtrer en les prononçant. J'ai toujours été impressionnée par tout ce qu'une personne pouvait laisser entrevoir au détour d'une conversation ou d'un geste. Comme au théâtre, lorsque ce qui se passe sur scène révèle parfois, l'espace d'un instant, la machinerie qui se cache en coulisses, derrière le grand rideau des apparences. Comment aurais-je pu imaginer que le paisible patient qu'était M. Guardo pouvait se révéler capable d'une telle création ?

À l'hôpital, j'ai souvent été témoin de ce que chaque âme humaine recèle d'émotions et d'histoires. De talent, aussi. Mais jamais d'aussi près qu'à présent.

— Puis-je vous poser une autre question, Raphaël ?

— Je vous en prie.

— Ne me répondez pas si je suis trop indiscrète.

— Je n'ai rien à cacher à quelqu'un qui m'a soigné pendant des semaines.

Nous échangeons un sourire.

— Qu'est-ce qui vous a donné envie de construire cette merveille ? Où avez-vous trouvé l'inspiration et le courage ?

Il ricane bizarrement, puis retire ses lunettes. Il se détourne légèrement et souffle à plusieurs reprises, comme s'il éprouvait des difficultés à respirer.

— Tout va bien, Raphaël ?

Il hoche la tête positivement mais ne répond pas.

— Peut-être la poussière vous incommode-t-elle ?

Cette fois, il fait signe que non, toujours sans une parole. Me serais-je montrée intrusive ?

Sa respiration redevient régulière, mais je ne compte pas insister. Je reprends ma tâche, muette.

— Une absence, Elynn, m'avoue-t-il alors. C'est une absence qui m'a donné envie de me lancer dans ce projet.

Du menton, il m'indique les personnages ordonnés par taille.

— Vous n'avez rien remarqué ?

J'observe les petits corps alignés côte à côte, mais rien ne me saute aux yeux.

— Il n'y a qu'un seul modèle d'homme, de femme et d'enfant, dit-il. Plusieurs exemplaires de chaque, mais toujours du même type.

— Ça, je l'avais noté, mais je me suis dit que c'était pour simplifier la fabrication.

— Simplifier la fabrication… Rien n'est simple dans cet assemblage ! Mais c'est quand même à lui que je me raccroche depuis plus de dix ans. Il est ma vie.

Il soulève délicatement un personnage féminin.

— Elle, c'est Anita. Nous nous sommes rencontrés en Italie. Je parcourais seul la côte amalfitaine, et j'ai voulu me baigner dans une magnifique crique. Elle m'en a empêché, allant même jusqu'à s'interposer physiquement puisque nous ne parlions pas la même langue. J'ai compris plus tard que les courants m'auraient entraîné au large, au risque de me noyer.

— C'est une belle histoire.

— Alors même que nous ne nous connaissions pas, elle m'avait déjà sauvé. Je n'ai rien d'un don Juan, mais je peux affirmer que nous avons vécu une véritable passion. À la fin de l'été, elle a tout quitté pour me suivre jusqu'ici. Elle était plus jeune que moi. Elle s'est mise au français, et moi un peu à l'italien. Nous nous sommes occupés ensemble de l'hôtel. Elle était d'un courage et d'une patience rares. Elle m'a souvent poussé à aller plus loin. J'en étais amoureux fou, peut-être davantage qu'elle ne l'était de moi. Cela ne me gênait pas, pourvu qu'elle reste à mes côtés.

Il étreint la poupée et l'embrasse avec affection. Sans la lâcher, il prend alors un enfant. Je réalise subitement qu'il n'y a que des petites filles. Pas un seul garçonnet dans les figurants du diorama.

— Elle, c'est Fiona. Notre fille. Je l'ai représentée plus âgée qu'elle ne l'était, parce qu'elle n'a pas eu le temps de grandir. Elle nous a quittés alors qu'elle avait tout juste dix mois.

Une maladie fulgurante, contre laquelle les médecins n'ont rien pu faire. Elle s'est éteinte dans les bras d'Anita, un jeudi matin, à l'heure où je devais préparer les petits-déjeuners des clients, emportant avec elle notre bonheur. Ma petite fille...

Il serre la fillette contre lui, s'y accroche presque.

— Anita a essayé de tenir, mais c'était au-dessus de ses forces. Tout ici lui rappelait Fiona et ce que nous avions perdu. Elle n'arrivait même plus à passer devant la porte de ce qui avait été sa chambre sans s'effondrer.

Il s'interrompt, cherchant la force de poursuivre.

— Elle a fini par repartir en Italie, auprès de sa famille. Je suis resté seul. Je n'ai plus eu la force de rien, pas même de garder l'hôtel ouvert.

Je désigne les personnages masculins.

— C'est vous ?

— À l'époque, opine-t-il, j'avais moins de cheveux blancs. Depuis, je passe mon temps à mettre en scène les moments que nous aurions pu vivre ensemble. Je fabrique le futur qui nous a été confisqué. Un quotidien. Il est impressionnant de constater à quel point ce qui peut paraître naturel à ceux qui en profitent manque cruellement à qui en est privé.

Il englobe son univers miniature d'un ample geste.

— Au parc, au cinéma, dans la ville. Je construis les jours tranquilles auxquels je n'ai pas eu droit. Il m'arrive d'y croire à tel point que j'ai l'impression d'être réellement allé au magasin de jouets avec la petite. J'entends ses rires, je partage sa joie…

Ses yeux viennent se poser sur le banc près du manège, et il soupire.

— J'aurais été capable de l'attendre des heures durant, pour le simple bonheur d'être auprès d'elle en sachant qu'elle s'amuse. À la sortie de l'école aussi, dans la rue là-bas. Anita aurait été à mes côtés. Vous voyez, Elynn, je me réfugie dans mes rêves.

Je contemple son œuvre. Un monument dédié à un drame. C'est une autre saison qui reteinte le décor, celle des regrets. Les fractures les plus graves ne sont décidément pas osseuses.

Finalement, toute la lumière du monde et la flamboyance du soleil ne suffisent pas à faire une aube si personne ne regarde. La solitude est la pire des nuits.

— Je suis désolée, Raphaël. Je n'aurais pas dû vous questionner.

— Au contraire. Vous confier mon histoire me fait du bien. J'espère que cela ne vous empêchera pas d'apprécier ce décor.

— Ne vous en faites pas. Tous les jours, je côtoie des gens malmenés. Certains traversent les épreuves en sécrétant de l'aigreur, de la colère, en devenant allergiques au bonheur des autres. D'autres, bien plus rares, en tirent une sagesse, une force en dépit de la souffrance. Vous êtes le premier que je vois en tirer une merveille.

— Je me demande quand même pourquoi j'existe encore. Pour quelle raison m'a-t-on laissé survivre ?

— Il y a certainement une explication. Peut-être me suis-je trouvée sur votre route pour vous aider à la découvrir ?

— Vous êtes gentille.

— Vous n'avez plus jamais eu de nouvelles d'Anita ?

— Si, de temps en temps, et c'était très triste parce que nous portions la même douleur sans pour autant être capables de nous en soulager l'un l'autre.

— Elle n'est jamais revenue ?

— Elle s'est tuée dans un accident de voiture, voilà six ans. Je ne suis même pas certain qu'il s'agisse d'un accident…

Il repose les petites poupées. J'ai la gorge serrée.

— En construisant tout cela, reprend-il doucement, je suis avec elle et Fiona. Je ne les quitte pas. Je prends soin d'elles. D'une certaine façon, je veille à ce qu'elles ne manquent de rien, à ce qu'elles soient heureuses. Bien sûr, pas comme je l'espérais. Mais puisque je n'ai pas été capable de le faire en vrai…

Sa voix se brise.

— Raphaël, votre histoire est terrible, mais ce que vous en avez fait est magnifique. Regardez ce que cela a provoqué en moi.

— C'est juste. Rien ne pouvait me faire plus plaisir. Parce que vous êtes si vivante…

Sans bruit, il se met à pleurer. J'ai souvent vu des gens verser des larmes à l'hôpital. Pour eux-mêmes, pour des proches. On nous apprend à le gérer, à rester calmes pour les aider à s'apaiser, en évitant absolument de se laisser entraîner dans des émotions qui compliqueraient notre mission. Seulement, je ne suis pas au travail.

Je n'ai pas eu envie de pleurer avec M. Guardo, mais j'ai osé le prendre dans mes bras. J'ai aussi eu une idée.

34

Pour le dernier cours avant la coupure des fêtes de fin d'année, Mathieu nous a proposé une expérience étonnante. Difficile de savoir si cela s'inscrit dans une progression d'exercices, ou s'il a simplement voulu – comme les institutrices qui permettent à leurs élèves d'organiser des goûters sur le temps de classe – nous offrir un moment différent qui bouscule l'ordre des rapports établis.

Il nous a expliqué que cela lui permettrait d'évaluer nos progrès, non seulement en termes de mobilité, mais aussi dans notre façon de gérer notre énergie corporelle. Suite à cet alléchant préambule, il a sorti un petit pompon rouge de sa poche et l'a positionné au sommet de sa tête à l'aide d'un élastique. Tout le monde l'a regardé faire sans comprendre, pendant qu'Aubeline et moi réprimions un fou rire.

On dirait un marin avec son pompon porte-bonheur, mais sans le reste du chapeau. Le fait est que ça ne lui donne pas l'air intelligent, mais visiblement, il s'en fiche. Il nous a déclaré très sérieusement :

— Chacune à votre tour, vous devez essayer de toucher mon pompon.

Lisa s'est étouffée en répétant : « Toucher son pompon. »

Tout le monde l'a entendue, et tout le monde a ri. Mais cette fois, Mathieu a réagi :

— C'est ça, Lisa, vous devez me toucher le pompon.

Je n'ai jamais vu quelqu'un rougir aussi brusquement et aussi intensément que Lisa. Tout sourire, Mathieu s'est empressé d'ajouter :

— D'ailleurs, c'est vous qui allez commencer. Aucune règle, aucun interdit excepté la violence. Focalisez-vous sur le haut de ma tête, et donnez tout ce que vous avez pour l'atteindre. Vous avez trois minutes.

L'assistance se réorganise pour leur laisser de l'espace. On forme une sorte d'arène de combat de rue. Lisa s'avance, hésitante sur l'approche à adopter. Mathieu se tient sur ses gardes, serein. Mandy encourage sa complice :

— Vas-y Lisa ! Chope-lui le pompon !

Dans quelles circonstances peut-on lancer ce genre de phrase ?

C'est un étrange ballet qui débute entre eux. D'un côté, Mathieu, constamment en mouvement mais tranquille, et face à lui, sa challengeuse, fébrile, dense et ramassée comme une tigresse s'apprêtant à bondir sur sa proie. On se demande quand même lequel risque d'être la victime de l'autre. Les deux sont très concentrés.

Tout à coup, Lisa charge. Mathieu esquive. Nous constatons toutes que le jeu ne va pas être aussi simple que nous l'avions supposé. Ni aussi innocent. Lisa tente une feinte, se redresse pour se jeter sur le coach, qui parvient à l'éviter. Elle se replace, dégage une mèche de son front. Il est clair qu'elle commence à se prendre au jeu.

Lisa est la première à se confronter à Mathieu. En multipliant les offensives, elle nous permet de mesurer à quel point il est vif. Il bondit, se décale, impressionnant de maîtrise. Il gère l'exercice avec un sérieux absolu, sans aucun dédain pour l'amateurisme de son adversaire. Il est évident que sa supériorité physique lui confère un avantage, mais il n'en use pas. Il s'adapte à Lisa, avec respect, sans jouer le mâle dominant. C'est bien simple : on arrive à le prendre au sérieux même avec son pompon ridicule sur la tête.

Nous encourageons toutes Lisa, qui donne les premiers signes de fatigue. Alors qu'elle lui fonce dessus en grognant dans l'effort, elle parvient à lui toucher la joue, et même à s'agripper à lui. On dirait de la lutte gréco-romaine, mais en moins sauvage. Quoique.

Mathieu lui accorde encore une tentative, mais finit par lever les mains : le temps est écoulé. Lisa halète, pantelante. Nous l'applaudissons toutes en réalisant subitement que notre tour va venir.

Mandy prend la suite. Forte de l'expérience de son amie, elle opte déjà pour une autre stratégie que la charge à répétition. Grande et souple, elle vient tout près de Mathieu, puis essaie de lui saisir un bras. Elle tente littéralement de s'accrocher à lui pour l'enlacer comme une pieuvre. Au-delà du jeu – je ne sais pas si je suis la seule à le percevoir ainsi – il s'agit quand même d'une très belle jeune femme qui se jette sur un très beau jeune homme. Il y a quelque chose de sensuel dans leur joute.

Mathieu s'échappe, mais elle parvient à le mettre en difficulté. Peut-être est-il déstabilisé par ce contact homme-femme ? C'est possible, parce qu'il joue désormais la montre en se maintenant à bonne distance. La stratégie de Mandy serait-elle donc la bonne ?

J'y vois presque une métaphore sur la meilleure façon d'approcher les hommes. Faut-il se placer au plus près et s'agripper à eux, ou prendre du recul et agir par surprise avec de l'élan ?

Les trois minutes sont passées. Mandy n'a pas plus atteint le pompon que sa consœur.

Au fur et à mesure que mes voisines passent, la pression monte en moi. Certaines prennent le défi très à cœur et y vont sans aucune retenue. Mathieu s'en sort chaque fois, dévoilant de nouvelles aptitudes devant chaque nouvelle stratégie déployée. Il peut se montrer rapide, puissant ou agile. Confronté à Tiphaine, il exécute même une sorte de salto arrière pour se dégager. Il apparaît intouchable. Derrière son image de gentil coach se révèle une inépuisable réserve de combativité parfaitement maîtrisée.

Lorsque Margaux s'est mesurée à lui, on aurait dit qu'elle accomplissait une sorte de parade nuptiale. Mathieu a parfaitement su gérer, sans aucune ambiguïté.

Aubeline est restée très digne, elle n'a même pas vraiment essayé de l'approcher. Un non-jeu. Redoutait-elle de se brûler si sa peau avait touché la sienne ?

Rose et Églantine sont celles qui ont fait preuve de la plus grande opiniâtreté, mais elles n'ont pas réussi non plus. Seule Laure a changé la donne.

Nous savons toutes que c'est une sportive accomplie. Elle a apparemment bien étudié le système de défense de Mathieu, car après l'avoir testé à travers une série de manœuvres inédites, elle a réussi à le surprendre en effectuant un saut dont aucune de nous n'est capable. Dans une allonge incroyable, elle a touché le pompon avant de retomber sur ses jambes. Applaudissements et cris. À travers elle, notre honneur est sauf, et sa victoire rejaillit un peu sur chacune de nous. On est mûres pour les tribunes de foot et les castagnes de fond de parking.

Beau joueur, Mathieu lui a serré la main avec le plus large sourire qu'on lui ait jamais vu. Ce qu'il a dégagé lors de cette fugace émotion m'a profondément marquée. Cette victoire n'a pour autant pas redonné espoir aux dernières candidates, car il est évident que Laure est bien plus affûtée que nous autres.

Ce sera bientôt mon tour. Puis-je gérer cet exercice comme une simple activité de sport ? Suis-je capable de considérer froidement le fait de me jeter sur ce garçon pour tenter de lui toucher la tête ?

— Elynn, si vous le voulez bien, c'est à vous…

Je m'avance au centre du cercle. Je me retrouve face à Mathieu, que je regarde droit dans les yeux. Pour l'affronter sans être parasitée par d'autres considérations que le jeu, je puise dans mes nombreux souvenirs de chahut avec mon grand frère, sur qui je me jetais lorsqu'il confisquait une de mes peluches pour me faire enrager. Il les brandissait bien haut, hors d'atteinte, et je devais littéralement l'escalader. Chaque fois, je les ai récupérées, l'obligeant à fuir pour échapper à mes représailles. C'est avec lui que j'ai découvert que dans une lutte, c'est toujours le plus déterminé qui l'emporte. Suis-je la plus résolue à gagner ce soir ?

Je me tiens en fausse garde face à Mathieu, et nous nous tournons autour. Il n'est ni essoufflé ni en sueur, alors qu'il vient déjà d'épuiser quasiment toute l'équipe. Je l'entends respirer avec régularité. Mes tempes battent. Les copines m'encouragent. La voix d'Aubeline m'ordonne de me jeter sur lui. C'est drôle, mais là, pendant que mes yeux sont rivés à ceux de Mathieu, je n'ai pas envie de le charger. Je resterais bien comme ça des heures. En fait, j'aime beaucoup me plonger dans son regard.

Je ne sais pas s'il l'a senti, mais il se détourne. Lui, la forteresse imprenable, a capitulé. C'est la première fois que cela m'arrive face à un inconnu. Petite joie. J'en profite pour saisir ma chance en bondissant. Une attaque foudroyante pour le prendre de vitesse, tandis que, durant une fraction de seconde, il ne me surveille plus.

Il se décale à la vitesse de l'éclair, et j'ai bien cru qu'emportée par mon élan j'allais me fracasser contre les grands miroirs. Vu leur taille, si j'en brisais un, ce n'est pas sept ans de malheur que ça me rapporterait, mais au moins un siècle.

Dans mon vol plané, je sens soudain le bras de Mathieu qui m'enlace pour m'arrêter dans ma course. Malgré la vivacité de son mouvement, j'ai le temps de le ressentir comme si tout se déroulait au ralenti. Il absorbe complètement mon énergie pour me stabiliser en me ramenant contre lui. Avec un seul bras. Curieuse sensation d'être à la fois soulevée et arrachée à ma trajectoire, mais tout en douceur. Comment un mouvement aussi violent peut-il être si confortable ?

Si j'étais une princesse, j'aurais la sensation d'être sauvée. Mais je n'en suis pas une. Il me libère. Les autres m'applaudissent, même si je n'ai vraiment rien accompli de glorieux, à part finir dans ses bras.

Une fois encore, c'est Fabienne qui a créé la surprise. Lorsque son tour est venu, elle s'est dressée bien droite devant Mathieu en serrant ses petits poings comme une boxeuse. Puis elle a souri et lui a dit :

— Si j'avais vingt ans de moins, je me serais jetée sur vous avec bonheur. Mais là, comment voulez-vous que j'aie une chance autrement qu'en vous demandant de vous laisser faire ?

Mathieu s'est incliné devant elle en signe de respect. Puis il s'est agenouillé à ses pieds en lui offrant sa tête. Fabienne a posé sa main sur le pompon, délicatement, en riant, telle une reine adoubant un chevalier. Elle en a profité pour lui caresser les cheveux, comme elle doit le faire avec ses petits-enfants. J'ai trouvé très beau que cet homme témoigne de sa force et de sa grandeur, non pas en combattant, mais en se rendant à celle qui le lui demandait avec douceur.

Nous avons toutes applaudi en hurlant.

35

J'aurais adoré avoir l'idée, mais c'est à Mandy et Lisa qu'on la doit. Pour fêter le dernier cours de l'année, elles ont proposé de toutes nous retrouver au bar à jus de fruits pour prendre un pot ensemble. Nous avons supplié Mathieu de venir. Il ne s'est pas fait trop prier.

Dans le vestiaire, ça riait, ça commentait les prestations de chacune face à notre coach. Laure a eu les honneurs d'une ovation, mais je crois que pour la majorité, c'est le joli moment de Fabienne qui restera gravé dans les mémoires. Tout le monde s'accorde à dire que Mathieu s'est montré d'une courtoisie extrême, même Rose et Églantine, que j'ai quand même ensuite entendu se demander s'il n'était pas gay. Je me suis penchée pour leur souffler :

— Et alors ? Qu'est-ce que ça peut vous faire ?

Rose et Églantine, notre duo maudit. Elles ont de jolis prénoms, mais les deux associées, ça sonne plus comme une plate-bande de plantes à épines que comme des copines. La vie se chargera de les tailler pour les aider à fleurir.

J'ai pris une douche. Une autre petite victoire sur moi-même. En plus, je l'ai fait en continuant à discuter avec Aubeline à travers la porte, et en empruntant du shampoing à Tiphaine pardessus la cloison. Mes anciennes copines du volley n'en croiraient pas leurs oreilles si on le leur racontait. Le petit cheval avance peu à peu !

Nous retrouvons Mathieu au comptoir et envahissons les tabourets hauts. Aubeline prévient les serveurs que l'addition sera pour elle. Notre entraîneur n'a plus son pompon sur la tête, il a pris une douche et s'est changé. Pas de métamorphose pour autant, il reste habillé en sportif. J'aime beaucoup son parfum.

— Merci pour cette séance, c'était vraiment très original.

— Avec plaisir, Elynn.

— D'où vous est venue cette idée ?

Ma question semble le surprendre. Il est parti pour bafouiller mais se récupère adroitement :

— Nous pratiquions cet exercice dans mon club d'athlétisme quand j'étais ado.

Pourquoi ai-je la sensation que sa réponse est un bobard bricolé dans l'urgence ?

— Vous avez grandi dans la région ?

À peine ai-je le temps de m'apercevoir que cette question ne l'emballe pas davantage que Margaux s'immisce entre nous pour lui demander ce qu'il souhaite boire. Cette interrogation-là ne lui pose aucun problème.

— Comme vous, répond-il.

Margaux répercute à voix haute :

— Notre coach va prendre un Fruit défendu !

Sifflements et sous-entendus fusent. Je suis certaine que, dans le vacarme, Lisa a répété « fruit défendu… » en riant comme une névrosée.

N'empêche qu'avec tout ça, il a éludé ma question. De toute façon, ce qu'il aurait pu m'apprendre n'a que peu d'importance. En revanche, qu'il se montre si réticent à livrer de simples détails de sa vie privée m'interpelle.

Les autres filles l'accaparent pour discuter, et c'est bien normal.

Les verres arrivent. Aubeline lève le sien et porte un toast :

— À vous toutes, à vous, Mathieu, merci pour ces moments d'évasion.

Tout le monde crie son enthousiasme.

— Avec un peu d'avance, ajoute Fabienne, je vous souhaite, à vous et à vos familles, un joyeux Noël et une très bonne année !

Les verres s'entrechoquent. Aubeline se présente devant moi.

— À toi, Elynn. Puisse l'année à venir t'apporter ce que tu espères. Je bois à ce cours qui m'aura permis de te rencontrer. J'en suis vraiment très heureuse...

Nous trinquons.

Nous avons passé un moment très agréable à discuter les unes avec les autres. Mathieu n'était jamais loin, et je l'ai observé. Il a échangé avec chacune. Comme pendant son cours, nous avons toutes eu droit à son attention. Mais il n'est jamais sorti de son impeccable personnage.

Nous avons appris que Laure était gendarme, d'où son entraînement. Margaux nous a montré les photos de la robe de mariée dont elle rêve. Mandy est chimiste dans un laboratoire de biologie appliquée. Lisa s'occupe de jeunes enfants autistes. Nous en savons un peu plus sur chacune, mais bien qu'il ait été de toutes les conversations, nous n'avons strictement rien appris de Mathieu. Rose lui a demandé à trois reprises sous des formes détournées s'il était en couple, mais comme au jeu du pompon, il a brillamment esquivé.

Lorsqu'il a été temps pour lui de partir, Margaux a eu l'excellente idée de faire une photo de groupe. C'est un serveur qui l'a prise, avec le téléphone de notre benjamine. On lui a tous donné notre numéro pour qu'elle nous l'envoie, sauf Mathieu. Il s'y est à nouveau pris très habilement, et personne ne s'en est rendu compte avant qu'il soit déjà loin. Il n'aura vraiment rien lâché. Quel étrange garçon.

36

Noël est sans doute le jour de l'année qui exacerbe le plus les sentiments. Quel que soit notre âge, la date est étroitement liée à l'idée d'un bonheur partagé en famille. Soit parce qu'on l'a connu, soit parce qu'on en a manqué.

Pour ma part, j'ai été gâtée, et l'atmosphère chaleureuse qui régnait à la maison constitue un réservoir infini d'affection dans lequel je puise régulièrement. Pour mon frère et moi, la nuit précédant le grand jour voyait aussi fleurir nos improbables complots afin de surprendre le père Noël. Dès ses neuf ans, Valentin avait mis en place un système de tours de garde : celui de nous deux qui était de faction avait pour mission de réveiller l'autre dès qu'apparaîtrait le débonnaire bonhomme rouge. J'avais imaginé des pièges, dont j'avais truffé notre salon. Fil de laine à clochette, pétards à ficelle, et même tapette à souris… Quelle que soit l'option, nous finissions immanquablement endormis l'un sur l'autre, d'autant plus rapidement que nos parents avaient pris soin de nous installer dans un confort douillet. Des années plus tard, ils nous ont confié que chaque couverture ajoutée sur nous, chaque peluche nichée dans nos bras accélérait notre endormissement dans des proportions qui pourraient faire l'objet d'une publication scientifique. Infâme trahison ! Nous pensions qu'ils cherchaient à nous aider alors qu'ils nous manipulaient ! On ne peut décidément se fier à personne. Il existe quand même une justice, parce qu'une fois, en installant les paquets au pied du sapin, mon père a posé la main sur ma tapette.

Nos échecs répétés ne comptaient plus lorsque nous découvrions ce que le pépère rondouillard, miraculeusement passé par le tube du poêle, avait laissé pour nous sous le sapin. Joie, jeux, bazar indescriptible et durable. J'en garde un souvenir aussi net que lumineux, avec, dans une relecture plus tardive, la perception de tout ce que Maman et Papa ont orchestré pour nous au fil des ans sans qu'on les en remercie jamais, puisqu'ils n'y étaient officiellement pour rien.

Nous sommes nombreux à garder des souvenirs puissants de ces jours particuliers. Quel que soit le regard que l'on porte dessus, chaque fois que la date revient, tout se ressent plus fort. Les affections. Les espoirs. Les manques, aussi. C'est souvent ce jour-là que l'on songe à celles et ceux qui sont absents, soit parce qu'ils ne sont plus là, soit parce qu'on ne les a pas encore rencontrés.

Une ambiance particulière règne dans le service. Comme si les décorations et l'esprit qui précèdent la date nous permettaient de vivre l'attente à l'unisson du monde, mais que le jour venu, nous en étions privés. Pour nous, le 25 décembre est un jour comme les autres. La souffrance ne prend jamais de congés.

Même si aucune opération n'est programmée à Noël, on gère malgré tout les entrants, qui ne manquent pas. Figurez-vous qu'il y en a pour repeindre leurs plafonds un jour pareil, sans verrouiller leur échelle.

On ne va finalement pas battre le record des mains entaillées en ouvrant les huîtres, mais on en a quand même déjà deux. Aux urgences, par contre, ils sont bien partis pour pulvériser le score des briques de construction avalées. En général, ça se règle sans trop de dommages, et en cadeau, les petits patients repartent avec une radiographie assez originale. Caro appelle ça un « Kinder », parce que finalement, « c'est toujours une tête d'œuf avec un petit jouet dedans ».

« Alors mon grand, qu'est-ce que t'as mangé à Noël ? »

— Du plastique, et j'attends qu'il ressorte pour finir mon vaisseau spatial. »

Pour les malades, les visites prennent une dimension encore plus importante aujourd'hui. Du moins, pour ceux qui ont toute leur tête. Dans l'équipe, on se retrouve entre gens qui n'ont pas d'enfants. Caro m'a envoyé un message pour me souhaiter bon courage.

Aujourd'hui, je me partage les secteurs avec Vanessa, resplendissante depuis qu'elle a entaillé son compagnon violent. Avec son charme et son dynamisme, elle ne tardera pas à attirer d'autres prétendants. Espérons qu'elle saura les sélectionner.

Je fais aussi la tournée des chambres avec Milène, avec qui je n'avais pas été de service depuis au moins deux mois. L'autre aide-soignant est Léon, un Réunionnais qui rigole toujours mais qui a aussi la redoutable habitude de chantonner en permanence. Très pratique pour savoir où il se trouve, et les patients adorent. Le seul souci, c'est que chaque jour, il tourne en boucle sur une ritournelle différente, qu'il nous enfonce dans le crâne à force de la répéter. Grâce à lui, nous nous sommes toutes retrouvées à entonner malgré nous les tubes de la Compagnie créole ou de chanteurs pour enfants. Aujourd'hui, il a opportunément choisi *Petit Papa Noël,* une vieille chanson de Tino Rossi... C'est bien quand un homme est là. Ils ont plus de force pour déplacer les malades et ils apportent un autre humour, pas toujours très fin mais qui donne une bonne ambiance.

Milène n'a cependant pas l'air de céder à la magie de Noël. La dernière fois, elle déprimait parce qu'elle était désespérément célibataire. À voir sa mine, cela ne s'est pas arrangé...

— Le problème, c'est l'amour, me glisse-t-elle alors qu'elle met le tensiomètre à recharger. Trouver des gars pour coucher, c'est facile, mais des hommes qui peuvent t'aimer, c'est mission impossible.

Je hoche la tête machinalement, en commençant à entrer les constantes des patients dans leurs dossiers informatiques.

— Tu vois, ajoute-t-elle, là où j'en suis, j'hésite à tenter une nouvelle stratégie : ne devrais-je pas accepter de coucher à tout-va en espérant que l'un d'entre eux finira par faire évoluer sa pulsion en affection ? Comme une partie de poker où je miserais mon corps pour espérer gagner un peu de cœur.

Je m'interromps pour la regarder.

— Tu es sérieuse ?

— À fond. Le deal est clair : leur donner ce qu'ils veulent en espérant qu'ils s'attacheront et resteront pour développer une vraie relation.

— Miser ton corps ? Tu sais comment ça finit, dans les casinos ? C'est toujours la banque qui gagne.

— Au point où j'en suis, si je ne veux pas finir vieille fille, je suis condamnée à tester les plans B.

— Tu as vingt-six ans, Milène, il te reste encore un peu de temps avant de devenir vieille fille !

— À mon âge, nous ne sommes plus que 35 % à ne pas être casées. Et chaque année, ça s'aggrave. Plus tu attends, plus tu as du mal, et tous les mecs bien sont pris. Il ne te reste que les bizarres ou les glauques.

— D'où sors-tu ces chiffres ?

— D'un magazine de bien-être oublié par une patiente. Ils disent aussi que 40 % des femmes en couple ne sont pas satisfaites de leur relation. C'est énorme.

— Du coup, si on fait le cumul, d'après ton magazine, célibataires ou casées, ça fait 75 % des femmes qui ne sont pas heureuses.

— T'as raison, je n'avais pas fait le calcul !

— Brûle ce canard et tente ta chance sans te focaliser sur des chiffres qui ne reposent probablement sur rien de crédible.

— Ça veut dire que ma théorie de me donner pour recevoir est la bonne ?

— Fais comme tu veux. Mais c'est ton corps, pas des jetons de roulette. Ne perds pas tout avant de remporter la mise. Essaie au moins de trier les joueurs…

J'ai bien envie de lui rappeler le dicton : « Heureuse au jeu, malheureuse en amour », mais je crois que c'est déjà assez confus comme ça dans sa tête.

— Et de ton côté, toujours avec ton poseur de clims ?

— Plus vraiment.

— Désolée pour toi.

— C'est gentil, mais ça va. C'est moi qui ai pris la décision.

— La séparation n'a pas été trop difficile ?

— Je crois qu'il ne s'en est pas encore rendu compte.

Elle me fixe, effarée, pendant que je continue à intégrer les données. Fatoumata entre en coup de vent dans la salle de soins.

— Elynn, la 13, le col du fémur arrivé hier, je pense qu'elle a un problème d'alcool, parce qu'elle a piqué une bouteille de gel désinfectant et que je viens de la surprendre en train d'essayer d'en boire…

Je secoue la tête de dépit.

— Ça faisait un moment qu'on ne nous l'avait pas faite, celle-là…

Je consulte son dossier. Aucune mention à ce sujet.

— Comment on va faire ? se désespère Fatoumata. On n'aura pas de protocole avant demain, et si on ne lui donne pas de traitement, ça va être l'enfer…

Je me lève.

— On va gagner du temps.

Je rejoins la chambre 13, suivie de Fatoumata. Je frappe et j'entre.

— Alors, madame Fassier, comme ça on essaie de boire des produits qui ne sont pas faits pour ?

Elle ne semble éprouver aucune honte, mais se mure dans le silence en regardant par la fenêtre. Je m'approche d'elle avec le sourire, en me plaçant assez près pour qu'elle ne puisse plus m'ignorer.

— Dites-moi, madame Fassier, vous savez que vous êtes ici pour aller mieux ? Nous sommes là pour prendre soin de vous.

— Vous m'avez réparé ma hanche. Je vous remercie.

Elle évite toujours de me regarder.

— Nous essayons de vous aider, madame Fassier, mais si vous buvez n'importe quoi, vous vous faites du mal.

Silence.

— Dites-moi, entre nous, comme ça, vous arrive-t-il de boire lorsque vous êtes chez vous ? Vous vivez seule, je crois...

Elle hausse les épaules et dit à voix basse :

— Un petit verre de temps en temps, je ne dis pas non.

— Un petit verre de quoi ?

— J'aime bien le porto.

— C'est excellent, le porto, mais à quelle fréquence l'aimez-vous ?

Elle me regarde. Elle n'a pas compris la question.

— Vous en buvez beaucoup ?

— J'ai souvent un verre à la main, sauf quand je vais aux cabinets.

— Il est plein, le verre que vous avez à la main ?

— Je ne vois pas pourquoi je promènerais un verre vide.

— Évidemment, suis-je bête !

Je réfléchis.

— Ce n'est pas bon pour vous, madame Fassier, surtout avec les médicaments que vous prenez suite à l'opération. Nous allons vous aider à changer vos habitudes.

— Ne me dites pas qu'il va falloir que je boive du whisky, j'ai horreur de ça.

Il est seulement 8 h 02, et Léon passe en chantant : « Petit Papa Noël, quand tu descendras ton litre, avec tes godets par milliers… »

Joyeux Noël.

37

C'est le petit de treize ans qui a reçu la première visite. L'heure d'ouverture aux accompagnants était dépassée de seulement quelques secondes lorsque ses parents, son frère et sa sœur ont débarqué, les bras chargés de cadeaux. Avec son bras et son poignet immobilisés, le pauvre ne peut pas les déballer, mais le bonheur qu'ils dégagent à être réunis fait plaisir à voir. Il a reçu plusieurs boîtes de briques de construction. Bon appétit, mon lapin ! Le service stomatologie est juste à l'étage au-dessus.

Avec Milène, Léon et Vanessa, nous essayons de consacrer davantage de temps aux patients qui n'ont pas de visite et sont assez conscients pour se souvenir que c'est Noël. Un jour comme celui-ci, les anciens sont particulièrement sensibles à leur isolement. Parfois, ils reçoivent un appel, des enfants ou des proches qui sont trop éloignés. Cela leur fait plus de bien que n'importe quel médicament, mais l'effet s'estompe rapidement. Alors on tente de les distraire, de les faire rire. On papote de tout et de rien. Ils se livrent davantage.

Le midi, je ne sais pas pourquoi, ils se sont tous mis en même temps à avoir mal, soif, envie d'aller au bassin ou de poser une question. Ça sonnait de partout dans les chambres, au point que l'on a été obligés d'organiser un roulement pour le déjeuner. Pas de repas d'équipe pour cette fois. Je me retrouve seule avec Milène, qui fait réchauffer son plat tout prêt au micro-ondes. Un vrai repas de fête. Je consulte mon téléphone. Aubeline m'a envoyé un adorable petit message, avec de l'imparfait du subjonctif, des accents et des virgules, comme au XIIe siècle, époque bénie des premiers portables alors en bois et en fer forgé. Baptiste m'en a adressé un lui aussi, très court et surtout fait d'émojis. Un sapin, un renne, un cadeau, et surtout un cœur. Rien d'Enzo.

— Qu'est-ce qui t'a poussée à quitter ton mec ?

Quand on parle du concepteur de clims, on n'en voit pas le SMS… Milène revient à la charge avec mon histoire.

— Un ensemble de choses, dis-je en haussant les épaules. Déjà, on n'avait pas du tout les mêmes centres d'intérêt. Lui adore les mangas et les jeux vidéo, alors que…

Elle ne me laisse même pas finir ma phrase.

— Moi, j'adore les mangas et les jeux vidéo !

— Il est casanier à un point…

— J'aime trop ça !

Je ne suis pas certaine qu'elle ait compris le mot, mais je la sens décidée à trouver Enzo fantastique. Vous allez voir qu'elle va me demander de la brancher.

— Du coup, il est célibataire, ton mec ?

— On peut le dire comme ça.

— Tu serais choquée si je te demandais son numéro ?

Bingo. Dans le cochon tout est bon.

— Quand nous en aurons définitivement terminé, je te le donnerai avec plaisir.

— Cool.

Elle est contente, elle n'a plus à s'en faire. Il lui suffit d'attendre que je lui confie le portable d'Enzo et son avenir sera tout tracé. Elle ne réfléchit pas plus loin. La voilà sauvée. Plus besoin de s'offrir au premier venu sur les tables de poker.

Je suis fascinée par la métamorphose que cette perspective déclenche chez Milène. Son moral est revenu. C'est peut-être ça, le secret du bonheur : une porte entrouverte qui vous laisse croire que vous avez trouvé un raccourci capable de vous conduire directement de l'enfer au paradis. Gare au choc thermique…

S'apercevant que je l'observe avec un peu d'étonnement, elle précise :

— Bien sûr, prends ton temps pour en finir avec lui. Aucune urgence. Tu me diras quand ce sera le bon moment.

Le temps de rayer la carte grise et de lui filer les clés. Le marché de l'occasion a assurément de beaux jours devant lui.

38

Mardi soir, 19 h. C'est la bonne heure, mais pas le bon lieu. Je regarde autour de moi, vaguement désemparée. Je me trouve dans mon appartement alors que normalement, si tout n'était pas interrompu pour cause de vacances de fin d'année, je serais en train de bouger avec la bande et Mathieu. Je n'arrive pas à penser à autre chose. Comme si mon corps était en manque. J'ai besoin de ma dose. D'exercice bien sûr, mais aussi d'ambiance.

Pour compenser, j'ai bien envisagé de faire du sport chez moi, mais ce n'est pas du tout la même chose. Autant vous l'avouer : l'essai n'a pas été concluant.

J'ai d'abord eu l'idée d'effectuer des relevés de buste en me calant les pieds sous mon lit, mais je n'ai pas assez d'espace. Après m'être assommée deux fois contre le mur, dont une assez fort pour entendre des voix qui m'ordonnaient d'aller envahir la Suède, je me suis installée dans le salon avec ce que j'ai trouvé de plus lourd pour faire office d'haltère. Un pack de lait, dont la poignée a lâché au huitième mouvement. Passer la serpillère, c'est aussi de l'activité physique.

J'ai ensuite voulu me suspendre à la porte de la salle de bains pour des mouvements de traction dignes d'un club de musculation. Ça a tourné court, et je l'ai échappé belle. Il s'en est fallu de peu que l'on me retrouve inanimée, voire morte, gisant sur mon carrelage après une chute honteuse. En attendant, on déplore quand même une victime : ma porte. Elle ne ferme plus parce que les charnières se sont tordues sous mon poids. Un message ? Encore un des gars qui s'occupent de ma vie qui souhaite attirer mon attention sur une partie de mon corps ?

Dépitée mais nullement décidée à abandonner, j'ai tenté de reproduire ce que nous avions fait lors de la mêlée. Avec l'espoir d'un baume au cœur, à la recherche d'une imitation, même grossière, du beau sentiment qui nous avait unies. Sentir « l'énergie d'opposition », comme le dit Mathieu, celle qui vous oblige à vous confronter à vous-même. Comme partenaire, j'ai choisi la petite armoire dans l'entrée, où j'entasse tout ce qui traîne sans trouver de place ailleurs. Je l'ai prise dans mes bras, je me suis appuyée contre elle de toutes mes forces façon rugby, et on a vécu un moment très fort toutes les deux.

Du coup, il faut que je la répare aussi, parce que j'ai découvert que Laure était bien plus solide qu'une saleté de meuble en panneaux de particules. La porte a cédé, et tout ce que je n'avais pas rangé depuis des années m'est tombé dessus.

J'ai mis fin à mes expérimentations avant d'avoir tout l'appartement à refaire. Pourtant, j'aimais beaucoup l'idée de transformer ma cabine de douche en tapis de course grâce à du shampoing répandu dans le bac.

Tout ça pour vous expliquer que cette séance hebdomadaire qui n'a pas lieu laisse un grand vide en moi. Ce rendez-vous s'est imposé comme un des repères de ma vie. Il rythme ma semaine. Je l'attends, je m'y prépare, j'en profite, et lors des deux jours qui suivent, tout en geignant de douleur, je m'en remets avec des étoiles dans les yeux tellement j'aime la façon dont cela m'arrache à mon quotidien.

Comme si y penser ne suffisait pas, hier, il m'est arrivé un truc surprenant. À croire que le type qui gère les Hasards de la vie est rentré de vacances, parce que ça faisait un moment qu'il ne s'était pas occupé de moi. Apparemment, il est en pleine forme.

J'étais au petit supermarché près de chez moi pour regarnir mon frigo. Je traînais dans le rayon frais, guettant les nutriscores « A » comme on espère apercevoir un papillon blanc dans les prés au printemps. Je ne sais d'ailleurs pas pourquoi je fais ça, puisque j'achète quasiment toujours les mêmes produits. Je dois aimer me bercer d'illusions, me faire croire que j'ai le choix et que les rayons sont une intarissable source de bonnes surprises, jusqu'à ce que je lise la liste des ingrédients.

J'étais tout entière absorbée par la composition des bâtonnets de poisson qui n'en contiennent presque pas, lorsque mon odorat a frappé à la porte de mon cerveau pour me signaler la présence dans les parages d'un parfum classé stratégique. J'ai relevé les yeux – toujours heureux de donner un coup de main au nez – pour m'apercevoir que l'homme qui venait de passer derrière moi avait laissé dans son sillage la même fragrance que celle que porte Mathieu. J'en ai profité pour me demander si je l'apprécie parce qu'elle sent simplement bon, ou parce qu'elle me rappelle notre coach. Il faut absolument que j'appelle ma vieille complice la casserole de nouilles pour en discuter avec elle.

L'individu vient de disparaître à l'angle de l'allée. J'ignore si je suis victime d'un des effets du manque de la séance, mais il m'a effectivement semblé reconnaître Mathieu. C'est bien connu : les hallucinations sont un des symptômes les plus fréquents en cas de rupture brutale d'addiction. Je me lance à la poursuite du mystérieux étranger en prenant bien garde de ne pas me faire repérer. Je le localise dans l'allée suivante. C'est bien Mathieu. Il ne m'a même pas remarquée. Je me colle à la gondole pour décider de la conduite à adopter :

1) Je le laisse vivre sa vie et je poursuis mes achats sans plus y penser.

2) Je vais le voir, je le salue et on échange trois mots.

3) Je file à l'accueil, où je demande que l'on fasse une annonce au micro : « La petite Elynn a perdu son coach et l'attend à la caisse centrale. »

4) Je le suis discrètement pour vérifier ce qu'il achète, telle la petite curieuse prête à prendre des risques pour essayer d'en savoir plus sur celui qui n'a ni passé ni numéro de téléphone...

N'essayez pas de me faire croire que vous auriez continué à faire vos courses comme si de rien n'était.

Je congédie ma mauvaise conscience en arguant que ma démarche n'a rien de malsain. Je souhaite simplement en apprendre davantage sur cet homme qui prend soin de nous. Rien de plus. Évidemment, je serai heureuse de partager des informations exclusives, à défaut d'être croustillantes, avec mes compagnes de sport.

Qu'est-ce que ça mange, un coach ? Comment se nourrit un beau gosse ?

Il n'est pas en tenue de sport, mais en jean avec un blouson court. Je le suis à la trace en restant dans son angle mort. Je me méfie même des reflets qui lui permettraient de me repérer. Je sais qu'il est vif. Mais je suis rusée.

Pour l'instant, il s'achète de la mousse à raser. C'est donc ça, son secret pour rester mince ! Il se nourrit de mousse à raser… C'est vrai que c'est certainement plus léger que la chantilly. Il rejoint directement le rayon des biscuits et là, il ne se contente pas d'acheter un paquet : il en prend beaucoup, de plein de sortes. Les questions font la queue dans ma tête : est-ce encore la douloureuse démonstration que les mecs peuvent se goinfrer de tout ce qui nous est interdit ? Se prépare-t-il à nourrir une colonie de vacances ? Se peut-il qu'il ait des enfants et qu'il aille les chercher juste après à la sortie de la crèche, ou de l'école ? Ou même du travail s'il les a eus très jeune ?

J'en connais au club qui seront dégoûtées si je leur annonce que notre athlète est déjà casé et père de famille.

L'idée de le prendre en filature lorsqu'il sera sorti du magasin me traverse l'esprit. D'ailleurs, elle ne fait pas que traverser, elle revient et elle s'assoit au milieu de mon lobe frontal, me cachant la liste de tout ce que j'avais prévu de faire.

J'attends qu'il passe en caisse pour régler ses achats, puis je me précipite pour payer le peu que j'ai pris. Mon frigo sera quasi aussi vide qu'avant, mais je m'en fiche. La caisse bipe. Un problème avec le code-barres d'une salade. C'est scandaleux. Ses gâteaux bourrés de matières grasses et de sucre sont passés sans problème, eux ! La caissière appelle sa collègue au micro. Loupina ou Lupeta, je ne sais plus, mais elle met deux plombes à rappliquer.

Mathieu est déjà dehors. Pendant que les deux filles dissertent sur le prix de ma salade, il va quitter mon champ de vision. Nom d'un électrocardiogramme plat !

Elles ont été obligées de s'y mettre à trois pour me chiffrer la betterave au centime près. Lorsque je suis enfin sortie de la supérette, Mathieu avait disparu. J'ai couru jusqu'au carrefour, mais plus aucune trace de lui.

Je suis rentrée énervée à mon appart, mais le seul fait de l'avoir croisé me rapporte quand même une info de première main : il habite dans les parages !

39

Sceptique, M. Guardo me demande à voix basse :

— Vous êtes convaincue de notre démarche, Elynn ?

— Raphaël, cette fois, c'est moi qui vous demande de me faire confiance.

— Qu'arrivera-t-il si ça ne donne rien ?

— On ne le saura pas avant d'avoir essayé. Je suis certaine que ça vaut le coup de tenter.

Il jette un œil aux trois visiteurs qui patientent dans son hall. J'insiste :

— S'il vous plaît, allez vous mettre en place. Je vous préviendrai dès que nous serons prêts.

Il approuve d'un mouvement de tête dubitatif et s'éclipse dans la salle du diorama encore obscure.

Je rejoins le tout jeune garçon qui attend avec sa mère et sa thérapeute sur la banquette de la réception. C'est une amie de la cellule de soutien de l'hôpital qui m'a orientée vers ce cas. Neuf ans, famille sans histoire, jusqu'à ce que son père tombe du toit sous ses yeux voilà un an. Depuis, le gamin est bloqué et ne prononce plus une parole. Sa situation se dégrade à l'école.

Il s'isole socialement. J'ai convaincu sa mère de l'amener en espérant que la découverte du monde de Raphaël provoquera un choc, le plus positif possible. Elle a accepté sans trop y croire.

Je me penche pour me placer à la hauteur du petit.

— Timothée, tu veux bien venir avec moi ? Comme on te l'a expliqué, je vais te montrer une surprise.

Je lui tends la main. Il consulte sa mère du regard. Elle l'encourage. Je tente de le rassurer :

— Ta maman sera juste à côté. Je reste avec toi. Tu vas voir, c'est comme un jeu.

S'il ne dit pas un mot, ses yeux parlent. L'enfant prend ma main du bout des doigts. Je l'entraîne jusqu'au seuil de l'ancienne salle de restaurant.

— Nous allons pénétrer dans une pièce toute noire, mais tu n'as rien à craindre. Tu peux fermer les yeux si c'est mieux pour toi. Nous allons avancer ensemble, et je vais te guider.

Il se laisse faire. Je fais un dernier signe à sa mère et à sa pédopsy avant de disparaître derrière les épais rideaux.

Tandis que nous plongeons dans l'obscurité, je sens les petits doigts de Timothée se resserrer sur les miens.

— Tout va bien. Nous allons à présent nous baisser pour passer dans un petit tunnel qui nous conduira à un pays qui devrait te plaire. Je te laisse te faufiler devant. Attention à ta tête.

Il a le souffle court. Je crois l'entendre gémir doucement, mais il accepte de me lâcher et s'engage sous le grand plateau.

— C'est parfait, Timothée. Tu es très courageux. Dès que tu sentiras le gros coussin en velours, on sera arrivés. Tu me diras ?

Ce serait bien la première fois qu'il parlerait depuis l'accident, mais on peut toujours espérer.

Après avoir progressé à quatre pattes, il s'immobilise. Je me faufile pour le rejoindre sur le coussin.

— Au-dessus de nous, il y a un trou. Passe la tête dedans.

Je suis surprise de la facilité avec laquelle il se prête à la manœuvre. Une fois l'enfant debout, je m'adresse à Raphaël :

— On est en place, vous pouvez y aller !

Le petit m'attrape la main. Il tremble.

D'abord, la gare qui s'allume. Timothée arrête instantanément de frissonner. Le train arrive à quai. Je vois le reflet des phares dans ses yeux grands ouverts. Il se dresse sur la pointe des pieds pour mieux regarder. À mesure que les réverbères et la ville s'illuminent dans le clair de lune, son visage s'éclaire d'un sourire.

Le manège se met à tourner, les véhicules font leur entrée. Timothée éclate de rire. J'entends des pas dans la salle du restaurant, sa mère a dû se précipiter en entendant son fils réagir. Mais le gamin n'y prête aucune attention, il est fasciné par le monde miniature qui s'anime tout autour de lui. Il rit, il rit de plus en plus fort.

Tout à coup, il s'exclame :

— Le chien !

Je suis submergée par l'émotion. L'œuvre de M. Guardo recèle assurément un véritable pouvoir.

Alors que tout le diorama prend vie, j'entends d'ailleurs son rire, qui se mêle à celui du petit.

— Le camion !

La mère sanglote. Je sais désormais que la souffrance qui a poussé Raphaël à créer ce lieu peut servir à quelque chose.

40

Pour le dernier soir de l'année, je m'apprête à vivre un rêve éveillé. Non seulement je suis invitée à une réception comme je n'en ai jamais connu, mais aussi – et surtout – je m'y rends accompagnée de Baptiste. Il a sans problème accepté d'être mon cavalier pour la soirée du réveillon chez Aubeline.

Lorsque j'ai confirmé ma venue, mon amie m'a renvoyé un rapide message qui disait : « Génial, je suis vraiment heureuse ! Pour le dress code, ne te complique pas, une robe de cocktail sera parfaite. »

J'ai relu six fois le message, avec en bruit de fond la patiente de la 5 qui hurlait à la mort. J'ai vérifié sur Internet pour m'assurer du sens de chaque mot. Après enquête, je crois que j'ai saisi. J'ai en tout cas bien compris qu'il ne fallait pas que je me pointe en chanteuse de K-pop avec une meute de chihuahuas teints aux couleurs de l'arc-en-ciel.

Milène m'a sauvée en me prêtant une ravissante robe bleu nuit assez décolletée et une petite veste cintrée assortie. Elle m'a aussi fourni les escarpins qui vont bien. Très classe, mais inédit pour moi. Afin de m'habituer, j'ai porté l'ensemble dans mon appartement pendant quelques heures, maquillage compris. Une répétition générale.

Mon voisin du dessous a dû me maudire à cause des talons. Qu'il soit rassuré, il a été amplement vengé, parce que j'ai failli me fouler la cheville à trois reprises. Pour parfaire mon entraînement au cas où, chaque fois que j'apercevais mon reflet dans mon miroir, je faisais la révérence en m'inspirant d'un vieux film déniché sur le câble, une histoire d'intrigues à la cour où ils passent leur temps à se faire des courbettes pour mieux se trahir. J'ai tout copié :

— Madame la baronne…

Courbette.

— Monsieur le duc…

Recourbette.

— Saloperie d'armoire éclatée.

Courbette teintée d'hypocrisie.

Lorsque l'heure est enfin arrivée, j'étais dans tous mes états. J'ai réussi à ne pas oublier dans le frigo la bouteille de champagne que je compte apporter à nos hôtes, puis j'ai descendu les escaliers de mon immeuble en prenant garde à ne pas tomber. Les talons aiguilles combinés aux escaliers me donnent la démarche d'une danseuse de samba après des jours de carnaval.

Ainsi parée, la voisine ne m'a pas reconnue, mais sa fille m'a quand même regardée avec méfiance.

La dernière fois que Baptiste est passé me chercher, je l'avais trouvé ultra canon en centurion, mais lorsqu'il m'est apparu dans son costume sombre ajusté, j'ai cru que j'avais attrapé la maladie de Lisa. J'ai eu un rire nerveux, et je me soupçonne même d'avoir grommelé : « Miam miam garçon. » Je sais ce que vous en pensez, je suis d'accord.

S'il m'a entendue, il a eu l'élégance de faire comme si de rien n'était. Cet homme a décidément beaucoup de qualités.

J'ai manqué de m'effondrer deux fois sur le trottoir. La première à cause d'un stupide trou, et la seconde parce qu'en me regardant bien dans les yeux, Baptiste m'a déclaré qu'il me trouvait « absolument sublime ». Je suis de plus en plus convaincue que le cœur et les rotules sont liés par un pacte secret. Quand l'un subit une émotion trop forte, les deux autres se dégonflent instantanément en signe de solidarité. Baptiste m'a rattrapée au vol, mais cette fois, contrairement à l'époque du lycée, je n'avais rien prémédité.

Nous avons roulé dans la nuit, croisant d'autres fêtards qui se rendaient eux aussi à des soirées, probablement plus normales.

En approchant de l'adresse, Baptiste a émis un sifflement impressionné. La propriété des Maublaincourt se situe effectivement sur la majestueuse avenue des riches. Leur « maison » fait même partie des plus imposantes. C'est en fait une sorte de manoir, dont j'avais déjà remarqué la toiture hérissée d'ornements en zinc parmi les cimes d'arbres immenses – chênes, cèdres, et même quelques séquoias. Je n'en avais pas aperçu grand-chose d'autre vu la hauteur du mur d'enceinte. Je me souviens très bien m'être fait la remarque que leur boîte aux lettres devait faire la taille de ma cuisine…

Jamais je n'aurais cru qu'un jour je franchirais ces grilles.

Un homme en costume noir et oreillette nous arrête poliment. Baptiste baisse sa vitre.

— Madame, monsieur, bonsoir. Puis-je vous demander votre nom ?

Absolument pas impressionné, mon cavalier annonce :

— Mlle Lafonta. Je l'accompagne.

Le garde pointe sa liste, acquiesce et nous invite à poursuivre notre route vers « le valet de parking qui nous attendra au carrefour de la deuxième allée ». Il nous souhaite une agréable soirée et bonne route.

Bonne route ? Il est grand comment, ce parc ? Si le fameux carrefour est à plus de deux cents kilomètres, on risque de tomber en rade, parce que la jauge du réservoir est à 25 %.

Nous cheminons à vitesse réduite à travers le domaine illuminé de mille feux. Des projecteurs mettent en valeur les massifs et les bois.

Un second agent d'accueil nous récupère et nous propose de garer notre véhicule. Baptiste décline poliment. J'aimerais bien savoir si le gars m'aurait fait la même offre si j'étais arrivée à vélo.

Nous stationnons entre deux berlines de luxe hors de prix, une anglaise et une allemande. La nôtre dénote autant par sa couleur vive que parce qu'elle est moitié moins longue que les autres.

Comme lorsque nous étions arrivés au salon du cosplay, Baptiste et moi nous retrouvons parmi d'autres convives costumés. Le style n'est toutefois pas exactement le même. J'aperçois une dame dont les bijoux brillent même dans la nuit.

Je trottine derrière Baptiste, que cet environnement ne semble pas intimider. Plus on approche de la résidence, plus elle se révèle immense.

Après l'ascension du monumental perron, nous nous présentons à l'entrée, derrière deux couples bien plus âgés, en tenue de soirée. Je m'aperçois que tout le monde arrive les mains vides. Ni fleurs ni cadeaux. Elle vient de là, l'expression « ni fleurs ni couronnes » ? Je sens que la fée de la Honte ne va pas tarder à s'inviter. Comment a-t-elle réussi à passer les contrôles ?

Aubeline et son mari accueillent leurs invités à l'intérieur. Moi qui ai toujours vu mon amie en tenue de sport ou de ville, je suis estomaquée. Ce soir, c'est une grande dame d'une folle élégance. Son mari a beaucoup d'allure lui aussi. Lorsqu'il sourit, il ressemble à un acteur américain en promotion pour son dernier film.

Alors qu'ils saluent ceux qui nous précèdent, j'ai le temps de les observer. Je ne peux même pas dire qu'ils maîtrisent les usages, je pense que ce sont eux qui les ont inventés. Chaque accolade, chaque inclinaison de tête est parfaite, chaque poignée de main pourrait être celle d'un chef d'État. Les coiffures sont millimétrées, les parures sobrement luxueuses. Je viens de débarquer dans une série télévisée à gros budget.

Notre tour arrive. Aubeline m'embrasse chaleureusement et me présente à son époux.

— Ravi de vous rencontrer, Elynn, dit celui-ci d'une belle voix grave. Aubeline m'a beaucoup parlé de vous. Vous êtes, semble-t-il, une jeune femme remarquable.

Rire nerveux, « semble-t-il ».

Aubeline se tourne vers mon cavalier.

— Vous devez être le fameux Baptiste, n'est-ce pas ?

Le « fameux » s'incline avec classe.

— Vous comptez beaucoup pour Elynn, ajoute la maîtresse de maison, et vous formez tous deux un couple magnifique.

J'aimerais assez que pour une fois, mes rotules ne prennent pas tout ce que dit mon cœur au pied de la lettre. Je parviens tant bien que mal à ne pas tituber, tout en me demandant quoi faire de ma modeste bouteille de champagne. Puis-je la balancer à la façon d'une grenade derrière l'immense bouquet de fleurs qui trône sur la console du hall d'entrée ? Ou alors je m'en sers pour assommer la fée de la Honte, qui pose déjà sa main sur mon épaule...

Aubeline me sauve en me l'ôtant délicatement des mains.

— C'est adorable, il ne fallait pas ! Allez vous amuser, et n'oubliez pas le feu d'artifice à minuit !

Elle refile discrètement ma bouteille à un domestique qui se tient au garde-à-vous en retrait.

À peine la première épreuve est-elle surmontée sans panache que la seconde se profile déjà : un monumental escalier tournant qui plonge sur un immense salon en contrebas. C'est bondé, et tout le monde regarde forcément les nouveaux arrivants. « À toutes les unités, faites en sorte que la petite ne se ramasse pas ! »

41

« Ce sont toujours les meilleurs qui s'en vont les premiers. C'est surtout vrai des petits-fours. » Cette remarque acerbe de Florence aux obsèques d'un oncle que personne n'a regretté trouve ce soir une imparable illustration. Parce que, soyons clairs : les buffets ont beau être aussi opulents que raffinés, chaque fois que je cherche une des délicieuses bouchées goûtées plus tôt dans la soirée, elles sont déjà toutes parties.

Hormis ce point de détail, tout se déroule à merveille. La musique qui passe en fond est idéale. J'ai d'abord cru qu'il s'agissait d'une playlist, avant de découvrir le petit orchestre installé dans une des alcôves du grand salon. Les Maublaincourt sont donc prêts à n'importe quoi pour faire des économies sur les piles.

Alors que je déambule au bras de Baptiste, je comprends tout ce dont Aubeline m'a parlé lors de nos conversations. Elle évolue effectivement dans un monde hors norme. La demeure est immense, le train de vie impressionnant, et je constate la nécessité d'un décorum parfait pour accueillir un carnet d'adresses fait d'officiels, d'industriels et de décideurs. Je n'avais jamais vu de ministre en vrai ! J'aurais bien aimé faire un selfie avec lui pour faire baver Caro, qui me saoule parce qu'elle a déjà serré la main du capitaine d'un paquebot de croisière.

Le plus étonnant reste que tous ces gens sont très à l'aise, et pour être honnête, assez simples. Ils discutent avec nous, avenants et accessibles. Aucune ostentation, pas de prétention, même s'il est clair que les hiérarchies sociales s'expriment par tous les moyens. Peut-être se montrent-ils charmants à notre égard parce qu'ils savent pertinemment que nous ne sommes pas leurs concurrents. Je suis une loutre parmi les grands fauves. Titres, égards, et même bijoux sont autant de grades que je ne sais malheureusement pas déchiffrer même si je les perçois.

Baptiste et moi sommes parmi les plus jeunes invités de la soirée. Les femmes lui font des compliments pendant que les hommes me baisent la main. Je n'ai pas assez de neurones pour gérer tout ce que je dois garder sous contrôle. Lorsque j'arrive à me tenir correctement, je laisse échapper un rire sans doute trop spontané pour rester discrète. Les gens se retournent, mais ma candeur semble me dédouaner. Quatre hommes m'ont déjà fait remarquer que j'avais un très beau sourire. Baptiste s'est penché pour me glisser à l'oreille qu'ils avaient bien raison.

Je me promène dans un rêve en tenant sa main. J'aime le contact chaud de sa paume contre la mienne. Parfois, lorsque nous devisons avec d'affables inconnues dont le seul collier doit coûter le prix de mon appartement, il passe son bras autour de ma taille naturellement, et je n'entends plus ce qui se dit. Il doit exister un interrupteur qui coupe le son, et il se situe exactement là où s'est posée sa main, sur l'arrondi de ma hanche.

Se peut-il que cette soirée marque un tournant dans notre relation ? Et pourquoi pas un décollage ? Je le regarde, sous le charme. Puis-je envisager de passer ma vie auprès de lui ? La réponse est oui. Ai-je envie qu'il soit le père de mes enfants ? Oui, encore. Si nous en avons sept, le premier s'appellera Lundi et le petit dernier Dimanche. Au début, j'avais songé à Atchoum, mais c'est trop dur à porter. Si nous en avons douze, alors Janvier sera doué en dessin et Avril deviendra une grande chercheuse.

Peut-être cette luxueuse soirée est-elle destinée à n'être que le premier écrin de notre amour ? Je me prends à rêver qu'il m'embrasse pendant que l'orchestre joue ou que le feu d'artifice illumine le ciel nocturne. Je crois que cette fois, j'oserai lui avouer tout ce que je ressens pour lui. Puis-je espérer plus belle façon de célébrer la nouvelle année ?

J'observe Aubeline. On pourrait penser qu'elle se déplace au hasard, mais rien ne lui échappe. Dans la foule de ses invités, elle passe de l'un à l'autre en s'assurant qu'aucun ne manque de rien. Parfois, elle adresse un signe discret aux serveurs pour qu'ils interviennent.

En la voyant si belle dans sa robe, si chaleureusement racée, j'ai du mal à me dire que la semaine dernière, on était en legging en train de faire la course de brouettes toutes les deux. Cette affreuse prof de danse avait raison sur un point : cette vie se résume à une suite de tableaux, et j'en vis un magnifique, qu'Aubeline traverse avec beaucoup de grâce dans une lumière féerique.

Baptiste et moi nous sommes retrouvés à proximité de son mari alors qu'il discutait avec quelqu'un d'important dont je n'ai pas saisi la fonction. Je l'ai écouté avec attention. Il réussit l'exploit de mener sa conversation sur trois niveaux : il place ses pions avec son interlocuteur, se montre courtois avec l'épouse de celui-ci, qu'il n'oublie jamais d'inclure dans l'échange par les biais les plus astucieux, tout en maintenant à bonne distance quiconque tenterait de s'immiscer. Une joute feutrée, à trois fleurets. Dans ce monde-là, les contacts semblent valoir plus que l'or.

C'est un bel homme, et j'ai enfin réussi à repérer les quatre fils. Ils n'étaient pas cachés, mais se comportaient tellement comme des adultes que je les ai d'abord analysés comme tels. Étonnants enfants parfaits, plus souvent dans l'entourage de leur père que de leur mère. J'imagine ce que la vie dans cet univers a dû demander d'efforts et d'adaptations à Aubeline, qui n'y est pas née.

La voilà d'ailleurs qui approche.

— Vous passez une bonne soirée ?

Baptiste se colle à moi. Je réponds pour nous deux :

— Extraordinaire. Tout est parfait.

— Tant mieux.

Je pose la main sur son bras.

— Et toi, tout va comme tu veux ?

— Laurent est satisfait, il a noué un excellent contact avec le grand monsieur italien que tu peux apercevoir là-bas, près du Koons. Ils devraient s'associer pour une importante opération de fusion dans l'industrie.

— Tant mieux.

Puis en aparté, je lui glisse :

— Là, normalement, je devrais te proposer mon aide en cuisine pour beurrer plus de toasts ou refaire du punch, mais dans ce faste, forcément...

Je lui mime le tartinage intensif. Nous sommes prises d'un gloussement. J'ajoute :

— Si tu es en rade de champagne, je te rappelle que j'en ai apporté une bouteille !

Notre rire partagé dépasse de beaucoup l'intensité des amusements bon chic bon genre qui ponctuent l'ambiance sonore.

Aubeline reprend ses esprits et demande à Baptiste :

— Me permettez-vous d'emprunter votre Elynn un moment ?

Il me libère de bonne grâce. Aubeline m'entraîne déjà.

— Viens, je vais te présenter aux enfants. Comme ça, tu les auras vus autant que moi ce mois-ci.

42

La soirée bat son plein, mais j'ai pris le temps d'en passer une partie non négligeable aux toilettes, juste pour admirer. Le couloir qui y conduit ressemble à lui seul à un musée. Des toiles, des récompenses honorifiques émanant d'universités étrangères, quelques photos avec des personnalités. Quant aux lavabos eux-mêmes, on se croirait dans un reportage sur les hôtels de luxe. C'est dément. Je viendrais bien passer mes vacances ici, tant c'est beau et ça sent bon.

Quand je reviens au salon, Baptiste a disparu. Je le cherche sans succès. J'espère qu'il n'est pas sorti, parce que je ne pourrais pas le suivre sans attraper froid. Au moment où je remonte les marches de l'immense escalier pour prendre de la hauteur et le repérer dans la foule, une très belle femme avec qui j'ai échangé un peu plus tôt m'intercepte pour me demander ce que je pense de l'avenir économique de l'Europe. Sans doute m'a-t-elle choisie parce qu'elle est la seule femme dans un groupe d'hommes qui semblent avoir des principes très arrêtés qu'elle cherche à nuancer. La pauvre, je ne vais pas pouvoir beaucoup l'aider.

Dans ma vie, je n'ai reçu que deux grandes leçons d'économie. La première me vient de mon grand-père, qui un jour, en me parlant d'une nièce endettée, m'a déclaré : « Forcément, si elle dépense plus que ce qu'elle gagne, elle ne sera jamais riche. » La seconde me vient de Florence, ma tata préférée, qui a un avis sur tout et m'a dit : « C'est peut-être moins élégant sur une carte de visite, mais tu as plus de chances de faire fortune en vendant du papier toilette que du caviar. Peu de gens mangent des œufs de poisson, alors que tout le monde a un trou de balle. » Je ne suis pas certaine d'arriver à replacer cette édifiante citation dans une conversation ce soir...

Minuit approche. Nos hôtes nous invitent à rejoindre la terrasse sud, d'où nous pourrons admirer le feu d'artifice. Je cherche toujours Baptiste et il me manque. Je me sens seule dans cette assemblée.

Au moment de franchir le seuil des immenses baies vitrées ouvertes, une armée de serviteurs nous dépose de chaudes couvertures sur les épaules. Les robes du soir s'effacent sous les plaids, et on a tous l'air de naufragés emmitouflés après avoir été sauvés de la noyade.

Sur une estrade installée devant la piscine, M. de Maublaincourt prononce un discours, entouré de sa femme et de ses enfants, pour nous remercier d'être là, en citant quelques noms dans un ordre assurément mis au point au micron près. Il nous présente ensuite ses vœux pour une nouvelle année de prospérité et de santé, pour nous et nos proches. En attendant, je ne sais toujours pas où est « mon » proche. En plus, je commence à avoir mal aux pieds dans ces chaussures.

Aubeline n'est intervenue qu'à la fin, pour souhaiter une bonne année à tout le monde en agitant la main comme une star de cinéma qui salue la foule aux Oscars. Tous les invités ont applaudi, j'ai été la seule à siffler comme une fan hystérique. Dans un timing parfait, les lumières du domaine se sont éteintes et la première fusée a décollé. La foule retient son souffle. Explosion dans le ciel. Clameurs. L'assemblée savoure, et je me demande toujours où est Baptiste. Si je ne le retrouve pas avant le bouquet final, il n'y a aucune chance qu'il m'embrasse. La perspective de manquer ce moment m'angoisse.

Des feux de Bengale embrasent les arbres de lueurs changeantes, révélant au passage toute la profondeur du parc. Les fontaines incandescentes déploient leurs gerbes de lumière. Les tableaux se succèdent, gagnant sans cesse en ampleur. Les explosions aériennes se reflètent à la surface de la piscine. Si je tenais la main de mon cavalier, je trouverais cela extraordinaire.

Une fusée encore plus puissante que les autres éclate en déversant une myriade de tourbillons argentés dont la clarté illumine les convives.

Je viens d'apercevoir Baptiste sur la pelouse, près d'un bosquet, à l'autre extrémité de l'immense terrasse. La fusée suivante m'assure qu'il s'agit bien de lui. Je suis si soulagée de l'avoir repéré !

Je ne vais cependant pas pouvoir le rejoindre. Me frayer un chemin au milieu des invités serait inconvenant, et risqué avec mes talons. Bien que cela me coûte, je vais rester à ma place.

Tout le monde profite du feu d'artifice, mais moi, je ne fais que guetter Baptiste, que j'aperçois par intermittence au gré des lueurs colorées qui font flamboyer le ciel. Ça sent la poudre. Je trouve mon cavalier encore plus beau lorsqu'il est éclairé d'or. Il parle à un autre homme, qui se tient près de lui. Il est décidément très sociable. Je le reconnais, ce monsieur, nous avons fait sa connaissance un peu plus tôt. Un Anglais, architecte, dans nos âges, très séduisant lui aussi.

Le feu gagnant en intensité m'offre des occasions de plus en plus rapprochées de les observer. Ils parlent, ils rient. Les voilà qui se fondent une nouvelle fois dans l'obscurité jusqu'à la prochaine salve.

Ils semblent si complices que l'on pourrait croire qu'ils se connaissent depuis des années. Je suis surprise de leur proximité. Leur connivence est évidente, à travers leurs attitudes, jusque dans certains gestes.

Chaque nouvelle composition aérienne les nimbe de lumière et m'offre au passage une pièce du drôle de puzzle qui s'assemble par petites touches sous mes yeux. Je prends brusquement conscience de ce qui se dessine. Au risque de me désintégrer comme ces comètes sifflantes.

Voici venu le moment du bouquet final. Dans un déluge de détonations et d'éclairs, ils sont heureux, alors que l'orage me dévaste. Ils apprécient leur moment sans se soucier de ce qui les entoure. Qu'est-ce qui, aux yeux du monde, indique que deux êtres peuvent former un couple ? Les mots me manquent, mais j'ai la réponse devant moi.

Les dernières fusées s'égrènent au rythme des ultimes secondes de l'année. Tandis que l'explosion finale retentit, les invités applaudissent et s'étreignent pour se souhaiter la bonne année. Baptiste et son voisin font comme tout le monde. Je suis seule à rester les bras ballants.

43

Quoi qu'il m'arrive dans le futur, aussi sombre mon destin puisse-t-il se révéler, je sais que le trajet de retour de cette soirée restera l'un des pires souvenirs de mon existence. J'en prends le pari, et le fait d'être certaine de gagner ne m'arrange pas.

Mes espoirs concernant Baptiste ont explosé avec la dernière fusée du bouquet final. C'est en les voyant retomber en cendres que j'ai pris conscience des gigantesques attentes qu'il suscitait en moi. Toutes mes illusions se sont effondrées, laissant un immense champ de ruines dans lequel j'erre comme une âme perdue. Je songe à convertir mon temple de l'amour en immeuble de bureaux à louer.

Alors que je m'efforçais de donner le change, nous sommes repartis avec le gros des invités. J'ai remercié Aubeline et son mari pour leur accueil. J'ai tenté de faire bonne figure, mais à l'intérieur, j'étais brisée. C'est bien simple, si ma jolie robe de soirée ne m'avait pas maintenue debout, je me serais répandue sur le sol tel un cristal fracassé en mille morceaux. Je crois qu'Aubeline a deviné que quelque chose clochait, mais elle était trop sollicitée pour réagir.

Dans la voiture, j'ai prétexté la fatigue pour justifier mon silence auprès de Baptiste, qui lui était en pleine forme. Il hésitait même à enchaîner avec une autre fête. Il ne m'a pas invitée. Peut-être y retrouvera-t-il son nouvel ami...

Il ignore ce que j'ai vu, et surtout ce que j'ai compris. Il ne sait pas non plus que je les ai vus échanger leurs numéros de portable. Je ne crois d'ailleurs pas qu'il ait cherché à se cacher. Ne se doutant certainement pas de tout ce que j'envisageais avec lui, pourquoi l'aurait-il fait ?

Qu'il soit homosexuel ne me pose aucun problème. Chacun sa vie. Si je suis dévastée, c'est parce que, moins d'une heure avant ma découverte, je m'imaginais déjà en couple avec lui. L'idée me donnait des ailes. On nous a même plusieurs fois fait remarquer que nous allions bien ensemble. J'aime sa façon de voir la vie, son côté un peu fou. Il est gentil, il est beau. Mais ce n'est pas moi qui en profiterai.

Alors quoi ? Que va-t-il advenir de notre relation ? Allons-nous redevenir de fantastiques amis, comme il y a onze ans ? Il est évident que nous nous entendons bien, mais franchement, je ne suis pas certaine d'en avoir la force. Retour à la case départ pour le petit cheval. J'ai l'impression que ma vie recule.

Une fois encore, je n'ai rien vu venir. Une fois de plus, je n'ai pas su lire les signes. Il n'a pourtant jamais fait semblant. Lui non plus n'a pas joué de rôle pour me berner. Il est resté lui-même, avec les qualités de sa personnalité. C'est encore moi qui me suis monté un palais en fromage blanc. Quand je pense que je l'ai imaginé débarquant à l'hôpital pour me demander en mariage…

J'avais été jusqu'à prévoir qu'il m'avouerait son amour ce soir, sous un déluge d'étoiles constellant le ciel. Il m'a bien déclaré sa flamme, mais pour quelqu'un d'autre. Une grosse piqûre de rappel pour la frustration et le chagrin d'aimer sans retour.

Baptiste est le seul homme à avoir embrasé mon cœur. Deux fois. Il me passe quand même sous le nez, autrefois à cause d'une fille, et aujourd'hui à cause d'un mec.

Nous ne sommes pas faits l'un pour l'autre parce qu'il est fait l'un pour l'un. Mes sentiments étaient si forts, si sincères, que j'ai envie de trouver cela injuste. Pourtant, cela ne changera rien, car finalement, le vrai drame n'est pas qu'il préfère un garçon, mais plutôt qu'il ne me choisisse pas.

Impossible de lui en vouloir. On ne reproche pas à quelqu'un sa nature. Cela ne m'empêche pas d'être anéantie. Il va falloir que je me relève seule, sans condamner personne, sans faire payer celui qui n'y est pour rien. Quand on souffre, il n'y a pas toujours de coupable.

Je le regarde conduire. Je fais l'inventaire de tout ce que je n'aurai pas. Il n'en devine rien. Je suis super douée à ce jeu-là. Voilà au moins un domaine dans lequel je suis parfaitement compétente.

Je ne vais rien lui dire, ce serait inutile. Je lui souhaite sincèrement d'avoir rencontré l'amour qu'il doit chercher lui aussi. Tant mieux s'il trouve le bonheur. Vraiment. Espérer l'échec des autres n'a jamais rendu personne heureux.

Il m'a déposée en prenant soin de moi. Pas plus que d'habitude, mais cette fois-là, je l'ai encore plus apprécié parce que je savais à quel point ses égards allaient me manquer. Son élégance, sa prévenance, son attention. C'est si rare. Quand on est seule, on peut prendre cela pour une déclaration d'amour. Certains hommes qui courtisent n'en offrent pas autant malgré ce qu'ils exigent.

Il m'a embrassée avec chaleur. J'ignorais qu'un baiser sur la joue pouvait faire souffrir à ce point. Mais j'apprends vite.

— Bonne année, Elynn.

Elle commence bien, l'année. Par une chute du haut de mes falaises d'espérances. Ci-gît Elynn Lafonta, sur le trottoir, broyée intérieurement.

Je l'ai embrassé en nouant mes bras autour de son cou. Il a pris ça pour une enthousiaste démonstration d'amitié. Moi, je l'ai vécu comme un adieu qui ne dit pas son nom. Il a ri, il m'a serrée contre lui, puis il est parti.

— On se téléphone !

J'ai hoché la tête en me forçant à sourire. Il a démarré.

Sonnée, j'ai regardé sa voiture s'éloigner. À peine ses feux arrière avaient-ils disparu au coin de la rue que les larmes sont venues. Nombreuses, chaudes et salées comme l'océan un soir de tempête. Un naufrage de plus.

Je ne sais pas comment j'ai trouvé la force de monter jusque chez moi. J'étais détruite, à tel point que j'ai été tentée de passer prendre mon vélo pour lui demander de m'aider à grimper à mon étage.

Je me suis couchée, je ne sais plus où et j'ignore comment. La seule chose dont je me souvienne, c'est qu'à mon réveil, bien que n'ayant pas bu une goutte d'alcool lors de la réception, j'avais quand même une sacrée gueule de bois.

J'ai pris une douche, et c'est en faisant mon shampoing que je me suis souvenue que c'est avant qu'il faut retirer ses vêtements. J'espère que la robe de Milène n'est pas fichue.

La première aube de l'année est magnifique. Mes tomates vont peut-être enfin mûrir, suspendues derrière leur carreau.

Aujourd'hui, je ne travaille pas. Je le regrette presque. M'occuper des problèmes des autres m'aurait permis d'oublier un peu les miens.

Mon téléphone déborde de messages. Mes parents, mon frère, Florence, quelques amies, et même M. Guardo. Il y en a aussi un d'Enzo.

« Bonne année Elynn. Je ne sais pas ce que tu as fait hier soir. Moi j'étais seul et j'ai perdu une course importante. »

Mon premier réflexe serait de lui répondre : « Pareil pour moi. »

Caro m'a téléphoné en fin de matinée, inquiète que je ne réponde pas à ses messages, dont l'un était accompagné d'une photo de ses jumeaux avec du gâteau plein la figure. J'ai hésité à décrocher, mais si je ne le fais pas pour elle, c'est que je suis morte.

Sa première phrase a fait office de seconde douche. Froide.

— Alors, espèce de coquine, on fait des folies de son corps et on oublie ses amies ?

Elle était convaincue que Baptiste et moi avions fini la nuit ensemble. Quand je lui ai résumé la situation, elle n'en a pas fait des tonnes, mais elle m'a immédiatement invitée à passer chez elle.

— Ne reste pas seule, a-t-elle répété.

J'aimerais bien.

J'ai regardé autour de moi. Mon appart, l'armoire défoncée, les tomates et la robe de Milène, désormais assez petite pour qu'elle puisse l'offrir à un caniche.

J'ai accepté l'invitation.

44

Hier soir, j'évoluais dans un décor de superproduction glamour, entourée de gens importants, d'une cohorte de serveurs et d'accords jazzy. Ce midi, j'attache mon vélo au fond d'un lotissement neuf tout juste surgi d'une gadoue figée par le froid, en l'appuyant contre une modeste maison qui sera payée dans vingt-cinq ans. Deux mondes. Ce n'est pourtant pas dans le plus luxueux que je me sens le mieux.

Il y a vingt-quatre heures, j'étais certaine d'avoir enfin trouvé l'homme de mes rêves. Aujourd'hui, je suis confrontée à une forme de vie extraterrestre ayant pris l'apparence de deux petits jumeaux qui me fixent à travers la baie vitrée.

Pas le temps de sonner que la porte s'ouvre déjà. Caro m'accueille en me serrant dans ses bras.

— Bienvenue chez nous, ma grande, et bonne année quand même…

Première épaule amicale sur laquelle je peux m'abandonner un instant. Je me retiens de pleurer. Jérôme arrive et m'embrasse à son tour, avec une vraie tendresse. Pas de doute, il est au courant.

Elle a de la chance, Caro, elle a trouvé quelqu'un avec qui elle peut partager et qui comprend. C'est ça que j'aurais dû demander à Noël, au lieu d'un sèche-cheveux.

Les monozygotes se tiennent debout à l'entrée du salon, côte à côte, et me regardent comme si j'étais leur gâteau d'anniversaire. Ils vont me découper et me dévorer en commençant par les yeux.

Ils ont bien grandi depuis la dernière fois. C'est terrifiant, ils font exactement les mêmes gestes au même moment. Là, ils viennent de cligner des yeux à l'unisson. Flippant. À présent, en me montrant du doigt, ils font un bruit étrange : « Bagueugueu gla gla gnagna. »

Si ça se trouve, dans leur langue, ça veut dire : « Regarde, c'est la créature qui a la poisse avec les mecs ! »

Alors que je reste interdite, Caro m'entraîne vers l'intérieur en expliquant :

— Ils sont franchement en avance pour la motricité. Par contre, pour ce qui est du langage…

— Renvoie-les sur Pluton, ou alors vends-les à un cirque. Ils me font peur.

Elle rit. Je fais un écart pour éviter les petits, qui pivotent pour nous suivre. Ils avancent comme des robots. On dirait des gnomes maléfiques. L'un bave, l'autre a le nez qui coule. Ils doivent se répartir les rôles. C'est si beau, les enfants.

Je découvre le nouveau foyer de ma collègue. Je suis heureuse pour elle. Même s'il n'est pas question de comparer, son couloir est bien moins long que celui des toilettes chez Aubeline. Je pense même que la maison entière de l'une pourrait tenir dans le salon de l'autre. Le contraste est saisissant. Sur les murs, aucune œuvre moderne défiscalisante, mais quelques dessins de leurs garçons – qui présentent d'ailleurs, je trouve, le même intérêt artistique.

Les habitations sont aussi dissemblables que ceux qui y vivent, et s'il n'y a pas autant de luxe ou de sculptures hors de prix chez Caro, on y ressent plus de chaleur.

Les jouets des jumeaux traînent partout. Bien que la petite famille ait emménagé très récemment, plus aucun carton n'est visible. Les meubles sont en place, et quelques photos déjà exposées. Plusieurs de Caro et Jérôme lorsqu'ils étaient jeunes, une de leur mariage, et pas mal avec leurs enfants dans des décors variés. Je ne pense pas qu'ils les affichent pour frimer.

Jérôme m'indique leur sofa :

— Fais attention en t'asseyant, j'ai déjà vérifié, mais les têtards ont un don pour fourrer des jouets pointus entre les coussins. Ça fait un mal de chien...

La zone où j'envisage d'atterrir paraît dégagée.

— Vous n'avez pas perdu de temps pour votre installation. C'est vraiment joli !

— C'est gentil. Il y a encore du travail, mais on est contents d'être là.

Puis il ajoute :

— Je vous laisse entre filles. Je vais tenter de mettre les garçons à la sieste.

— Quelques milligrammes de somnifère en intraveineuse, et ils dormiront comme des bébés.

— Je suis preneur ! Parce que celui ou celle à qui l'on doit cette expression n'en avait sûrement pas, de bébé...

Il attrape ses fils chacun sous un bras et s'éclipse vers les chambres. Caro revient avec deux mugs de thé.

— Si tu veux, je te ferai visiter tout à l'heure.

— Avec plaisir.

Elle s'assoit et me tend une tasse.

— Veux-tu qu'on en parle ?

— De quoi ? Il n'y a malheureusement rien à dire. C'est comme ça, c'est tout.

On entend Jérôme qui galère avec ses petits. Caro tend l'oreille et soupire :

— Tu vois, Elynn, j'ai eu l'occasion de voir naître des centaines de mouflets, j'ai même eu la prétention de considérer que je m'y connaissais un peu. Mais je n'avais aucune idée de ce qui attend les parents lorsqu'ils quittent la maternité.

— Ne dramatise pas. C'est moi qui suis censée être déprimée. Vous êtes une jolie famille, et vous vous débrouillez très bien.

— Avec tous les jours des questions. Tous les jours, des doutes. Dès que tu crois avoir pigé un truc, ils grandissent et rebattent les cartes.

Elle attrape un petit livre illustré qui traîne sur la table basse.

— Même les contes pour enfants, tu te demandes... Ces histoires sont supposées développer leur imaginaire. Mais regarde le monde dans lequel on vit ! Qu'est-ce que ça veut dire, aujourd'hui, les châteaux forts et les petits poussins aventureux ?

— Rien ne t'empêche de leur raconter tes fables à toi.

— Comme quoi ? La grenouille qui n'avait pas de plan épargne retraite ? Ou la libellule qui avait bu de l'eau contaminée ?

— Vas-y progressivement. Raconte-leur d'abord l'histoire de Jojo le lapin non genré et de son pote, Bob la coccinelle qui a un problème d'alcool. N'oublie pas la scène où ils ont perdu leur code de Carte Bleue...

On pouffe. Puis elle redevient sérieuse et me demande :

— Ça va, tu encaisses le choc ?

— Trop tôt pour évaluer les dégâts. J'ai bien écouté ce que tu m'as confié en me parlant de Jérôme et toi. Moi aussi, j'ai cru en Baptiste. Comme quoi, ce qui fonctionne pour les uns ne marche pas forcément pour les autres.

Elle m'attire contre elle pour me réconforter.

— Garde la rage. Tu finiras par trouver quelqu'un de bien.

— Je ne sais pas. J'en suis même à me dire qu'Enzo n'est peut-être pas une si mauvaise option que ça...

Elle se redresse, m'attrape le visage et me fixe sans plus aucune compassion.

— Si tu ne chasses pas immédiatement cette idée foireuse de ton esprit tordu, je te file les jumeaux à garder toute une semaine !

45

Je passe une tête dans la salle de repos du service des urgences. C'est beaucoup moins bien rangé que chez nous.

— Excuse-moi Lionel, est-ce que tu aurais une minute ?

Il se lève aussitôt.

— Bien sûr.

On sort pour laisser ses collègues au calme.

— Comment va ta tante ? demande-t-il.

— Plutôt bien, je te remercie. On lui retire sa résine mercredi prochain et elle attaque la rééducation dans la foulée.

— Tant mieux. Que puis-je pour toi ?

— C'est un peu particulier. J'ai besoin d'un coup de main. Je ne sais pas trop si je peux te le demander…

— Tu as toujours été là quand on était coincés, alors pour une fois que je peux te renvoyer l'ascenseur…

— C'est super gentil, mais ce n'est pas évident à expliquer…

Il attend, si habitué à réagir au quart de tour qu'il fixe mes lèvres pour anticiper mes paroles. Je me lance :

— Crois-tu que pour un soir, d'ici deux semaines, tu pourrais me trouver une ambulance avec deux gars pour embarquer quelqu'un qui se serait blessé ?

Il écarquille les yeux et son visage s'illumine d'un large sourire.

— Tu sais déjà qu'un accident va se produire dans deux semaines ? Tu vois l'avenir ? C'est hyper top !

— Pas tout à fait. Pour le moment, ce n'est qu'un risque…

Déjà parti dans son délire, il n'entend pas la nuance.

— Tu imagines, si tu avais le pouvoir de prédire ce qui va arriver aux gens ? Le nombre de drames qui pourraient être évités ? D'ailleurs, ton gars, il faut absolument l'avertir de ce qu'il risque. Tu as la date et l'heure ?

— Lionel, j'ai juste besoin de prévoir une ambulance au cas où. Avec des collègues à qui on peut se fier. Je te demande ça entre nous. Je ne peux pas t'en dire plus pour le moment.

— Aucun problème, Elynn. Ton plan a l'air louche mais je te fais confiance.

— Merci beaucoup. Je t'expliquerai tout en temps voulu, et je te garantis qu'il n'y a rien de louche là-dessous.

Il hoche la tête.

— OK, je comprends. Je vois comment on peut s'y prendre et je te dis. D'accord ?

— Merci Lionel, merci beaucoup.

Je viens juste de le quitter lorsque je croise Soraya sortant de l'ascenseur. Elle rougit instantanément et se justifie :

— Je suis descendue pour un dossier égaré…

— Aucun problème. Lionel est dans la salle de repos.

Elle vire carrément à l'écarlate. Vous allez voir qu'elle va me faire une posture du guerrier au soleil devant le local IRM.

J'entre dans la cabine qu'elle vient de quitter et appuie sur le bouton de mon étage. La porte se referme, mais au dernier moment, une main la retient et le battant s'ouvre à nouveau.

— Hello Elynn !

C'est Tristan. Tout en charme avec sa grosse montre et sa chaîne autour du cou.

— Salut.

— Comment va la plus mystérieuse infirmière du service chir ortho ?

Ne réponds pas Elynn, surtout ne réponds pas.

Je m'entends quand même lui répliquer, guillerette :

— Tout roule, comme sur un brancard.

C'est pas possible d'être aussi tarte. En plus, j'essaie de faire de l'esprit ! Avec quel talent, d'ailleurs… C'est certain, il va relancer.

Le voilà qui prend langoureusement appui sur la paroi métallique pendant que l'ascenseur nous élève. Jusqu'au septième ciel de ses rêves ?

Il m'observe. Je devrais plutôt dire qu'il me cartographie. De haut en bas, de gauche à droite. Un vrai scanner. Je parie qu'il est porteur du gène qui permet de voir à travers les vêtements.

— Je pense souvent à toi, Elynn. Je te le jure…

Ne jure pas ! Chaque fois que tu jures en mentant à une fille, quelque part dans le monde, il y a une paire de collants qui file.

— Je sais que tu ne m'apprécies pas plus que ça. Tu me trouves un peu lourd…

Je me concentre sur les voyants des étages qui défilent.

— Tu n'as pas tort, poursuit-il. C'est vrai que je n'y vais pas mollo.

C'est clair, mon gars. Il n'y a qu'à se référer à tes scores sur le tableau des consignes. On t'a à l'œil à un point que tu n'imagines même pas.

— J'en fais beaucoup, je l'admets, mais c'est ce qui marche avec les filles d'ici.

Pas mal, ton petit numéro de la prise de conscience. Mais ne compte pas sur moi pour t'aider. Tu vas continuer cette conversation-là tout seul.

— Toi, tu n'es pas comme ces nanas... Tu es différente.

C'est parti pour le baratin standard. Modèle E54, formulaire 23. Il se rapproche imperceptiblement. Qu'il est lent, cet ascenseur !

— Malgré ce que tu penses, Elynn, je te connais bien. Mieux, je te comprends. Sous tes allures de fonceuse, tu es quelqu'un de très sensible, de fragile...

Je ne veux pas l'écouter. Tiens, je vais me focaliser sur les consignes en cas de dysfonctionnement. Par exemple, si la cabine s'immobilise entre deux étages, il faut garder son calme et ne pas tenter d'ouvrir les portes, encore moins de sortir. Sinon on risque de se faire décapiter, ou électrocuter, ou, avec de la chance, les deux en même temps. Comme c'est intéressant.

Tristan continue :

— Je fais tellement attention à toi que j'ai remarqué que récemment, tu paraissais moins enjouée. Depuis le début de l'année, parfois, tu sembles triste, ce qui ne te ressemble pas.

Comme si tu avais souffert. Bien sûr, tu fais des efforts pour ne rien laisser paraître. Mais moi, je l'ai vu. Je ressens un vide en toi.

Nom d'une perfusion qui fuit, comment un castor a-t-il pu capter ça ? Il faut que j'évite à tout prix de croiser son regard. Je vais relire le passage sur la coupure électrique. D'ailleurs, comment fait-on pour consulter les consignes si on se retrouve dans le noir ? Il s'agit là d'une question existentielle de premier ordre. Je vous propose d'en faire le thème de notre émission d'aujourd'hui.

— Je ne sais pas qui t'a fait de la peine, Elynn, mais il faut qu'il soit au minimum complètement idiot, ou pire, cruel. Dans tous les cas, tu mérites mieux. Parce que les jeunes femmes comme toi ne courent pas les rues…

Arrière, fourbe rongeur des marais ! Tu *prétendois* des billevesées ! Laisse-moi tranquille avec tes grandes dents super blanches, tes petites fossettes et tes yeux plutôt jolis ! Ne profite point de ma détresse pour tenter de me séduire ! Va plutôt construire un barrage sur la rivière en dévastant des arbres !

D'ailleurs, j'ai du mal à croire que tu aies pu percer à jour mon désarroi par toi-même. Comment un animal dans ton genre aurait-il pu saisir la profondeur de mes tourments ? C'est le grand retour de l'héroïne romantique au bord du vide, face à la mer déchaînée. Mais cette fois, elle ne compte pas sauter, parce qu'elle en a marre. Elle va plutôt balancer quelqu'un. Tristan aura bénéficié d'une complicité. Une proche m'aura certainement trahie en révélant que je m'étais outrageusement entichée d'un ménestrel. Diantre ! La peste soit de la courtisane qui m'a vendue ! Elle paiera son crime odieux ! Je la ferai chasser hors du royaume, aux confins de la salle de repos. Cent coups de fouet pour la vilaine !

— Elynn, ça va ?

Je me rematérialise brutalement dans la cabine d'ascenseur.

— Oui, pourquoi ?

— Tu viens de grogner un truc à propos de coups de fouet pour une vilaine…

Notre étage arrive à point nommé. La porte s'ouvre. Je m'enfuis littéralement. J'ai quand même croisé le regard de Tristan. Connaissant le bonhomme, je suis certaine qu'il y a lu le léger trouble que je souhaitais à tout prix cacher.

Se peut-il que pour une fois, il ait été sincère avec moi ? Je dois admettre qu'il s'est montré convaincant. Presque touchant. Un homme peut-il deviner autant d'une femme et être assez monstrueux pour ne s'en servir que dans le but de la manipuler ?

Je dois réfléchir à tout cela, mais plus tard, à tête reposée. Car avant, j'ai des coups de fouet à donner.

46

Vanessa est livide et Léon, son aide-soignant, pleure de rire. Elle vacille légèrement, comme en état de choc, devant la porte de la chambre 6. Léon est obligé de s'appuyer au mur tellement il se gondole.

— Qu'est-ce qui se passe ?

Aucun des deux ne prête attention à ma question.

— Vanessa, tout va bien ? Réponds-moi.

Je m'aperçois qu'elle marmonne à voix basse. En boucle, elle répète : « Je ne vais pas y arriver, je ne peux pas, c'est au-dessus de mes forces. Je ne vais pas y arriver, je ne peux pas... »

Je me tourne vers Léon qui, hilare, agite la main en direction de la chambre :

— On en a vu des barges, mais celui-là, il décroche la médaille d'or ! Il a sa place au musée des tapés ! Il vient de prendre Vanessa pour son maître-nageur quand il était petit, et il refuse de plonger. Il a essayé de lui faire pipi dessus ! On n'a même pas pu récupérer ses constantes.

Nous accueillons régulièrement des cas qui n'ont rien de drôle, mais dont il est impossible de ne pas rire sous peine de devenir aussi fous qu'eux.

— Léon, tu emmènes Vanessa boire un café, je prends le relais.

Il opine, toujours secoué de rire. Tout en parcourant rapidement la page du patient de la 6 sur l'écran du chariot de Vanessa, je fais signe à Fatoumata de me rejoindre. Jaugeant la réaction de son collègue qui ne se calme pas, elle se prépare déjà au pire.

En pénétrant dans la chambre du monsieur de quatre-vingt-deux ans au col du fémur tout juste réparé, mon aide-soignante se retranche derrière moi comme un soldat s'abrite sous son bouclier anti-sniper.

— Bonjour monsieur, dis-je, c'est l'infirmière ! On vient pour vérifier que votre tension et votre pouls sont bons.

Au premier coup d'œil, il ne fait pas son âge. On ne dirait même pas qu'il vient d'être opéré. Il me suit du regard tandis que je contourne son lit en traînant l'appareil de mesure sur roulettes. Tout à coup, il s'exclame :

— Ta mère avait bien raison, Jean-Michel ! Tu n'es qu'un bon à rien ! Tu vas me faire le plaisir de repeindre ton bateau et d'aller pêcher ailleurs.

Fatoumata laisse tout tomber et s'enfuit de la chambre en hululant. Dans le zoo, nous avons désormais notre chouette peureuse par une nuit d'orage. Je crois que dehors, j'entends vaguement Léon s'écrouler par terre à force de rire.

Je reste seule avec le patient. Je tente de l'approcher pour mesurer sa tension, mais il me repousse et s'écrie :

— Si tu essaies encore de me faire manger des endives, je te jure que je le dis au chat. Et il a une mitraillette !

Il me met en joue et s'écrie : « Ratatatatatata ! »

Je suis prise d'un fou rire. À vue d'œil, je crois que sa tension est bonne et que son cœur est en forme. Afin de ne pas être la seule à bénéficier de cette excellente nouvelle et pour répandre la joie autour de moi, je vais quand même m'arranger pour que ce soit Caro qui vienne vérifier tout à l'heure.

47

Chaque fois que j'arrive chez Florence pour lui livrer ses courses, je m'attends à tout. Loin de la clouer sur place, son plâtre l'a obligée à développer un étonnant arsenal d'activités dont elle seule pouvait avoir l'idée.

J'ouvre la porte, en poussant du pied le sac qui pèse une tonne. Voici venu l'instant crucial de la surprise du jour.

Depuis son accident, je l'ai déjà trouvée cachée derrière son portemanteau pour me faire peur, perchée dans ses étagères en équilibre – sans être capable de redescendre – et même en train de jouer au golf en se servant du talon de sa résine comme d'un club.

Maintenant que sa libération est proche, elle m'a d'ailleurs confié que finalement, puisqu'elle peut se déplacer quasiment normalement, elle aimerait bien garder son plâtre pour, je cite, « défoncer tout ce qui se met en travers de son chemin ». Iron Man a commencé comme ça. Au début, c'était Tata Florence. Puis, d'accident en accident, il a conservé tous ses plâtres, qu'il a plus tard décidé de peindre d'un joli rouge métallisé.

Apparemment, pas de plan tordu aujourd'hui. Je la trouve installée dans son fauteuil, qu'elle a tourné pour faire face à l'entrée. La façon dont elle croise les bras en me bombardant du regard indique cependant que ce n'est pas encore cette fois que les choses vont se passer simplement.

— Bonjour Florence !

— Bonjour ma chérie.

Le ton est sans équivoque : elle m'attend de pied ferme. Rangeons d'abord ses victuailles au frigo. Aucun drame familial ne doit rompre la chaîne du froid.

— Tu m'as trouvé les crèmes à la vanille avec les pépites de chocolat ?

— J'ai rapporté tout ce qu'il leur restait.

— Mirifique.

Je reviens au salon en lui demandant :

— Je te prépare un thé ?

— Il faut qu'on parle. J'ai eu ta mère au téléphone.

— Tant mieux. J'aime votre complicité de frangines.

Elle marque un temps, puis lâche :

— Elle m'a dit pour ton copain Baptiste.

— Super.

— Pourquoi ne m'en as-tu pas parlé ?

Je soupire.

— Parce que je ne vais pas saouler tout le monde avec cette non-histoire.

— Je ne suis pas tout le monde. Tu ignores donc à quel point tu comptes pour moi ?

— Bien sûr que je le sais, Florence. Tu es ma petite fée, avec un fusil !

Elle se recale dans son fauteuil.

— Tu l'aimais vraiment, ce garçon.

— Probablement un peu…

— Tu parles ! Bien sûr que tu en étais dingue. Plutôt deux fois qu'une ! Ce n'est pas banal de retomber amoureuse du même gars.

— S'il te plaît, ne remue pas le couteau dans la plaie.

— J'ai un peu d'argent de côté. 5 274 euros. Ils sont pour toi.

Je relève les yeux vers elle.

— C'est adorable, mais que veux-tu que j'en fasse ? Je ne compte pas acheter Baptiste – quoique, au prix d'un centurion à l'époque romaine, avec un tel trésor, je dois pouvoir m'en offrir plusieurs…

— Fais-toi opérer, deviens un homme et dis-lui que tu l'aimes.

Je reste sans voix. Est-elle sérieuse ? Vient-elle réellement de prononcer les mots que j'ai entendus ? Ou est-ce l'esprit du patient de la chambre 6 qui a pris le contrôle de ses pensées ? Après tout, il m'a appelée Jean-Michel…

Je dévisage ma tante, à la recherche du moindre signe qui pourrait me renseigner sur ce qu'elle pense réellement. Son regard est franc, son attitude n'a rien d'ambigu. Aucun doute : elle y croit à fond. J'avoue que je ne m'attendais pas à ça.

Je prends le temps d'envisager cette potentialité, mais j'avoue que j'ai du mal. Au-delà de sa proposition déconcertante, je constate surtout que ma tata adorée est vraiment prête à tout pour m'aider.

Je vais m'asseoir près d'elle.

— Qu'est-ce qui a bien pu te mettre une idée pareille en tête ?

— L'amour, ça ne se commande pas. Le Grand Amour mérite tous les sacrifices. La semaine dernière, j'ai vu un reportage à la télé sur des gens qui ne se sentent pas en phase avec leur corps.

— Je crois que Baptiste se sent très bien dans son corps.

— Et toi ?

— Comment ça, moi ?

— Tu te sens bien en fille ?

— Quelle étrange question ! Évidemment. En tout cas, je n'ai pas envie de changer. Je suis déçue de ne pas intéresser Baptiste, mais ça ne remet pas en cause ce que je suis. C'est en tant que femme que j'avais envie de lui.

— Tu en es certaine ?

— Absolument.

Elle marque un temps.

— Parfois, il faut savoir évoluer pour ceux qu'on aime.

— Je souscris complètement, mais pas au point de modifier ma personne aussi radicalement.

— Dans le reportage, il y avait un jeune homme qui est devenu une très belle femme, et ça lui a fait visiblement beaucoup de bien.

— J'en suis heureuse et chacun doit pouvoir choisir qui il est, mais pour ma part, je me sens bien dans ma peau.

Elle réfléchit, puis hoche la tête en signe d'acceptation.

— Bon, alors je garde l'argent.

Elle m'embrasse sur la joue et ajoute :

— Je te souhaite de trouver le bonheur. Si une personne comme toi n'y a pas droit, ce sera une preuve de plus que ce monde déraille complètement.

Elle peut toujours dire cela de moi, mais c'est tout aussi vrai d'elle.

— Puisque tu es décidée à m'aider, Florence, puis-je te demander une faveur ?

Elle réagit :

— Je savais que tu n'en voulais qu'à mes économies.

— Réponds-moi honnêtement.

— Je l'ai toujours fait.

— Pourquoi as-tu renoncé à refaire ta vie ? On dirait que tu refuses l'idée de rencontrer à nouveau quelqu'un.

Elle s'ébroue comme une bestiole coincée dans un piège et grimace :

— Ai-je le droit de faire comme si je m'étais soudain endormie ?

Elle mime le sommeil en faisant semblant de ronfler. J'objecte :

— Un peu léger, devant une infirmière.

— J'aurais franchement préféré que tu me demandes l'argent. C'est une réponse qui vaut bien plus de 5 274 euros.

— Pourtant, si tu me le disais, ça m'aiderait vraiment.

— Je ne vois pas comment.

— Nous avons beaucoup de points communs. Maman et Papa sont les premiers à le dire. Tu es une personne que j'admire et à qui je suis fière de ressembler par bien des aspects.

— Crois-moi, je ne suis pas un modèle convenable…

— Tant pis, c'est comme ça. Reste que je ne m'explique pas comment une femme comme toi peut se retrouver seule. Puisque certains aspects de nos personnalités se répondent, avoir même un début d'explication pourrait m'être très utile, surtout vu ce que je traverse.

— Je suis certaine que tu t'en sortiras mieux que moi côté cœur.

— On verra. En attendant, tu n'es pas plus faite pour la solitude que moi. Alors, s'il te plaît, éclaire-moi. Est-ce que personne ne veut de toi, ou est-ce toi qui n'en as pas envie ?

Elle hésite.

— C'est très embarrassant. Si je te dis n'importe quoi...

— Ce ne sera pas pire que lorsque tu m'as fait croire qu'en hypnotisant un congélateur, il se transformerait en voiture.

— J'ai fait ça ?

— Entre autres.

— Et tu m'as crue ?

— J'avais six ans ! Note que je n'ai toujours pas de voiture. Pose-toi des questions. Mais ne change pas de sujet, s'il te plaît.

Elle se frotte le menton.

— Tu sais, Elynn, cette théorie sur une vie d'amour et d'eau fraîche... Eh bien, j'ai toujours l'eau courante, mais c'est le reste qui est en rupture de stock. Plus assez d'illusions, plus trop envie d'y croire. Lorsque je croise un bonhomme, libre bien sûr, il me faut moins de trente secondes pour comprendre pourquoi ça ne va pas coller. Je t'avoue que je n'ai plus la force de repartir à l'assaut de l'Everest en sachant qu'au sommet, il n'y a même pas la place de s'asseoir.

Elle baisse la tête.

— C'est ça que tu avais peur de me dire ? C'est pour ça que tu évites le sujet ?

— Je m'en voudrais de te décourager. Même s'il est trop tard pour moi, je ne me pardonnerais pas d'abîmer l'élan qui te pousse à y croire.

Elle cherche ses mots.

— Les histoires de cœur sont compliquées à ton âge. Elles ne sont jamais simples, d'ailleurs, mais c'est encore plus perturbant quand tu passes de ce que tu imaginais à la réalité. Toi, tu en es là. Tu es trop jeune pour renoncer, et tu ne dois surtout pas douter de tes chances parce qu'une vieille bonne femme n'a pas su s'y prendre.

— Personne ne sait s'y prendre, Florence. Il n'existe aucune recette. Je ne sais pas à quoi ça tient, mais je suis de plus en plus convaincue que le hasard des rencontres ou la magie d'un moment feront toujours plus que tous les plans préparés.

— Tu vois, tu ne me ressembles pas complètement. Tu es plus douée que moi. Si, à ton âge, j'avais compris ce que tu sais, ma grande, je n'en serais pas là aujourd'hui. Ne perds pas espoir parce que ça n'a pas marché cette fois, avec ce garçon-là. Je suis certaine que celui qui pourra te rendre heureuse n'est déjà pas loin.

Et si je lui parlais du castor dans l'ascenseur, ou du coach qui mange de la mousse à raser ? Quelqu'un pourrait-il me filer l'adresse d'un homme normal ?

48

Mardi soir, 19 h. Ce rendez-vous, je l'attends depuis des jours, comme une bouée dans la tempête. Il me tient, me motive, me garde la tête hors de l'eau.

Hier soir, rien qu'en y pensant, je me suis fait une joie de préparer mes affaires toutes propres. Depuis ce matin, je compte les heures. Étant donné ce qu'ont été les fêtes pour moi, je suis heureuse que les vacances soient terminées et que la vie reprenne enfin un cours normal.

Je suis arrivée aux vestiaires la première, pour en profiter, pour savourer. Avant, j'ai rôdé du côté de ceux du personnel, espérant peut-être croiser Mathieu pour lui souhaiter la bonne année. J'ai hâte de le retrouver, lui et toute l'équipe, mais je le pense du genre à arriver à la dernière minute.

Il ne manque personne à l'appel, et je jubile d'entendre les conversations mêlées qui animent nos préparatifs. Tout le monde se montre satisfait de reprendre. Même Rose et Églantine témoignent un peu plus de chaleur que l'année dernière. On s'est souhaité les vœux. Aubeline s'est tout de suite assurée qu'on pourrait prendre un verre ensemble ensuite. Elle en a autant envie que moi. Cela me touche beaucoup. Même si on s'est vues au réveillon, ce n'était pas comme quand nous échangeons seules toutes les deux, et elle m'a manqué.

Nous sommes en place dans la salle, imaginant déjà ce que Mathieu nous aura concocté pour cette reprise. 19 h 01. Des pas s'approchent dans le couloir. Je crois que Mandy et Lisa ont décidé d'accueillir notre coach en lui criant : « Bonne année ! »

Mais c'est Francesca qui entre, impériale.

— Bonsoir mesdames. Je vous présente, à vous ainsi qu'à vos familles, mes bons vœux pour l'an nouveau.

Misère. Le vampire est rentré des Carpates.

Tiphaine blêmit, Margaux se crispe, et Aubeline me lance un coup d'œil effaré. Même les deux premières de la classe ne semblent pas enchantées de l'apparition.

— Comment se fait-il que vous ne soyez plus sur deux lignes ?

Elle retire son châle, qu'elle jette négligemment sur une des barres d'exercice. Personne ne lui répond, pas une ne bouge. Nous sommes sidérées. Je note également qu'aucune d'entre nous ne lui demande des nouvelles de sa santé. Elle se frotte les mains.

— J'espère que vous n'avez pas fait d'excès pendant les fêtes, car nous avons du travail. Nous allons reprendre là où nous en étions et mettre les bouchées doubles pour rattraper le retard.

Elle nous montre déjà le premier exercice. Nous restons toutes pétrifiées. Difficile de savoir ce qui nous déçoit le plus : qu'elle soit revenue, ou que Mathieu ne soit plus là ? Bien que le retour du Dragon ne me réjouisse pas du tout, c'est surtout l'absence de notre sportif qui me pèse. Je regrette son côté rassurant, d'autant plus en comparaison de l'aura glaçante de Francesca.

— Allons, allons, les vacances sont finies ! On s'y remet !

Seules Églantine et Rose amorcent un mouvement. Toutes les autres, moi comprise, demeurons immobiles. Sans même nous être concertées d'un regard, nous avons la même réaction : un blocage, un refus d'obstacle, une manifestation silencieuse.

Francesca s'en rend compte. Elle se raidit.

— On vient de débuter, et déjà des problèmes. Que se passe-t-il encore ?

D'une œillade, Fabienne m'incite à prendre la parole. Aubeline m'y pousse également d'un discret signe de la main. Mais je refuse. J'ai eu mon compte pendant les fêtes. Je n'ai pas envie d'être celle qui déclenchera l'insurrection. Je suis ici pour me détendre !

Un silence de plus en plus lourd s'installe, durant lequel les deux camps se jaugent. La tension monte. Dix contre une. Je ne suis cependant pas certaine que nous fassions le poids.

Personne ne paraît vouloir crever l'abcès. Il faut pourtant sortir de cette impasse que je ne supporte pas.

— Nous ne voulons pas recommencer comme avant.

Je n'arrive pas à croire que j'ai dit ça à haute voix. Je vais finir empaillée dans le salon de Francesca, parmi toutes les autres créatures qui ont osé s'opposer à son bon vouloir. Elle reste à sa place, mais cherche mon regard.

— « *Nous* ne voulons pas »... Vous êtes donc la représentante de la troupe ?

— Je pense traduire la pensée de beaucoup. Je suis désolée, Francesca, mais...

— Madame. Appelez-moi madame.

— Je suis désolée, madame, mais nous ne voulons plus que les cours se déroulent comme avant.

Aubeline hoche la tête pour approuver mon propos. Fabienne aussi, mais plus timidement. Laure ne bouge pas. Peut-être condamne-t-elle ma prise de parole ? Cette pensée me fragilise. Ce n'est pas uniquement Francesca que j'affronte, mais également mes propres limites.

La prof fait un pas dans ma direction.

— C'est la seconde fois que vous remettez en cause mon autorité. Si ma façon de faire vous déplaît, vous êtes libre de partir. Je ne vous retiens pas. Personne ici ne vous retient.

— Je ne me suis pas inscrite à ce cours pour en partir.

— Alors profitez de ce qu'il peut vous apporter et ne le troublez plus. Pour ma part, je suis devant vous parce que je suis une professionnelle. Et vous, qui êtes-vous ? Je ne vous connais pas.

J'ai l'impression d'entendre le Dr Moëlner. Une rhétorique implacablement déroulée, des arguments affûtés, avec l'idée de rabaisser, d'humilier, de me remettre à la place qu'elle croit être la mienne, forcément au-dessous d'elle. Elle tombe mal. Les dernières semaines ont été éprouvantes, et ce genre de comportement m'insupporte de plus en plus.

J'ai souvent été confrontée à des ego de cette sorte. J'ai un peu d'entraînement en la matière. Je suis vaccinée. Avec ce que je vis en ce moment, je suis bien partie pour déclarer une allergie. J'en ai assez de toujours m'écraser. Le lapin ne va plus rester aveuglé dans les phares.

Considérant mon silence comme une capitulation, Francesca se remet en place. Je ne compte pourtant pas en rester là.

— Qui suis-je ? Je suis celle pour qui vous faites cours. Votre raison d'être. Si vous n'avez plus personne devant vous, vous n'existez plus. Mon but n'est pas de vous remettre en cause, mais d'organiser un fonctionnement qui puisse convenir à tout le monde.

J'ai soigné ma diction, précisé mes mots. Il vaudrait mieux que l'argument porte, parce que je ne suis pas certaine d'avoir beaucoup de munitions en réserve.

À l'évidence, ma remarque l'a prise au dépourvu. L'effet s'estompe cependant très vite, et elle prépare déjà la riposte. Quelqu'un aurait-il des sacs de sable pour que je me planque derrière ?

— Que proposez-vous ? demande-t-elle.

Étonnant. Elle n'a pas fait feu tout de suite. Elle tente la conciliation. Mais la façon dont elle me dévisage laisse penser qu'il ne s'agit que d'une ruse. Parce que si ses mots laissent entrevoir un apaisement, son regard promet une exécution.

Je tente :

— Pourquoi ne pas définir ensemble nos objectifs ? Dans un respect mutuel.

Elle évalue son public, immobile et complètement silencieux. Je suis la seule à lui répondre, comme si elle et moi discutions parmi des mannequins de vitrine.

— D'où vous vient ce soudain courage de vous opposer à moi ? J'ai fait les plus grands efforts pour revenir au plus vite. Me voilà bien mal récompensée !

J'ai bien envie de lui répondre qu'il était inutile qu'elle se presse, mais cela reviendrait à jeter de l'huile sur le feu, et je ne le dois pas.

— Durant votre absence, nous avons expérimenté une autre façon de pratiquer.

— Avec l'intérimaire ? Le condamné ?

Que vient-elle de dire ? De quoi a-t-elle qualifié Mathieu ? Peu importe, je refuse qu'elle rabaisse celui qui avait au moins le talent de nous en faire baver en nous rendant heureuses. Je n'ai plus envie de discuter avec cette petite souveraine autosatisfaite et pleine de hargne.

— Écoutez, madame, je ne souhaite pas provoquer de scandale, mais si vous persistez à nous considérer comme vous le faites, je ne reviendrai pas.

— La belle affaire.

— Je ne serais d'ailleurs pas la première à jeter l'éponge, puisque vous avez déjà dégoûté plus de la moitié de celles qui s'étaient inscrites.

— Si vous espérez que je vais m'excuser...

Je bondis en la coupant :

— Vous ignorez complètement ce que j'espère ! En tout cas, rien venant de vous, je vous rassure.

Elle est prise de court par la virulence de ma réplique. Son regard change. Pour la première fois, elle semble me considérer comme un être vivant à part entière, et plus comme un vague concept d'élève interchangeable.

— À votre guise, mademoiselle. Partez. Nous devrions parvenir à survivre pour continuer sans vous...

Elle laisse échapper un rire méprisant en m'indiquant la porte. Je me campe sur mes jambes.

— Le problème subsistera tant que vous vous comporterez de cette manière.

— Vous vous posez en meneuse, mais je constate que je n'entends personne d'autre.

Aubeline lève la main timidement, comme une enfant à l'école.

— Je suis d'accord avec Elynn.

Francesca ne réagit pas. Fabienne lève la main à son tour. Bien haut.

— Moi aussi.

Puis Tiphaine. Mandy et Lisa suivent.

Une à une, mes compagnes prennent position. Francesca montre des signes d'agacement. Sa grâce et sa maîtrise se fissurent. Laure lève son bras et m'adresse un clin d'œil. Margaux suit. Contre toute attente, Rose rejoint le mouvement. Seule Églantine reste neutre, visiblement outrée par la trahison de son ex-acolyte.

Le rapport de forces a changé. Je sais bien que ce n'est pas pour moi, Elynn, que mes voisines montent au créneau, mais parce qu'elles approuvent mes propos. N'empêche, le sentiment qui grandit est en train de me gonfler le cœur. Une vague de chaleur déferle en moi. Pour la première fois, je ressens quelque chose qui doit s'appeler la confiance en soi. L'impression d'avoir agi selon ma conscience. Finalement, la messagère ne sera peut-être pas fusillée.

Francesca crispe les poings. Elle n'effraie cependant plus personne. Brusquement, après un grognement rageur, elle tourne les talons et quitte la salle. Petit cheval : 1. Dragon : 0.

Elle a oublié son châle. Tant pis pour elle. Hors de question que je le dépose à l'accueil tellement l'idée de toucher quoi que ce soit qui ait été en contact avec elle me répugne.

49

Dans les vestiaires, je n'ai pas eu droit à une ola, mais toutes mes complices sont venues me remercier et me féliciter. Toutes, sauf Églantine, qui me décoche des regards telles des flèches en se dépêchant de se changer. Ce soir, quelque chose me dit qu'elle ne va pas repartir avec Rose, qui plaisante avec Margaux.

Je ne suis pas fière de cette passe d'armes avec la prof, mais je suis satisfaite d'avoir réussi à faire face. Les barreaux de la cage résistent de moins en moins à la bête, qui s'y sent de plus en plus à l'étroit. En levant leurs mains, mes amies m'ont encore aidée à me libérer.

Alors qu'elle quittait les vestiaires, Fabienne nous a souhaité une bonne semaine et a lancé :

— On n'a plus de prof, mais je serai quand même heureuse de vous retrouver mardi prochain !

— Il faut recontacter Mathieu, a réagi Tiphaine. Il était parfait. Elynn, tu t'en occupes ?

Une petite clameur d'approbation est venue soutenir sa proposition. Le risque, lorsque vous prenez les choses en main, c'est que tout le monde s'habitue vite. Mais s'agissant de

Mathieu, ça me va. Je m'étonne que personne n'évoque la façon dont l'autre purge l'a désigné. « L'intérimaire », « le condamné ». Qu'a-t-elle voulu dire en crachant son venin ? De quoi ce garçon pourrait-il être coupable ? De ne pas savoir faire des pointes ?

À peine le temps de me sécher les cheveux qu'Aubeline me presse :

— Tu viens ? J'ai soif. On a pas mal de choses à se raconter.

Mandy et Lisa ne sont pas au bar ce soir. Aubeline commande pour nous deux directement au comptoir et m'entraîne vers notre table habituelle.

— Alors, ce début d'année ? On n'a même pas pu se parler. Qu'as-tu pensé de notre réception ?

— Grandiose. Totalement inédit pour moi. Je t'ai trouvée impressionnante dans ton rôle de maîtresse de maison.

— Baptiste et toi êtes vraiment bien assortis. Si vous faites des petits, gardez-m'en un. Il a aimé aussi ?

— Il a adoré. Au point qu'il a rencontré quelqu'un.

Elle ouvre des yeux ronds. Le serveur apporte nos smoothies. Elle se retient de réagir tant qu'il est là. Dès qu'il s'éloigne, elle lâche, en prenant garde à parler bas :

— Comment ça, « rencontré quelqu'un » ?

— Un certain David, un architecte britannique. Très joli garçon au demeurant.

Elle semble à la fois décontenancée et sincèrement contrariée. Je lui désigne son verre :

— Bois, tu avais soif.

— C'est vraiment pas de chance. Tu ne te doutais de rien ?

— Ben non, sinon je ne serais pas venue avec lui.

— Pourquoi ne m'as-tu pas appelée ?

— Pour te dire quoi ? Que j'ai un ami gay ? Ce n'est pas très original.

— Elynn, tu aimais ce garçon.

— Je crois que je l'aime encore, d'ailleurs. Mais ça ne sert à rien.

Je réagis à ma propre remarque :

— Je viens de découvrir que l'amour peut être inutile ! C'est révolutionnaire ! Il faut que je dépose un brevet.

Aubeline me regarde avec tendresse.

— Ma pauvre, tu dois être dans un état…

Je ne réponds pas. Elle tempère :

— Je voudrais bien trouver les mots pour te soutenir, mais là, je me sens bête. Je ne sais pas quoi te dire.

— Exactement comme moi la première fois que je t'ai rencontrée, lorsque tu m'avais confié à quel point ta vie te pesait.

Le regard que nous échangeons me fait du bien. On ne peut pas forcément résoudre les problèmes des autres, mais en parler en toute liberté soulage déjà tellement…

— Tu vas revoir Enzo ?

— Au plus profond de mon désespoir, j'y ai songé. Mais mon amie Caro m'a menacée d'une atroce malédiction si je persistais à l'envisager.

— Elle a raison. Logique que l'idée te soit venue, mais elle n'est pas bonne. En amour, le choix par dépit ne doit jamais être une option.

Elle avale une gorgée de jus de fruits et ajoute :

— Si ta copine ne t'avait pas déjà collé une menace aux fesses, j'aurais mis un contrat sur ta tête.

— Merci les filles. C'est bon de se sentir épaulée.

— Tu comptes quand même venir à mon anniversaire ?

— Seulement s'il y a un orchestre et un feu d'artifice. Je m'habitue vite au luxe.

— Ni orchestre ni feu. Mais Laurent a privatisé un restaurant étoilé. Ce sera plus « intime » que le réveillon, même si les affaires demeureront le véritable enjeu de ces réjouissances.

— Je ne sais pas. Je suis si gauche dans ces circonstances. D'autre part, j'ai bousillé ma seule robe habillée, qui d'ailleurs n'était pas à moi…

— Viens, s'il te plaît. Je serai moins triste si tu es là. Cinquante invités, et pas un que j'aie envie de voir. Même mes enfants ne seront pas présents. Tu seras la seule que j'aurai choisie.

Devant sa mine implorante, je n'hésite pas longtemps.

— Entendu. Compte sur moi. J'y serai. Pour le cadeau, j'hésite encore entre un tableau de Monet ou un tour du monde en jet privé. Tu me diras ce que tu préfères.

Nous finissons joyeusement en parlant de tout et de rien. Cette fois, je ne la laisse pas régler. Qu'elle soit riche n'a aucune importance. Ce soir, j'ai envie de me dire que je peux l'inviter.

Je la raccompagne jusque sur le trottoir. Il pleut à verse et le vent souffle en rafales. L'hiver n'est pas décidé à rendre les armes. Le trajet en vélo s'annonce comme un corps-à-corps contre les éléments. Je suis bonne pour ma deuxième douche de la soirée. Aucune importance, je me sens sereine. Même si le cours ne s'est pas déroulé comme attendu, il m'a fait du bien.

Nous restons à l'abri de l'auvent en attendant que la voiture de Madame approche.

— Aubeline, regarde, c'est un rébus !

J'engage ma jambe dans les portes battantes du complexe.

— À quoi tu joues, tu es folle ?

— J'ai un pied au CUL !

On éclate de rire parmi les gens qui se demandent ce qui nous prend. Seul un petit qui a parfaitement saisi s'esclaffe avec nous. Aubeline se précipite soudain et glisse la tête entre les portes automatiques.

— Regarde, moi j'ai la tête dans le...

— Madame de Maublaincourt, si vous voulez vous donner la peine.

Le chauffeur tient la portière ouverte sous une pluie battante. Nous ne l'avons pas entendu arriver. Les cheveux en bataille et la voix hoquetant de rire, Aubeline se redresse.

— Frédéric, nous allons déposer mon amie.

— Bien madame.

J'interviens :

— C'est inutile, d'autant que j'ai mon vélo...

Je n'avais jamais vu un chauffeur de maître tenter de caser un vélo dans le coffre d'une berline de luxe. Je crois que ça l'a bien amusé.

50

La toute jeune Yling traîne des pieds pour se rendre à l'école, mais lorsqu'il s'agit de se faufiler à quatre pattes sous une table dans le noir, elle n'hésite pas. Apparemment une affaire de harcèlement scolaire dont ses parents, qui patientent dans le hall de l'hôtel de M. Guardo, n'arrivent pas à la faire parler.

Depuis la rentrée de septembre, la fillette de dix ans perd du poids, déprime, et s'effondre en larmes lorsque le lundi matin revient. Sa joie de vivre en a pris un coup. Après les premiers résultats très encourageants obtenus auprès des quelques enfants déjà reçus, deux assistantes sociales et un pédiatre nous adressent les cas pour lesquels « un coup de merveilleux » pourrait être salutaire.

J'accompagne donc Yling dans son périple vers le pays magique de Raphaël. Je constate au passage qu'il a parfaitement mené à bien les travaux dont nous avions parlé : le chemin sous son diorama est maintenant équipé de barrières latérales matelassées, et sur le côté du gros coussin de velours se trouve un escabeau pour permettre aux plus petits des enfants d'arriver à bonne hauteur dans l'ouverture.

Yling a parcouru le passage si vite qu'il me faut quelques instants pour la rattraper.

— Fantastique, Yling. Maintenant, tu vas te relever doucement et passer ta tête dans le trou juste au-dessus. Attention à ne pas te cogner !

Je lui tiens la main tandis qu'elle se redresse.

— Nous sommes prêts, Raphaël !

Le spectacle commence, et l'effet attendu ne tarde pas à se produire. Un résultat toujours identique qui ne s'exprime pourtant jamais de la même façon. Nous avons eu des cris, des applaudissements, un étourdissement, des sauts sur place, et même des sanglots. Je me suis carrément pris des coups de pied de l'un des enfants, hystérique de joie.

Alors que le train s'est arrêté en gare et que le manège se met à tourner, Yling pousse de petits cris d'oiseau au printemps.

Il semble que l'ambiance de nuit soit la plus efficace pour impressionner les jeunes visiteurs. Raphaël est devenu expert dans les enchaînements, et il parvient à doser les différents modules animés comme un vrai chef d'orchestre. Il s'est aménagé une ouverture dans le fond peint pour avoir l'œil sur les réactions de ses spectateurs depuis son poste de commande.

L'effet de la représentation est plus que concluant, et la petite fille ressort surexcitée. Ses parents sont aux anges : ils ne l'avaient pas vue aussi radieuse depuis des mois.

La maman serre les mains de M. Guardo comme si c'était un saint.

— Merci monsieur, merci beaucoup. Merci à vous aussi, mademoiselle.

Je lui souris.

— Si vous le pouvez, tenez-nous informés de la suite, si cela débloque quelque chose chez elle.

— La voir dans cet état-là est déjà un bonheur. À qui devons-nous régler la séance ? On ne nous a même pas précisé le prix…

M. Guardo refuse d'un geste pendant que la fillette cavale autour de nous.

— Rien du tout ! C'est gratuit. Tout ce que nous espérons, c'est que votre petite Yling se sentira mieux.

L'enfant ne se calme pas et fait maintenant des bonds dans le hall.

Nous prenons le temps de les raccompagner, jusqu'à les saluer sur le perron. Lorsque nous refermons les portes derrière eux, l'hôtel paraît soudain bien silencieux privé des rires de la petite.

— Bravo Raphaël, encore une fois, bravo. Vous rendez-vous compte de l'effet que produit votre œuvre ?

Il est à peine moins excité que la fillette.

— On arrose ça ?

C'est devenu une coutume depuis deux ou trois visites. Chaque fois que l'un des jeunes visiteurs repart avec des étoiles dans les yeux, nous partageons une grenadine à l'office. Raphaël la dose trop concentrée, alors je me sers moi-même. Nous trinquons.

— Vous avez vu, j'ai terminé les appuis le long du tunnel. L'escabeau est-il adapté ?

— Parfait.

— Il faudrait que j'installe un bouton lumineux pour que vous puissiez me prévenir quand vous êtes en place sans avoir à m'appeler. Ce serait mieux pour l'ambiance.

— Excellente idée.

— On pourrait aussi prévoir une collation pour les proches qui attendent, et peut-être aussi leur permettre de voir ce qui fait réagir leurs enfants.

Je n'ai même pas le temps de commenter, il poursuit sur sa lancée :

— … D'autre part, je songe à me laisser pousser une belle moustache pour me créer un personnage de bateleur forain. Qu'en pensez-vous ?

— Si vous le sentez, n'hésitez pas !

Il ne tient pas en place. Comme après chaque spectacle, il fourmille d'idées pour l'améliorer.

J'attrape son agenda sur le comptoir.

— Nous avons déjà deux rendez-vous programmés la semaine prochaine, et un autre la suivante. C'est très bien.

— Une des mamans m'a proposé de fabriquer des petits costumes si j'en ai besoin. Elle s'est montrée très volontaire.

— Votre ville miniature n'enchante pas que les enfants.

Il lève son verre de grenadine.

— À vous, Elynn, à cette superbe idée que vous avez eue.

— À vous, Raphaël, à votre talent et à votre imagination.

Nos verres s'entrechoquent. En le voyant aussi heureux, j'en viendrais presque à oublier ce qui l'a conduit à créer tout cela. L'intense joie qu'il déclenche chez les enfants des autres ne compensera jamais ce qu'il aurait éprouvé si sa propre fille avait pu en profiter. Mais, de visite en visite, il retrouve un entrain que, je pense, lui-même n'envisageait plus.

— Raphaël, mercredi prochain, je suis de service à l'hôpital. Il va falloir que vous assuriez le show tout seul.

Il ne sourit plus.

— Comment vais-je faire ? s'alarme-t-il.

— Vous vous en sortirez très bien. Vous devez pouvoir demander à l'un des accompagnants de se glisser sous la table avec le bambin.

— On peut certainement déplacer le rendez-vous pour attendre que vous soyez disponible ?

— Cela risque d'être compliqué. Je suis certaine que tout se déroulera parfaitement. Je serai là pour celui de samedi.

Nous avons ensuite discuté des différents aménagements possibles pour valoriser l'expérience, mais j'ai bien senti qu'il était préoccupé.

51

Les jours rallongent. De là à ce que mes trajets se transforment en plaisantes balades, il reste toutefois de la marge. Les petits gars de la base secrète ont encore des stocks de pluie et des réserves de vent à écouler avant de passer aux sacs de pollen et aux fagots de rayons de soleil aveuglants. À chaque saison ses plaisirs ! J'ai trop hâte de m'étouffer à nouveau avec des moucherons.

Avant-hier soir, afin de recontacter Mathieu, je suis passée au complexe tenter d'obtenir son numéro, puisque mes recherches sur les réseaux sociaux n'avaient rien donné. La dame à l'accueil m'a déclaré qu'ils ne communiquaient jamais les coordonnées des animateurs. Malgré mes arguments et une description à peine forcée de la terreur psychologique pratiquée par Francesca, je n'ai pas réussi à l'amadouer.

Je n'ai pas abandonné pour autant et j'y suis retournée ce soir, espérant tomber sur une hôtesse plus conciliante. J'ai été soulagée lorsque, derrière le comptoir, j'ai reconnu la jeune femme qui nous avait présenté nos entraîneurs.

— Je suis désolée, m'a-t-elle répondu. Nous n'avons pas le droit. La règle est stricte et nous risquons des problèmes si nous l'enfreignons.

Elle me glisse en aparté :

— On a eu trop d'histoires avec les données personnelles, entre les monitrices qui se font draguer et autres, alors la direction est devenue inflexible à ce sujet.

— Ce n'est pas une démarche personnelle, dis-je, c'est pour notre groupe. Au nom de toutes, je voudrais lui demander de revenir, parce que l'autre n'assurera plus nos cours. Vous aviez certainement noté qu'elle n'était pas idéale...

— Effectivement, pas commode, la dame. Je sais que le bureau vous cherche une nouvelle animatrice. Étant de service mardi soir prochain, ce sera vraisemblablement moi qui viendrai vous la présenter.

— Mais Mathieu était vraiment très bien, il faisait l'unanimité... S'il acceptait de reprendre avec nous, on n'aurait plus besoin de personne d'autre...

Elle hésite. J'insiste :

— S'il vous plaît...

Elle jette un œil alentour pour s'assurer que personne ne la surveille et commence à pianoter sur son clavier. À voix basse, elle me souffle :

— Promettez-moi de ne le dire à personne...

— Vous avez ma parole. Je vous remercie beaucoup.

Elle fronce les sourcils en consultant le résultat de sa recherche.

— C'est pas banal, ça, je n'accède pas à sa fiche...

Je tente d'apercevoir l'écran, en vain.

— Essayez encore, s'il vous plaît, c'est important.

— C'est bizarre. D'habitude, quand on entre les références du club, la liste des animateurs s'affiche, et si vous cliquez sur le nom, on a au moins leurs diplômes et un numéro pour les joindre en cas d'urgence. Mais là, rien. Francesca apparaît, mais pas lui…

Elle pianote encore et patiente devant son ordinateur qui mouline. Le résultat qui sort ne la satisfait pas davantage.

— Alors ça ! J'ai trouvé son nom, mais le formulaire est vide. Pas la moindre indication.

Elle fait dérouler les lignes avec sa molette et s'étonne :

— Dans la case des commentaires, il est simplement précisé : « cas particulier, n'est plus disponible ».

— Qu'est-ce que ça veut dire ?

— Je l'ignore. Je n'avais encore jamais vu cette mention.

— Pas même une adresse ?

— Rien. Vraiment. Je voudrais pouvoir vous aider, mais c'est impossible. Je n'ai rien d'autre que son nom.

Dans mon brouillard, c'est déjà une petite lanterne.

— Avez-vous le droit de me le donner ?

— En principe…

Elle va refuser, mais ma tête déconfite l'en dissuade. Elle se penche vers moi.

— Ferrelle. Il s'appelle Mathieu Ferrelle. C'est tout ce que j'ai sur sa fiche.

— Merci beaucoup. À mardi !

52

Je suis en train de refaire mon assortiment de traitements injectables dans la salle de soins lorsque Caro m'y rejoint. Après s'être assurée que nous sommes bien seules, elle pose le dossier d'un patient sur mon chariot et murmure :

— On va jouer aux devinettes : qui est sur la photo ?

Aucun nom d'inscrit, pas d'étiquette de service. J'ouvre le rabat cartonné. Ce n'est pas un portrait que je découvre, mais une radio. Je hausse les sourcils.

Alors que d'habitude, sur ce genre de cliché d'imagerie médicale, on voit les segments osseux articulés d'une personne, celui-ci présente une composition inédite : deux crânes qui se font face, dont l'un est un peu flou, des mains tendues qui s'agrippent, et on distingue également les structures des épaules ainsi que le début des colonnes vertébrales. Un beau foutoir.

Je m'interroge :

— Hyper glauque. On dirait deux personnes qui se tiennent par le cou…

— En train de se battre serait plus juste. Si tu observes avec attention, tu constateras que le squelette de droite essaie d'étrangler l'autre. Regarde ses phalanges resserrées autour du larynx de son adversaire. Il est clairement comprimé.

— Exact ! C'est dément !

Je tends les bras pour mieux contempler le document. La mâchoire du sujet étouffé est légèrement ouverte tandis que l'autre a les dents bien serrées. J'aime assez le style graphique associé à la dynamique dramatique de l'affrontement.

Je m'enthousiasme :

— On dirait une œuvre d'art ! La dimension mortelle des deux combattants y apparaît avec une évidence absolue.

— Je trouve aussi. Moi, quand je l'ai vue, j'ai été sensible à l'épure de la violence, sa matérialisation mécanique.

— Vu l'épaisseur des os, je penche pour deux hommes.

— Tu marques un point.

— J'en connais un ?

— Tu connais les deux.

— Mmmh… Je dénombre deux plombages dans la bouche du plus grand, mais cela ne va pas suffire à l'identifier. S'il te plaît, ne me fais pas languir…

— C'est Lionel qui a coincé Tristan.

— Magnifique ! En même temps, c'était à prévoir. Qui a orchestré la prise de vue ?

— Le hasard. Notre urgentiste s'est chopé le sérial dragueur dans le local de radiologie pour lui demander fermement d'arrêter de tourner autour de Soraya. Apparemment, ils en sont venus aux mains, et on ne sait pas lequel des deux a déclenché la machine, mais voilà le résultat.

— Du travail d'artiste. Tu crois que je peux en avoir une copie pour décorer mon appart ?

— Garde-le, c'est cadeau. Un collector !

J'admire le résultat. Je trouve la posture des corps tellement humaine, bien que privée de chair… Ramener l'affrontement à sa dimension structurelle lui confère une force symbolique extrêmement puissante.

Caro commente :

— Tu as vu la taille des mains de Lionel par rapport à la mâchoire de l'autre petit rigolo ?

— Impressionnant, en effet.

— On se dit que s'il referme les doigts, il va le broyer.

— Dommage, parce que Tristan a tout de même un maxillaire très séduisant.

Caroline me considère avec suspicion.

— Je rêve, ou tu es en train de t'attendrir sur Panpan le lapin ? Je croyais que son petit numéro de voyant dans l'ascenseur t'avait laissée froide…

— De marbre, mais admets qu'il a une jolie forme. J'aime bien son arcade sourcilière aussi. On dirait presque la porte d'un jardin secret…

Milène entre dans la salle, je referme aussi sec le dossier et nous faisons semblant d'être occupées.

— Salut les filles ! Ça va bien ou bien ?

Elle attrape deux paquets de compresses.

— Tout roule, lui répond Caro. Et pour toi ?

— Pareil.

Elle va pour sortir, mais se ravise sur le pas de la porte et lance :

— Elynn, tu ne m'oublies pas pour ton mec ?

— Non, non, ne t'en fais pas. Je te fais signe dès que c'est réglé.

Elle disparaît. Caro s'empare du dossier contenant la radio et lâche :

— C'est quoi cette histoire ? Qu'est-ce que vous complotez ? Si tu ne me le dis pas immédiatement, je reprends ton poster de cassage de gueule.

— Détends-toi, ce n'est rien. Milène est intéressée par Enzo, et on s'est mises d'accord pour que je la branche dès que j'en aurai vraiment fini avec lui.

Cette fois, c'est sa mâchoire à elle qui se décroche. On devrait peut-être faire une radio et ouvrir une galerie d'art. Elle pointe un doigt accusateur sur moi :

— Si vous continuez toutes les deux, je vous dénonce pour trafic d'humains…

53

Je me trouve au même endroit, le même jour, à la même heure. Espérons qu'en reproduisant les conditions de l'expérience celle-ci se répétera.

Je traîne au petit supermarché en priant pour que Mathieu revienne y faire ses courses. J'aimerais bien que le responsable des Rencontres fortuites ne soit pas en congés et qu'il accepte de me donner un coup de pouce.

J'arpente le rayon des biscuits, prête à jouer les étonnées si notre ancien coach se présente. Je le vois déjà. J'ai tellement imaginé la situation que j'ai eu le temps de peaufiner toutes les façons possibles de l'aborder.

Version spontanée familière : « Mais c'est notre Mathieu ! Dis donc, il faut que tu reviennes parce que, tu ne vas pas le croire, on a dégagé l'autre assoiffée de sang. »

Version gestionnaire : « Bonjour monsieur Ferrelle, bien heureuse de vous trouver ici – par pur hasard, bien entendu. Je tiens à vous informer que nous étions très satisfaites de vos services et que la place est libre. »

Version décomplexée : « Hello mister Pompon ! Ça te dirait de rempiler avec ton fan-club ? Parce qu'on est perdues sans toi ! »

Envisager n'importe quoi m'amuse beaucoup, même si je sais pertinemment que lorsqu'il va se pointer, je vais me contenter de la jouer façon première de la classe propre sur elle. Toujours ce maudit décalage entre ce que je suis au fond et ce que je m'autorise à être aux yeux des autres.

Les barreaux de ma cage sont faits d'un alliage de peur, de timidité et de manque de confiance en moi. Une saleté forgée depuis la nuit des temps, bien plus solide que le titane.

Ce constat m'amène à une question fort intéressante : en admettant que je sois capable de m'exprimer sans entrave, que lui dirais-je ? Quelle serait l'approche qui me ressemblerait le plus ?

En préambule, je commencerais par lui préciser qu'il était parfait. Qu'il a su prendre soin de nous. J'ajouterais qu'à mon sens, il apportait une dimension supplémentaire au cours. Je m'en rends compte maintenant qu'il n'est plus là. On se sentait vraiment bien avec lui. Je suppose que c'était aussi le cas pour les autres, mais me concernant, c'est une certitude. Si j'étais complètement honnête, j'oserais enfin lui avouer qu'il nous manque. À moi la première.

Quelle serait sa réaction ? Que pourrais-je lui dire pour le convaincre d'accepter de revenir ?

Pour passer le temps, je regarde en détail les paquets de gâteaux secs. Je crois que je prends du poids rien qu'à lire les étiquettes.

Pour contrebalancer, je m'autorise quelques escapades du côté des produits d'entretien. J'ignore depuis combien de temps je traîne dans le magasin, mais les vendeuses, dont Lupina, celle qui a du mal avec le prix des salades, commencent à me lorgner d'un sale œil. Elles s'imaginent sans doute que je suis en train de remplir subrepticement la doublure de mon manteau de paquets de farine, de boîtes d'œufs et de lait pour les voler.

Le vigile de l'entrée se repositionne aussi régulièrement pour me garder dans son viseur. Comme ça, si je tente de m'enfuir en courant avec tout ça sur moi et qu'il me fait un croche-patte, il n'aura plus qu'à me mettre au four pour que ça fasse un gâteau.

Des clients entrent régulièrement. C'est drôle, je n'avais jamais eu l'occasion de rester quelque part à observer des quidams sans rien d'autre à faire.

Dans mon état, je m'intéresse bien sûr davantage aux hommes. Ils débarquent, grands ou pas, plus ou moins corpulents, jeunes ou installés, en costume, en bleu ou en ado attardé. Certains font leurs courses au pas de charge, sans rien voir d'autre que ce qu'ils cherchent. J'en ai suivi un qui déchiffrait une liste, à l'évidence écrite par quelqu'un d'autre, en vérifiant trois fois avant de placer le moindre produit dans son panier. Un autre papillonne et achète n'importe quoi.

Une question illumine mon esprit : si je devais en choisir un, lequel prendrais-je ? Celui qui présente bien mais qui a l'air coincé ? Celui qui semble complètement désemparé devant les margarines au point d'en paraître émouvant ? Certainement pas celui qui ne referme même pas les armoires réfrigérées.

Quelles caractéristiques rendent un homme séduisant au premier abord ? D'où vient la fameuse étincelle ? La stature aide beaucoup. La voix peut se révéler un argument de poids. Un soupçon d'élégance, aussi, ce qui élimine d'emblée ceux qui ont une démarche de primate avec les bras qui balancent. Une conviction dans le mouvement est un indéniable avantage. Oui, c'est ça, comme le jeune qui vient d'entrer et qui semble exactement savoir ce qu'il veut tout en se la jouant cool. Serait-il aussi calme devant un début d'incendie ou lors d'un accouchement ?

Il existe tellement de modèles d'hommes. Chacun incarnant une combinaison d'attributs auxquels nous réagissons chacune à notre façon, les considérant suivant nos goûts comme une qualité ou comme un défaut. J'ai l'impression que nous, les filles, sommes moins douées pour définir précisément ce que nous cherchons que pour le reconnaître instinctivement. En fait, il nous faudrait des magasins d'hommes. C'est ça ! On passerait parmi les rayonnages, on lirait les étiquettes avec attention en déjouant les mentions trompeuses : « Vous pouvez compter sur lui* ! » (*entre 14 h et 14 h 10, sous réserve de disponibilité, selon les options souscrites).

« Fidèle et affectueux* ! » (*surtout s'il a le ventre vide).

Avec mes idées stupides, je suis en train de me déconcentrer. Je dois pourtant rester focalisée sur les hommes qui effectuent leurs achats autour de moi.

Une interrogation me vient : que penserais-je d'Enzo si je le rencontrais aujourd'hui ? Quelle serait ma perception initiale ? À mon grand dam, je crois que je pourrais me faire avoir encore une fois. Comme quoi le premier coup d'œil n'est jamais suffisant.

Tristan pourrait m'attirer, mais un seul échange de regards avec lui m'informerait de la façon dont il considère les femmes. Nous sommes ses proies, et la supérette deviendrait son terrain de chasse, comme l'hôpital l'est déjà. Ce genre d'homme peut-il rendre une femme heureuse ? D'après ce que j'ai entendu, pas plus de dix minutes, et encore, quand il est en forme. Est-ce un défaut de jeunesse ? Dépassera-t-il son propre cliché avec un peu de maturité ? J'ai beau ne pas le tenir en haute estime, j'ai cru percevoir autre chose en lui, l'autre jour, dans l'ascenseur. Une possible lueur de sincérité.

Si Baptiste faisait son entrée dans le magasin, assurément j'aurais envie de le suivre. Mais je préfère ne pas y penser.

Et Mathieu, celui que j'attends, quel regard porterais-je sur lui si je ne le connaissais pas ? Je remarquerais son physique, c'est certain. Lui aurait cette démarche volontaire et maîtrisée. Incontestablement, il émane de lui cette assurance, aussi bien lorsqu'il empile les paquets de cakes industriels dans ses bras que quand il me rabat contre sa poitrine pour m'éviter le crash dans les miroirs. Comme toutes les filles du cours, je l'ai toujours trouvé joli garçon, mais s'il entrait juste maintenant, je verrais en lui un bel homme.

Sauf qu'il n'est pas là.

54

Mardi soir, 19 h. Cette séance-là, nous l'attendons toutes autant que nous la redoutons. L'avenir de notre groupe va probablement se jouer maintenant.

Après la démission de Francesca et mes tentatives infructueuses pour recontacter Mathieu, nous nous retrouvons comme un troupeau sans berger.

En tenue dans les vestiaires, sans réellement savoir ce qui nous attend, les conversations vont bon train, et certaines se demandent s'il vaudrait mieux un coach masculin ou féminin. Tout va dépendre de la personnalité de celui ou celle que l'administration du complexe aura réussi à recruter. Étant donné l'influence que l'animateur peut avoir sur l'ambiance, l'enjeu est réel.

La plupart de mes consœurs semblent prêtes à s'adapter. Je suis la seule à rappeler que l'on aura du mal à trouver mieux que Mathieu, qui à mon sens incarnait l'équilibre idéal entre la sympathie et l'efficacité. Sans doute mes amies ont-elles raison d'être ouvertes au changement sans se cantonner aux regrets.

J'avoue que ces péripéties tombent mal aujourd'hui, parce que c'est l'anniversaire d'Aubeline et que je lui ai préparé une petite surprise. À la fin du cours, avec celles qui se sont déclarées volontaires, on lui proposera un cadeau, et même un peu plus.

Elle arrive bonne dernière pour se changer. On s'embrasse. Tout le monde la salue comme si de rien n'était.

— Bonsoir Elynn. Des infos sur celui ou celle qui va remplacer Francesca ?

— Rien pour le moment.

Elle est essoufflée.

— Tu sais qu'à la maison ils ont essayé de m'empêcher de venir ? Sous prétexte que le timing était trop serré, ils ont tout fait pour me convaincre de renoncer au seul moment que j'apprécie. Le jour même de mon anniversaire !

— Heureuse que tu aies pu te libérer.

— Tout ça pour ce maudit dîner dont je ne suis que le prétexte ! Mais j'ai tenu bon. Pour rien au monde je n'aurais manqué la séance de ce soir. J'ai bien le droit à mon moment de liberté aujourd'hui, quand même !

— C'est sûr.

Elle paraît déconcertée par le côté inhabituellement peu développé de mes réponses.

— En sortant, poursuit-elle, il ne faudra pas perdre de temps. On se change, et Frédéric nous conduit directement au restaurant. Tu as tes affaires avec toi ?

— Tout ce qu'il faut. Ne t'inquiète pas.

— Je suis tellement heureuse que tu viennes. Une lumière dans ma nuit ! Pour le plan de table, j'ai demandé que tu sois placée à ma droite.

L'assistante de Laurent m'a promis qu'elle ferait son possible. On rêve !

L'heure venue, nous sommes toutes en place dans la salle. Margaux s'échauffe, elle y croit. Rose et Églantine ne se sont pas adressé la parole. Fabienne regarde par les baies vitrées qui donnent sur la rue. Tiphaine fixe l'entrée, inquiète.

— Ne t'en fais pas, le vampire ne reviendra pas.

Elle me sourit, mais n'a pas l'air plus rassurée pour autant.

Des pas approchent dans le couloir. Le silence se fait instantanément et tout le monde tend l'oreille. Mon imagination démarre en trombe, mais avant que j'aie pu envisager quel genre de créature allait s'occuper de nous, l'hôtesse franchit le seuil.

— Bonsoir à toutes.

Un « bonsoir » collectif lui répond.

— Je suis désolée, mais nous n'avons trouvé personne pour remplacer votre animatrice.

Un murmure de déception parcourt l'assistance.

— Nous avons essayé de convaincre Francesca de reprendre, mais elle a catégoriquement refusé.

— Tant mieux ! réagit Tiphaine.

Un vrai cri du cœur qui provoque l'hilarité. Je demande :

— Concernant Mathieu, vous avez pu en parler à la direction ?

— Je l'ai fait. Il n'est malheureusement plus possible de faire appel à lui. Son contrat était particulier et nous ne sommes pas en mesure de le renouveler. D'après ce que je sais, il est d'ailleurs reparti.

Cela ne semble poser de problème à personne. Tout le monde attend déjà la suite. N'y a-t-il donc que moi qui sois déçue ? Mathieu, reparti ? Qu'est-ce que ça veut dire ? C'est la seconde fois qu'il provoque en moi une micro-dépression affective parce qu'il s'est éloigné. La distance risque d'être bien plus grande ce coup-ci.

— La situation de votre club pose problème, précise la jeune femme. Si nous ne trouvons personne, nous allons être obligés de fermer l'activité.

La troupe manifeste sa déception.

— Je m'en fiche, me glisse Aubeline, même si le cours s'arrête, je ferai croire à Laurent qu'il continue, et ça nous laissera deux fois plus de temps pour déguster des cocktails…

Devant notre fronde, l'hôtesse reprend la main :

— Ne vous en faites pas, vous serez remboursées au prorata des séances restantes.

Fabienne prend la parole :

— Ce n'est pas la question. On l'aime bien, ce cours. On apprécie de se retrouver !

Églantine s'énerve soudain en me désignant ostensiblement :

— Tout ça, c'est de votre faute !

Elle fulmine.

— Si vous n'aviez pas été méchante avec Francesca, on n'en serait pas là !

Il est clair qu'elle m'en veut. Tiphaine monte au créneau :

— Inutile de prendre ce ton agressif. Personne n'a été « méchante » avec Francesca. C'est elle qui était odieuse. Il fallait que quelqu'un la remette à sa place. Elle ne l'a pas supporté, et c'est pour ça qu'elle s'est sauvée. Sans même dire au revoir. Elle a refusé le dialogue. Rien d'autre.

Tout le monde approuve et Églantine se calme. C'est alors que Laure se manifeste :

— Pour que notre activité puisse se poursuivre, il faut absolument trouver un ou une remplaçante ?

— C'est ça.

— Sous quel délai ?

— En principe, dès ce soir. D'abord pour des questions d'assurance et de sécurité. Sans animateur, vous ne pouvez théoriquement même plus occuper cette salle.

Nous sommes toutes dépitées. C'en est fini de notre récréation hebdomadaire. Un brouhaha de commentaires monte dans la salle, par-dessus lequel la voix de Laure s'impose soudain.

— Excusez-moi ! lance-t-elle à l'hôtesse. Étant formatrice dans la gendarmerie, est-il envisageable que je m'occupe de l'animation ?

Cette éventualité est accueillie avec enthousiasme. La représentante du complexe réfléchit :

— Je ne sais pas trop. J'ignore si une participante peut aussi assurer l'animation. Êtes-vous certifiée ?

— Je suis habilitée à les faire ramper dans la boue sous des barbelés…

— Dans ce cas, il faudrait voir avec le bureau administratif…

— En attendant, pouvons-nous essayer comme ça pour ce soir ?

Devant notre attente pressante, la jeune femme finit par céder :

— Je suppose que oui. Mais je vous en supplie, ne vous blessez pas, et ne mettez pas le feu !

Tout le monde rit et la remercie. Par contre, pour ce qui est du feu et des blessures, je ne peux rien promettre. Parce que c'est exactement ce qui est prévu.

55

Laure est donc notre nouveau coach, et nous lui sommes toutes reconnaissantes d'avoir endossé ce rôle, nous évitant ainsi la désintégration de la troupe. Cela étant dit, on ne va pas la remercier pour les courbatures, parce que, si elle se montre adorable humainement, d'un point de vue technique elle est d'une exigence absolue. On n'est pas loin de la boue et des barbelés. Si on survit à son stage commando, nous serons toutes en mesure de postuler au sein d'une section d'élite.

Au vestiaire, Aubeline est sous la douche pendant que nous complotons avec celles qui m'accompagnent pour célébrer son anniversaire. Mandy et Lisa sont de la partie, Fabienne et Laure aussi. Les autres ont participé au cadeau mais ne pouvaient pas rester.

L'eau s'arrête soudain de couler dans sa cabine. C'est le signal : chacune se précipite pour rejoindre sa position.

Quand Aubeline sort, nous sommes toutes dans notre rôle. Elle apparaît, enroulée dans sa serviette. Je suis sur sa trajectoire, appuyée avec désinvolture contre les casiers. Elle m'évite en me soufflant :

— Quel stress, cette soirée… Tu parles d'un cadeau !

Je pivote et lui emboîte le pas.

— Aubeline, il faut qu'on parle.

— Tout ce que tu veux, mais laisse-moi me coiffer en même temps.

Je me plante à ses côtés devant les miroirs des lavabos.

— Ma parole, réalise-t-elle soudain, tu n'es même pas prête ! Qu'est-ce que tu fais ? On a juste le temps de s'habiller pour que Frédéric nous emmène !

Je reste stoïque face à son affolement et, très posément, je déclare :

— On va avoir un peu de retard.

Elle me regarde dans la glace.

— Comment ça, « un peu de retard » ?

— Nous avons un cadeau pour toi, Aubeline.

Elle s'aperçoit que mes quatre complices se tiennent en retrait derrière nous et approuvent du même mouvement du menton.

— C'est vraiment trop gentil. Même si vous me faites un peu peur comme ça, à hocher ensemble la tête sans rien dire. Ça me rappelle un film, lorsque la dernière personne humaine sur Terre se retrouve cernée par des martiens qui ont pris l'apparence de ses amis…

Nous restons silencieuses.

— Vous êtes bien mes amies, n'est-ce pas ? Parce que ce soir, je ne vais pas avoir le temps de me farcir une invasion extraterrestre en plus du reste…

Personne ne bouge. Aubeline pose sa brosse et se retourne pour nous faire face.

— Je sais que j'ai l'air stressée. Pardon. Votre attention me touche énormément. Vraiment, vous n'imaginez pas à quel point ça me bouleverse…

En restant aussi neutre que possible, j'annonce :

— Aubeline, pour ton anniversaire, nous t'offrons le choix.

— Si c'est entre la toile de maître et le tour du monde en jet privé, je préfère un pot au bar à jus de fruits la semaine prochaine.

Je fais « non » de la tête, imitée par mes complices. L'effet est saisissant.

— Non, Aubeline. Nous te proposons un véritable choix. Entre une soirée somptueuse parmi de riches inconnus qui ne seront pas là pour toi, et une nuit de liberté avec des super copines.

— J'aimerais beaucoup, on peut effectivement se programmer ça, mais là, Laurent doit déjà m'attendre – et toi aussi d'ailleurs, je te le rappelle.

— C'est ce soir, ton anniversaire. C'est maintenant que tout se joue. Décide de ton cadeau.

— Qu'est-ce que tu racontes ? Nous sommes déjà en retard !

— Comme me l'a dit quelqu'un que j'aime énormément : « À toi de choisir. Mais fais attention, quelle que soit ta décision, ne te mens pas. »

Elle est perplexe.

— Elynn, tu sais à quel point cette soirée officielle me barbe. Évidemment, je préférerais fêter mon jour avec vous. Mais te rends-tu compte des conséquences si je n'y vais pas ? J'apprécie ton intention, mais tu ne m'aides pas.

— Quelle que soit ton envie, tout est prévu, et je te garantis que tu n'auras aucun problème.

— Quelle fée peut accomplir un tel miracle ?

— Techniquement, ce sont les fées qui s'occupent du merveilleux, alors que les miracles relèvent du divin.

Je ne suis pas maligne, mais j'apprends vite.

— Fais-moi confiance, Aubeline. Contente-toi de nous dire ce qui te tente pour toi-même.

Elle m'a dévisagée avec une drôle de lueur dans le regard.

56

Je me précipite vers la berline en me composant une mine de circonstance. Me voyant courir vers lui dans tous mes états, Frédéric, le chauffeur, baisse sa vitre.

— Bonsoir mademoiselle Lafonta. Tout va bien ?

— Pas exactement, Frédéric. Aubeline s'est blessée pendant le cours. Une mauvaise chute.

Il bondit hors de sa voiture. Je m'interpose :

— Inutile de vous affoler, ses jours ne sont pas en danger. Ne vous en faites pas, on a déjà appelé les secours. Je gère. Peut-être s'agit-il seulement d'une vilaine entorse, mais étant infirmière, je préfère la faire évacuer sur l'hôpital pour pratiquer les examens de contrôle.

Dans un timing parfait, l'ambulance déboule, toutes sirènes hurlantes, franchissant le carrefour malgré le feu au rouge, pour se garer en biais devant l'entrée du complexe. Les deux copains de Lionel sautent du fourgon et ouvrent l'arrière pour en sortir une civière. Ils jouent leur rôle à fond.

Le chauffeur assiste à la scène, médusé. J'aime bien la tête qu'il fait dans la lueur des gyrophares. Il hésite entre porter lui-même secours à la femme de son patron ou laisser faire les pros. Ça alterne : bleu, je fonce ; rouge, je regarde et je panique. Bleu, je fonce. Rouge... C'est le moment de jouer les super-héroïnes.

— Ne vous en faites pas, Frédéric, je vais rester auprès d'elle. Prenez mon numéro de portable et dites à M. de Maublaincourt qu'il peut me joindre pour suivre son état de santé.

— Mais elle est attendue pour un grand dîner, et vous aussi...

— Vous savez, Frédéric, jour et nuit, les urgences sont remplies de gens qui avaient autre chose d'important à faire. Ce qui compte plus que tout à présent, c'est qu'elle puisse s'en sortir en conservant l'usage de sa jambe...

Il pâlit. Les deux ambulanciers ressortent du complexe à toute allure avec Aubeline couchée sur le brancard. On se croirait dans un dessin animé. Heureusement qu'elle est sanglée dessus, sinon, à la façon dont ils ont sauté le trottoir, on l'aurait perdue pour de bon.

Laure, Fabienne, Mandy et Lisa entourent la « blessée », que j'entends gémir d'ici. Elle en fait peut-être un peu trop, et ses pleureuses aussi.

— Elle souffre atrocement ! s'exclame le chauffeur, que je peine à retenir.

— La loi nous interdit cependant de l'achever immédiatement. Ne vous en faites pas. Foncez rassurer Laurent, et évitez de lui parler de ces hurlements horribles qui ne pourraient que l'alarmer inutilement. Un soir pareil, il n'a pas besoin d'apprendre en plus que sa femme est une chochotte.

La main sur le cœur, j'ajoute :

— Le destin a cruellement frappé Mme de Maublaincourt, mais la science la sauvera.

La lèvre inférieure de Frédéric tremble. Il est au bord des larmes.

— La pauvre, c'est son anniversaire...

— Raison de plus pour la sauver ! Je vais m'y employer !

Je cours vers le fourgon, dans lequel je bondis en refermant les portes derrière moi. On démarre sur les chapeaux de roues, en sortant le grand jeu : pin pon, tût tût et dérapages.

Par le hublot arrière, j'aperçois nos quatre amies qui, depuis le trottoir, nous font des grands signes d'adieu. Mandy et Fabienne pleurent. Mandy, parce qu'elle est trop sensible et qu'elle croit à la situation. Fabienne, parce qu'elle se tord de rire.

57

Arrivés au bout de l'avenue, les ambulanciers coupent la sirène et reprennent une conduite plus raisonnable. Tout en détachant Aubeline, je m'assure que Frédéric n'a pas eu l'idée saugrenue de nous suivre.

— Tu aurais vu la tête de ton chauffeur quand il t'a entendue geindre…

— J'ai été convaincante ?

— Parfaite. Je pense qu'une vache qui accouche dans un grand huit n'aurait pas beuglé plus fort.

Elle se redresse pour s'asseoir sur son brancard et promène son regard autour d'elle. Incrédule, elle secoue la tête.

— Me faire embarquer dans une ambulance… Tu es folle.

— À ton service.

— Tu n'imagines pas à quel point ça me fait plaisir. C'est le plus beau cadeau que j'aie reçu depuis… toujours !

— La soirée ne fait que commencer.

Il y a quelque chose de surréaliste à se retrouver dans ce véhicule sanitaire alors que nous sommes en pleine santé. Tout ce matériel n'est qu'un simple décor.

— C'est toi qui as eu cette idée tordue ?

— Je plaide coupable, mais j'ai des complices. Un copain des urgences m'a obtenu le fourgon, et mon amie Caro m'avait fourni une dose de chloroforme... au cas où tu aurais fait le mauvais choix.

— Tu les remercieras pour moi. Sincèrement.

— Ce sera fait.

Elle réalise brusquement ce que je viens de dire.

— Du chloroforme ? Tu as réellement songé à me kidnapper ?

— Pourquoi pas ? D'ailleurs, les autres n'y étaient pas du tout opposées.

— Tu as beau travailler à l'hôpital, c'est toi qui es malade !

— C'est ce que je passe mon temps à répéter, mais personne ne me croit jamais.

— Est-ce qu'au moins tu avais pris une tenue pour mon dîner officiel ?

Je la laisse deviner.

— Tu sais quoi ? finit-elle par conclure. J'ai vraiment mauvaise conscience, mais je m'en tape !

— Qu'est-ce donc que ce langage, madame de Maublaincourt ? Répétez après moi : on ne dit pas « je m'en tape » mais « les affres de ma conscience n'entravent en rien le galop de ma volonté » !

Elle est aux anges.

— Je les imagine tous, guindés, attablés avec assez d'argenterie pour faire exploser un détecteur de métaux. Je suis certaine que mon

« accident » ne va même pas les empêcher de mener à bien leurs petits projets. Laurent sera parfait en valeureux capitaine qui tient le cap du business malgré l'adversité.

— Raison de plus pour profiter de ta soirée. Bon anniversaire, Aubeline. Tu n'auras ni toile de maître ni tour du monde en jet privé, et je crois que tu piétines tes chips !

Elle me serre dans ses bras.

58

En voyant le fourgon d'ambulance s'avancer lentement vers eux, tous feux éteints, tel un prédateur sournois dans le crépuscule, le petit couple d'amoureux qui squattait la table de pique-nique installée au sommet de la colline du parc s'est méfié. L'allumage des gyrophares les a fait s'envoler comme une nuée de moineaux.

Désolée, les jeunes ! Pas question de vous abandonner la meilleure vue ce soir, c'est l'anniversaire de ma copine. Revenez demain !

Les ambulanciers nous ont aidées à décharger les paniers du dîner. Jolie nappe à carreaux, verres empruntés à la cantine de l'hôpital, gâteaux apéritifs, et quelques quiches cuisinées maison à partager.

Lorsque l'ambulance est repartie, Aubeline et moi sommes restées seules, attendant que les autres nous rejoignent.

— C'est un endroit magnifique ! s'exclame-t-elle. Je ne connaissais pas. La vue est superbe.

— Étant gamine, je montais ici avec mes parents et mon frère admirer les feux d'artifice du 14 Juillet. On pouvait en voir jusqu'à cinq différents. La vue porte à plus de vingt kilomètres.

Nous nous tenons sur l'immense étendue d'herbe dominant la cité et bordée à l'arrière par des bois. Face au panorama, Aubeline prend une longue inspiration en étirant ses bras vers le ciel d'un superbe mauve sombre.

— En ce moment même, ironise-t-elle, Laurent doit lever son verre avec des trémolos dans la voix pour dire à quel point il est cruel que la femme de sa vie, pour qui il avait organisé cette modeste soirée, ait été injustement victime d'un terrible coup du sort...

— Tu regrettes de ne pas y être ?

— Pas le moins du monde.

Elle se retourne et se met à sautiller autour de moi comme une enfant.

— Peut-être ton absence lui donnera-t-elle l'occasion de méditer sur ce que tu représentes dans sa vie ?

Elle fait la moue.

— Dans notre monde, c'est possible, mais dans le sien, pas de danger. Je suis certaine qu'il va réussir à tirer profit de mon accident pour son image. Quoi de plus touchant qu'un homme qui aime sa femme et s'en trouve privé ? Le pauvre chou. Je n'ai aucun doute : il sera bouleversant, et il va en profiter pour négocier des taux à la baisse.

Le panorama est splendide, apaisant. À mesure que le jour décline, les lumières de la ville scintillent à nos pieds, de plus en plus nombreuses, en une vague qui s'élargit et gagne l'horizon.

— Tu l'aimes encore ?

— Oui Elynn, je l'aime encore. C'est bien ce qui me pose problème. Si je n'éprouvais plus rien pour lui, tout serait plus facile. Mais derrière son masque d'implacable homme d'affaires, je sens encore un peu celui qu'il était lorsque nous nous sommes rencontrés. Parfois, je le vois comme une victime de son propre succès. Toujours condamné à jouer plus, pour gagner plus…

— Tu devrais lui parler. Lui dire ce que tu ressens. Après tout, tu n'as rien à perdre.

Elle soupire. J'insiste :

— Vous étiez proches, au début de votre relation ?

— Pour autant que je m'en souvienne, il me semble que oui. Mais que cela paraît loin ! Pour te donner une idée, ça doit bien faire quinze ans que nous n'avons pas partagé un fou rire. Je m'en souviens parce que c'était avant la naissance de notre aîné.

— Tu dois lui expliquer, Aubeline. Saisis l'occasion de ton accident pour aborder le sujet. Comme si cela avait provoqué une profonde réflexion en toi.

— Tu crois ?

— Dis-lui que tu as cru ta dernière heure arrivée, que tu as vu défiler ta vie devant tes yeux. Rajoutes-en un peu et tente ta chance. Votre chance.

Elle m'effleure la joue.

— Tu prends toujours tellement soin des autres…

— C'est normal, tu comptes vraiment pour moi.

Elle recule et penche la tête pour me considérer tout entière.

— Et toi, Elynn ?

— Quoi ?

— Qui prend soin de toi ?

Derrière elle, j'aperçois nos quatre amies qui arrivent enfin. Elles remontent l'allée du parc à pied. Même dans le jour finissant, il n'est pas difficile d'identifier leurs silhouettes. Laure, portant un sac à dos, ouvre la marche d'un pas entraîné. Mandy et Lisa suivent, côte à côte, munies d'une glacière et d'un grand sac poubelle, et Fabienne traîne un peu derrière.

Je les accueille :

— Vous en avez mis du temps !

— Nous, on s'arrête aux feux rouges ! réplique Fabienne.

— On a été obligées de se garer en bas, précise Laure. Tu savais qu'en cette saison, le parc ferme plus tôt le soir ? Nous ne devrions pas être là.

— Tant pis ! On fera la grille, on n'est plus à ça près.

Mandy sort une bouteille de champagne de la glacière. Le bouchon saute dans l'immensité du sommet déserté.

On a de la chance, il ne pleut pas et le vent s'est calmé. Merci les gars. Bravo aux équipes de la lumière et de la déco, la vue est de toute beauté, et les dernières lueurs du jour sont sublimes. Aubeline lève son verre de cantine.

— À vous toutes ! Merci pour ce fabuleux cadeau. Je n'oublierai jamais ce moment.

Du sac poubelle, Lisa extrait un volumineux paquet enrubanné et une carte, qu'elle offre à la vedette du jour.

— Tiens, c'est de notre part à toutes, mais l'idée est d'Elynn. Même Églantine a donné.

Aubeline ouvre la carte signée par toute l'équipe. Elle est touchée. Puis elle soulève le grand emballage. On a eu beau essayer de camoufler la forme de l'objet, quand elle parcourt ses contours, je vois les yeux d'Aubeline briller.

— Ce n'est pas vrai… Tu t'en es souvenue ?

Elle arrache le papier comme une enfant impatiente, et s'exclame :

— Une guitare !

— Tu es bonne pour nous jouer un morceau.

Elle nous regarde, éperdue de reconnaissance – enfin pour ce que l'on peut encore en voir dans la nuit presque tombée.

— Il y a si longtemps…

Elle pose un pied sur le banc de la table, tâtonne une seconde et tente un accord. Les notes s'élèvent, harmonieuses.

— C'est officiel, commente Lisa, on est un camp de gitans !

— Quelqu'un a pensé à apporter de quoi s'éclairer ? demande Laure. J'ai bien ma lampe de téléphone, mais ça va faire léger…

C'est ainsi que nous avons commencé à manger à la lueur d'un seul écran, dont Laure a évalué l'autonomie à moins de deux heures. Pour économiser la batterie, elle a réduit l'intensité. Du coup, on voit mieux la ville qui scintille, mais on n'a aucune idée de ce que l'on mange. Cela pourrait expliquer que le gâteau y soit passé dès le début du repas. Tant pis, on mettra les bougies sur la tarte aux courgettes.

Aubeline joue, on rigole. Mandy parle à la lune. On est toutes emmitouflées dans nos manteaux. Fabienne a apporté une bouteille d'un alcool distillé par son beau-frère. C'est très fort. Trop pour moi. Après le premier verre, on sait déjà que Lisa ne tient pas la boisson, et que Mandy entonne des chansons tristes dès qu'elle a un coup dans le nez.

Pour Fabienne, le doute subsiste, mais afin de nous réchauffer, elle a quand même essayé d'enflammer un buisson en se servant de sa piquette familiale comme d'un carburant. Ça a si bien marché que la chaussure droite de Laure a pris feu.

C'est alors que mon téléphone a sonné.

59

Essayez donc d'avoir une conversation cohérente quand vos amies, dont deux ont un peu bu, pouffent de rire en faisant n'importe quoi.

— Elle sort tout juste du scanner, monsieur de Maublaincourt… D'accord, Laurent. Les premiers examens n'ont rien révélé de grave, mais il est encore trop tôt pour crier victoire.

En mimant l'évanouissement, Lisa vient de tomber du banc. Je suis obligée de mettre ma main sur le micro de mon téléphone pour que le mari d'Aubeline n'entende pas les autres qui couinent de rire. Je comprends à peine ce qu'il me répond tellement elles sont déchaînées. Je m'écarte de quelques pas, c'est préférable.

— Oui, elle est consciente. Bien sûr, elle me reconnaît. Je suis sincèrement désolée que cet incident se soit produit justement ce soir.

Curieusement, Fabienne est en train de piocher dans les restes que nous avons laissés dans nos assiettes. Avec le peu de lumière ambiante, je crois qu'elle vient de tenter de goûter un bouchon.

— Il va sans dire que je reste avec elle en permanence. Ne vous en faites pas.

Aubeline brandit sa guitare telle une rebelle sud-américaine.

— Parler à votre femme ? Ça va être difficile dans l'immédiat, Laurent. On lui a administré des calmants et elle divague légèrement. L'entendre dans cet état ne serait pas de nature à vous rassurer.

Je note que ce point est le premier qui soit véridique depuis le début de notre échange. Aubeline se renverse en arrière et hurle dans la nuit :

— *¡Viva la revolución !*

Lisa essaie de faire comme elle et s'étale à nouveau par terre. En se retenant à la nappe, elle vient de débarrasser la moitié de la table. Je vis un cauchemar.

— Pardon ? Je vous entends mal, Laurent. On capte difficilement dans l'hôpital. Qui ? Votre chauffeur vous a rapporté qu'elle semblait beaucoup souffrir ? Il a dit qu'elle mugissait comme un putois quand elle a été évacuée ? C'est un peu exagéré…

En avalant une de mes croûtes de tarte, Fabienne lève brusquement le nez comme un chien qui aurait flairé une piste. Elles me font peur, toutes. Il n'y a que Laure pour garder un semblant de maîtrise, mais elle vient quand même de tartiner des olives entières sur sa part de gâteau. Forcément, les olives ont roulé, il n'en reste plus une seule sur sa tranche. Elle paraît se demander pourquoi et regarde vers le ciel d'un air suspicieux.

— Non, je vous assure, Laurent, elle marchera à nouveau, mais je ne pourrai vous en dire plus que lorsque le médecin l'aura examinée.

Rester sérieuse, dans la nuit, cernée par les folles, devient de plus en plus difficile. Aubeline vient de gratter sa guitare. Le son de l'instrument résonne sous la voûte étoilée. C'est vraiment beau, mais je suis en train de perdre le contrôle.

— Le nom du docteur ? C'est bien ce que vous m'avez demandé ? Allô, je ne vous entends plus. Je suis désolée, Laurent, je dois retourner auprès de votre femme. On se rappelle...

Je raccroche, épuisée.

— Non mais franchement, vous abusez ! Je suis certaine qu'il a entendu la guitare. Il m'a glissé qu'au dîner il avait prévu de t'offrir une œuvre d'art moderne gonflable. Une première mondiale, d'après ce qu'il dit.

— Je m'en fiche. De toute façon, elle ira au coffre.

Laure précise, dressant l'index d'un air concentré :

— S'il la dégonfle avant, elle sera plus facile à ranger.

— Elle peut même crever, s'exclame Aubeline, je m'en moque !

Fabienne est toujours aux aguets. Si c'était un animal, en cet instant, ce serait un chien de prairie dressé tout droit sur ses petites pattes.

— Vous n'entendez rien ?

Laure est la seule à la prendre au sérieux.

— Qu'est-ce qui t'inquiète ?

La lueur d'un gyrophare nous apporte la réponse.

— Tu as demandé à l'ambulance de revenir nous chercher ? s'étonne Lisa. C'est cool, ça nous évitera de tout redescendre à pied.

Alors que le mystérieux véhicule approche, les lueurs qu'il projette nous colorent le visage. On se croirait dans un film d'horreur. Maintenant, ses phares nous éblouissent. Tout le monde se fige. Ça y est, on est des lapins !

— C'est pas l'ambulance, murmure Laure. Quand il n'y a que du bleu, c'est la police.

Je n'avais jamais vu Aubeline les yeux si écarquillés. Je lui demande à voix basse :

— Tu as tes papiers d'identité sur toi ?

— Sans aucun doute, quelque part dans mon sac. Pourquoi ?

— Mange-les.

Elle hausse encore davantage ses sourcils.

— Pourquoi ? Je n'ai plus faim. Regarde, il reste encore du gâteau.

On a perdu Aubeline.

— Tu es supposée te trouver à l'hôpital entre la vie et la mort, je te rappelle.

Mandy, assise à côté d'Aubeline, ricane comme une hyène et me lance :

— Puisqu'elle est entre nous deux, toi, Elynn, t'as qu'à faire la mort, moi je préfère être la vie !

Lisa rit pour rien et répète d'une voix sépulcrale : « La mort... La mort ! »

Aveuglées par les phares de la voiture de police, on entend les portières s'ouvrir. Le moteur tourne toujours. Une voix d'homme s'élève dans la nuit. Grave, puissante, et vaguement menaçante.

— Les mains bien en évidence, personne ne bouge.

J'aime bien sa voix. Sa haute stature émerge de la lumière. Je suis peut-être en train de rencontrer l'homme de ma vie. Mais qu'est-ce qu'Aubeline est en train de dévorer ?

60

Je passe mon temps à répéter que chaque individu recèle des trésors de talents cachés. On a découvert celui de Fabienne : c'est une formidable actrice. Une bête de scène. C'est certain, elle va rafler tous les prix.

« Et l'Oscar de la voix brisée par l'émotion est attribué à... Fabienne, pour sa sublime performance dans *Pitié monsieur le poulet, je n'en ai plus pour longtemps !* »

Les trois agents nous ont mises en joue comme dans les films. Ils nous suspectaient de faire commerce de substances illicites dans ce parc réputé pour être une zone de deal une fois la nuit tombée. Tandis qu'avec un chien spécialisé dans la recherche de drogue, ils fouillaient nos affaires, notre doyenne a commencé par leur proposer une part de quiche. Puis elle leur a raconté que c'était son propre anniversaire que nous fêtions, parce que c'était sans doute le dernier qu'il lui restait à vivre. Ce n'était plus la guitare l'instrument de la soirée : elle a sorti les violons.

À mesure que les forces de l'ordre s'intéressaient de moins en moins à nous pour l'écouter, elle a même pris la main du plus jeune en lui soufflant, la voix chevrotante, qu'il lui rappelait son petit-fils – qui, soit dit en passant, n'a même pas trois ans. Elle s'est montrée si touchante que les agents n'ont même pas vérifié nos papiers. Encore une manifestation de l'immense pouvoir des cheveux blancs.

Mandy a pleuré pour de vrai. J'ai trouvé que sa sensibilité à fleur de peau nous rachetait toutes. Parce que pour le reste, je ne suis pas fière d'avouer que sous la table, j'ai corrompu le chien dépositaire de l'autorité avec les croûtes que Fabienne avait laissées.

Des années de patrouille de nuit n'avaient pas suffisamment endurci les trois gardiens de la paix, ils n'ont pas pu résister au grand numéro de Fabienne. Ils sont formés pour faire face aux crapules, aux chauffards, aux trafiquants et aux égorgeurs. Pas aux petites mamies.

Ils ont été si émus qu'ils nous ont spontanément aidées à ranger et nous ont redescendues jusqu'à la voiture de Lisa. Ils se sont tassés à l'avant de leur véhicule de patrouille pour laisser la banquette arrière à Fabienne, encadrée par Mandy et Lisa. Pour ma part, j'étais dans le coffre avec Laure, Aubeline et le chien policier, Titan, qui, je cite, « détecte un pétard à trois kilomètres ». Lui aussi a de beaux yeux. Il m'a soufflé son haleine de coyote en pleine poire et m'a léché la joue. Aubeline n'a pas arrêté de pleurer. Je suis incapable d'en donner la véritable raison, parce qu'elle était par ailleurs hilare. Un genre de cinquième état de la matière.

En nous déposant près de la voiture, les policiers ont souhaité bon anniversaire à Fabienne. Suis-je la seule à avoir, même furtivement, eu honte ?

Je pense cependant que cette soirée m'aura permis de découvrir une facette de notre espèce jusque-là inédite pour moi.

Je vais en avoir besoin, parce que je m'apprête à pénétrer dans la chambre 6, surnommée depuis peu à l'unanimité « le repaire du fou ». Cependant, j'ai un plan. Fatoumata est derrière moi et, à voix basse, implore le ciel de la préserver des démons.

Je prends une profonde inspiration et j'entre. Ni bonjour, ni explication. Je pointe un doigt accusateur sur le monsieur qui fait perdre ses moyens aux plus aguerries, et lui lance :

— Roger, on a encore failli percuter un iceberg ! Cette fois, mon gaillard, si tu ne m'obéis pas, je te jure que je te balance par-dessus bord, et avec la température de l'eau au pôle Sud, tu ne tiendras pas une heure !

Fatoumata déguerpit à nouveau. Je crois que cette fois, c'est de moi qu'elle a peur.

— Je ne m'appelle pas Roger ! se défend l'homme.

— Nous allons vérifier ça tout de suite en mesurant ta tension.

Le patient se laisse faire. J'ai réussi à le prendre de court. Il est tout penaud. Je me détourne pour qu'il ne voie pas mon expression, trop réjouie pour être honnête. Je suis satisfaite, limite fière de moi. J'ai même envie de hurler et de faire le tour du stade pour saluer la foule, parce qu'en une semaine, je suis la première à réussir à le faire obéir. Le vrai truc avec les dingues, c'est d'avoir l'air encore plus secoué qu'eux. Ça les déconcerte, et vous prenez l'avantage.

Il me dévisage avec des yeux ronds. Je suis tout près de lui. Exactement comme avec le chien policier, cette nuit, dans le coffre de la voiture des gentils flics. Si le patient essaie de me lécher la figure comme Titan, je le vermifuge.

— À présent, Norbert, on va inspecter cette cicatrice.

— Je m'appelle pas Norbert non plus. Moi, c'est Jean.

— Ne raconte pas n'importe quoi. Est-ce qu'au moins tu as vérifié l'huile du moteur ? Parce que si personne ne fait son boulot sur ce rafiot, on va finir comme le *Hindenburg*.

— Le *Hindenburg* n'était pas un bateau... C'était un ballon dirigeable qui a explosé...

— Ne me prends pas pour une turbine pneumatique ! J'y étais !

Pendant qu'il cherche une cohérence à cet infâme baratin, j'arrive à mener l'examen sans qu'il résiste. Son état de santé est excellent.

Un léger mouvement à l'entrée de la chambre attire mon attention. Fatoumata aurait-elle décidé de surmonter ses peurs ? Je vérifie, mais non. C'est le Dr Moëlner qui se tient sur le pas de la porte. Bras croisés, il me bombarde de son regard sombre. Je suis certaine que les mecs de la base secrète l'ont fait passer par là pour qu'il assiste à mon petit numéro. Me voilà dans de beaux draps.

— Vous passerez ensuite à mon bureau, mademoiselle. J'ai à vous parler.

— Oui, mon commandant. Je termine de soigner les chevaux et on se voit au ranch.

Il tourne les talons. Ça y est, mon compte est bon. D'ailleurs, Fatoumata vient de faire son signe de croix.

61

— Pardonne-moi, je n'ai vraiment pas pu te téléphoner avant.

— Ne t'en fais pas, de toute façon, c'était de la folie aujourd'hui dans le service. Je n'aurais pas pu décrocher.

— Rien de grave ?

Je me mets à rire :

— Aubeline, on est en chirurgie ortho dans un hôpital. Tout est grave ! Mais dis-moi plutôt comment s'est passé ton retour ? Peux-tu parler librement ? Sinon, je peux te faire des propositions et tu me réponds en code.

— C'est quoi encore ce plan ?

— Admettons que je te demande si Laurent a soupçonné quelque chose. Si c'est oui, tu aboies, et si c'est non, tu fais glouglou comme un dindon.

— Tu es sérieuse ?

J'aboie pour lui montrer l'exemple.

— Tu vas finir avec une camisole, réplique-t-elle. Je te rassure, on peut parler. Personne ne risque d'entendre. Je suis dans le parc et je marche vers la dépendance où je n'ai pas mis les pieds depuis des lustres.

— As-tu pris des vivres ? Une couverture de survie ? Faut-il que je t'envoie un hélico de sauvetage ?

— Glouglou !

L'imitation est pourrie mais nous amuse énormément.

— Avant toute chose, dit Aubeline en reprenant son sérieux, je veux te remercier du fond du cœur pour cette incroyable soirée. Tu sais quoi ? Ces quelques heures m'ont rajeunie de vingt ans. Le meilleur souvenir de ma vie d'adulte ! Ce sentiment de liberté, cette complicité, ces gâteaux apéritifs que je pensais interdits à la vente, vous toutes en train d'improviser n'importe quoi, et même les policiers ! Chaque seconde de ces heures délirantes constitue un trésor qui brillera à jamais dans mes nuits. C'est à toi que je le dois.

— Ce n'est rien. Vraiment…

— Si, si, laisse-moi finir. Tu ne te rends pas compte du cadeau que tu m'as fait. Cela dépasse de loin le cadre de cette soirée. Tu n'imagines pas. À force de ne vivre que des relations codifiées, j'avais oublié ce que pouvait être une véritable amitié. Perdue dans les apparences, privée de vérité, cernée de convenances au lieu d'éprouver des sentiments. Mon existence n'est qu'une comédie, Elynn, uniquement remplie de copies, d'imitations. Il me manquait l'essentiel. Je m'aperçois aujourd'hui que l'on peut passer sa vie au milieu de beaucoup de gens et se sentir effroyablement seule. En fait, cette piqûre de rappel que tu m'as administrée m'a réveillée. Tu es bien une infirmière, et tu m'as soignée ! Je réalise que je m'étais résignée, convaincue que plus jamais je ne pourrais rencontrer une alliée digne de ce nom.

— Ben dis donc…

— J'avais perdu le goût et l'esprit des véritables connivences. Puis tu as débarqué, comme un tourbillon, avec ton énergie, ta folie, l'attention que tu portes aux autres. Pour moi, désormais, l'amitié a la saveur délicieuse d'un cocktail aux fruits rouges trop sucré, et elle a surtout ton visage et ta voix.

Je reste silencieuse, profondément touchée.

— Tu es toujours là, Elynn ? Bon sang, si je m'aperçois que ça a coupé et que tu ne m'as pas entendue, je jure que je fracasse ce téléphone sur un gros arbre ! Parce que je ne me souviens même plus de ce que j'ai dit au début…

— Je suis là, Aubeline. J'ai tout entendu. Je suis seulement émue.

— Pas tant que moi hier soir. Impossible de décrire l'effet que ça m'a fait.

— Comment as-tu été accueillie à ton retour ?

— Laurent m'a demandé comment j'allais. Pour la première fois depuis le krach de la bulle boursière, il a fait attention à moi. Bon, il s'est bien interrogé sur le fait que je rentrais de l'hôpital avec une guitare…

— Mince, je n'avais pas pensé à ça ! Qu'est-ce que tu lui as raconté ?

— J'ai d'abord envisagé de lui expliquer que vous organisiez des tombolas aux urgences afin de distraire les blessés, et que je l'avais gagnée. Mais j'ai trouvé ça trop gros. Alors, j'ai imaginé qu'un mourant sur le brancard d'à côté me l'avait léguée avant de trépasser.

— Parce que ça, c'est pas gros du tout ?

— Je n'avais qu'une fraction de seconde pour trouver une raison, il fallait bien que j'invente quelque chose !

— C'est toi qui vas finir internée... Au final, qu'est-ce que tu lui as dit ?

— Qu'elle était dans les objets abandonnés depuis trop longtemps et que si je ne l'embarquais pas, elle serait mise au rebut.

— Il a gobé ça ?

— Il n'a pas eu le choix, parce que j'ai enchaîné en lui balançant tout ce que tu m'avais conseillé de lui dire...

Elle m'inquiète. Vous allez voir que ça va encore me retomber dessus.

— C'est-à-dire ?

— Que j'ai souffert le martyre. Que j'ai cru ma dernière heure venue. Que j'ai vu défiler ma vie devant mes yeux, et aussi que j'ai failli entrer dans la lumière avec les anges. Bref, je lui ai sorti le grand numéro de l'électrochoc dans ma vie, la complète, avec la vision de mon propre corps au fond de ma tombe et les corbeaux qui me picoraient les joues.

— Mais j'ai jamais parlé de ça !

— Si, je m'en souviens très bien. C'était précisément après ton troisième verre de la bouteille de Fabienne.

— Pourquoi m'as-tu écoutée ? Je ne tiens pas l'alcool !

— Vraiment ? Voilà bien ma veine. J'ai pris une ivrogne au sérieux, et j'ai tout répété à mon époux.

Je suis catastrophée.

— Comment a-t-il réagi ?

En entendant la panique dans ma voix, elle s'étouffe de rire.

— Je te préviens, Elynn, si mon couple explose parce que j'ai suivi les conseils d'une pochtronne, la prochaine fois qu'on fait des exercices à deux, je te brise la nuque !

— Arrête. Dis-moi ce qui s'est passé.

— Figure-toi qu'il m'a écoutée sans jamais m'interrompre. Très attentif, il n'a regardé ni sa montre ni son téléphone. On est restés tout le temps les yeux dans les yeux, comme ça ne nous était pas arrivé depuis longtemps.

— C'est tout ? Il n'a vraiment rien dit ? Aucun commentaire ?

— Il n'en a pas eu le temps : j'ai enchaîné en lui expliquant qu'il fallait refaire ma carte d'identité, parce que dans une crise de démence, un enfant atteint de la rage l'avait dévorée…

62

Florence est toute chamboulée. Le fait qu'elle ne prononce quasiment pas un mot en est le symptôme le plus flagrant, avec bien entendu sa tête de chien battu. Hier soir, elle a appris la mort de son premier mari. Pas celui des chaussettes, celui d'avant. Ce matin, alors que je la conduis à sa séance de rééducation dans sa propre voiture, elle joue en silence avec les cordons de son col.

— C'est sa nouvelle femme qui t'a prévenue ?

Elle se contente de hocher la tête.

— Elle a été comment au téléphone ?

Elle prend son temps pour répondre.

— C'était la première fois qu'on se parlait. En fait, elle est charmante. Quand je pense que pendant des mois, j'ai rêvé de la découper avec une trancheuse à jambon… La pauvre.

— Vous avez discuté un peu ?

— Ils ont eu deux enfants ensemble.

Elle me l'annonce d'une voix blanche, comme une véritable catastrophe. Elle paraît anéantie. Je peux comprendre. Que son ex ait eu avec une autre les enfants dont elle a toujours rêvé et qu'elle n'aura jamais doit faire très mal.

J'essaie de la pousser à parler pour se soulager.

— Tu as réussi à dormir un peu ?

— Pas des masses.

— Exprime-toi, Florence, ne garde pas tes pensées en toi. Si tu ne les sors pas, elles vont te ronger. Dis-moi ce que tu ressens. Je n'ai pas l'habitude que tu te taises, et je m'inquiète.

— À quoi bon disserter ? Il avait une bonne hygiène de vie, couché à 22 h, pas de tabac, pas d'alcool, et hop, tout ça balayé par une crise cardiaque. À tout juste soixante ans. C'est jeune, quand même. À n'y rien comprendre. Ce n'est pas lui que j'aurais vu partir le premier.

— Les hommes font douze fois plus de crises cardiaques que les femmes.

— Cela prouve au moins qu'ils ont un cœur. Dommage de ne s'en rendre compte que quand il lâche.

Je surveille la route. Il est encore tôt, le trafic n'est pas trop dense en ville.

— Florence, si tu permets, je dois faire une halte sur notre trajet, pour déposer des affaires chez un ami.

— Si tu veux. On peut même arriver en retard à la séance de rééducation, parce que merci bien…

— Qu'est-ce qu'il y a encore ?

— La kiné est une sadique qui a récupéré le matos qu'utilisaient les nazis pour faire parler les résistants. Elle emploie même l'électricité, je croyais que c'était interdit par la convention de Genève.

Florence se calme, puis, sur un ton plus pondéré, m'annonce :

— Tu sais quoi ? Sa femme m'a dit que si je voulais venir aux obsèques, j'étais la bienvenue.

— C'est élégant de sa part. Comptes-tu y aller ?

— Non. Je ne veux gêner personne, et je n'ai pas envie de voir ses proches pleurer. Encore moins ses gamins...

— Fais ce qui te semble le mieux.

— Elle a aussi proposé que, dans quelque temps, on puisse se rencontrer pour prendre un café.

— Sympa, c'est apparemment une bonne personne.

— J'en arrive à la même conclusion. Je pense d'ailleurs accepter.

— Très bien. Mais tu y vas sans bidon d'essence, et sans fusil.

Elle grimace et se tourne vers moi.

— Tu réalises le nœud que ça me fait dans la tête ? Moi, j'ai envie d'aller papoter avec celle dont j'ai été jalouse, celle qui m'a volé mon premier mari, et j'en suis contente ! La vieillesse est vraiment un carambolage.

— Un naufrage, Florence, on dit que la vieillesse est un naufrage. Mais je ne suis pas d'accord. C'est bien que tu y ailles. Il est temps pour toi de faire la paix avec cette période de ta vie.

— À toi, je peux dire la vérité, Elynn. Sa mort ne me fait pas tant de peine que cela. Ce qui m'embête, c'est qu'en disparaissant, il emporte une partie de ma vie avec lui. Nous partagions des souvenirs, seulement lui et moi, et il vient de se barrer en m'en laissant la garde. Que je l'aime ou que je le haïsse ne change rien. J'aurais préféré qu'il vive encore longtemps, assez pour que je puisse continuer à me dire que peut-être, un jour, j'irais lui défoncer la figure ou me réconcilier. Maintenant, plus rien n'est possible.

Elle renifle.

— Je me sentais déjà seule quand j'étais en couple avec lui, mais cette fois, je le suis réellement avec notre histoire. Que je le veuille ou non, il faisait partie de mon vécu, et le fait qu'il s'efface me renvoie un peu plus à la notion de temps qui passe sans jamais revenir.

Elle me caresse le bras.

— Dépêche-toi de vivre, ma grande. Ça file vite. Adore, déteste, construis ou dynamite, n'aie peur de rien. Le pire survient quand tu ne fais plus de travaux et que le chantier est vide.

— Tu as bien raison, Florence, l'hôpital me l'a maintes fois appris. Mais pour les travaux, il me manque encore l'ouvrier qualifié.

Nous tournons dans la rue de M. Guardo. Je me gare sur une zone de livraison en face de son hôtel.

— J'en ai pour une minute, je dépose un paquet et on repart.

Puis, considérant Florence, je me ravise.

— D'ailleurs, tu viens avec moi. Je vais te présenter Raphaël. Je t'en ai déjà parlé, c'est le monsieur qui a perdu sa famille.

— Tu veux qu'on fasse un concours de déprime ?

— Pas du tout. Comme ça, tu verras son beau village en maquette, celui dont on se sert pour aider des enfants en difficulté.

— Je ne peux pas rester dans ma voiture ?

— Non. Pas d'histoires, je ne te laisse pas toute seule.

— Tu me prends pour un clébard ? T'as peur que je déchiquette mes propres sièges ?

Le hall de l'hôtel ressemble de plus en plus à la salle d'attente d'un pédiatre. On a rapatrié des fauteuils du bar, installé une table basse avec des illustrés et quelques jouets, et des guirlandes de fanions apportent de la couleur à l'espace.

Raphaël m'accueille avec son enthousiasme habituel.

— Elynn !

On s'embrasse. Je pose le carton de livres pour enfants récupérés chez ma voisine.

— Merci beaucoup, Elynn, les petits pourront lire en attendant leur séance !

— Raphaël, je vous présente Florence, la sœur de ma mère. Nous sommes très proches.

Il réfléchit.

— La sœur de votre mère… Votre tante, donc.

Florence mime le malaise et feint l'évanouissement.

Je commente en faux aparté :

— N'employez jamais ce terme, elle se voit comme ma sœur. D'ailleurs, si on tient compte de son âge mental, ce serait même moi l'aînée…

Il la reconsidère en ajustant son attitude.

— Toutes mes excuses, chère demoiselle, déclare-t-il la main sur le cœur, je viens tout juste moi-même d'avoir dix-huit ans dans ma tête.

Florence minaude en gloussant. En plein deuil. C'est révoltant.

Raphaël m'entraîne vers la salle du diorama.

— Vous tombez bien, je viens de régler les nouveaux éclairages pour l'aube, c'est vraiment mieux.

Florence nous emboîte le pas. Le décor est en configuration de maintenance, les cieux peints sont écartés, et la ville miniature est suffisamment éclairée pour permettre les interventions techniques.

En découvrant l'immense réalisation, Tata pousse une exclamation ravie et se précipite comme une enfant se collerait à la vitrine d'une confiserie. Je m'aperçois au passage que, quand elle est motivée, elle ne boite presque pas. J'en étais sûre. Espèce de simulatrice !

— C'est vous qui avez installé tout ceci ?

— Sur dix ans.

— C'est phénoménal !

— Si vous voulez, j'éteins la lumière et je vous fais une séance.

J'interviens :

— Excusez-moi, mais Florence est attendue pour sa séance de rééducation. Nous sommes déjà en retard.

Raphaël se montre immédiatement raisonnable.

— Je comprends. Peut-être une autre fois, alors.

Tata n'est pas d'accord.

— Sûrement pas ! Ne jamais remettre au lendemain. Regarde ce qui vient d'arriver à mon premier mari. Je me fous des tortures électriques de l'autre sauvage. En revanche, pour cette merveille, je veux bien faire des pompes.

Elle se tourne vers Raphaël et demande :

— On éteint la lumière comme vous avez dit, et vous me faites votre petit numéro dans le noir ?

63

Caro entre en trombe dans la salle de soins.

— Sais-tu où est Vanessa ?

Je ne l'avais encore jamais vue en proie à la panique, mais là, c'est le cas.

— Non, pourquoi ? Un problème avec l'un de ses patients ?

— Plutôt un des tiens ! En admettant qu'il parvienne entier jusqu'à sa chambre…

— Qu'est-ce que tu racontes ?

Elle m'exhibe une fiche d'admission.

— Regarde qui est arrivé chez nous hier soir. Ça ne te dit rien ?

Je lis :

— Wilfrid Mitrelet…

Le nom m'évoque quelque chose. Caro me fait signe de faire tourner mes méninges plus rapidement.

— Je connais ce type ?

Je consulte sa feuille : un accident de moto, multiples fractures, genou broyé. Opéré tôt ce matin et actuellement en salle de réveil.

— Je ne vois pas… Quel rapport avec Vanessa ?

En posant la question, brusquement, je réalise :

— Nom d'une mycose ! C'est son ex !

Le jaloux violent qu'elle s'est juré de massacrer si elle le retrouvait sur son chemin s'est pris une belle gamelle à moto. Elle a de la chance, Vanessa : le boulot est déjà à moitié fait.

Je passe la tête dans le couloir.

— Fatoumata !

Mon aide-soignante sort d'une chambre.

— Oui ?

— Tu n'aurais pas aperçu Vanessa ?

— Si, tout à l'heure. Elle consultait les nouveaux dossiers, et tout à coup, je sais pas pourquoi, elle est partie comme une fusée.

— Où ça ?

— Pas la moindre idée.

Je m'élance. Au passage, je l'embrasse sur le front.

— Merci, Fatou, je ne suis rien sans toi. Je te confie le service.

Caro et moi nous précipitons vers les ascenseurs.

— Tu la crois capable de lui faire du mal ? me demande-t-elle en courant.

— As-tu oublié son regard quand elle en a parlé ? Elle ne plaisantait pas.

— Saletés d'ascenseurs qui traînent ! Viens, on prend les escaliers.

La salle de réveil est un vaste espace où les patients tout juste opérés bénéficient d'une surveillance spécifique en attendant que les produits d'anesthésie cessent de faire effet. L'espace est maintenu dans une relative pénombre, et les lits sont répartis autour d'une sorte de tour de contrôle d'où le permanent reçoit leurs données en temps réel, tout en gardant un œil directement sur eux.

À cette heure matinale, les premières opérations programmées n'étant pas encore remontées du bloc, un seul lit est occupé.

Une silhouette se tient auprès de l'unique patient. Malgré la pénombre, j'identifie rapidement notre Vanessa. Elle semble s'affairer autour du cou de son ex.

— Vanessa, je t'en supplie, arrête !

— Restez en dehors de ça, les filles. Je vous l'ai dit, vous serez mon alibi.

Son ton est aussi déterminé qu'effrayant.

— Où est le permanent ? s'étonne Caro. Il est supposé ne jamais quitter son poste…

Elle se penche par-dessus le comptoir, probablement pour vérifier qu'il ne gît pas inanimé sur le sol.

— Je ne l'ai pas assommé, commente Vanessa, je lui ai dit d'aller prendre un café.

— Il aurait dû refuser.

Un éclair passe dans le regard de notre collègue.

— Disons que j'ai été persuasive…

Ses mains rôdent entre la perfusion et la gorge de son ex. Je ne la reconnais plus. Pourvu qu'elle n'ait rien commis d'irréparable !

Serait-il possible de renvoyer ce modèle de Vanessa à l'usine pour récupérer celui que nous avions avant et dont nous étions très satisfaites ? Douce, prévenante, gérable…

Je viens m'interposer entre elle et le corps étendu. Celui-ci gémit vaguement. Je suis soulagée, elle ne l'a pas encore assassiné.

— Qu'est-ce que tu fabriques, Vanessa ? C'est peut-être un sale type, mais c'est un patient.

— C'est avant tout un salaud.

Celui dont on parle ouvre un œil, complètement dans les vapes.

— Bonjour mesdames…

Il plisse les yeux.

— Vanessa ? C'est toi ?

Elle répond froidement :

— Non, pauvre bouffon, c'est ta conscience.

Il ne paraît pas avoir compris.

— Qu'est-ce que tu dis ?

— Tu la ramènes moins, hein ? Cette fois, tu ne vas pas pouvoir détaler…

Je vois bien que ses doigts sont impatients de passer à l'action. Elle n'a que l'embarras du choix. J'identifie au moins cinq moyens de tuer son ancien compagnon, et que ça passe pour un accident postopératoire.

Caro m'a rejointe face à Vanessa. Qu'elle n'ait pas trouvé le corps du permanent est déjà une excellente nouvelle. À son tour, elle tente de convaincre notre collègue.

— Ne fais pas ça. Il n'en vaut pas la peine.

— Bien sûr que si, il en vaut la peine ! C'est une ordure, un lâche. Il m'en a fait baver parce qu'il avait le dessus, mais ce n'est plus à moi d'avoir peur.

— Ne fous pas ta vie en l'air pour ce pauvre mec. Sa moto s'est chargée de lui. Regarde-le, il n'est pas près de remarcher.

— Tant qu'il aura un souffle de vie, il recommencera.

Elle serre les poings de rage.

— Son emprise, ses discours hypocrites, et les raclées qu'il flanque lorsque plus personne n'est là… Ces gens-là ne changent jamais. Il se trouvera une autre victime, les candidates ne manquent pas.

Le blessé bouge un bras.

— Excusez-moi. De qui parlez-vous ?

Caro se penche sur lui et, très calmement, lui déclare :

— Toi, abruti, reste en dehors de ça. Ce n'est pas toi qu'on essaie de sauver, c'est notre amie.

J'enfonce le clou :

— Vanessa, ne te colle pas un meurtre sur la conscience. Cela ne te ressemble pas. On te connaît, tu es quelqu'un de bien. Tu finiras par t'en vouloir.

— Pas sûr.

— Même si ton geste n'est pas découvert, en le tuant, tu te condamnes toi-même à une perpétuité de culpabilité.

Pareilles à des oiseaux de proie, ses mains survolent toujours la poitrine de celui qui la brutalisait. Vanessa joue nerveusement avec les tubes qui l'alimentent. Je ne la quitte pas des yeux.

— Vous ne savez pas ce que c'est, murmure-t-elle. Vous ignorez le mal que ça fait lorsque celui que vous aimez s'en prend physiquement à vous. Ce sont bien plus que des coups.

Caro s'efforce de l'apaiser :

— Vanessa, éloigne tes mains, s'il te plaît. C'est pour ton bien, ce qu'on te dit.

J'argumente :

— On est de ton côté, tu le sais. Ne commets rien que tu regretterais. Si tu t'en prends à lui, ça te fera peut-être du bien sur le moment, et encore, mais ensuite… Quoi qu'il ait pu te faire, tu feras de lui une victime. Ne lui fais pas ce cadeau. Laisse-lui le rôle du bourreau.

Le gars s'agite légèrement et tente de nous dévisager sans arriver à faire le point. Même encore sous l'effet des produits, il a sans doute saisi ce qui se joue. Il articule mollement :

— Vanessa, ma puce, je te demande pardon...

Il tente de désigner ses jambes.

— Regarde, le ciel m'a puni. Mais il nous a aussi réunis à nouveau... Toi qui crois aux signes...

Vanessa est déstabilisée. L'éclat noir s'estompe dans son regard. La colère semble refluer. Le blessé tend vers elle une main suppliante et murmure :

— J'ai besoin de toi, ma princesse. Tu ne peux pas me laisser tomber maintenant. Si tu me lâches, qui va s'occuper de moi ?

Il se met à geindre. Je le crois capable de pleurer, mais seulement sur lui-même.

On se regarde avec Caro, fascinées. De notre point de vue, la scène est surréaliste. Le mec est menacé de mort par quelqu'un qui a toutes les raisons de passer à l'acte, et même affaibli, il tente encore de couiner pour essayer de renverser la situation à son avantage. Formidable ! Au bord de l'abîme, ce nuisible continue à manipuler Vanessa pour servir son propre intérêt. Caro se penche sur lui et grogne :

— Alors toi, t'es vraiment un modèle de compétition. Même à plat, t'es encore trop gonflé. T'es aussi toxique que tes relations !

Je sens que Vanessa hésite à prendre sa défense. Comment a-t-il réussi à la retourner aussi vite ? Comment peut-elle oublier à ce point ? Parce que, encore une fois, il lui dit ce qu'elle veut entendre ? « Ouin ouin, pardon. Ouin ouin, je ne suis rien sans toi. »

Ce minable effleure la main de celle qu'il tabassait.

— Vanessa, je t'aime.

Je suis sciée. Si on n'était pas là Caro et moi, je parie qu'elle se ferait encore avoir. Caro bouillonne et démarre au quart de tour :

— C'est pas le genou qu'il a en compote, c'est la moralité ! Il se fout de toi, Vanessa ! Vas-y, tue-le. Si tu veux, je lui injecte une bulle d'air. Ça t'arrange ? Ça te fait plaisir ? C'est bientôt ta fête, ce sera mon cadeau. Une bulle d'air, dans ce sale pourri qui ne manquera à personne.

La colère est revenue dans les yeux de Vanessa. Elle voit à nouveau clair dans le jeu du type. Caro et elle sont en train de s'exciter. Vanessa gronde :

— Le ciel ne t'a pas expédié ici pour qu'on se retrouve, mais pour que je puisse me venger.

Caro ne fait rien pour la calmer.

— C'est vrai, en plus le ciel n'y est pour rien, tu conduis juste comme un nul !

Je ne veux pas assister à un meurtre.

— Temps mort, les filles ! Arrêtez ! Ne vous abaissez pas à son niveau. Vous avez une conscience, c'est elle que vous allez tuer si vous vous en prenez à ce rat.

Bien qu'encore dans les vapes, il réagit :

— Qui c'est que vous traitez de rat ?

Caro lui flanque une vraie baffe.

— Toi, la ferme ! Et si tu vois une grande lumière, on te conseille de t'y précipiter. Dedans, tu seras plus en sécurité qu'ici.

— Mais…

Elle lève la main en le menaçant d'une nouvelle claque.

— Le problème avec les gars dans ton genre, c'est que vous ne comprenez pas. Rien ne vous change. Tout ce qui compte à vos yeux, c'est votre intérêt, ce qui vous amuse, tout le temps, et vous vous fichez complètement des dégâts que ça peut faire autour.

Vanessa est désemparée. Elle regarde son tortionnaire, dégoûtée. Elle cherche un mouchoir dans sa poche. Je la prends dans mes bras. Elle s'abandonne et se met à pleurer.

— Vas-y, ma grande, laisse-toi aller. Oublie ce naze.

— Dites donc, quand même ! proteste celui-ci. J'ai le droit à un minimum de respect.

Son réveil est en bonne voie. Il ajoute :

— Sinon je pourrais me plaindre…

Je bloque Vanessa contre moi pour l'empêcher de réagir. Caro se rue sur l'autre vermine et gronde entre ses dents :

— Mettons-nous d'accord, mon coco : si jamais tu te plains, si jamais tu nous poses le moindre problème, n'importe laquelle d'entre nous t'éliminera sans aucune pitié. Crois-moi, on en a les moyens. Tu m'as bien comprise ?

Il ne bouge plus, il ne répond pas. Un rat sait quand il est temps d'avoir peur. Caro lui sourit. Même à moi, elle fiche la trouille.

— Tu as légalement le droit au respect, lui siffle-t-elle, mais pour ce qui est des antidouleurs, ce sera une autre affaire. Et crois-moi, quand l'anesthésie va se dissiper, tu nous supplieras.

Pour appuyer son propos, elle pose fermement sa main sur sa longue cicatrice d'où sortent des broches. Tout l'hôpital a dû entendre son hurlement.

64

— Bonsoir Elynn…

Voix suave, regard de velours, léger sourire qui se veut charmeur. J'aurais apprécié que le type qui gère les Rencontres fortuites m'oublie pour ce soir. La journée a été longue.

Je n'ai même pas eu le temps de déjeuner, et je suis restée une heure de plus pour épauler l'équipe de nuit, qui a pris son service en plein coup de feu.

Sur la liste de ce qui me tente, croiser Tristan arrivait en 1534e position, juste après marcher sur un clou et juste avant manger un poulpe vivant. En tenant compte du fait que je tombe sur lui dans un couloir désert des sous-sols, cette perspective recule encore plus loin dans le classement.

Je lui réponds d'une voix lasse :

— Bonsoir Tristan.

Il ne m'empêche pas réellement de passer, mais s'impose quand même sur mon chemin.

— Je suis sincèrement heureux de te voir. Joli hasard ! D'autant que ça faisait plusieurs jours que je voulais prendre de tes nouvelles…

À la façon dont il a joué sa réplique, surtout le « Joli hasard ! », je devine l'entourloupe. Se peut-il que notre castor ait patienté en embuscade dans le couloir pour aider la Providence ? Je l'en crois capable. Quelle persévérance ! Quel sens de la mise en scène !

— Tristan, je suis épuisée. Tu as vu le rythme qu'il a fallu tenir aujourd'hui ?

— C'est vrai. Le moment est d'autant mieux choisi pour t'offrir une épaule réconfortante.

Il n'est pas croyable. Un autre genre de gars qui ne lâche jamais l'affaire. Moins dangereux que l'ex de Vanessa, cependant. Juste collant. Sa pathétique constance m'arrache un sourire fatigué. Vu de sa place, il doit considérer cela comme le signe que sa proposition me tente.

Je prends le temps de l'observer, de le détailler physiquement sans vergogne comme il le fait avec chacune de nous. Cela ne semble pas le gêner le moins du monde, au contraire. Il est sûr de lui. Imperceptiblement, il rectifie sa position à son avantage. Il redresse les épaules, bombe le torse, se campe sur ses jambes dans une attitude de super-héros dominant l'orphelinat qu'il vient de sauver des flammes. Ça rendrait certainement très bien sur une radiographie. Toutes ces côtes tendues, ce bassin conquérant…

— Je me suis laissé dire que tu étais célibataire…

Je parie que c'est Milène qui lui a balancé l'info.

— Une jeune femme comme toi n'est pas faite pour rester seule, susurre-t-il. Trop d'amour à donner, trop à recevoir…

Bon sang, mais qui lui écrit ses dialogues ? Il cherche mon regard. Étonnant ballet qui, pour lui, doit tenir de la parade nuptiale des papillons, alors que de mon côté, on serait plutôt dans le registre du balayage des projecteurs de la défense anti-aérienne. Tous aux abris ! Je lui permets néanmoins de le capter au vol une fois, et contre toute attente, cela ne provoque chez moi aucun malaise. Surprise de ma propre réaction, je réitère l'expérience afin de vérifier. Mais non, ça ne me fait rien. Pas le moindre trouble. Étrange.

Est-ce parce que la bête a déjà bien rongé les barreaux de sa cage ? Peut-être suis-je trop éreintée par ma journée pour m'énerver de son comportement ? À moins que ce ne soit parce que le dernier homme avec qui j'ai échangé un vrai regard était Mathieu, et qu'en comparaison, Tristan ne fait vraiment pas le poids. Sur ma liste, croiser Mathieu par hasard figure d'ailleurs dans le tiercé de tête.

Celui qui me fixe à présent en pensant nouer un contact plus intime ne fait que réveiller le souvenir d'un autre, qui lui m'avait vraiment fait de l'effet. Toute la différence m'apparaît, et si je me complais dans cet échange avec notre séducteur de service, c'est pour mieux me souvenir de l'homme à qui je songe dès que j'en ai l'occasion.

Mon face-à-face avec Tristan s'éternise. Un visiteur égaré dans notre couloir pourrait nous prendre pour deux statues posées là, l'une devant l'autre. Mais il n'en est rien. En moi, c'est une foule de songes et d'émotions qui éclosent et grandissent en s'enchevêtrant. Mon paysage intérieur se couvre de ces lianes sensitives, à une vitesse que moi-même je n'arrive pas à suivre. Tristan n'en est ni la cause ni l'objet. Tout au plus le réactif qui me permet de comparer le faux et le vrai. En cet instant, je ne pense qu'à Mathieu, et je mesure toute la différence entre ce qui peut nous exciter et ce qui a le pouvoir de nous émouvoir.

Dans sa tête, je parie que Tristan se considère comme le chasseur qui, depuis le sommet de son mirador, guette de ses yeux par ailleurs assez jolis le gibier qu'il rêve d'ajouter à son tableau de chasse. Il ne traque pas ses proies parce qu'il a faim – je le soupçonne même d'être repu au point d'avoir oublié ce qu'est le véritable appétit. Il veut simplement tapisser les murs de son ego sans doute trop vide en alignant nos visages.

Il tend la main vers moi. Je l'arrête net.

— N'essaie même pas. Si tu me touches, je ne vais pas crier, je ne vais pas appeler au secours, je vais simplement t'éclater la tête. J'ai eu mon compte de petits manipulateurs aujourd'hui. Ai-je été claire ?

Il opine de la tête et bat en retraite avec une surprenante docilité. Il devait s'attendre à pas mal de réactions, mais certainement pas à ma repartie sans appel. Le voilà totalement décontenancé. Vulnérable. Il n'a tout à coup plus rien d'un vainqueur. On dirait plutôt un enfant surpris en flagrant délit de chapardage de biscuits. Le chasseur se retrouve coincé dans son mirador saboté par une biche.

— Tu es beau, Tristan. Tu es assurément l'un des mecs les plus séduisants qu'il m'ait été donné de rencontrer. Tout est parfait. Ta petite gueule, tes pectoraux...

— Vraiment ? Je ne comprends pas...

— Non, tu ne comprends pas. Moi non plus, d'ailleurs. Je me suis demandé pourquoi je ne cédais pas à tes avances. Je te promets, je me suis vraiment interrogée. Je devrais me sentir flattée d'être désirée par un garçon tel que toi. Cela n'aurait rien de choquant, bien au contraire. Tu as tout pour me faire de l'effet. D'ailleurs, tu en fais à pratiquement toutes les filles. Quand tu les regardes, elles se sentent plus belles. Quand tu poses les mains sur elles, la plupart existent plus fort, au moins pendant un moment. Tu as ce pouvoir, c'est indéniable. Tu es le fantasme de trois étages, Tristan.

— Pourquoi tu me dis tout ça alors que tu me rejettes ?

— Je ne te rejette pas. Je te l'ai dit, je te trouve absolument canon.

— Ben alors quoi ?

— Tu poses la bonne question, Tristan : « Ben alors quoi ? » Pourquoi une fille comme moi ne démarre-t-elle pas au quart de tour lorsque tu lui tournes autour ? Pourquoi celles que tu séduis sont-elles si souvent déçues ? Où est le problème ? Qu'est-ce qui cloche ? Aucun doute sur le fait que tu as tout ce qu'il faut pour combler une femme, même si certaines prétendent que tu embrasses comme un poisson mort et que dans ton univers spatio-temporel, un marathon ne dure que six minutes...

Il baisse les yeux.

— C'est bon, marmonne-t-il, j'ai compris, pas la peine d'être vexante...

— Si je te dis ça, crois-le ou non, c'est aussi pour t'aider. J'ai eu une journée abominable. On a réussi à sauver cinq personnes, et on a failli en tuer une autre avec une bulle d'air. Ça fait beaucoup, même pour une infirmière. Alors ce soir, je n'ai plus la force de jouer. Je n'ai plus envie de me taire, de faire semblant de ne pas voir ce qui saute aux yeux. Tu te pointes, tu me joues ta grande scène à deux balles, et franchement, ça me gonfle. Pour que tu tentes ce genre de plan, il faut vraiment que tu nous prennes pour des décérébrées. Ça me met en colère. Et puis, entre nous, je pense que tu vaux mieux que le petit jeu d'abattage auquel tu te livres.

On se regarde vraiment.

— D'après toi, qu'est-ce qui « cloche » chez moi ?

— La réalité des sentiments, Tristan. La différence entre une aventure avec toi dans un placard et ce dont nous rêvons toutes se joue sur les sentiments. Tu peux assurer le frisson, mais il n'y a pas grand-chose après. Parce que ce qui t'intéresse, et j'ignore pourquoi, c'est de démarrer les moteurs, de les faire chauffer, mais pas de prendre la route avec. Tu restes sur le parking à faire hurler tous les modèles de bagnoles et fumer les pneus. Mais tu fais toujours du sur-place. Tu es la bande-annonce d'un grand film qu'on a toutes envie de voir, mais dont tu n'as pas le cran d'être la vedette. C'est ce qui explique ton succès, et si tu ne changes pas, c'est ce qui causera ta perte. Un garçon comme toi devrait cesser de s'amuser avec les signaux qui nous font réagir. Tu joues avec le feu, ça marche bien. Mais arrête avec les allumettes, et alimente le foyer.

— C'est tout ? Les sentiments ? C'est ça, le truc ?

— Pour moi en tout cas, c'est clair. Tu aurais tort de considérer que c'est anecdotique. J'ignore si c'est parce que je sais trop de choses, ou parce que je suis trop gourmande, mais je ne peux pas me contenter d'une relation adossée à du vide. L'idée que je me fais d'un couple est trop importante pour que je plaisante avec. Parce que j'en rêve, parce que j'en ai besoin, parce que je sais que seule, je n'aurai pas la force d'affronter cette vie. Je suis peut-être une horrible prétentieuse, mais avec des amourettes, j'aurais l'impression de me brader. Plus encore, de voler celui à qui tout ce que je suis reviendra lorsque je l'aurai trouvé.

Il me dévisage comme si je clignotais.

— Ça veut dire que tu es vierge ?

J'éclate de rire.

— Du cœur, finalement, oui.

Il me fait la tête du poulet qui se cogne pour la première fois dans une vitre et ne comprend pas pourquoi ça l'empêche d'avancer. Je soupire :

— Tu n'as rien compris à ce que je viens de te dire ! Mon pauvre Tristan, il va falloir que tu fasses évoluer ta vision des filles si tu veux pouvoir continuer à les fréquenter.

— Ça marche pourtant plutôt bien, à part avec toi…

— Tu en es sincèrement convaincu ? Trente-deux tentatives pour six qui se sont laissé faire ? Essaie la pêche à la mouche, le ratio est meilleur quant au nombre de lancers !

Il sursaute, effrayé.

— Comment tu sais combien…

— Ne cherche pas. Je t'assure qu'on est moins gourdes que tu ne le présumes.

Je crois qu'il est en train de recompter ses scores mentalement.

— Sans rire, tu n'en as pas assez d'accumuler toutes ces conquêtes ? Est-ce qu'au fond ça t'apporte réellement de la satisfaction ? Tu es là, jeune, viril, hyper sexy, mais qu'est-ce que tu seras dans dix ans ? Il y aura d'autres petits jeunes tout neufs avec des tablettes de chocolat et des montres encore plus grosses qui chasseront sur tes terres. Alors tu ne seras plus qu'un vieux fauve réduit à n'attraper que celles qui ne peuvent plus courir.

Il secoue la tête, dépité.

— Dire que j'ai attendu pendant une heure que tu passes par là pour te draguer. Je ne pensais pas me prendre ça dans la figure.

— Désolée. Tant que j'y suis, je te demande comme un service personnel de ne plus courir après Soraya. Elle a une chance de trouver l'amour avec Lionel. Tu vois de quoi je parle ? On vient d'en discuter : la réalité des sentiments. Cette incroyable merveille dont tu ne saisis la valeur que lorsque tu la rencontres. Alors s'il te plaît, ne les parasite pas. Laisse-les tranquilles. Respecte leur relation. Je te le demande comme à un ami.

Un instant, il semble peser le pour et le contre, puis ses yeux viennent se poser dans les miens. Cette fois, il n'y a plus aucune ambiguïté, et je le trouve encore plus craquant quand il se comporte en homme.

— Tu as ma parole.

— Merci, Tristan. Si un jour on m'avait dit que j'aurais cette discussion avec un gars dans ton genre, je ne l'aurais pas cru.

— Même si j'embrasse comme un poisson mort et que je suis un lapin, finalement, je suis content aussi.

En repartant, je lui ai fait la bise en lui posant la main sur l'épaule. Il en est resté scotché. Ma main a adoré le contact de sa musculature. Je l'ai vite calmée.

65

C'est officiel : Laure assure désormais l'animation de notre cours du mardi soir. Avec beaucoup de brio. Elle se montre hyper pro et très attentionnée. Prenant sa mission à cœur, elle va jusqu'à préparer des fiches d'exercices pour planifier notre entraînement. On sent la rigueur militaire, et ça fait mal aux fesses au CUL.

Cependant, malgré son implication et l'énergie qu'elle déploie, je trouve que nous avons perdu un je-ne-sais-quoi qui structurait notre groupe. J'ai honte de le penser étant donné que Laure nous sauve, mais avec elle, je constate qu'il y a moins de fous rires et moins de surprises. L'aspect physique de l'activité est parfaitement présent, mais sur le plan émotionnel, on y a perdu. Elle n'est coupable de rien. Peut-être est-ce simplement dû au fait que nous l'avons connue parmi nous avant qu'elle ne devienne notre meneuse.

J'ai parfois l'impression que notre groupe est aussi bancal qu'une classe dont un élève prendrait la place du prof. Un genre de troupeau livré à lui-même. Pour ma part, cela ne fait qu'accentuer ma frustration de ne plus voir Mathieu. Il faisait, selon moi, un guide idéal.

Je compte en discuter avec Aubeline. Ce soir, elle essaie un nouveau cocktail : Paradise Nectar. Tout un programme. Je la suis. Celui-là est vert.

En dépit de mes tentatives pour le placer au centre du débat, Mathieu ne semble pas constituer un sujet essentiel à ses yeux. J'insiste :

— Sérieusement, tu ne regrettes pas Mathieu plus que ça ?

— Il était sympa, mais Laure est parfaite. Elle brûle nos calories avec efficacité.

— Il était « sympa » ? Tu ne lui trouvais pas d'autres qualités ?

— Lesquelles, par exemple ?

— Il était galant. Il avait cette façon de nous considérer physiquement de manière réaliste, mais toujours avec un grand respect. On sentait une pudeur chez lui. Une distance qui ne l'empêchait pas d'être toujours au bon endroit, au bon moment, pour chacune d'entre nous. Il n'a jamais fondé son rapport au groupe sur son charme, mais sur un sens aigu du partenariat. Aucune frime, bien qu'il soit à l'évidence très doué. Et puis sa façon de nous…

Aubeline est bouche bée. Du coup, la paille libérée de ses lèvres replonge dans son cocktail.

— Waouh… fait-elle d'un air songeur.

— Quoi ? Qu'est-ce que j'ai dit ?

— Même Laurent se montre moins lyrique lorsqu'il tente de convaincre un banquier de le suivre sur un investissement.

— Ça veut dire quoi ?

— Que tu es en train de me vendre Mathieu avec une éloquence que je ne te connaissais pas.

— Tu ne trouves pas qu'il le mérite ? Tu ne te souviens pas de l'effet qu'il nous a fait à toutes le jour où il a débarqué ?

— Si, très bien. J'étais tellement heureuse que l'autre teigne ne se présente pas. Je l'ai vu comme un libérateur ! J'aurais fait la fête à n'importe qui plutôt qu'à elle !

— C'est tout ? As-tu oublié le comportement des autres filles quand il se tenait près d'elles, ou mieux, lorsqu'il les effleurait ?

— Je n'ai pas remarqué. C'est vrai qu'il était mignon. Tu as d'ailleurs oublié de le mentionner dans ton vibrant hommage…

Elle me vanne. Je n'en reviens pas. La réaction d'Aubeline me semble si faible en comparaison de mon propre ressenti.

— Tu n'as pas été choquée lorsque Francesca l'a traité d'« intérimaire » et de « condamné » ? Tu ne t'es pas demandé ce que cela pouvait signifier ?

— Elle a fait ça ? Quelle garce ! Assurément, ce gentil garçon ne méritait pas ça.

Je suis sous le choc, mais il faut que je sache.

— Aubeline, je te pose la question sérieusement : en ton âme et conscience, si on demande aux autres filles du groupe, tu crois qu'elles voient Mathieu plutôt comme toi ou plutôt comme moi ?

Elle se rend compte que le sujet m'importe et efface aussitôt le sourire gentiment ironique qui se profilait sur son visage.

— L'intérêt dont tu fais preuve au sujet de ce jeune homme me surprend…

Elle s'interrompt avant d'ajouter :

— ... pourtant, à la réflexion, pas tant que cela.

— S'il te plaît, réponds à ma question.

Elle réfléchit.

— Ce que les autres filles pensent de Mathieu ? Je ne puis parler en leur nom, mais, à ma connaissance en tout cas, pas une n'a reparlé de lui depuis son départ. Aucune n'a manifesté le moindre regret.

Sa remarque me perturbe. J'essaie de réunir des indices qui pourraient contredire son observation. Je n'en trouve pas d'imparables, mais j'ai quelques pistes.

— Admets que Margaux lui tournait autour, et même que Fabienne ressemblait à une adolescente dès qu'il s'occupait d'elle.

— Soyons honnêtes, même si j'aime bien Margaux, elle est un peu du genre à tourner autour de tous les mâles de son âge. Quant à Fabienne...

Elle fait un geste vague.

— D'après toi, je serais donc la seule à regretter Mathieu ?

— À ce point-là, c'est évident. Mais pourquoi serait-ce un problème ?

Je suis dépitée. Personne ne m'aidera à le retrouver pour lui rendre son poste de coach.

— Dis-moi, Elynn, le portrait que tu as fait de Mathieu était vraiment très beau...

— Peut-être, mais ça ne sert à rien. On ne le reverra jamais.

— En tant que coach, c'est possible. Mais est-ce le plus grave ?

— Que veux-tu dire ?

— Ta façon de parler de lui révèle aussi quelque chose de toi. On ne se connaît pas depuis si longtemps, mais je ne t'ai jamais entendue évoquer aucun garçon avec cette fougue, cette magnifique conviction. Pardonne-moi, mais tu ne l'as même pas fait pour Baptiste à l'époque où tu te projetais dans une liaison avec lui.

— Parce qu'il n'a pas eu le temps de me manquer.

— Permets-moi de ne pas être d'accord. Je te regarde, je t'écoute, et je me demande si tu n'as pas un faible pour notre Mathieu…

— Je ne dois pas être la seule dans le groupe.

— Je suis certaine que pas une de nous n'aurait pu le dépeindre avec autant de ferveur. Pour parler de quelqu'un ainsi, il faut tenir à lui. Contrairement à ce que tu sembles penser, nous n'étions pas toutes amoureuses de lui. Par contre, toi…

Les sirènes d'alerte retentissent dans ma tête. Voilà quelques minutes, j'étais encore convaincue que toutes mes amies avaient le même point de vue sur Mathieu. Mais là, maintenant, je suis bien obligée d'envisager la situation différemment. Suis-je donc vraiment la seule pour qui il compte à ce point ?

Nom d'une occlusion, le fait même de poser la question revient à admettre que je tiens effectivement beaucoup à lui.

Je vais manger mon verre et la table, ça me fera des minéraux et des fibres.

66

Les mots ne revêtent pas forcément le même sens pour tout le monde. Question d'individu, ou de moment. La preuve de cette édifiante assertion s'affiche sous mes yeux sur l'écran de mon téléphone. Baptiste m'invite de nouveau à sortir avec lui.

Perplexe, je lis et relis son message pendant ma pause. Là encore, je dois me méfier des termes que j'emploie, car quand je parle de « sortir avec lui », il faut comprendre « passer un moment entre amis », et rien d'autre.

Caro a raison : les messages sont une combinaison de lettres qui s'agencent selon un code qui, une fois transmis d'une personne à l'autre, leur permet d'en partager le sens. Enfin, le plus souvent. Parce que là, si Baptiste a utilisé un vocabulaire identique, faisant preuve d'un enthousiasme qui témoigne de son envie sincère, l'effet produit sur moi est bien différent de la fois précédente. Je sais désormais qu'entre lui et moi, rien de ce que j'espérais ne sera possible. C'est fou comme les histoires auxquelles il est impossible de croire nous laissent indifférentes.

Soraya entre dans la salle de repos. Elle cherche visiblement quelqu'un. M'apercevant, elle s'approche.

— Elynn, désolée de te déranger, mais il y a un homme pour toi à l'accueil.

Par pitié, ça ne va pas recommencer…

— Il t'a donné son nom ?

— Non.

— Est-ce qu'il a un bouquet de fleurs ?

— Non plus. Mais le gars a la mégaclasse.

Je m'arrache de ma chaise en la remerciant.

« La mégaclasse ». Est-ce que ça vaut plus ou moins que la « sacrée surprise » de la dernière fois ?

Sur le court trajet jusqu'à l'accueil, je ne me joue ce coup-ci aucun film. D'abord parce qu'aucun des possibles ne m'emballe. Si c'est Enzo qui me rend visite, je vais en profiter pour lui présenter Milène, comme ça elle arrêtera de me harceler. Si c'est Baptiste, cela me fera plaisir, mais je n'ai pas du tout envie de me forcer à avoir l'air heureuse sous prétexte que je serai la première à qui il va annoncer son mariage avec son mec. Quant aux colombes qui pourraient s'envoler, qu'elles ne s'avisent pas de nous piquer les tubes à perfusion, on en manque.

Je remonte le couloir d'un pas décidé et très professionnel. Ça fait bien plus sérieux vis-à-vis des patients.

En arrivant aux ascenseurs, je tombe sur deux hommes en imper sombre. La classe, effectivement, même si Soraya ne m'avait pas dit qu'ils étaient deux. Elle ne sait peut-être pas compter aussi loin, ou alors l'un des deux est invisible à ses yeux parce que son cœur est encore pur.

Ils ont des têtes d'agents fédéraux. À tous les coups, ils vont m'embarquer pour trafic de gâteaux apéritifs pendant les heures de fermeture du parc.

L'un deux me tend la main :

— Bonjour Elynn, navré de me présenter à l'improviste, mais il fallait impérativement que je vous parle. Je vais m'efforcer d'être bref.

Je me fige : devant moi se tient M. de Maublaincourt. Hors de sa fastueuse résidence, je ne l'avais pas reconnu. J'ignore si le type qui l'accompagne est un assistant ou son garde du corps, mais il ne me lâche pas des yeux.

— Bonjour monsieur…

— Laurent, je vous en prie.

Son ton est doucereux. Je sens venir les ennuis. Ils arrivent même à tire-d'aile. Flap flap. Il a sûrement tout découvert de ma mise en scène pour l'anniversaire d'Aubeline. Il est là pour me présenter la facture du dîner auquel j'ai empêché sa femme d'assister.

Si je vends mon appartement et un rein, je dois pouvoir payer les entrées, au moins le pain. Ou alors, il est venu me punir, et son homme de main va dégainer l'arme équipée d'un silencieux qu'il a planquée sous son imper et me tirer une balle dans chaque genou. Ftuuu, ftuuu. Je m'en fous, je pourrai ramper jusqu'au bloc, et le professeur Sijri, qui est de permanence aujourd'hui, réussira à m'opérer.

— C'est à vous que mon épouse doit sa petite fête impromptue…

« Impromptue » : adjectif tiré de la locution latine *in promptu* et qui signifie « sans préparation » ou « au pied levé ». Exemple : il a prononcé un discours *impromptu*. Il nous a régalés d'un festin *impromptu*. Tu vas te faire battre à mort dans le couloir de ton service hospitalier par le mari de ta copine de manière *impromptue*.

Objection, Votre Honneur, je réfute le choix de l'adjectif ! Ce que vous qualifiez de petite fête « improvisée » m'a demandé des semaines de préparation, de complots, de coups de fil, et c'était si réussi que les flics ont débarqué en nous braquant avec leurs armes ! Excusez du peu !

Reste que je dois lui répondre quelque chose, et vite.

Gagne du temps, Elynn, gagne du temps. Si tu t'y prends bien, ça peut durer jusqu'à ce que le soleil explose en supernova et pulvérise notre planète. Plus que cinq milliards d'années à tenir.

— Je ne suis pas certaine de comprendre ce que vous me demandez...

— Ce n'est pas une question, mademoiselle Lafonta. Je le sais.

Il connaît mon nom ! Super ! Il pourra le faire graver sur ma tombe quand il m'aura fait flinguer. J'avoue que j'avais nettement préféré quand je m'étais aperçue que Mathieu connaissait mon prénom.

Affronte ton destin, petit cheval.

— Je vous promets qu'Aubeline n'y est pour rien. C'était une surprise complète pour elle. Je suis la seule responsable.

— C'est ce que j'ai compris en me renseignant...

Je n'ose pas le regarder en face. Une collègue approche avec un lit roulant que poussent deux aides-soignants.

— Chaud devant, on a un pont de Normandie pour la chambre 14 !

Je pourrais appeler au secours, ou mieux, sauter sur le lit à roulettes pour m'enfuir dans une folle course-poursuite qui se terminerait douze mètres plus loin, juste à l'angle du couloir, dans un fracas de tôle et de perfusions renversées. Mais je vais assumer.

— Je comprends que vous soyez en colère, monsieur de Maublaincourt. Je suis sincèrement désolée du tort que je vous ai causé. Pour ma défense, permettez-moi simplement de vous dire que mon seul but était de faire plaisir à votre femme, que j'aime énormément.

— Je le sais. Vous avez d'ailleurs brillamment réussi. Nonobstant le fait que, lorsqu'elle est rentrée à notre domicile, Aubeline sentait les poubelles, se servait de sa béquille pour se gratter la tête, et ne boitait pas assez pour justifier une évacuation en urgence avec des cris de goret. De son autre main, elle serrait contre elle une guitare neuve qu'un mourant lui aurait fait gagner à la loterie. Je vous épargne ses propos complètement incohérents sur le fait qu'elle avait vu sa vie défiler devant ses yeux, et qu'elle aurait également supposément vécu une expérience de mort imminente avec des anges et une tarte à la courgette. Quant à l'enfant atteint d'une forme rare de rage qui aurait mangé sa carte d'identité, je laisse la professionnelle que vous êtes me dire ce qu'elle en pense…

— C'est vrai que ça fait beaucoup.

Il hoche la tête pour approuver.

— Mais elle semblait vivante, ajoute-t-il. Heureuse, comme je ne l'avais pas vue depuis des années. J'ai tout à coup retrouvé devant moi celle dont je suis tombé amoureux voilà bien longtemps.

— Sans rire ?

— Indubitablement.

— Vous ne dites pas ça pour me faire marcher ?

— Absolument pas. Je me suis alors posé une question qui m'a fait mal.

— Ça vous arrive à vous aussi ? Je suis bien contente, parce qu'à moi, tout le temps.

— Que lui avez-vous offert que je sois incapable de lui proposer ?

— Des chips et une guitare. Fabienne lui a fait boire de l'essence.

— Je suis sérieux, Elynn. En la voyant aussi rayonnante, étincelante même, je me suis aperçu que ce n'est pas elle qui s'use dans notre quotidien, mais moi qui l'étouffe.

Il marque une pause.

— Vous serez peut-être étonnée de l'entendre, mais j'aime sincèrement Aubeline. Je ne l'ai pas seulement épousée parce qu'elle est belle, mais parce qu'elle m'a toujours apporté quelque chose de différent. Une touche plus authentique, une force, aussi. Elle est la seule à savoir s'adresser à cette part de moi que personne ne connaît. Je ne veux pas la perdre. Vous m'avez donné l'occasion de m'apercevoir que pourtant, c'est ce qui est en train de se produire. Aidez-moi, s'il vous plaît.

Je le dévisage. Il attend ma réponse, mais je n'en reviens toujours pas.

— C'est certain, vous n'êtes pas du tout en colère après moi ?

— Pourquoi le serais-je ? Vous avez rendu la femme que j'aime folle de bonheur alors que je n'y parviens pas !

Finalement, je vais peut-être survivre. Voilà qui change tout. Mais cela ne simplifie rien. J'aurais compris sa colère, et je n'aurais eu qu'à la subir, tandis que là, ce qu'il me demande exige une réflexion dont je ne suis pas certaine d'être capable.

— La réponse à votre question n'a rien d'évident… Laurent. Je me suis tout de suite entendue avec Aubeline parce que j'aime sa franchise, sa spontanéité, sa faculté à envisager chaque situation sans faux-semblants. Je la côtoie durant nos séances de sport hebdomadaires, je l'ai aussi observée lors de votre soirée de réveillon. C'est une femme extraordinaire, cultivée, attentionnée…

— Sauf qu'elle ne m'aime plus.

— Détrompez-vous. Il est vrai qu'elle supporte de moins en moins l'existence remplie d'obligations et de protocole que vous menez. Elle n'aime pas non plus être séparée de ses enfants, pour qui elle s'inquiète.

— Elle vous l'a dit ?

— Pas en termes aussi directs, mais le fond était là. Elle m'a aussi confié que l'homme que vous étiez lui manque, et qu'elle regrette de ne plus partager autant avec vous qu'à vos débuts.

Il souffle.

— Comme elle a raison… Je regrette moi aussi cette époque-là. Pourquoi ne m'en a-t-elle pas parlé ?

— Pour cela, je cite, « il faudrait qu'elle prenne rendez-vous auprès de votre secrétariat »…

— Quelle désolation d'en être arrivé là… Mon métier me passionne mais me dévore. Je le sais, mais je n'y peux rien. Un dîner en appelle un autre, une réussite demande à être accompagnée, un échec à être effacé. Ce n'est certes pas une excuse, mais une explication. Tout s'accélère sans que vous en preniez conscience, et un beau jour, vous découvrez que ce qui compte le plus pour vous s'est éloigné.

— Rien n'est perdu avec Aubeline. Parlez-vous, laissez-lui la place d'exister à sa façon, comptez sur elle, et gardez-vous du temps ensemble. Posez-lui les questions, elle a les moyens de vous répondre.

— Vous avez raison. C'est évident. J'espère simplement qu'il n'est pas trop tard.

Il me regarde étrangement.

— À trois reprises, Aubeline m'a dit que vous étiez une jeune femme extraordinaire. Je suis d'accord avec elle.

— Prenez soin d'elle, elle le mérite.

— Après ce que vous venez de faire pour moi – pour nous –, puis-je oser vous demander une autre faveur ?

— Je vous en prie.

— Est-il possible de garder notre entrevue secrète ? De ne jamais en parler à Aubeline ?

— Aucun problème. En échange, je vous serais reconnaissante de faire semblant de croire à l'histoire de la guitare et du gamin enragé.

— Entendu.

Il prend ma main entre les siennes et la presse chaleureusement.

— Merci Elynn, merci beaucoup. Pardon de vous avoir accaparée durant votre travail. Je me réjouis de vous revoir bientôt. Vous représentez énormément pour Aubeline, et donc pour moi.

— C'est réciproque.

— Puis-je vous poser une dernière question ?

— Bien sûr.

— C'est quoi, un pont de Normandie ?

— C'est le surnom que nous donnons à un membre tout juste opéré et équipé de tiges de maintien qui sortent des chairs. C'est assez spectaculaire. Ces grands pics métalliques reliés entre eux rappellent les structures d'un pont à haubans. D'où le surnom. Il faut faire bien attention à ne pas les accrocher, sinon c'est une douleur épouvantable pour le patient...

— Je comprends.

Je ne sais toujours pas si le type qui accompagne Laurent est son secrétaire ou son homme de main, mais il vient de tomber dans les pommes.

67

Bientôt, il ne me sera plus possible de faire mes courses dans mon petit supermarché. L'expérience devient chaque jour plus douloureuse. Un vrai problème de santé, surtout mentale.

Je passe davantage de temps à surveiller les hommes qui vont et viennent qu'à choisir ma nourriture. Ce travers a pris des proportions qui me dépassent totalement. En permanence, j'espère voir Mathieu débarquer comme il l'a déjà fait.

L'angle de la troisième allée constitue le meilleur poste d'observation. En biais, à travers les ustensiles de cuisine suspendus en tête de gondole, j'y bénéficie d'une vue directe aussi bien sur l'entrée que sur les caisses. De là, personne ne peut se soustraire à ma surveillance. Les écumoires sont devenues mes fidèles complices et, dissimulée derrière le masque à trous qu'elles forment, je peux espionner à loisir.

Le seul problème, c'est que pour les clients qui me voient plantée là, le nez sur les passoires que je donne l'impression de fixer en très gros plan, j'ai l'air d'une maniaque. « Alerte à toutes les unités, on a une psychopathe au rayon arts de la table ! » Et c'est encore mieux quand je leur parle. Parce que figurez-vous que je murmure mes secrets à mes nouvelles amies chromées. Forcément, il faut bien que je leur confie ce que je ne peux raconter à personne d'autre…

Ma discussion avec Aubeline m'a obligée à prendre conscience d'une indéniable réalité : Mathieu m'obsède.

En reconsidérant les derniers mois à la lumière de cette révélation, bon nombre de mes comportements ou de mes raisonnements trouvent d'un seul coup une cohérence nouvelle. C'est la preuve éclatante que l'on peut commettre des erreurs d'analyse sur ce que l'on perçoit. Je me suis tracé un plan de vol erroné parce que le référentiel de ma carte était faussé. C'est trop bête : j'ai mal compris ce que j'ai vécu.

Premier effet concret : lorsque je songe à nos moments communs, je n'associe plus le groupe à mes émois en disant « nous », mais « je ». Tout se révèle dès lors bien plus limpide.

Depuis le soir où Mathieu m'est apparu pour la première fois, je n'ai plus jamais cessé de penser à lui. Je l'ai comparé à tous les garçons que j'ai pu fréquenter, et même à beaucoup que je n'ai fait que croiser. Il s'est naturellement imposé comme ma référence en matière d'hommes.

Sans toujours m'en rendre compte, j'ai passé des heures à essayer d'imaginer ce que j'ignorais de lui. Je m'aperçois que j'ai même enregistré mentalement chacun de ses gestes, de ses mouvements, et, plus spectaculaire encore, chacune de ses paroles.

Pourquoi tout cela s'est-il opéré à mon insu ? Aucune réponse absolue, mais le fait est que ce Programme de Surveillance du Beau Gosse – le fameux PSBG – a été méticuleusement mis en place en sous-main, jusqu'à ce qu'Aubeline arrache le rideau qui masquait les activités secrètes de mon esprit. On murmure cependant, jusque dans mes doigts de pied, que le cerveau ne serait pas le seul commanditaire de l'opération…

Frisant le déni, j'ai justifié mon intérêt pour ce garçon par un large assortiment d'excuses qui m'évitaient d'assumer ce qu'il provoque en moi. Est-ce parce que Baptiste et Enzo étaient encore sur mes radars ?

J'ai officiellement prétendu souhaiter le retrouver pour le bien-être du club, mais Aubeline a raison : derrière cette noble quête se dissimulait d'abord une envie toute personnelle. Inconsciemment, j'étais prête à profiter de n'importe quelle occasion pour le côtoyer à nouveau.

Pourquoi ai-je déployé tant de prétextes pour cacher ce qui, avec un minimum de recul, saute aux yeux ? Cela tient-il à ce que je n'ai pas voulu m'approprier celui qui était aussi là pour mes copines ? Ou est-ce parce que ma perception de cet homme ne ressemble en rien à ce que j'ai expérimenté auparavant ? Probablement parce qu'au fond de moi, j'ai instinctivement senti que l'affaire était sérieuse, et que lorsque les enjeux s'élèvent, j'ai toujours le vertige.

Sans pour autant maîtriser mon état sentimental, j'accepte mieux ce que représente Mathieu, et c'est sans me mentir que je peux rester de faction pendant des heures, y passant la plupart de mes jours de récupération, uniquement motivée par l'espoir de le voir surgir d'un instant à l'autre. Qu'il revienne faire ses achats ici est passé numéro un sur la liste de mes souhaits intimes, à des années-lumière devant le désir de perdre trois kilos avant l'été.

Rôder d'une travée à l'autre en restant sur le qui-vive est épuisant nerveusement, mais je préfère encore cela plutôt que de végéter dans mon appartement en risquant de le manquer. Je suis parfaitement consciente que la probabilité qu'il fasse son apparition est infinitésimale, mais cela me suffit amplement. Je n'ai de toute façon que cette solution pour espérer le revoir.

Après avoir concentré mes visites autour de l'heure où je l'avais surpris, j'ai élargi les créneaux pour augmenter mes chances. Je tiens même un tableur pour garder une trace de mes permanences et optimiser ma méthode. Même Aubeline ne s'oblige pas à ça ! C'est fou l'énergie que l'on peut consacrer à des trucs idiots simplement parce qu'on y croit.

J'espère qu'en l'apercevant, forte d'un regard désormais plus lucide, je serai à même de lire les signaux expliquant la place qu'il tient en moi. Je suis comme une enquêtrice à la recherche d'indices. Que son profil soit aussi mystérieux ne fait qu'attiser ma curiosité : « L'intérimaire », « le condamné », « pas de fiche dans l'ordinateur du centre », « un contrat d'un type particulier », « aucun numéro pour le joindre »... Nous sommes définitivement sur une affaire non résolue !

Je crains cependant que dans le cas qui nous occupe, l'arme du crime ne soit aussi le mobile. Relever les effets que provoquait son charme chez les autres m'évitait sans doute de m'avouer à quel point j'y étais moi-même sensible.

À contre-jour, un homme entre dans le magasin. La taille et la carrure correspondent. La capuche de son sweat m'empêche de distinguer son visage. Le suspect avance dans ma direction. Mon cœur palpite, et je me plaque contre le montant du présentoir tel le chat convaincu d'être caché par un brin d'herbe.

Un balancement des épaules de chimpanzé me permet de lever la suspicion. Il ne peut s'agir de Mathieu.

Je suis tellement focalisée sur le désir de le voir arriver que j'en ai des hallucinations. Avant-hier, j'ai cru le reconnaître sur un paquet de céréales, sous les traits d'un sportif en maillot de bain plongeant dans un lagon paradisiaque. Au secours !

Que vais-je devenir ? Suis-je de taille à affronter ce qui m'attend ? Ou d'ailleurs ce qui ne m'attend pas. Car s'il ne vient pas, me sera-t-il possible de reprendre une vie normale ? D'oublier ces heures à espérer, mais surtout ces questions sans réponses ?

Dehors, la nuit est tombée. Il va falloir que je rentre chez moi dormir un peu. C'est encore fichu pour aujourd'hui. Je ne veux pas quitter le magasin sans rien acheter, ce ne serait pas correct. Alors je me paie une salière. Je ne sais pas pourquoi, je prends ça chaque fois. Elles s'accumulent sur la table de ma cuisine. Étranges trophées d'une attente stérile. Que vais-je bien pouvoir en faire ?

La caissière est gentille avec moi. Les autres employés aussi, d'ailleurs. Après m'avoir soupçonnée d'être une potentielle chapardeuse, ils ont fini par s'habituer à ma présence. Je crois que Lupina me prend en pitié. L'autre jour, elle m'a offert un bonbon qui ne fond jamais en me parlant comme si je venais d'une autre planète. Pour elle, je suis une pauvre fille qui parle aux écumoires et qui, lors de ses rares moments de lucidité d'esprit, met cinquante minutes pour acheter quatre yaourts nature et huit pommes.

Si demain Mathieu ne se présente pas, je vais devoir m'asseoir sur ma fierté et passer au plan E. J'envisage de montrer autour de moi le cliché que je garde de lui dans mon téléphone – un agrandissement de son visage extrait de la photo de groupe prise lors du dernier cours de l'année dernière. Ce beau moment semble si loin…

Si cela ne suffit pas, j'imprimerai des affichettes que je placarderai dans toutes les vitrines et sur tous les poteaux du quartier, avec sa photo et la mention : « Perdu, beau puma répondant au doux nom de Mathieu. Aucun collier, pas tatoué mais farouche, et aimant jouer avec des pompons. Forte récompense assurée, sous forme d'un stock de salières. »

68

Le problème avec les vrais dingues, c'est que si vous commencez à jouer leur jeu, vous vous condamnez à une surenchère qui risque de vous emmener très loin.

On a de plus en plus de mal à surprendre le monsieur de la chambre 6, qui récupère des forces et déjoue chaque jour un peu plus nos manœuvres. C'est une excellente nouvelle pour sa santé, mais du point de vue de la gestion du patient, cela s'avère assez problématique. Aujourd'hui cependant, ce n'est pas mon souci puisque c'est au tour de Caro de s'en occuper. Je suis curieuse de voir comment elle va s'y prendre…

Non sans perfidie, je lui rappelle :

— Tu n'oublies pas la chambre 6…

— T'inquiète. C'est pas moi qui vais craquer, même si, d'après ce que j'ai entendu, vous avez bien galéré hier.

— Il a refusé de croire que Vanessa et moi étions des esprits de la forêt.

— Je le comprends. Vous n'avez même pas de feuilles.

Elle attrape un petit sac qu'elle ouvre en ajoutant :

— Dis-moi, puisque tu évoques la chambre 6… Mon aide-soignante refusant de me suivre dans mes mises en scène, accepterais-tu de me donner un coup de main ?

Je me compose une attitude de diva.

— Je veux une grande loge, un droit de regard sur le scénario, un assistant personnel, et aucune scène de nu.

Elle penche la tête avec un air que je n'aime pas.

— Pas de scène de nu ? Alors laisse-moi te proposer le marché autrement, madame la star : soit tu m'aides, soit je raconte à tout le monde de terribles ragots sur ton compte.

— Une vile menace ?

— C'est de bonne guerre.

— Quelles horreurs pourrais-tu colporter ? Je suis l'innocence même.

Elle me désigne le panneau des consignes.

— Tu les vois bien, les deux chiffres en bleu là-haut ?

— Les scores de Tristan ? Je ne vois pas le rapport.

— Moi si, et il se pourrait qu'il soit sexuel, le rapport. Le seul doute qui subsiste te concernant est le suivant : faut-il en augmenter un seul, ou les deux ?

Elle s'empare du feutre et fait mine de retoucher les comptes. Je me moque d'elle :

— Pauvre toquée ! T'as avalé trop de tes macarons.

Les yeux réduits à deux fentes, elle pose la pointe du stylo sur le tableau.

— Tu n'as vraiment rien à me dire ?

— À quel sujet ?

— Je ne sais pas... Par exemple, une anecdote bien perso. Rappelle-toi que j'ai failli faire carrière à la CIA.

Je soupire :

— Votre problème, dans les services secrets, c'est que vous voulez toujours qu'on avoue quelque chose, même s'il n'y a rien à révéler.

— Ose prétendre qu'il ne s'est rien passé avec Tristan !

Elle a des accents de défi. Ça y est, elle fait sa tête de caméléon avec ses yeux de travers. Elle va me projeter sa longue langue collante à la figure en changeant de couleur.

Elle appuie son interrogatoire :

— Avoue que c'est super louche : il ne parle que de toi, claironne à qui veut l'entendre que tu es formidable, humaine, et je ne sais plus quoi d'autre... À l'écouter, tu serais la meilleure d'entre nous !

J'ironise, faussement modeste :

— Il a peut-être simplement pris conscience de ma perfection, que toi, tu tardes à reconnaître.

— Ne joue pas à ça avec moi ! Il y a anguille sous roche !

— N'importe quoi.

— Si j'apprends que tu as succombé à ce gros blaireau, je serai dégoûtée. Je sais que tu n'es pas bien en ce moment, que tu as été déçue pour Baptiste. Mais de là à te jeter dans les bras de n'importe qui...

Elle baisse les yeux, puis, radoucie, précise :

— Pour être franche, ce ne serait pas que tu aies couché avec lui qui me ferait le plus de peine, mais que tu ne me l'aies pas dit.

Elle relève le visage.

— Parce qu'on se dit tout, pas vrai ?

À l'évidence, la perspective qu'il puisse en être autrement la chagrine profondément.

— Bien sûr qu'on se dit tout, ma Caro.

Elle se retransforme instantanément en brute chargée d'extorquer des informations.

— Alors je t'écoute : qu'est-ce que tu as fricoté avec Tristan ?

— Absolument rien ! Je suppose même que c'est ça qui lui fait tant d'effet...

— Pardon, mais j'ai du mal à y croire. S'il parlait ainsi de toutes celles qui l'ont éconduit, tu ne serais pas la première qu'il place sur un piédestal. Il t'idolâtre comme il ne l'a jamais fait de personne ! L'autre jour – ne me raconte pas de salades, je l'ai vu de mes propres yeux ! –, il s'est écarté pour te laisser le passage. Il ne le fait même pas pour les petits vieux en déambulateur !

— En vrai, j'ai bien fait un truc avec Tristan...

Un violent soubresaut secoue Caro.

— J'en étais sûre, s'emballe-t-elle, j'aurais dû parier ! Quand, où ça ?

— Jeudi soir. Dans le couloir du sous-sol qui mène aux parkings.

— C'est affreux, c'est honteux. Vous êtes des animaux. Mais raconte-moi quand même. Comment c'était ?

— Plutôt rapide.

— Il a effectivement cette réputation.

— Non, tu n'y es pas. C'est moi qui ai impulsé le tempo. Il m'a attendue pour me draguer, mais je ne sais pas ce qui s'est passé : cette fois, j'en ai vraiment eu assez. La tentative de trop. Alors je lui ai sorti ses quatre vérités.

Caro est stupéfaite. Incapable de parler. Je détaille :

— Sans colère, sans amertume, d'un seul coup. J'ai balancé ce que j'avais sur le cœur, sur lui, sa façon de nous considérer, son comportement, tout. Je suppose que jamais aucune femme ne lui avait parlé aussi franchement. C'est sans doute ça qui l'a marqué.

Mon amie me dévisage, incrédule.

— Tu as vraiment fait ça ?

— Et pas à moitié. Sans me la raconter, je crois qu'il a été impressionné. Il a complètement perdu les pédales, au point de me demander si j'étais vierge...

Caro s'étouffe de rire. Je ne sais pas comment je dois le prendre.

J'hésite à lui parler de Mathieu, mais ça va faire trop dans sa tête et je ne sais d'ailleurs pas où j'en suis moi-même. Je préfère passer à autre chose :

— Tes délires pervers étant apaisés, qu'as-tu préparé pour la chambre 6 ?

Encore sous le coup de ma révélation, elle fouille dans son sac et en tire un petit chapeau de cow-boy, un foulard rouge et un pistolet en plastique. Elle a dû les chiper à ses jumeaux. Entre ses mains d'adulte, ils paraissent minuscules.

Avec le plus grand sérieux, elle pose le couvre-chef miniature sur le haut de son crâne, noue le foulard sur son nez comme si elle allait attaquer une diligence, et empoigne le revolver d'enfant multicolore.

— Caro, franchement, tu ne peux pas y aller comme ça.

— Je vais me gêner. D'ailleurs, c'est pour son bien, et je n'ai pas de leçon à recevoir d'un esprit de la forêt qui dresse les castors !

Je m'esclaffe.

— Avec de tels accessoires, comment pourrais-tu avoir besoin de moi ?

— Je n'ai pas de cheval.

L'idée ouvre aussitôt des perspectives inexplorées dans les vastes contrées de mon imagination. De là à dire que je galope… On se regarde, Caro et moi. Une étincelle passe entre nous. Parfois, dans une vie, l'histoire nous fixe des rendez-vous qu'il ne faut surtout pas manquer. Je sais que c'en est un.

— Vendu ! Je suis ton canasson.

On est sorties de la salle de soins comme deux échappées d'un asile. En nous voyant, Fatoumata et sa collègue se sont carapatées.

Au seuil de la chambre 6, Caro grimpe sur mon dos. Complètement investie dans son personnage, elle m'éperonne des talons et ouvre la porte d'un grand coup de pied en hurlant : « Banzaï, les mains en l'air, vous êtes cernés ! »

L'usage du terme « banzaï » s'avère totalement inadapté et son accent américain innommable. Du coin de la bouche, elle tente d'imiter les coups de feu de son flingue. Ça me rappelle le hérisson qu'on avait recueilli chez mes grands-parents quand j'étais petite et qui pétait tout le temps.

Elle saute à bas de mon dos et se dépêche de prendre la tension du petit monsieur. Moi, pour le distraire, je continue à jouer le cheval en hennissant et en caracolant partout dans la chambre.

Mais je n'ai pas pu tenir mon rôle jusqu'au bout. Parce qu'après avoir levé les mains sous l'effet de la peur tandis que Caro le braquait avec son jouet en lui prenant le pouls, le pépé lui a sifflé d'une voix menaçante :

— Je suis le frère de Géronimo. Tu peux fuir, gringo, on te retrouvera, et ce jour-là, je te scalpe !

J'ai éclaté de rire. Ça m'a coupée dans mon élan. Résultat : j'ai loupé mon saut du tabouret et je me suis étalée.

69

Milène a beau insister tous les jours, je ne suis pas certaine que lui confier le numéro d'Enzo servirait à grand-chose. Nous en avons déjà discuté, mais elle ne l'entend pas de cette oreille, et hier, pour la première fois, elle s'est même fâchée.

De bonne foi, je me suis demandé si cette réticence résultait d'un refus inconscient d'en finir définitivement avec mon ancien petit ami. Clore notre histoire pour de bon me poserait-il problème ?

Il est de mon devoir de m'interroger objectivement sur ce point, tant il est vrai que j'ai traîné et que, ces derniers jours, je me méfie de mes raisonnements et de tout ce qui me semble « évident ».

J'ai abordé la question sous tous les angles, sans rien m'épargner, sans aucune complaisance, mais j'en arrive toujours à la même conclusion : il n'est plus envisageable pour moi de fréquenter Enzo. Je n'y retournerai pas. Le fait d'ignorer dans quelle direction on doit avancer ne peut justifier que l'on recule.

J'ai dépassé ma relation avec Enzo. Encore davantage maintenant que j'ai accroché le grand portrait de Mathieu dans le hall d'entrée de mes pensées. Il est bien loin, le soir où j'ai voulu sauter dans l'évier du pilote de salon par dépit amoureux. Était-il d'ailleurs vraiment question d'amour ? Tout ce que j'ai vécu depuis me permet d'admettre sans douleur qu'il s'agissait plutôt d'un sentiment cherchant à en prendre les apparences, sans en posséder la puissance. J'ai appris à faire la différence.

Ces derniers mois m'ont définitivement changée. Toutes ces rencontres, tout ce que j'ai éprouvé… Certains espoirs ont peut-être été déçus durant cette période, mais il m'en reste toujours suffisamment pour piétiner toute tentation de résignation. Surtout depuis que j'ai rencontré Mathieu.

Reste que Milène ne lâchera pas l'affaire. Enzo non plus d'ailleurs, d'une certaine façon. Il continue à m'envoyer des messages, gentils, environ toutes les deux semaines. Cela me fait de la peine. Ces deux-là attendent quelque chose de moi. Je me retrouve entre le marteau et l'enclume. C'est très inconfortable.

C'est ainsi que j'ai eu envie de tenter le tout pour le tout, en ne songeant qu'à leur intérêt.

Ce soir, Milène est très joliment habillée. À force de ne se fréquenter qu'en uniforme d'infirmière, on oublie l'atout que peut constituer une tenue plus seyante. Pour ma part, j'aurais opté pour un décolleté moins profond, mais après tout, chacun fait ce qu'il veut, et celui de ma collègue a de quoi appâter un homme sans problème. Elle n'est cependant pas rassurée.

Au moment où nous arrivons au pied de l'immeuble d'Enzo, la voilà victime d'une nouvelle crise d'angoisse.

— Tu es sûre que c'est une bonne idée ?

— Milène, voilà des semaines que tu me harcèles pour lui parler. Je t'offre l'occasion d'obtenir bien davantage.

— Mais la méthode, Elynn, la méthode…

— Quelle méthode ? Il n'en existe aucune d'infaillible pour rencontrer quelqu'un. Tu es bien placée pour le savoir. Alors celle-la ou une autre…

— Si ça dérape ?

— Ne te bile pas, au moindre problème, j'apparais comme par enchantement, telle la fée de l'Amour.

Pas certaine d'avoir réussi à calmer ses appréhensions, mais elle se remet en mouvement.

Je compose le code de la porte de l'immeuble. On se faufile dans le hall en direction de l'escalier. Bien que n'étant coupables de rien, nous marchons quand même sur la pointe des pieds comme des voleuses.

Je redécouvre des lieux que j'avais déjà oubliés. Ils semblent surgis d'une vie révolue. J'ai pourtant si souvent fréquenté la place… J'ai emprunté ces marches des centaines de fois, mon corps a même gardé la mémoire de leur rythme, de la sonorité de la cage d'escalier, de l'écho de mes pas. À chaque visite, je songeais à l'homme que je m'apprêtais à retrouver, à ce que nous allions partager ensemble. Je n'en suis plus là, et je constate que ce qui fut familier ne représente plus rien. Comme ces endroits où l'on retourne et qui, privés de la présence de ceux qui leur conféraient une valeur, ne sont plus que des coquilles vides. Sauf qu'ici, celui avec qui j'ai un temps envisagé de construire ma vie n'est pas parti. C'est mon cœur qui a déménagé.

Parvenue sur le palier, Milène s'arrête.

— C'est laquelle, sa porte ?

— L'avant-dernière, au fond à gauche.

Elle fixe l'objectif. Je sais ce qui se joue en elle. J'ai été dans sa situation. Ici même, d'ailleurs. Étant donné ce qu'elle attend de cette visite, ce couloir aux lumières approximatives et aux murs défraîchis prend une importance démesurée. C'est le chemin qui conduit à son futur, la rampe de lancement de ses espoirs. Elle considère ces quelques mètres comme une prometteuse voie royale, alors que je n'y vois plus qu'un devis de réfection à venir pour le syndic qui gère la copropriété. Toute perception dépend décidément des sentiments qui l'accompagnent.

Milène est inquiète, oppressée, je le devine à sa respiration.

— Sois franche, me demande-t-elle. Comment me trouves-tu ?

Je la regarde avec une attention que j'exagère pour la rassurer. Je rectifie une mèche de ses cheveux, qui n'en avait pas besoin.

— Tu es parfaite.

— Vraiment ?

— C'est bien simple, si j'avais encore des vues sur lui, je te casserais la figure tellement je jugerais ta concurrence redoutable.

Elle tente un rire, aussitôt étranglé par le stress.

— Milène, détends-toi. Tout se passera bien. Tu as toujours le croquis ?

Elle hoche la tête avec empressement.

— Alors revoyons-le une dernière fois.

Elle tire une feuille de sa poche et la déplie. Ses mains tremblent. Je lui ai dessiné le plan de l'appartement d'Enzo en lui expliquant :

— La tactique est simple. Tu vas le trouver en train de jouer, ici. Il sera de dos lorsque tu entreras.

Sur le schéma, je pointe du doigt l'emplacement du poste de pilotage.

— Ne dis pas un mot excepté « bonsoir ». Rejoins ensuite directement la cuisine, là. L'évier risque d'être plein de vaisselle sale, mais ne t'en occupe pas. À partir de ce moment, tu attends.

Elle approuve. Je précise :

— J'espère pour toi qu'il ne mettra pas deux heures à remarquer qu'il n'est plus seul.

Elle me saisit les mains.

— Elynn, j'ai peur. Que se passera-t-il lorsqu'il va s'apercevoir que je ne suis pas toi ?

— Aucune idée, mais si j'ai bien saisi la façon dont il fonctionne, vous aurez gagné énormément de temps. Allez, viens.

Je l'entraîne vers l'appartement d'Enzo en lui intimant de ne plus faire aucun bruit. Pour parcourir les derniers mètres, je retire mes chaussures et les garde à la main.

Arrivée devant chez lui, je tends l'oreille. Les moteurs tournent à fond : Enzo est en train de rouler. Je souris. Certaines choses ne changent pas. Je sors la clé qu'il m'avait confiée et qui ne servira jamais pour moi.

Je fais signe à Milène de me rejoindre et à l'oreille, je lui murmure :

— Tu entres, tu te manifestes d'un seul mot, et tu files vers la cuisine sur la gauche. C'est compris ?

— Est-ce que je dois t'imiter en disant « bonsoir » ?

— Tu fais comme tu veux, mais je te conseille d'être toi-même. Même déconnecté comme il l'est après une course, il ne devrait pas nous confondre longtemps.

Elle tremble comme une feuille. Je la prends dans mes bras.

— Ne t'en fais pas. Il ne t'attend pas, c'est un avantage. L'effet de surprise n'en sera que plus puissant, et je suis certaine que cela jouera en ta faveur.

Elle est émue, touchante, fragile. Une femme qui tente sa chance. Je dépose la clé au creux de sa paume.

— À toi de jouer.

— Merci, Elynn, je ne réalise pas du tout ce que je suis en train de faire, et je suppose que c'est préférable.

— Je croise les doigts pour toi. Si tu paniques : tu m'appelles et j'arrive.

— Merci beaucoup.

Elle vérifie sa tenue, lisse les pans de sa petite veste du plat de la main et inspire profondément pour retrouver un semblant de sérénité. Mon cœur doit battre presque aussi fort que le sien.

La voilà qui redresse le menton, glisse la clé dans la serrure, déverrouille et pénètre chez Enzo. Elle m'adresse un dernier clin d'œil et referme. Même si elle l'a fait avec délicatesse, je note que techniquement, elle vient quand même de me fermer la porte de mon mec au nez !

J'espère que tout va se passer aussi bien que je me suis efforcée de le lui faire croire. Parce que c'est quand même un sacré plan foireux.

Je plaque mon oreille contre la porte. J'entends les pas de Milène qui avance en terre inconnue. Elle lance un « bonsoir » cristallin. Entre deux accélérations virtuelles, la voix d'Enzo lui répond :

— C'est toi ! Tu es venue ! Je suis trop content !

Les moteurs rugissent de plus belle.

— Laisse-moi deux minutes, ajoute-t-il, je suis bien placé. Plus que deux tours et je suis à toi. Regarde, je vais réussir à gratter ce Hollandais…

Ça me fait drôle quand même : c'est à moi qu'il croit parler. J'imagine Milène dans la cuisine, et la panique qui doit régner dans sa tête. Je lui envoie les meilleures ondes possibles. J'espère que la casserole des nouilles et l'assiette à pizza vont la réconforter.

Les moteurs hurlent de plus en plus, auxquels se mêle bientôt un bruit de dérapage puis de reprise.

— Oh là là ! s'exclame Enzo. Tu as vu comment j'ai évité l'accrochage ? Je vais finir premier ! Tu me portes chance !

Je l'espère de tout mon cœur, mon gars, puisque c'est à moi que tu t'adresses. Mais si je dois te porter bonheur, que ce ne soit pas sur un circuit, mais plutôt avec la jeune femme pleine d'espoir qui patiente derrière toi.

Acclamations de fin de course, musique du podium si souvent entendue. Enzo exulte :

— Premier ! Une coupe de plus ! Je te la dédie !

Je l'entends qui ôte rapidement ses sangles. Le raclement caractéristique confirme qu'il est en train de s'extirper de son siège. Voici venu l'instant fatidique. J'espère que Milène ne s'est pas évanouie dans la poubelle.

La voix d'Enzo résonne à nouveau :

— Mais qui êtes-vous ?

Réponds, Milène, dis quelque chose. Sois brillante !

Mais je n'entends rien. Elle se tait. Pas le moindre bruit. J'écrase mon oreille contre le battant. Si seulement je pouvais aussi entendre par le nez !

Trois solutions : Enzo a pris peur et vient de sauter par la fenêtre. Ou bien Milène fait la même tête que quand la jambe artificielle d'un patient s'était décrochée en coinçant le rail du scanner.

Ou alors, les petits gars de la base secrète ont décidé de les mettre tous les deux sur « pause » tant ils étaient proches du court-circuit.

Un léger bruit laisse cependant entrevoir une autre possibilité. Il me semble avoir entendu un petit rire de Milène. Qu'est-ce que ça veut dire ? Je retiens ma respiration pour mieux écouter.

Il est clair qu'à présent je perçois distinctement ses roucoulements. Nom d'une trépanation ! Milène aurait-elle décidé de la jouer au charme ? Arrière, créature lubrique ! Laisse le champion reprendre son souffle !

De nouveaux rires étouffés troublent le silence, et je jurerais qu'un grognement mâle vient de s'y ajouter. La dernière fois que j'ai entendu ce genre de sons, ça venait du local technique où Tristan s'était enfermé avec je ne sais plus qui.

C'est quoi, cette histoire ? Je connaissais la propension très masculine d'Enzo à profiter des opportunités qui se présentent sans se poser de question, mais quand même ! J'espérais sincèrement que tout se passerait au mieux entre eux, cependant je ne m'attendais pas à ce que ça aille aussi vite, et encore moins dans cette direction. Je voulais leur faire gagner du temps, mais il y a des limites !

Qu'est-ce que je viens d'entendre ? On aurait dit le coulissement d'une fermeture à glissière. Et là, le froissement de vêtements que l'on retire, voire que l'on arrache. Non mais franchement ? J'ai bien envie de tambouriner à la porte en leur rappelant que je suis là. Arrêtez, les cochons ! Je suis une enfant !

Abasourdie, j'en tombe à genoux sur le paillasson. Cette fois, aucun doute, plus besoin d'écouter à la porte. Ils ne sont pas en train de faire la vaisselle. Je suis sciée.

Serais-je jalouse ? Pas le moins du monde. Est-ce que leur comportement bestial me dégoûte ? Je dois d'abord en discuter avec une passoire avant de vous donner une réponse.

Bien que réellement contente pour eux, je suis quand même sous le choc. Non pas parce qu'ils sont ensemble – moins de deux minutes après leur rencontre, c'est important de le préciser – mais parce que je découvre brutalement certaines règles de l'univers que j'étais apparemment la seule à ignorer. Alors c'est donc ça, la vie ? On entre chez quelqu'un, on dit bonsoir, et on couche ? Ce n'est pas un psy qu'il me faut, mais un mode d'emploi.

Toujours agenouillée, je me redresse, levant les bras au ciel pour implorer ceux de la base secrète. Je les supplie de m'éclairer, de m'envoyer le règlement intérieur. Même en tarif lent, c'est pas grave.

C'est alors qu'à l'autre bout du couloir, près de l'escalier, j'avise un vieux monsieur avec son cabas à provisions qui se tient immobile et me fixe, intrigué et inquiet. Cela faisait longtemps que personne ne m'avait regardée comme ça. Que peut-il penser de cette jeune femme à genoux en train d'implorer le ciel ? D'autant qu'au sens propre, elle est à côté de ses pompes.

La fée de la Honte vient de me retrouver. Elle a dû rentrer de vacances. Sa nouvelle coiffure lui va drôlement bien. Elle danse autour de moi, cette ratasse. Je vais lui faire un croche-patte. Il n'y a pas de raison que je sois la seule à tomber de haut.

70

Je ne vais pas vous mentir, j'adore M. Guardo et j'aime les activités que nous développons pour les enfants, mais l'idée de lui rendre une petite visite *impromptue* ce matin est d'abord motivée par le besoin très égoïste de me réfugier dans un endroit calme, à l'abri du champ de mines qu'est ma vie, auprès d'une personne bienveillante et posée.

Je rêve de faire escale dans un havre de paix, d'échapper quelques heures à la tempête qui me secoue. Les vagues sont hautes et les éclairs nombreux. Depuis quelques jours, mon destin ne cesse de tanguer. À peine me suis-je fait submerger par la lame de fond des sentiments que je me refusais envers Mathieu que je viens d'être torpillée par la fulgurante rencontre de Milène et d'Enzo.

Me réfugier chez Raphaël sera d'un grand réconfort. La vie semble si simple quand l'aube se lève sur sa petite ville miniature… Tout y est à sa place, serein, harmonieux, idéal. Je vais lui demander une séance pour moi toute seule !

Je sonne à l'interphone de l'hôtel, désormais réparé.

— Oui, qui est-ce ?

— Bonjour Raphaël, c'est Elynn !

Grésillement. Longues secondes.

— Monsieur Guardo, vous m'entendez ?

— Oui, oui.

Nouvelle pause. Il finit par demander :

— Avions-nous rendez-vous ?

— Pas ce matin, mais j'ai eu envie de passer vous saluer.

Silence qui s'éternise de plus belle. C'est bizarre.

Enfin, le déclic de la porte. J'ouvre et j'avance dans le hall. Un parfum de gâteau au chocolat flotte dans l'air.

Raphaël est debout derrière le comptoir, bien droit, avec sa belle moustache aux extrémités qui remontent de plus en plus à mesure qu'elle pousse.

À côté de lui se tient Florence. Oui, ma Tata Florence. Nom d'une roulette de brancard qui lâche, que fait-elle là ?

J'apprécie qu'un fauteuil se trouve juste à ma portée, parce que je ne peux plus faire un pas. Je me cramponne au dossier. Dans un bel ensemble, ils contournent le comptoir chacun d'un côté et viennent à ma rencontre.

— Comment allez-vous, Elynn ? Je ne vous attendais pas...

— Salut ma chérie, quelle belle surprise de te voir ici ce matin...

Leur enthousiasme est surjoué. Inutile d'être de la CIA pour deviner que mon arrivée imprévue les place dans une situation délicate. Sans aller jusqu'à parler de gêne, on peut sans conteste s'accorder sur le fait qu'ils n'en mènent pas large.

Incrédule, je les observe l'un et l'autre. Quand je pense que je suis venue me réfugier ici parce qu'en principe, avec les anciens, tout est plus prévisible et plus calme ! On dirait deux mômes surpris à la fête foraine par la mère supérieure après avoir fait le mur du pensionnat.

— Un thé vous ferait-il plaisir ? me demande timidement M. Guardo.

Avec deux sucres et une explication.

— Excellente idée.

Il déguerpit aussitôt vers l'office, trop heureux de me laisser seule avec ma tata. Elle, d'habitude si prompte à dégainer un petit commentaire, prend cette fois son temps.

— C'est la première fois que je viens. Je comptais t'en parler.

— Tu n'as pas à te justifier. Vous êtes tous les deux adultes, majeurs et vaccinés.

Elle hésite avant de lâcher :

— Tu avais raison à son sujet, M. Guardo est vraiment quelqu'un de très gentil.

Passé la stupéfaction, la situation m'amuse de plus en plus. Aussi loin que je m'en souvienne, je n'ai jamais vu Florence sur la défensive. Sur aucun sujet. C'est la première fois que je ressens chez elle une forme de mauvaise conscience. Je ne veux cependant pas en jouer.

— Florence, je suis désolée de vous avoir surpris. C'est une excellente chose que vous vous entendiez bien. Je vous aime tous les deux. Je ne m'attendais simplement pas à ça… Pas ce matin.

— Je vais l'aider à prolonger son diorama. Il a de très belles idées. Cet homme est un poète.

— Formidable.

— D'autre part, si tu es d'accord, lorsque tu ne seras pas là, je pourrai l'assister pour recevoir les enfants…

— Bien entendu. Tu seras parfaite.

Elle semble se détendre légèrement.

Raphaël jette un coup d'œil furtif depuis la porte de l'office. Je le désigne à ma tante d'un mouvement du menton.

— Je ne sais pas ce qu'il s'imagine, mais il s'inquiète. Asseyons-nous, si tu veux bien.

Je retire mon manteau et nous prenons place dans le canapé installé à l'intention des visiteurs. Je me tourne vers Florence.

— Dois-je en conclure que cette fois, trente secondes ne t'ont pas suffi pour comprendre pourquoi ça n'allait pas coller avec ce bonhomme-là ?

Elle rougit et baisse les yeux.

— Il me donne envie d'essayer…

— De repartir à l'assaut de l'Everest ? Tu as bien raison. Peut-être au sommet trouverez-vous la place de vous asseoir à deux…

Florence me prend les mains.

— C'est toi qui voulais que je retente l'aventure. C'est d'ailleurs toi qui me l'as présenté.

— Tout est de ma faute, comme d'habitude. Aucun problème, je vais assumer cela en plus du reste. C'est ce que mentionnera le procès-verbal.

Notre rire résonne dans le hall. C'est un signal de ce genre que devait attendre Raphaël pour oser revenir avec son plateau.

Avant qu'il ne soit trop près de nous, Florence me glisse :

— S'il te plaît, pas un mot à ta mère…

— Sinon ce ne sera pas une séance chez le psy qu'elle t'offrira, mais un rendez-vous avec le gynéco.

Je crois que j'ai réussi à la choquer, mais elle s'esclaffe de bon cœur. M. Guardo dépose le plateau sur la table basse.

— Tout va bien, mesdemoiselles ?

Je ne l'avais pas vu à ce point dans ses petits souliers depuis le jour où il m'a offert son énorme bouquet.

— Tout va très bien, le rassure Florence.

Si elle croit que je ne l'ai pas vue lui faire un clin d'œil… C'est scandaleux. Mais qu'est-ce qu'ils ont tous, en ce moment ? C'est le printemps ? Le prix exorbitant des loyers qui les pousse à se regrouper ?

Mon téléphone vibre. Aubeline m'appelle. J'espère qu'elle n'a pas de problème.

— Vous permettez ? Il faut que je réponde, c'est peut-être important.

Je me lève en décrochant :

— Aubeline ?

— Hello Elynn. Je ne te dérange pas ?

— Je suis de repos aujourd'hui. Un souci ?

— Aucun, bien au contraire. Laurent m'emmène en escapade ce week-end. Rien que lui et moi, destination surprise ! Je suis folle de bonheur.

Je confirme : ils ont tous quelque chose en ce moment. Et s'agissant des Maublaincourt, le loyer n'explique rien.

— C'est formidable. Je suis si heureuse pour vous deux ! J'espère que vous allez en profiter.

— Compte sur moi. Quelque chose a radicalement changé entre nous depuis mon « accident »…

Sa voix se modifie comme si elle avait mis sa main autour du micro pour ne pas être entendue par son entourage.

— Cramponne-toi, il a gobé l'histoire de la guitare et du gamin enragé ! Pas si futés que ça, les hommes...

Je tousse.

— L'essentiel est que tout se rétablisse dans votre couple.

Pendant que je parle, j'aperçois du coin de l'œil Florence et Raphaël qui discutent à voix basse en se tenant très près l'un de l'autre. Ils sont attendrissants.

— Ne t'inquiète pas, reprend Aubeline, je serai rentrée pour notre séance de mardi soir. Hâte de tout te raconter.

— Vis-le d'abord à fond, c'est le plus important.

— Mais ce n'est pas pour cela que je t'appelle. Tu as de quoi noter ?

— Pas sous la main.

— Alors essaie de retenir, mais je te l'envoie de toute façon par SMS.

— Quoi donc ?

— 28 rue Daniel-Boorstin.

— Une adresse ?

— Celle de Mathieu Ferrelle, mon amie. Je suis heureuse de te l'offrir.

J'ai dû faire un bruit bizarre. Mon cerveau vient de fondre. Je respire par les yeux, je vois par le nez, plus rien d'autre ne fonctionne. Obligée de m'asseoir, tant pis si c'est sur la belle plante verte de Raphaël. Je n'ose pas y croire.

— Tu ne plaisantes pas, c'est bien l'adresse de Mathieu ?

— Lui-même, avec sa pudeur, son respect, et tout ce qui est censé nous rendre folles de désir mais qui marche surtout sur toi.

En moi, un tremblement de terre est en train de tout faire exploser. Un monde émerge.

— Comment as-tu fait ?

— Laurent a des relations. Mais ne traîne pas, apparemment son adresse n'est que temporaire...

J'ai pris le temps d'embrasser Florence et Raphaël puis de m'excuser auprès de la plante foutue. Et je me suis enfuie.

71

Dans sa rue, depuis le trottoir d'en face, j'observe son immeuble. Je découvre un peu de son quotidien, même si j'ignore à quel étage il loge, ou si ses fenêtres donnent de ce côté-ci ou sur la cour arrière.

Cette fois, je suis consciente que mon cœur bat assez vite pour griller un électrocardiogramme. J'enregistre aussi chaque détail avec une précision décuplée. Comme si, à défaut de le connaître, j'étais avide d'apprendre par cœur tout ce qui le concerne. Apprendre par cœur… L'expression prend ici tout son sens.

Qu'est-ce que je fais là ? Pourquoi me suis-je précipitée sans hésiter, dès l'instant où j'ai su l'adresse de Mathieu ? Je ne peux même pas aller sonner chez lui. J'en suis réduite à l'attendre.

Un détail me chagrine : alors que la matinée s'annonçait ensoleillée lorsque j'ai quitté Florence et Raphaël, le temps ne cesse de se couvrir depuis. Les nuages s'accumulent. Est-ce encore un message venu de là-haut ? Dois-je y lire un présage de ce qui me pend au nez ?

Voilà déjà plus d'une heure que j'arpente les parages sans perdre sa porte de vue, scrutant chaque passant dans un flux qui se densifie à mesure que la matinée avance. Je me fais la plus discrète possible, me méfiant des ombres qui glissent derrière les fenêtres. Je dois à tout prix éviter qu'il ne me repère.

Je varie les angles afin de couvrir tous les axes, prête à réagir lorsqu'il se montrera. Je suis comme un reporter animalier en planque près d'une tanière, espérant apercevoir le grand puma qui y réside. Peut-être est-il déjà à l'intérieur, peut-être pas. Quoi qu'il en soit, il finira par passer par là. C'est son point d'eau. Tous les spécialistes vous le confirmeront : le spectacle d'une nature farouche et sauvage exige de la patience.

Selon un cycle étonnamment régulier, j'en arrive environ toutes les dix minutes à me trouver ridicule d'épier ainsi. Ridicule, voire pathétique. Après tout, je ne vaux pas mieux que Tristan et ses petites embuscades pour coincer ses amourettes. Même si nos motivations sont différentes, l'honnêteté me pousse à accepter la comparaison.

De leur côté, mauvaise conscience et raison s'allient pour m'inciter à rentrer chez moi. Me ressaisir et faire preuve de responsabilité me permettrait d'assumer enfin tout ce que je délaisse depuis que je passe mon temps à traquer Mathieu.

Une force plus puissante encore que toutes les autres réunies m'ordonne cependant de rester. Tout mon être me dicte de me cramponner au peu que je sais de lui, un nom, une adresse, et une envie désespérée de le revoir.

Car en dépit de l'inconfort de ma situation, il n'existe pas un seul endroit au monde où je préférerais me trouver à cette minute. Pas une pensée ne pourrait me distraire de celles que Mathieu éveille en moi.

J'aime penser à cet homme. Rôder autour de son lieu de vie, c'est déjà me rapprocher de lui, et, bien qu'incapable de justifier rationnellement cela, je ne désire rien d'autre. Alors je marche, et je marche encore, en faisant bien plus que les cent pas autour de la tanière du fauve. Je collecte aussi des informations...

Entre 9 h 37, heure de mon arrivée, et maintenant – soit près d'une heure plus tard –, neuf personnes sont sorties de son immeuble, dont une jeune femme avec un bébé dans les bras. Celle-là m'a posé un vrai problème.

Très belle, à l'évidence à l'aise avec son enfant. Féminité et maternité superbement assumées. C'est bien ma chance. Je n'ai eu aucun mal à l'imaginer en couple avec Mathieu.

Pour la première fois de ma vie, j'ai été jalouse de quelqu'un. Alors que d'habitude, je me suis toujours demandé si les hommes que je fréquentais feraient de bons pères, ce matin, c'est sur ma propre aptitude à devenir une compagne acceptable que je m'interroge. Pourrais-je rivaliser avec celle que je dissèque du regard tandis qu'elle s'éloigne ? J'ai des doutes. Ça ne m'arrangerait pas qu'on nous compare.

J'ai bien envisagé de la kidnapper, de l'évincer, mais ces pensées ne m'ont cette fois ni amusée, ni soulagée. On a toujours plus de mal à plaisanter avec ce qui nous effraie réellement.

Je pense que finalement, si je découvre que Mathieu est en couple avec cette impressionnante jeune mère, le plus simple sera encore pour moi d'être malheureuse à en mourir.

Je l'imagine facilement avec des enfants. Parce qu'il sait s'occuper des autres et que, pendant ses cours, je lui ai souvent vu ce petit sourire quand nous réussissions à nous dépasser. Il sait repérer et encourager les êtres qui tentent.

Par contre, je n'arrive absolument pas à deviner le métier qui pourrait être le sien. Sportif, il l'est assurément, mais de là à être coach professionnel, rien n'est moins sûr. Sa façon d'animer avait un côté frais, inventif, presque improvisé, loin des routines mécaniques de ceux qui pratiquent à l'année.

Je l'imagine dans plusieurs costumes pour évaluer ce que ça pourrait rendre. Peintre en bâtiment ? Kiné ? Enseignant ? Marin-pêcheur ? N'importe quel métier qui bouge pourrait lui convenir.

Les heures passent, et je connais à présent les environs de son appartement comme ma poche. Je suis épuisée d'être constamment sur le qui-vive. Plus jamais je ne prétendrai que les suricates se la coulent douce lorsqu'ils patientent debout pendant des plombes en surveillant les alentours.

De temps en temps, je m'accorde une pause en m'asseyant sous l'Abribus le plus proche. Pour le moment, je stationne devant la vitrine d'un chausseur. C'est la troisième fois que je m'y intéresse. Je peux désormais réciter le prix de toutes les paires de la nouvelle collection printemps-été, sans toutefois jamais lâcher le reflet de la porte de son immeuble dans la vitre.

Les mêmes questions tournent en boucle : Mathieu est-il chez lui ? Est-il sorti ? Pourquoi serait-il sorti ? À quelle heure va-t-il revenir ? Va-t-il revenir ?

L'heure du repas pourrait constituer une excellente raison de le pousser hors de son repaire. Le puma sortira peut-être pour aller chasser sa pitance. Cette possible échéance me redonne du courage.

Le ciel s'alourdit toujours davantage, dans une parfaite métaphore de la pression qui pèse de plus en plus sur moi. Questions et hypothèses s'accumulent, tels des nuages noirs, assombrissant sans cesse mon horizon. D'où tombera la foudre ?

Souvent, je divague, rêvant éveillée que je l'aperçois. J'avance vers lui en me retenant de courir, pour le croiser comme si le hasard était seul responsable. Quels seraient alors mes premiers mots ?

En fait, ce sont surtout des questions que j'aimerais lui poser. Le plus efficace serait de lui proposer un questionnaire :

« Bonjour monsieur Ferrelle, c'est pour un sondage. »

Puis je lui tendrais un porte-bloc avec un stylo et une feuille à remplir :

« Êtes-vous célibataire ? Si oui, passez à la question n° 2. Par contre, si vous êtes en couple, rendez-moi mon Bic et laissez-moi pleurer. »

« Question n° 2 : classez ces différents loisirs par ordre de préférence :

– jouer à des jeux vidéo puérils ;

– manger des aliments qui colorent la langue et les dents ;

– tricoter des déguisements pour chats ;

– rester des heures à me regarder en me répétant inlassablement que je suis belle et que vous n'êtes rien sans moi. »

J'ai bien peur qu'il ne me faille trouver une autre approche.

Puis-je lui avouer directement que je l'aime ? Hors de question. Ce serait stupide, et ce n'est d'ailleurs pas vrai. Enfin, je ne crois pas. Comment pourrait-on aimer quelqu'un que l'on connaît si peu ? À moins que notre instinct ne puisse sentir ce que notre esprit ne comprendra que bien plus tard…

Cela ne me dit pas comment m'adresser au puma sans qu'il se sauve. Je sais ! Je vais acheter un quartier de bœuf et je lui en jetterai des morceaux. Ainsi il ne s'enfuira pas, et avec le temps, il se laissera caresser.

J'en étais à me demander où se trouvait la boucherie la plus proche lorsque parmi les badauds, tout à coup, il a surgi juste devant moi.

Point positif : je n'ai pas eu à jouer la surprise.

Point négatif : je ne suis pas prête du tout.

Trois heures que je le guette, et il a quand même réussi à me surprendre. Sale bête.

72

— Bonjour Elynn.
— Bonjour Mathieu.
— C'est étonnant de vous rencontrer comme ça, hors du centre, commente-t-il, amusé.

Tu l'as dit, bouffi. Où étais-tu depuis trois heures ?

— C'est effectivement une sacrée surprise. Le monde est petit…

Son sourire laisse supposer que me voir ne lui déplaît pas. Pour ma part, je bloque tous les muscles de mon visage de l'intérieur, pour éviter d'exprimer quoi que ce soit. Mes mains sont prêtes à se précipiter sur ma figure en renfort. Poker face, Elynn ! Rappelle-toi que tu n'as pas une seule carte maîtresse dans ton jeu !

Face à lui, je me déçois beaucoup. J'étais convaincue de me rappeler avec précision chacun de ses traits, chaque ligne de son corps. À présent qu'il est là devant moi, je réalise que mon souvenir ne lui rendait absolument pas justice. L'essentiel m'échappait. Ce n'est pas tant sa plastique qui me chavire que ce qu'il dégage d'énergie et de densité. Sa façon de se tenir. D'accrocher la lumière. Il me bluffe. Est-ce ce que l'on nomme une aura ? Je me retiens de prendre une photo avec mon portable.

À ceux qui jugeraient ma fascination excessive, j'ose rappeler que c'est la première fois que je le contemple sans me raconter d'histoires. Plus de faux-semblants. J'assume désormais tout ce qu'il déclenche en moi, et je le mesure en temps réel. Je frôle la fibrillation.

Circonstance aggravante, je ne bénéficie plus du bouclier que constituait le groupe. Je ne partage plus Mathieu avec les autres, c'est inédit. Nous sommes seuls et personne ne s'immisce. Même en pleine rue, parmi les inconnus qui vont et viennent, sa présence n'enveloppe que moi. La température monte.

Là, pendant que nous nous saluons d'un ton léger, j'en profite pour enregistrer chaque pixel de son apparence. Je les grave dans ma mémoire, sur mon cœur, et, pour être certaine de ne pas en perdre un seul, je vais aussi faire une sauvegarde sur un disque dur externe.

Nom d'une fracture ouverte ! Je viens de capter les effluves de son parfum. Je suis raide dingue de cette senteur, elle me rappelle les hauts empilements de troncs tout juste coupés dans la forêt, dont la fragrance s'exhale lorsque le soleil commence à chauffer. Qu'est-ce que ça m'a manqué !

— Au club, demande-t-il, toutes ces dames sont en forme ?

Elles sont déjà passées à autre chose, mon grand, mais pas moi !

— La troupe va bien. Elles vous passent le bonjour.

— Elles savaient donc que nous allions nous rencontrer ?

Je m'étrangle. Si je trébuche sur ce genre de détail, qu'est-ce que ça va donner avec des sujets plus sensibles ?

Il ne me laisse pas m'enliser et relance :

— Qu'est-ce qui vous amène dans le quartier ? Vous habitez par ici ?

Je n'ai pas envie de lui mentir, mais ça va être compliqué d'arranger la vérité. Elynn, rappelle-toi les conseils de Caro et d'Aubeline ! Inspire-toi d'elles, et puise dans leur infinie sagesse !

Je me concentre à mort, mais cette case de mon cerveau a dû être cambriolée, parce qu'elle est vide. Les malfrats n'ont rien laissé. Rien, nada, peau de balle. Ou alors je viens de tout oublier sous l'effet de ses radiations. Parce que c'est un puma radioactif. Quel bol j'ai ! Je suis à poil sur le champ de bataille, avec un Coton-Tige et deux bonbons à la menthe, face à un char d'assaut.

— J'habite plus loin, mais ça fait des heures que je traîne dans le coin en espérant tomber sur vous.

Il éclate de rire. C'est un problème récurrent avec les gens : vous leur dites la vérité et ils ne vous croient pas.

« Attention Caro, la petite vieille de la 19, elle mord. »

Elle ne m'a pas crue. Résultat, ça a failli lui coûter une phalange.

« Attention papa, le courant est toujours branché. »

Il se marre, et en touchant le montant métallique, il invente le disco.

Tant pis si Mathieu ne me prend pas au sérieux lui non plus, j'enchaîne :

— Je suis heureuse de vous revoir. Pour de vrai.

Qu'est-ce que ça fait comme bien de pouvoir enfin lui exprimer le fond de ma pensée en le regardant droit dans les yeux... Sur les neuf derniers mots, il n'y a pas un seul bobard ! Je m'empresse d'ajouter :

— D'ailleurs, ça fait des semaines que je cherche à vous joindre...

— Vraiment ? Pour quelle raison ?

J'ai toute son attention. Il m'écoute, et nous n'échangeons plus des propos de principe comme durant les cours. Nous vivons notre authentique premier dialogue. Qu'il soit grutier ou déménageur m'indiffère totalement, pourvu qu'il continue à poser sur moi le même regard qu'à présent.

— Pour vous proposer de reprendre la place d'animateur de notre club. Toute la bande vous appréciait énormément, et on a enfin réussi à se débarrasser de la créature venimeuse que vous remplaciez.

— Très touché que vous ayez pensé à moi. Réellement honoré.

Quel élégant formalisme. En plus, on se dit « vous ». C'est l'héroïne romantique du bord de la falaise qui serait contente ! « Mon doux Mathieu, j'eusse été fort aise que vous *reprenassiez* la charge de notre atelier de figures physiques qui pètent le dos. Diantre, je m'en pâmerais de béatitude, au point de faire don de mes salières royales à des pestiférés galeux ! »

C'est bien gentil les bonnes manières, mais à ce train-là, on se fera la bise dans trois siècles.

— Lorsque j'ai demandé au centre de vous faire passer le message, on m'a expliqué qu'il vous était désormais impossible d'occuper le poste. Un obscur problème de contrat...

— C'est malheureusement vrai.

Des gouttes commencent à tomber du ciel sur mes joues. Je les essuie rapidement, je ne voudrais pas qu'il pense que je pleure parce qu'il ne reviendra pas.

— Il pleut, fait-il remarquer.

Quelle perspicacité. Sur ce coup-là, je ne remercie pas les gars qui sont de permanence aux Déclenchements des précipitations. Cette averse n'arrange pas du tout mes affaires. Les pumas ont horreur de l'eau ! Vous allez me le faire fuir ! Je vous déteste.

Devant la déroute qui s'annonce, je tente le tout pour le tout :

— Avez-vous le temps de prendre un café ?

S'il te plaît, dis-moi « oui ».

Il consulte le ciel et sa montre.

— Pourquoi pas ? J'ai un rendez-vous dans une heure, mais ça va.

Je pourrais chanter à tue-tête tellement je suis heureuse. J'en ai les larmes aux yeux. Je suis parfaitement consciente d'avoir une réaction disproportionnée, mais je n'y peux rien. Mes émotions ne m'obéissent plus et j'en suis réduite à tenter de les contenir.

— Dans les parages, dit-il en m'indiquant un bar de l'autre côté de la rue, celui-là est le plus sympa.

Ce pourrait être un rade infâme, je serais quand même aux anges. On traverse rapidement tandis que la pluie forcit, et on entre se mettre à l'abri. Mathieu s'oriente directement vers une table au fond de la salle.

— Vous avez l'air d'avoir vos habitudes…

Il me désigne son immeuble à travers la devanture.

— J'habite juste là. Je vous aurais bien invitée à monter, mais c'est une colocation, et l'autre travaille de nuit. Il doit dormir.

Génial ! Je peux retirer la jeune femme et le bébé de l'équation. En moi, une nouvelle horde d'émotions inconnues éclosent et tentent de sauter les grilles comme des biches affolées. Il faut d'urgence que j'achète un fusil et des fléchettes tranquillisantes pour les neutraliser.

— Qu'est-ce qui vous ferait plaisir ? demande-t-il en s'asseyant.

Que tu m'embrasses, que tu viennes à la maison, qu'on refasse les peintures du salon, et après qu'on joue au docteur sur le canapé. Si tu veux, tu pourras remettre ton pompon sur ta tête.

— Elynn, tout va bien ?

— Pardon, pardon. J'ai parfois l'esprit ailleurs.

— Que souhaitez-vous boire ?

Que dois-je répondre pour lui plaire ? Pour que ça fasse branché sans faire alcoolique ? Le visage de sainte Caro m'apparaît dans un halo de lumière : « Sois toi-même. Ne cherche pas à dissimuler ta véritable nature. Fais-toi confiance. Fais-lui confiance… »

— Je vais prendre une grenadine.

Cela ne semble pas le choquer. Il commande un expresso et ma boisson d'enfant.

Je me sens flottante. Absolument heureuse de me trouver face à lui, mais en apesanteur. J'ai déjà trinqué avec des hommes sur lesquels j'avais des vues, mais clairement, cette fois, tout est différent.

Il retire son blouson et s'installe confortablement. Vous allez voir que cette grosse pluie va finalement se révéler un cadeau de la Providence. Notre tête-à-tête a en effet plus de chances de se prolonger dans ce bar que sur le trottoir au milieu des passants. Merci pour le coup de pouce, les gars, je vous ai encore mal jugés !

— Vous êtes de repos aujourd'hui ? m'interroge-t-il. Infirmière, si je me souviens bien…

Il n'a pas oublié ! Je paierais cher pour savoir s'il a également retenu les professions de mes copines, ou si je suis la seule à bénéficier de ce privilège.

— En récupération. Et vous, que faites-vous dans la vie, quand vous ne nous pliez pas en quatre ?

— Avais-je l'air si inexpérimenté que ça ?

— Pas du tout, ce n'est qu'une intuition.

— Eh bien, elle est juste. D'habitude, je suis militaire, détaché à la Sécurité civile. Spécialisé dans la gestion des catastrophes naturelles.

Je crains que le contrôle de mon visage ne m'ait échappé un instant. Mes mains peuvent toujours se précipiter, c'est trop tard. Je fais la tête d'une souris qui vient d'entrer dans un palais en gruyère. Je vais manger les murs. Tant mieux s'il est spécialiste en catastrophes naturelles, parce que j'en suis une.

— Très impressionnant. Comment vous êtes-vous retrouvé à nous coacher ?

Le garçon apporte la commande. Mathieu confisque le ticket pour m'inviter et fait un geste vers mon verre :

— Vous avez eu raison de choisir une grenadine. Je me demande pourquoi je prends toujours des cafés, je déteste ça. Pour faire comme tout le monde, j'imagine...

Je pousse ma boisson vers lui.

— Tenez, si vous en avez envie, ça me fait plaisir...

— C'est gentil, mais il n'y a aucune raison. Disons que ce sera mon dernier café ! La prochaine fois, je prendrai une grenadine et je penserai à vous.

Quelqu'un vient de lancer mon programme « essorage » à mon insu parce que je vibre de partout. Jamais je n'oublierai la façon dont il a prononcé cette phrase.

Il fronce les sourcils, étonné.

— Vous avez froid ?

— Pas du tout.

— Pourtant vous tremblez. Prenez mon blouson si vous voulez...

Il attrape son vêtement et, dans un mouvement de toréador avec sa cape, me le dépose sur les épaules. Tout est parfait.

— Quittez-le quand vous serez réchauffée...

Jamais, mon gars. Je vais m'enfuir avec et me rouler dedans pour m'imprégner de ton odeur.

— Merci beaucoup, Mathieu.

Je ne touche pas à mon verre, ni lui à sa tasse.

— Vous ne m'avez pas expliqué comment on passe de la Sécurité civile à Énergie & Harmonie.

— C'est une longue histoire, qui n'a pas beaucoup d'intérêt.

Il paraît contrarié et se détourne. Impossible de creuser. Il ne répondra pas. Certaines paroles effraient les animaux sauvages.

— Officiez-vous à présent dans un autre club ? Y a-t-il un moyen de s'y inscrire pour vous suivre ?

Il revient sur moi en me regardant étrangement. Panique à bord. Me serais-je trop avancée, au risque de dévoiler la véritable nature de mon intérêt pour lui ? Je suis certainement en train de rougir.

— C'est adorable, Elynn, mais je ne suis plus entraîneur nulle part.

— Vous repartez en mission pour la Sécurité civile ?

Il hésite. Il n'est décidément pas à l'aise sur le sujet.

— Je ne sais pas, finit-il par lâcher.

Tout à coup pensif, il se mure dans le silence.

La perspective qu'il puisse s'en aller m'anéantit. Je ne sais plus rien, je ne comprends plus rien, excepté que je ne veux pas qu'il s'éloigne. Je n'accepte pas, alors que je le retrouve enfin, qu'il puisse déjà disparaître.

— Vous allez déménager ?

— Sans doute dans quelques jours.

— Est-il indiscret de vous demander où ?

— Si seulement je le savais… J'ai plusieurs propositions. Je n'ai pas encore tranché.

— Vous hésitez sur la destination ? Une question de climat ?

D'un revers de la main, il balaie l'idée.

— Plutôt une question de choix de vie.

Son regard se perd dans le vague. Il paraît bien seul à cet instant. Je voudrais tant mieux le connaître, pour être en mesure de le réconforter.

Un couple s'assoit à la table voisine. Nous ne serons désormais plus aussi tranquilles dans notre recoin. Je les hais. Je m'en veux, mais je les hais quand même.

Mathieu se concentre à nouveau sur moi.

— Franchement, Elynn, vous revoir me fait vraiment plaisir. Cette journée ne s'annonce pas idéale pour moi, mais grâce à vous, j'aurai au moins eu la chance de profiter d'un vrai sourire. Merci beaucoup.

Il m'a déclaré cela de façon très simple, directe, sans aucune arrière-pensée. Il m'a parlé comme un homme.

— Vous avez l'air d'être quelqu'un de bien, Mathieu. Si je peux vous aider d'une quelconque façon…

— J'apprécie, mais ce sera difficile.

— Au moins reprendre un verre, ou même partager un repas si cela vous tente. Croyez-moi, je sais ce que c'est que de dîner seul.

L'argument résonne visiblement en lui. J'ignore ce qui l'attend. Lui semble prêt à l'assumer. Pas moi.

J'ai peur. Je suis terrifiée à l'idée de ne plus le voir, j'enrage de ne pas avoir le temps de lui exprimer ce que j'éprouve lorsqu'il est près de moi. Pire, je ne suis pas certaine d'arriver à respirer s'il n'est plus là. Par une cruelle ironie du sort, alors que je considérais cela comme la preuve ultime qu'un homme pourrait me donner de son amour, c'est moi qui me prépare à suffoquer.

Comme le bord de la falaise, je vois approcher le moment où nous allons nous séparer. Je prononce les derniers mots d'une condamnée :

— Mathieu, je vous laisse mon numéro. Vous ferez ce que vous voudrez. Mais croyez-le ou non, votre départ n'est pas du tout une bonne nouvelle.

J'ai déjà eu l'occasion d'avoir la trouille et mal à la poitrine à ce point-là. Une seule fois. Parce que j'avais failli mourir. Aujourd'hui, ce serait plutôt parce que j'ai failli vivre.

73

L'importance qu'ont les gens se mesure au vide qu'ils laissent lorsqu'ils sont absents.

À la seconde où Mathieu n'a plus été près de moi, je me suis sentie creuse comme jamais. Un hangar abandonné, une nef silencieuse, un monde déserté.

Je suis littéralement fracturée en deux, à la fois complètement vivante lorsqu'il est là, et totalement paniquée à l'idée d'être privée de sa présence.

Mathieu réécrit tous les codes de ce que je considérais comme une relation. D'abord, parce que ce n'en est pas une. De son point de vue, il n'a fait que me croiser par hasard. Du mien, c'est un attachement démesuré que je ne peux que constater, impuissante. Peu importe ce décalage, cela ne change rien. Le seul fait que Mathieu existe suffit à me donner la force de tout imaginer. Il a ce pouvoir sur moi.

Avec lui, pas de passage obligé, pas de premier dîner, aucune de ces circonvolutions qui rythment un couple en construction. Il m'entraîne, je veux le suivre, n'importe où, les yeux fermés, sans aucune mesure ni contrepartie.

Je ne rêve pas qu'il pose un genou à terre pour m'offrir une bague de fiançailles, je me moque qu'il me couvre de fleurs ou s'intéresse à mes tenues. Avec lui, j'ai envie de m'asseoir sur une plage, de parler de ce qui compte, avec pour seule musique le ressac des vagues. Regarder ensemble dans la même direction. J'aspire à ce que nous déroulions des plans sur une table pour dessiner notre destin, et que nous unissions nos énergies pour accomplir ce en quoi nous croyons.

À présent que nous sommes séparés, une force me manque. La sienne.

Privée de son blouson, je peux enfiler la totalité des vêtements que je possède en les superposant, j'aurai quand même froid. Son parfum s'estompe, il s'enfuit de moi. Comme un chien, je renifle mes manches pour en recueillir les dernières molécules. L'idée d'en être sevrée me vrille la tête. Une droguée en manque.

Il fallait d'urgence que j'en parle à quelqu'un. J'ai débarqué chez Caro en fin d'après-midi.

Je devais faire une drôle de tête lorsque je me suis présentée à son domicile, parce qu'elle m'a immédiatement demandé qui était mort. Moi, potentiellement.

Jérôme venait de rentrer de son travail. Très gentiment, il a aussitôt pris les jumeaux en charge pour nous laisser tranquilles.

Depuis, je raconte, je vide mon sac, sans aucune cohérence. Mes émotions ont fait le mur et s'égaillent dans le salon de ma copine tel un troupeau en panique. Je raisonne à haute voix autant que je quémande son avis.

Je lui ai tout dit.

— Calme-toi, Elynn, respire. Tu n'as même pas touché à ton thé.

Je n'entends pas sa remarque. À l'altitude où je vole, je suis affranchie des nécessités terrestres.

— Tu te rends compte ? Je l'ai à peine retrouvé qu'il va partir ! C'est affreux.

— Il a pris ton numéro. Demain est un autre jour. Je suis certaine qu'il va t'appeler.

— Tu le penses sérieusement ?

— J'en prends le pari.

Je sais qu'elle ne dit ça que pour me rassurer, mais je suis tentée de la croire. J'en suis réduite à me cramponner à sa prétendue certitude, pourtant dénuée de tout fondement.

— Quand il est là, plus rien ne compte. Il m'aveugle, et pourtant je n'ai jamais vu aussi clair.

— Je ne sais pas ce que tu prends, mais j'en veux bien…

— Jusque-là, je n'avais fait que flasher sur des garçons en me disant qu'ils pouvaient correspondre à ce que j'espérais. Tu comprends ?

— À peu près…

— Avec lui, c'est autre chose. Pendant le peu de temps que nous avons eu ensemble, j'ai eu l'impression de grandir, de me renforcer. Exactement comme une plante qui aurait achevé sa croissance. Avec lui, mes racines peuvent puiser de quoi se nourrir, et j'ai la tête au soleil !

— Tu ne devrais pas tarder à fleurir…

— Il déjoue tous mes schémas, il me donne envie d'avancer. Pourtant, je ne l'attendais pas ! Tout ce que je m'imaginais ne compte plus. Ce que j'ai vécu avant est oublié. Quand je suis avec lui, j'ai l'impression de tout découvrir pour la première fois. Les couleurs sont plus vives, les parfums plus odorants. Même moi, je ne me reconnais plus. Tout a davantage de goût, de sens. J'existe puissance dix. Ça dépasse de loin la simple attirance physique, cela se situe au-delà, comme si mon esprit était attiré par le sien.

— Tu m'as l'air dans un drôle d'état.

Un énorme tintement nous fait sursauter. Caro pousse un cri.

— Pardon, dis-je, c'est de ma faute. Ce doit être un SMS. J'ai les pétoches de louper son appel, j'ai réglé le volume de la sonnerie au maximum…

Fébrile, je vérifie mon téléphone, mais ce n'est pas lui qui m'a écrit. Je verrai plus tard.

Je n'en finis pas de parler de Mathieu, comme si l'évoquer le rendait présent, près de moi.

— J'adore la façon qu'il a de bouger ses mains. Je l'avais déjà notée pendant les cours, mais c'était encore plus évident au café.

— Qu'est-ce qu'elles ont, ses mains ?

— Elles sont là, calmes, élégantes, d'une puissance contenue. Tu les sens prêtes à passer à l'action. Tu sais qu'elles peuvent tout à coup saisir, effleurer, serrer, caresser. Ce dont il décidera de s'emparer ne pourra pas lui échapper.

— Génial, il a un pouce opposable. Si c'est ton truc et que ça ne marche pas entre vous, je pourrai te présenter un singe qui a exactement la même faculté.

— Je ne peux pas prétendre qu'il fait tout ça pour me séduire, parce qu'il n'essaie même pas. Il me fascine malgré lui ! Il se contente d'être, avec intégrité, sans jouer aucun jeu.

À la façon dont mon amie me dévisage, je la devine perplexe.

— Pardon, Caro, je débarque comme une névrosée et je dévaste ta soirée… Je dois te saouler à parler de lui comme ça. Tu dois me prendre pour une folle.

— Ce dernier point n'est pas une nouveauté. Pour le reste, je ne t'ai jamais vue ainsi, lors d'aucune de tes histoires. J'espère sincèrement que ça collera entre vous.

Je reste pensive.

— Pendant longtemps, j'ai rêvé de ce que pouvait être l'amour, je l'ai même confondu avec ce qui en avait l'apparence. Cette fois, aucune exagération de principe ni d'enthousiasme nourri d'images toutes faites. J'ai simplement l'impression qu'avec lui, j'ai une chance de découvrir ce qu'aimer veut dire.

Je lui prends les mains.

— Caro, as-tu déjà éprouvé ce sentiment ? La chaleur de son regard qui coule sur toi comme une douche apaisante, des gestes que tu voudrais filmer pour les revoir au ralenti, sa démarche, la façon unique qu'il a d'exécuter la plus infime des actions avec cette puissance qui n'appartient qu'à lui…

Elle plonge sereinement son regard dans le mien et me souffle :

— Non, Elynn, je n'ai jamais connu cela. J'aime Jérôme, et je veux passer toute ma vie avec lui. Nous sommes la meilleure solution l'un pour l'autre. Mais ce dont tu me parles comme une hallucinée, c'est autre chose. Sans doute ce qu'on appelle le coup de foudre, ou l'amour avec un grand « A ».

— J'en suis arrivée à la même conclusion.

— Je suis heureuse pour toi, Elynn. Cela te va bien.

— Merci.

— Je te souhaite aussi bien du courage, parce que si l'on en croit les chansons, les livres et les films, alors plus rien d'autre ne comptera pour toi, et tu vas en baver…

74

Voilà trente et une heures et vingt-sept minutes que je n'ai pas vu Mathieu. Pas le moindre message non plus. Je dépéris. Si j'étais la plante dont je parlais à Caro, je n'arriverais même plus à synthétiser ma chlorophylle. Me retrouver dans cet état m'insupporte, mais je n'y peux rien. Ça faisait un brave moment que je ne m'étais pas méprisée pour mon impuissance.

J'ai passé une nuit épouvantable, régulièrement réveillée par des notifications sans intérêt de mon portable. Quand j'ai pris mon service ce matin, j'ai bien été obligée de le régler en silencieux, mais je le consulte aussi souvent que possible. Je sursaute au moindre bip. Un vrai ressort.

Ce midi, pendant ma courte pause déjeuner, je n'ai rien avalé. J'ai fait chauffer mon plat, puis, comme j'étais seule avec lui, je lui ai parlé de Mathieu. J'ai réussi à saouler une fricassée de la mer ! Du coup, après, je n'ai pas pu la manger. On ne dévore pas quelqu'un qui vous a écoutée.

Soraya est entrée dans la salle de repos. Encore l'air de chercher quelqu'un. C'est moche, mais je me suis dit que si elle venait à nouveau m'annoncer qu'un homme m'attendait à l'accueil, direct, je lui flanquerais une grande baffe.

La journée passe tant bien que mal, se résumant à une interminable alternance entre espoirs délirants et déprimes absolues. Je suis à bout de forces.

Dans la salle de soins, alors que j'ai la plus grande difficulté à me concentrer sur mes notes de transmission pour l'équipe de nuit, un signal retentit. Je décolle de ma chaise avant de retomber lourdement. Un appel patient. Je me retourne pour vérifier, et je découvre Fatoumata, le doigt tendu vers l'écran des alertes en chambre, pétrifiée comme si elle venait de voir le diable.

— Ça vient de la chambre 6... gémit-elle, tremblante.

— Mais elle est vide. Notre papy fou est sorti hier.

— Je sais, dit-elle d'une voix blanche. C'est sûrement son esprit qui hante les lieux...

Fatoumata se recroqueville sur elle-même et commence à hululer.

— Décompresse, Fatou. Ça doit être le bouton d'appel qui débloque. Ne bouge pas, je vais vérifier.

— Si tu n'es pas revenue dans cinq minutes, je préviens la sécurité !

— Appelle aussi un exorciste.

Parfois, il arrive que des sans-abri se glissent dans les chambres vides pour y dormir et fassent n'importe quoi avec les équipements, mais cela se produit surtout la nuit.

Je remonte jusqu'à la 6. Bizarre. Alors qu'elle devrait être fermée, la porte est entrouverte. Aucune lumière à l'intérieur. Je repousse le battant avec prudence. Mes yeux peinent à s'acclimater à la pénombre. Je m'aventure plus avant.

Un corps est étendu sur le lit. Vu le gabarit, il s'agit assurément d'un homme. Il geint comme une bête à l'agonie.

— Monsieur... Qu'est-ce qui vous arrive ?

J'allume la lumière. L'inconnu porte une blouse blanche. Comment a-t-il réussi à la subtiliser avant d'échouer ici ? Il faut vraiment que les équipes s'appliquent à bien verrouiller les vestiaires.

Se lamentant de plus belle, l'homme se contorsionne péniblement. Oubliant toute prudence, je lui porte secours.

— Ne vous en faites pas, je vais vous aider !

Découvrir son visage me cause un choc.

— Docteur Moëlner ?

— Lafonta, Dieu merci, c'est vous !

Sa voix est faible, à peine articulée.

— Qu'est-ce que vous faites ici, docteur ?

— Une crise. Plus aiguë que d'habitude. Horrible. J'ai réussi à me traîner jusqu'à ce lit pour donner l'alerte.

— Une crise de quoi ?

— Colique néphrétique. Une abomination.

D'une main instable, il me montre ses reins en grognant. J'acquiesce :

— C'est effectivement réputé très douloureux.

Il laisse échapper un râle en tentant vainement de se redresser. Il n'a plus rien d'un dictateur conquérant. Sur l'arbre de l'évolution, il aurait plutôt bifurqué vers la branche des invertébrés rampants. Mon instinct me pousse à compatir, mais je n'oublie pas à qui j'ai affaire. Méfions-nous du crocodile blessé...

— Écoutez, mon petit. Vous allez m'injecter 60 millilitres de kétoprofène en intraveineuse. Allez chercher ce qu'il faut. Soyez gentille, faites vite.

Où a-t-il vu que j'étais « son petit » ? Un jour, il a prétendu qu'on pouvait devenir « les meilleurs amis du monde ». La fois d'après, il m'a reproché d'être trop joyeuse alors qu'« on n'était pas là pour rigoler ». Quand il m'a surprise avec le patient déjanté que j'avais menacé de balancer par-dessus bord au pôle Sud, il m'a convoquée dans son bureau pour me passer un savon et m'a menacée de m'imposer des tests psychiatriques. Et là, d'un seul coup, je suis « son petit » ?

— Docteur, si vous le voulez bien, nous allons d'abord nous offrir un petit exercice qui ne vous fera aucun mal et améliorera votre santé.

— De quoi parlez-vous ? halète-t-il. Je vous demande une piqûre de kétoprofène, rien d'autre.

— D'abord, et à partir de maintenant, vous allez prononcer mon prénom sans l'écorcher. Je ne m'appelle pas Aline ou Hélène ou Hélice. Je me prénomme Elynn. Tant qu'on y est, vous allez me dire « tu », comme tout le monde.

Il se force à se tourner vers moi, incrédule. Je l'encourage :

— Allez, on est un grand garçon. On n'a pas peur, on se lance.

Il me foudroie d'un regard noir.

— Je suis en train de crever et vous faites l'imbécile ?

— Je n'ai pas fait les mêmes études que vous, mais je sais exactement ce qu'est une colique néphrétique. Vous n'allez pas mourir, docteur. Tic-tac, tic-tac, j'attends. Puisque c'est vous, je consens à vous aider. Quelle bonne poire je fais ! Répétez après moi : « Elynn, s'il te plaît, j'ai très mal, pourrais-tu me soigner ? »

— Vous êtes folle, je vais vous faire virer.

— Ou me traduire en cour martiale, ou me radier du barreau, ou me faire cuire avec des carottes et un bouquet garni… Je m'en cogne, mon cher Gontran. En attendant, dis-moi « tu » et appelle-moi « Elynn ».

Je ne sais pas ce qui m'arrive, mais je me sens bien. La bête est enfin sortie de sa cage, et elle respire à pleins poumons. Libre, la bestiole ! C'est la faute à tout ce que j'ai traversé ces derniers mois. C'est surtout grâce à Mathieu. Plus de serrure, plus de grilles, plus d'entraves ! Pas de chance, Gontran, ça commence avec toi !

Il s'énerve :

— Le refus de soins constitue une faute professionnelle ! La pire de toutes !

— Ouh, des termes compliqués dans ton état ? Chapeau ! On n'en fait plus des comme toi !

Il est en train de bouillir. J'ai l'impression qu'il va déjà mieux, mais c'est forcément illusoire avec ce qu'il doit déguster. Comme quoi, la hargne, ça donne bonne mine aux cancrelats.

— Faites votre métier, mademoiselle !

— Ne le prenez pas sur ce ton, docteur. Je fais mon métier, tel que vous-même me l'avez enseigné. Avez-vous oublié ?

— Elynn, s'il vous plaît…

— C'est mieux, mais ce n'est pas encore ça.

Il bougonne avant de se résoudre à articuler de mauvaise grâce :

— Elynn, s'il te plaît…

De rage, il froisse les draps dans ses poings.

— Bravo, j'espère que tu n'as pas la bouche en sang après avoir prononcé ces mots si coupants ! Je suis tellement heureuse qu'on se comprenne enfin, toi et moi. Tous tes comportements de petit chef, tes crises d'autorité, tes circulaires débiles, ces humiliations mesquines que tu infliges sans arrêt aux femmes du service, ce n'était finalement qu'un affreux malentendu. Au fond, tu es un amour.

Je lui effleure le bout du nez en faisant une moue attendrie.

— Trop mignon, mon Gontran.

Il se contient.

— Je t'en supplie, Elynn…

Je joins les mains comme une innocente.

— Quel dommage que je ne puisse pas te soigner parce que je ne suis qu'une petite infirmière de rien du tout…

— Arrête, par pitié !

— Je voudrais bien, mais tu m'as gravé deux principes dans la tête. Numéro 1 : « Je ne suis pas habilitée à émettre un diagnostic. » Numéro 2 : « Même si le malade ou sa famille me le demandent, je ne suis pas là pour leur faire plaisir, mais pour administrer les soins qu'un professionnel compétent, ayant suivi le cursus adéquat, jugera utiles. » Fin de citation.

Je mime le robot bloqué qui disjoncte parce que les instructions de son processeur interne l'empêchent d'agir.

— Bon sang, à quoi tu joues ?

— Au docteur. Je vais moi aussi me permettre de te révéler un principe qui pourra t'être utile…

Je me penche à son oreille et hurle à pleins poumons :

— NE SOIS JAMAIS MÉCHANT AVEC QUI QUE CE SOIT ! CAR IL SE PEUT QU'UN JOUR CETTE PERSONNE SOIT TA SEULE CHANCE DE T'EN SORTIR !

Il grimace et se tord de douleur avant de rendre les armes.

— C'est noté. J'ai compris la leçon.

— Parfait. Je vais donc vite aller chercher un médecin, parce que tu dois douiller. Il me dira quoi faire pour te soulager.

— Mais je viens de te le dire !

— Je ne peux pas t'écouter, tu es le patient ! Allez mon grand, tiens bon, c'est bientôt fini. Je reviens tout de suite avec un professionnel compétent qui aura suivi le cursus adéquat. Sois gentil, évite de grogner trop fort, ça va faire peur à Fatoumata.

En sortant, je vérifie mon téléphone, et je me liquéfie en m'apercevant que Mathieu a appelé. Il a laissé un message vocal. Si Moëlner m'a fait louper l'appel le plus important de ma vie, je l'opère de la vésicule à mains nues. Sans anesthésie.

75

« Vous avez un nouveau message :

“Elynn, bonsoir, c’est Mathieu. J’aurais préféré vous l’annoncer de vive voix, mais vous êtes encore certainement occupée à l’hôpital. On ne pourra pas se revoir avant mon départ, parce que je suis obligé de l’avancer à demain matin, tôt. J’en suis désolé, mais c’est une opportunité que je dois saisir. J’ai vraiment été content de vous recroiser. Vous n’imaginez pas à quel point vous êtes bien tombée hier. Je vous promets que si je repasse dans le coin, je vous ferai signe. D’ici là, prenez soin de vous. Je ne sais pas si je suis quelqu’un de bien, mais vous, c’est une évidence. À la prochaine.”

« Fin de vos nouveaux messages. Pour rappeler votre correspondant : tapez 1, pour réécouter : tapez 2, pour effacer : tapez 3, pour archiver : tapez 4. »

Existe-t-il une touche pour faire en sorte qu’il dise autre chose ?

Je ne vais pas avoir besoin de réécouter son message, parce qu’il est marqué au fer rouge dans chaque fibre de mon être.

Une douleur indicible. Si encore je savais comment il compte quitter la ville, je pourrais tenter de l'intercepter sur son quai de gare ou dans un hall d'aéroport. Pour le retenir, je suis prête à tout lui avouer d'un coup. Mes rêves, mes limites, mais plus encore, tout ce qu'il fait de moi. Finie la peur, plus d'orgueil. Plus jamais de cage.

J'ai essayé de le rappeler, sans arrêt, mais je tombe chaque fois sur sa boîte vocale, et aucun message ne pourra suffire à lui expliquer ce qui se joue.

Les souffrances des autres ne vont pas réussir à me distraire de la mienne. Pour la première fois de ma carrière, je me suis fait porter pâle à l'hôpital.

Depuis, mon téléphone est coupé et je reste au lit, prostrée, sans rien d'autre à serrer dans mes bras qu'un oreiller imbibé de larmes. Même les patients les plus abîmés du service sont en meilleur état que moi. Mon pronostic vital est engagé.

Par le passé, j'ai maintes fois éprouvé l'impression d'être seule dans ma vie. J'en ai souvent été malheureuse. Pourtant, il suffisait que je songe à ma famille, ou plus récemment à Aubeline pour me sentir déjà mieux. Ce coup-ci, personne ne pourra me sauver des ténèbres qui ont pris le pouvoir en moi. Caro a été géniale, mais je ne vais pas m'incruster à nouveau et lui imposer ma décrépitude. Elle a déjà ses jumeaux à élever, elle n'a pas besoin de s'occuper en plus d'une ado dépressive.

Qu'est-ce que j'ai loupé ? Pourquoi n'ai-je pas su saisir ma chance lorsque nous étions au café ?

J'ai été capable de parler à tous les hommes qui m'entourent, même lorsque la situation n'était pas évidente. J'ai réussi à gérer Baptiste, Enzo, Tristan, Raphaël, jusqu'à l'ex de Vanessa dont je me suis occupée lors de son séjour. Je suis même parvenue à passer le message à Moëlner. Pourquoi n'ai-je pas été aussi pertinente, aussi affûtée lorsqu'il a fallu que je plaide pour ma propre histoire auprès de l'homme qui l'a changée ?

J'ai su créer l'occasion, mais je n'ai pas pu trouver les mots. Quelle tragédie ! Échouer si près du but.

Je jure devant tous les chefs de service de la base secrète que s'ils me permettaient de le revoir ne serait-ce qu'une minute, je saurais quoi lui dire. Mais malgré tous les pouvoirs des fées et des petits gars d'en haut, il y a peu de chances pour que je le croise dans le lit où je me morfonds.

76

Mardi soir, 19 h. Puisqu'il faut tout faire soi-même, une lueur a fini par émerger de mon désespoir. L'embryon d'un plan a germé. Plus qu'hasardeux, j'en conviens. Je suis cependant décidée à le mener à bien. Plus rien à perdre.

L'inacceptable frustration qu'engendre le départ de Mathieu se dresse devant moi comme un mur. Elle me bloque, m'étouffe, écrasant toute velléité de futur. Je n'arrive pas à regarder au-delà. J'ignore si notre histoire est possible, mais je me refuse à renoncer sans avoir au moins essayé. Comme dans son propre parcours, c'est une question de choix de vie. Reste à contourner l'obstacle.

Mon plan est simple : je vais le suivre, même au bout du monde. C'est décidé. Quitter ma vie d'ici me fera de la peine, mais si je reste et qu'il est loin, je ne m'en remettrai pas.

La Sécurité civile a certainement besoin d'infirmières. Je postulerai, je me formerai, je les harcèlerai jusqu'à ce qu'ils m'affectent sur les mêmes missions que lui. C'est ensemble que nous interviendrons sur les éruptions volcaniques, les glissements de terrain et les coulées de boue, secourant les sinistrés. Je suis même prête à lui faire la surprise de devenir sa collaboratrice sans qu'il s'y attende. Ainsi, il me découvrira de nouveau, cette fois à travers ce dont je suis capable. Peut-être me remarquera-t-il sans même se souvenir de cette jeune femme si maladroite lors des exercices du club. Je rêve déjà que, dans ces circonstances différentes, je puisse frapper son esprit jusqu'à l'émouvoir aussi fort qu'il l'a fait pour moi. Changer radicalement d'existence pour nous offrir le choc d'une seconde rencontre ne m'effraie pas.

Aubeline a déjà réussi l'exploit de m'obtenir son adresse temporaire, je suis certaine qu'elle et Laurent sauront me dénicher sa prochaine affectation. La suite de mon projet ne sera qu'une question d'organisation. Je ne veux cependant pas demander cette aide vitale à Aubeline par téléphone. Je souhaite le faire les yeux dans les yeux, en justifiant des raisons de ma démarche. Cette perspective m'a donné le courage de m'extraire du lit et de reprendre forme humaine.

Ce soir, après notre séance de sport, je pourrai lui en parler.

Je suis arrivée au complexe peu avant l'heure. J'ai salué l'hôtesse, qui m'a souri et accueillie gentiment. Ce simple contact, mon premier avec un humain depuis ma réclusion volontaire et mon silence radio de plus de trois jours, m'a procuré une joie inédite. Être identifiée, considérée comme un être vivant, même par une simple connaissance, m'a rappelé qu'après ces jours passés à me sentir rejetée du monde, j'en fais toujours partie.

Alors que je montais l'escalier pour rejoindre les vestiaires, il m'a semblé apercevoir les trois petites filles repérées au feu rouge le soir où tout a commencé. J'ai grimpé les marches quatre à quatre pour les rattraper, mais elles se sont évanouies dans le dédale des couloirs avant que j'y sois parvenue. Je suis pourtant certaine de ne pas avoir rêvé. Je les ai vues, je les ai reconnues, avec la même maman qui les escortait. Après avoir inspecté plusieurs cours très divers où elles pouvaient se trouver, j'ai été obligée d'abandonner mes recherches pour ne pas arriver en retard.

La colère monte en moi. Ça commence à bien faire, les hallucinations, les fantômes et les signes ! Je n'en peux plus des « Coucou qui c'est ? » qui se terminent immanquablement par des « Mais où diable est-il passé ? ».

En pénétrant dans notre vestiaire vide, j'ai été saisie par une bouffée de nostalgie. Pas de brouhaha de conversations, pas d'accolade amicale. Je m'y retrouve seule, comme la toute première fois. Je mesure le chemin accompli depuis, avec la troupe, et cette pensée me réchauffe. Les soirs où nous avions rendez-vous avec Mathieu restent pour moi les plus beaux.

Je me change, pas plus inquiète que ça de ne voir personne arriver, tellement je suis perdue dans mes songes.

Ce n'est qu'à quelques minutes du coup d'envoi du cours que je commence à me poser des questions.

Je vais vérifier dans la salle aux grands miroirs où nous pratiquons. Déserte. J'essaie de joindre Aubeline, mais je tombe sur sa boîte vocale. Je tente le portable de Laure, pas de réponse non plus.

Il est 19 h, et je suis aussi seule dans notre salle que dans ma vie. Sans doute y aura-t-il eu un empêchement pour le cours et, ayant coupé mon portable depuis des jours, je n'ai pas été prévenue.

Je contemple mon image dans les immenses glaces. J'esquisse un pas de danse approximatif pour me prouver que je suis en vie, et que c'est bien moi que j'observe. Mon reflet copie tout ce que je fais. J'essaie de le déjouer en me touchant l'oreille par surprise. Il ne se laisse pas berner. Trop fort. Je perds la raison.

Des pas dans le couloir. Certainement l'hôtesse qui, après m'avoir vue tout à l'heure, s'est souvenue que le cours était annulé. Elle est bien gentille d'être montée me prévenir.

Une silhouette apparaît dans l'embrasure de la porte. Ce n'est pas l'hôtesse. C'est Mathieu.

77

S'il s'agit d'un mirage, je jure de retrouver celui qui en est l'auteur et de lui faire manger son bureau, matériel informatique compris.

— Bonsoir Elynn.

Il referme la porte derrière lui.

— Mathieu ?

Pour m'assurer que je ne délire pas, il faudrait que je le touche.

Il s'avance vers moi. Sa démarche, son regard, ses bras, son léger sourire… Si c'est un hologramme, il est vachement bien fait. Je bafouille :

— Je… je ne comprends pas. Vous êtes là alors que je vous croyais parti, et les autres sont absentes alors que normalement…

Des larmes d'épuisement se mettent à couler sur mes joues. Est-ce que je deviens folle ?

« Je jure, blabla, la base secrète, blablabla, le revoir ne serait-ce qu'une minute, blablablabla, je saurai quoi dire. » Du gros mytho, Elynn ! Nulle ! Il est là, et à part faire des bruits de lavabo bouché, tu n'es capable de rien ! Tu n'es qu'une créature perdue !

Il m'impressionne. Je suis si déstabilisée que je bats en retraite, comme si j'avais peur de lui.

— C'est vous, ce n'est pas un fantôme ?

— C'est bien moi.

— Qu'est-ce que vous faites là ?

Mathieu porte ses mains à ses tempes et déclare d'un air pénétré :

— Des voix mystérieuses m'ont parlé…

— Si vous vous moquez de moi, je vous tape !

Il réplique, amusé :

— J'ai bien fait de venir.

À force de reculer, j'ai atteint le fond de la salle. Me voilà dos au mur. Il est tout près maintenant. Je perçois sa puissance physique.

Se rendant compte que je ne suis bonne à rien, il passe son bras sous le mien et m'entraîne vers la baie vitrée qui donne sur la rue.

C'est tout à fait logique : il est revenu, il m'a laissé une nouvelle chance, je l'ai encore loupée dans les grandes largeurs, alors il n'est pas content et il va me balancer sur le carrefour à travers la paroi de verre. Je ne l'ai pas volé. Tchao tout le monde !

Dehors, la nuit est tombée. Mathieu pointe du doigt le trottoir d'en face.

— Tu connais ces femmes ?

J'ai d'autant plus de mal à voir net qu'il m'a dit « tu ». Je plisse les yeux, et je finis par distinguer un groupe qui gesticule en faisant des grands signes. Nom d'un lavement à 20 litres ! Qu'est-ce que mes copines du club font dehors ?

Aubeline, Tiphaine, Laure, Fabienne et toutes les autres bondissent sur place comme des hystériques en agitant les bras dans tous les sens. Elles se donnent en spectacle sans aucune retenue. Je crois aussi qu'elles hurlent des messages à notre intention, mais le double vitrage m'empêche de les entendre. De toute façon, s'agissant d'elles, ça ne doit pas être bien fin.

— Oui, effectivement, je les identifie. Sauf si les flics les embarquent pour trouble à l'ordre public…

— En tout cas, elles, elles te connaissent bien. Je peux aussi t'assurer qu'elles t'aiment énormément.

Puisque tu abordes le sujet de l'amour, parlons plutôt de nous deux : où en es-tu vis-à-vis de moi ? Sur une échelle de Richter de 1 à 10, est-ce que tu es plutôt légère vibration ou gros séisme ?

— Elles m'aiment ?

Je retourne en vacillant vers le centre de la salle. Son bras s'écarte du mien.

— Je n'exagérais pas en prétendant avoir entendu des voix, dit-il. J'ai d'abord trouvé un message d'Aubeline à ton sujet. Puis un autre de Laure, qui souhaitait m'expliquer qui tu es réellement.

— Qui je suis réellement ?

— Je les ai rappelées. J'ai également discuté avec une certaine Caro, qui m'a menacé de me kidnapper avec du chloroforme…

— Je suis désolée, c'est une manie chez elle…

— À combien de personnes as-tu donné mon numéro de portable ?

— À personne, je le jure. J'étais au fond de mon lit en train de mourir à petit feu.

Dans un étrange ballet exécuté au ralenti, nous évoluons, nous rapprochant tour à tour de quelques pas puis nous éloignant d'autant.

— Mourir à petit feu ? Quelle idée. Pourquoi une jeune femme pleine de vie comme toi se laisserait-elle sombrer ?

— Parce qu'elle a rencontré quelqu'un, et que par un atroce concours de circonstances, il va partir. Même si elle ne le connaît pas encore vraiment, elle sait que sa vie n'a plus aucun intérêt sans lui.

— C'est donc vrai.

— Quoi donc ?

— Ce que tes amies m'ont confié.

Je redoute déjà ce qu'elles ont pu lui révéler. Laisse-moi tranquille, fée de la Honte ! Je n'ai besoin ni de toi ni de tes sbires !

— Il ne faut surtout pas prendre ce qu'elles ont pu te raconter au pied de la lettre. Elles ont une fâcheuse tendance à exagérer.

— Elles ont surtout été bouleversantes, et je me suis demandé ce que tu avais bien pu leur dire de moi pour qu'elles aient le courage de cette démarche.

Je lève les yeux vers lui.

— La vérité, Mathieu. Simplement la vérité.

Je plonge enfin sans peur dans son regard. Sans filet. Il se tient devant moi, pour de vrai. Revenu là où tout a commencé, me ramenant ainsi d'entre les morts, grâce à mes folles d'amies.

— La première fois que je t'ai vu, ici même, j'ai été si troublée que je ne l'ai pas accepté. C'était tellement nouveau pour moi... Si puissant... Il m'a fallu du temps pour prendre conscience de ce qui m'arrivait. Le barrage a fini par céder, et je me suis trouvée emportée par le flot de mes propres émotions. Le spécialiste des catastrophes naturelles doit pouvoir comprendre…

— Pourquoi ne pas m'en avoir parlé au café ?

— Je t'ai dit que j'avais rôdé des heures en espérant tomber sur toi. Tu ne m'as pas crue.

— Peut-être fallait-il être plus claire, je ne suis qu'un garçon.

Je ne recule plus.

— J'ai eu peur. Trop d'enjeux. Trop d'espoirs. Trop de raisons pour que ça rate. Serais-tu capable de parler à cœur ouvert de la personne qui compte le plus pour toi à quelqu'un que tu connais à peine ? Sachant que c'est le même individu ? Moi pas.

Il rit :

— Il me faudrait un schéma pour comprendre ta question…

— Nous ne savons rien l'un de l'autre, Mathieu. J'ai pourtant la certitude que jamais je ne serai mieux qu'à tes côtés.

Il reste silencieux. L'angoisse s'immisce en moi.

— Mais peut-être suis-je la seule à espérer quelque chose ? Car après tout, si ma mémoire est bonne, tu n'avais remarqué que mes membres inférieurs…

Il sourit et s'approche à nouveau.

— Je n'étais pas moi-même.

Sa remarque m'inquiète. Il s'en rend compte et ajoute :

— Laisse-moi t'expliquer : lorsque je me suis présenté devant vous, j'étais prisonnier d'une situation.

— Condamné ?

Il tique.

— Comment le sais-tu ?

— Dans son flot de venin, c'est ce qu'a lâché l'autre peste de Francesca.

— Elle avait raison. J'étais là pour purger une peine. Surveillé de près.

— Une peine ?

— Dans mon unité, j'ai eu des problèmes avec une femme. Elle passait son temps à allumer les hommes ou à dresser ses collègues féminines les unes contre les autres à coups de rumeurs. Je lui ai demandé de se calmer. Au lieu de changer d'attitude, elle a tenté de me séduire, puis de me provoquer. Puisque ni l'un ni l'autre n'ont fonctionné, elle a semé le trouble de plus belle. Ses sous-entendus, son double discours et ses petites manœuvres ont rapidement miné l'ambiance. Elle a joué sur tous les tableaux, séductrice lorsque ça servait ses intérêts, victime de sexisme quand elle se trouvait en difficulté. Aucune cohérence, juste une volonté de nuire pour s'assurer une emprise, un pouvoir. Jusqu'à menacer la structure de la section.

— Personne n'a réagi ?

— Tout le monde était conscient de son jeu, mais de là à oser l'affronter… Chacun savait ce qu'il risquait face à sa mauvaise foi. Un soir, excédé, je l'ai avertie que si elle continuait, j'allais finir par la traiter d'égale à égal, exactement comme un homme puisque c'était soi-disant son rêve, et lui casser la gueule. Elle est allée se plaindre au colonel en affirmant que je l'avais brutalisée. Sa parole contre la mienne. J'ai été mis à pied, puis radié. Parce que tout le monde me connaissait, ma hiérarchie m'a relativement protégé, et on m'a promis de me trouver une affectation sur une autre base à condition que j'accomplisse une « peine » auprès de femmes, sans rencontrer le moindre problème.

— Nous étions cette peine…

Il baisse les yeux.

— Exact. Je ne pouvais rien dire, rien faire. Chaque mot, chaque geste, pouvait me coûter très cher. J'étais coincé de tous les côtés.

— Tu bougeais bien pour un puma ligoté.

— Pardon ?

— Non, rien, c'est une référence personnelle.

Il est gêné par son aveu, mais finit par se redresser pour me faire face.

— Tu ne demandes pas ?

— Quoi donc ?

— Si j'ai réellement brutalisé cette femme.

Cette fois, c'est moi qui m'approche.

— Je ne sais rien de toi, Mathieu Ferrelle, mais sur ce point je n'ai aucun doute.

J'ai noué mes bras autour de son cou. Le puma n'a pas bronché. Alors je l'ai embrassé.

On ne s'attend jamais à voir débarquer les vrais sentiments. Ils vous envahissent sans même s'annoncer et refont toutes les peintures de votre vie sans que vous ayez rien demandé. J'aime beaucoup la nouvelle couleur avec laquelle ils sont en train de colorer mon âme.

J'ignore combien de temps s'est écoulé tandis que nous restions l'un contre l'autre dans cette salle beaucoup trop grande pour deux.

Le seul événement dont je me souvienne, c'est qu'à un moment, venant du carrefour, on a entendu des sirènes de police, des dérapages, puis des cris. Dans le vacarme, une chaussure de sport est venue heurter la baie vitrée. Je jurerais avoir reconnu celle de Laure.

78

Depuis deux jours, dans le service, on a une nouvelle étudiante infirmière, Douna. C'est bien simple, quand elle arpente le couloir, on dirait qu'elle défile pour une marque de lingerie. Elle porte le même uniforme que nous, se prépare à faire le même métier – très consciencieusement, d'ailleurs – mais lorsqu'elle bouge, elle me rappelle cette version d'infirmière sensuelle rencontrée au salon du cosplay, dotée de tout ce qu'il faut pour faire grimper les garçons aux rideaux.

Tristan n'a pas eu le temps de lui tourner autour, elle s'est occupée de lui avant. Dès sa première pause déjeuner, elle lui a montré le petit pendentif cœur calé au creux de ses seins. Le premier soir, elle a absolument tenu à vérifier avec lui que le local technique était conforme aux normes antisismiques. Le zoo vient d'intégrer une femelle castor, et le mâle est sur les genoux. Hier, j'ai croisé le regard de Tristan, implorant de l'aide alors que Douna promenait ses mains sur lui, officiellement pour chercher un stylo dont elle avait besoin. Les gens rangent vraiment leur matériel n'importe où.

Soraya et Lionel font du yoga ensemble. Les chats regrettent l'époque où ils chantaient en duo près des poubelles, ça leur faisait un agréable fond sonore pendant qu'ils crevaient les sacs de déchets alimentaires de la cafétéria. Le yoga, c'est quand même moins intéressant à écouter. Soraya va être mutée aux urgences, elle et Lionel seront ensemble, et c'est une vraie chance pour les patients parce qu'ils se donnent mutuellement du courage et distribuent de la douceur. Vous connaissez la dernière lubie de Soraya ? Elle est convaincue que si, la tête en bas, elle compose son propre numéro sur son portable, elle pourra parler à ses ancêtres. Pour le moment ça sonne occupé, mais elle ne désespère pas, parce que sa grand-mère lui manque terriblement.

Milène est en couple avec Enzo. Comme quoi les préliminaires ne sont pas une nécessité pour tout le monde. Elle lit ses mangas, partage sa passion des jeux vidéo, et ne touche pas à sa vaisselle. Je revois Enzo régulièrement quand il vient la chercher à la sortie de son service. Il ne l'a jamais fait pour moi, mais tout va bien. Ils forment un couple très sympathique. Enzo m'a même remerciée de les avoir « présentés ». Parfois, pendant que l'on prépare les soins, Milène nous raconte les courses virtuelles qu'ils disputent pendant des nuits entières – elles sont « furieusement épiques », selon ses propres termes. Elle veut un enfant. Ce sera lui, le pingouin démoniaque.

Baptiste a rompu avec David. Il est à présent avec un certain Gabin, beau comme un dieu lui aussi. J'espère que leur histoire va durer un peu, parce qu'entre les deux Baptiste m'a parlé de beaucoup de monde… Ils se préparent à célébrer leur anniversaire ensemble, une grande fête costumée. Je compte y aller en licorne, et je lécherai les extincteurs.

Raphaël et Florence passent beaucoup de temps dans la forêt qu'ils construisent pour créer un deuxième décor. Ils rigolent bêtement quand ils rampent sous la table, ils rigolent bêtement quand ils peignent les montagnes, ils rigolent bêtement quand ils collent les feuilles aux arbres. Dans sa petite ville, M. Guardo a ajouté de nouveaux personnages : une jeune femme qui me ressemble, d'autres enfants, et une créature habillée comme une grande dame que j'avais d'abord prise pour une prostituée. Il m'a demandé de ne surtout pas le dire à Tata.

Ils reçoivent de plus en plus d'enfants, et parlent même de remettre une partie des chambres en fonction. Une seule victime est à déplorer : la plante verte sur laquelle je m'étais assise, qui ne s'en est jamais remise. Que personne ne s'avise de sous-entendre que c'est un message.

Aubeline et Laurent passent tous leurs week-ends ensemble. Elle a réussi à le convaincre de créer une fondation pour soutenir l'éducation des jeunes en décrochage scolaire. Il en est d'autant plus heureux que c'est défiscalisant ! Je suppose que le souvenir de l'anniversaire fêté au parc y est pour quelque chose, mais j'ai réussi à les convaincre de faire du vélo dans les forêts des environs. M. de Maublaincourt sur un vélo, c'est un peu comme le pape à la piscine avec un canard gonflable autour du ventre. Les deux pédalent d'ailleurs vraisemblablement de la même façon. Aubeline semble bien plus heureuse, mais de moins en moins gérable !

Caro et moi avons eu un vrai passage à vide dans notre amitié. Ça a duré quatorze secondes, lorsque je l'ai surprise devant l'évier de la salle de repos, en train d'essayer de noyer le clafoutis aux cerises que j'avais mis tant de temps à dénoyauter. Je lui ai jeté la boîte de repas de Fatoumata à la tête. Pour le reste, on s'adapte aux patients, on se soutient. Je sais que dans cette vie-là, Caro est ma sœur de cœur. Elle et Jérôme veulent avoir un autre enfant. C'est quoi, leur problème ? Ils n'ont pas assez à faire avec les deux extraterrestres ? J'ai laissé une lettre anonyme sur leur paillasson : « Que ferez-vous si vous récupérez une autre paire de gnomes possédés ? Fuyez, fuyez, pauvres fous ! Je refuse d'être la marraine de quatre monstres ! » Caro m'a menacée de me faire une perfusion avec de l'eau de Cologne pour purifier mon âme. Sinon, elle vient désormais avec moi aux séances d'Énergie & Harmonie. Je suis si heureuse de la voir au milieu de mes autres amies ! Un seul regret cependant : j'aurais vraiment voulu qu'elle rencontre Francesca. La CIA contre le KGB...

Et moi, me direz-vous ? Mathieu n'est pas reparti. Le puma est resté dans le zoo, d'autant que toutes les cages sont ouvertes et que nous évoluons en liberté. Il aide Raphaël pour les séances avec les enfants, il a pris un mi-temps au centre avec des jeunes en difficulté, il a même un projet avec la fondation d'Aubeline. Finalement, pas besoin de courir à l'autre bout du monde pour trouver des catastrophes à gérer.

J'avoue que ça fait bien mon jeu. Je commence à comprendre l'homme qu'il est, et je ne suis pas déçue. Au-delà de la découverte de l'animal, je pratique désormais le bonheur de fonctionner avec quelqu'un qui me correspond complètement. L'amour ne dure pas seulement le temps de la surprise. On savoure la certitude de pouvoir compter l'un sur l'autre chaque jour. Pour le soir, il nous reste le jeu du pompon.

Blague à part, il me donne la force et l'envie d'être moi-même. Seul bémol : la fée de la Honte habite avec nous, mais tant qu'elle ne fait pas de bruit et dort au pied du lit, ça me va. Je crois qu'elle a une tendresse pour moi. C'est bien ma veine.

Dans ma grille d'évaluation des hommes, en plus de l'allure, de la conviction et de cette sérénité que j'aime bien les voir dégager, je dois ajouter la sincérité. J'en ai un bel exemple devant moi. Enfin, ce que j'en dis, c'est pour vous, car dans cette vie-là, j'espère que je n'aurai plus à évaluer d'autres hommes. Vous en ferez ce que vous voudrez.

Je n'ai jamais revu les trois petites filles du premier soir, et pourtant, il m'arrive de m'arrêter au feu, même quand il est vert. Ce n'est pas grave. J'ai la réponse à ma question : je sais ce qu'est devenue l'enfant que j'étais. Elle vit en moi, pour toujours.

Un jour, lorsque je serai très vieille et que l'héroïne romantique emmènera ses petits-enfants pique-niquer au bord de la falaise dont elle a si souvent failli sauter, elle n'oubliera pas de leur parler de ses peurs, de ses ratages, de ses angoisses, en les rassurant sur le fait que quel que soit leur nombre, on survit, et que ça en vaut la peine.

J'ai appris que les tunnels d'obscurité conduisent à la lumière, j'ai découvert que seuls les doutes mènent à de vraies découvertes. Je sais que nos rivières de larmes permettent aussi aux barques dans lesquelles on rame d'avancer. Quiconque possède un cœur peut fabriquer ses propres océans pour naviguer de par le monde.

Je ne suis pas certaine de réussir à comprendre le sens de cette vie, mais je compte quand même en profiter. Quelque chose me dit que malgré tout le pouvoir des petits gars de la base secrète, on ne reviendra pas pour un deuxième tour. C'est donc maintenant que ça se joue. Ne perdez pas une minute. Sciez les barreaux qui vous retiennent et profitez de votre séjour au zoo.

FIN

Et pour finir...

Que vous soyez fidèle à mes écrits ou que vous me laissiez ma chance pour la première fois, je vous remercie sincèrement d'avoir choisi mon roman. Si vous en avez envie, voici venue l'heure de notre rendez-vous.

Je vous imagine, relevant les yeux après avoir achevé votre lecture, entre deux mondes, revenant déjà au réel mais encore un peu dans mon univers. Un moment en apesanteur, rare, essentiel à mes yeux. Celui où vos sentiments et ma fiction se mêlent, redessinant les frontières. Celui où nous ne sommes plus que vous et moi.

Je suis très attaché au lien unique qui existe alors entre nous, par-delà le temps et l'espace, cette proximité particulière née à travers l'aventure des personnages, mais qui puise son essence au plus profond de nos véritables natures. C'est à cet instant précis que vous décidez de me garder quelque part dans votre vie, ou de passer à autre chose. Une rencontre ou un verdict, selon votre choix souverain. Je n'oublie jamais que je ne suis qu'une proposition.

Pour en arriver là, pour que cette relation aussi fugace qu'intense puisse se tisser, il faut un chemin d'émotions parcouru ensemble, une histoire partagée, comme pour atteindre le sommet d'une colline d'où l'on verrait plus loin, comme après une vraie conversation avec un ami, ou un vol privé dont j'aurais eu l'honneur d'être votre pilote.

Vous n'allez pas tarder à retourner vers ce qui occupe vos jours, à atterrir. Mais avant, où que vous soyez, quelle que soit l'heure, permettez-moi de vous tendre la main afin de vous aider à descendre les quelques marches qui vous ramèneront jusqu'à votre quotidien.

Dans ma dimension, il est 6 h 20, et le soleil est déjà aveuglant. Après la représentation, il est temps pour moi de venir vous saluer, dans cette belle lumière d'un jour naissant. Ce chapitre particulier est toujours le dernier auquel je m'attelle, parce qu'aucun de mes livres n'est jamais terminé tant que je ne vous ai pas écrit. Parce qu'aucune émotion ne survit si on néglige de lui trouver sa place.

Cette histoire compte énormément pour moi. Sous des dehors légers, elle évoque ces innombrables petits combats intérieurs qu'il faut mener pour devenir soi-même, ces choix qu'il faut avoir le courage d'assumer sous peine de ne jamais découvrir qui l'on est vraiment. Quoi de plus regrettable que de passer à côté de la seule personne avec qui vous allez vivre la totalité de votre existence !

On évoque volontiers les ouragans, récifs et torpilles qui peuvent couler une vie, mais on oublie que, plus discrètement, chaque coup de rame, aussi modeste soit-il, contribue à nous mener à bon port ou au naufrage. Ne lâchez jamais votre pagaie…

Si je me trouvais auprès de vous, je vous demanderais comment vous allez. C'est dans ma nature. J'espère que vous vous sentez bien. J'ai très envie que mon roman y soit pour quelque chose, mais la question mérite de toute façon d'être posée, surtout après la période extrêmement perturbante que nous avons tous traversée.

Puisque j'en suis à prendre de vos nouvelles, je vais oser vous demander comment se porte l'enfant que vous étiez. C'est l'un des thèmes de ce roman, et il est important. Quel que soit votre âge, j'espère que vous en êtes toujours proche et que vous ne vous êtes pas perdus de vue, qu'il vit encore en vous, quelque part à l'abri, bien au chaud, toujours prompt à se manifester. Le fait que vous l'hébergiez ne vous vaudra pas une demi-part de plus aux impôts, mais bon sang, qu'est-ce que ça fait comme bien d'aller jouer avec lui de temps en temps ou de lui demander son avis ! Évitez quand même de lui laisser le volant ou de lui confier le choix du menu…

Plus sérieusement, l'actualité récente nous a spectaculairement rappelé que notre histoire personnelle s'écrit dans un contexte qui, parfois, la dépasse, l'éclairant alors de manière inattendue.

Les tribulations d'Elynn et de sa joyeuse bande se sont développées en moi depuis longtemps, autour d'une conjonction de sujets, mais leur pertinence a encore été nourrie par une notion fondamentale que notre époque a brutalement mise en avant.

Ces temps d'isolement et d'immobilité, vécus seuls, à deux ou en famille, nous ont comme jamais obligés à reconsidérer la façon dont nous menons notre existence. Je ne connais personne qui n'ait pas remis en cause son mode de vie et ses priorités. À défaut d'aller vers un « monde d'après » promis par ceux qui parlent trop en sachant si peu, il y a sans doute matière à définir un « monde de maintenant » qui nous ressemble davantage, d'abord sur le plan affectif.

Comment vous en êtes-vous sortis ? Ceux qui pensaient n'avoir besoin de personne en sont-ils toujours convaincus ? La motivation de ceux qui cherchent l'âme sœur est-elle décuplée ? Avez-vous changé vos critères de sélection ? Quel regard les couples portent-ils sur eux-mêmes après cette expérience ?

Que ce chaos soit au moins l'occasion de poser une vraie question personnelle : avec qui voulez-vous faire équipe ?

D'ordinaire, lorsque deux personnes se fréquentent, on dit qu'elles « sortent » ensemble. J'aime bien cette expression, joliment candide, presque désuète, d'un romantisme rafraîchissant dans une période qui s'acharne à tout disséquer jusqu'au sordide. Sortir ensemble, cela revient à s'évader, à découvrir d'un même regard, en avançant de concert. Les derniers mois nous ont cependant enseigné que dans certaines circonstances que nous n'imaginions même pas, lorsque deux personnes se fréquentent, il se peut qu'elles ne soient plus à même de « sortir » ensemble, mais qu'elles restent cloîtrées, soudain condamnées à cohabiter, ou à l'inverse, tristement privées l'une de l'autre.

J'ai vu des gens que le contexte a obligés à se rapprocher alors qu'ils n'osaient pas, et pour qui tout s'est très bien passé. Ils ont gagné du temps. J'en ai vu d'autres qui hésitaient déjà à se séparer, et qui l'ont fait en connaissance de cause dès que c'est redevenu faisable. L'idée même de couple s'est soudain trouvée poussée au bout de sa logique. Les relations ont subi des pressions inédites questionnant leur résistance et leur réalité. Un « stress test » fusionnel, en quelque sorte. Face à l'épreuve, chacun a tiré ses propres conclusions, mais qu'il soit question de sortir, d'être séparés ou enfermés, le mot qui compte, c'est « ensemble ».

J'ai peu de certitudes. L'une d'elles m'est pourtant clairement apparue pendant cette période surréaliste. Elle est venue confirmer ce dont j'étais de plus en plus convaincu à force d'observer mes semblables : quel que soit votre cas de figure, l'importance de votre partenaire est encore plus cruciale qu'on ne le suppose. N'allez pas considérer cette affirmation comme une banale évidence, parce qu'elle nous implique au-delà du cliché anecdotique dans lequel on l'enferme souvent avec dédain. Il en va de ce que vous deviendrez, et de votre capacité à résister aux chocs que la vie ne manque pas d'infliger.

D'ordinaire, on ne passe pas forcément tout son temps avec sa moitié. Beaucoup de nos heures sont consacrées au travail. Et puis, chacun mène aussi une part de sa vie de son côté. Cette crise nous a contraints à plonger au cœur du sujet, sans échappatoire. Elle nous a obligés à faire la lumière même sur les zones d'ombre. Pour certains, cela a été l'occasion de conforter leurs choix et leurs engagements. Mais beaucoup ont découvert qu'en plus d'habiter avec une personne, ils vivaient aussi avec des doutes.

Celui ou celle sur qui nous comptons – qui doit tout autant pouvoir s'appuyer sur nous – est définitivement un élément clé de notre existence, d'autant plus dans un monde aussi exigeant que le nôtre. Il ou elle nous permet de nous aventurer en confiance au cœur de son intimité pour mieux découvrir la nôtre. Il nous donne le courage de défier les limites qui, sans cet autre regard, pourraient paraître infranchissables. Il tient la corde de rappel qui nous sauve de nos failles.

Sans l'autre, il est beaucoup plus difficile de devenir soi-même. Le meilleur chirurgien du monde ne peut pas opérer ses propres organes. Les plus costauds ne pourront jamais se soulever sans un appui. Il nous faut toujours un ou une complice, surtout lorsque la situation se corse.

Beaucoup de fléaux menacent notre planète et nos civilisations. Sans rire, il y a franchement de quoi paniquer tous les jours ! Les occasions de s'inquiéter sont si nombreuses que l'on en oublie souvent les raisons d'espérer.

Je ne suis ni un optimiste béat, ni un niais pétri d'angélisme. Je pense cependant que l'on néglige les vraies solutions parce que toutes les analyses des problèmes qui nous assaillent restent dramatiquement incomplètes. Elles oublient de prendre en compte le seul paramètre qui conditionne ce que nous pouvons et nous motive en tant qu'individus. Pour les spécimens de notre espèce, la première des catastrophes, celle qui ouvre la voie à toutes les autres, c'est la solitude.

C'est une maladie sournoise qui frappe sans distinction d'âge ni de fortune. La solitude peut prendre d'innombrables formes, mais elle engendre toujours les mêmes symptômes. J'ai appris à les identifier, partout, dans les rues, dans un magasin, lors d'une fête, ou même lorsque vous venez me voir. Ces regards qui fuient jusqu'à se perdre, les infimes inflexions d'une voix, ces gestes inachevés, ces sourires pleins de bonne volonté qui ne suffisent pourtant pas à masquer la réalité d'un état. Je capte tout cela. Je suis extrêmement sensible à ces désarrois, infiniment touché par ces âmes prêtes à se raccrocher à n'importe quoi pour trouver la force d'avancer encore un peu. Cela me bouleverse à un point que vous n'imaginez pas. Je sais ce qu'est un bord de falaise, et si je peux, je tends toujours la main pour ramener ceux qui en sont trop près vers un sol plus sûr.

Pourtant, être témoin de ces dièses de la vie ne me déprime pas, parce que la solitude est loin d'être une maladie incurable. Aussi sévère soit-elle, chacun a une réelle chance d'en guérir du jour au lendemain. Une simple rencontre suffit. Les antidotes à nos poisons nous attendent souvent dans le cœur de nos semblables.

Je suis toujours surpris de constater à quel point l'on sous-estime les effets dévastateurs de la solitude. On publie des tonnes de statistiques sur ce que coûte telle ou telle plaie sociale, sur l'impact économique ou sociétal de certains maux. Mais on ne fait aucun bilan de ce que la solitude anéantit, directement ou indirectement.

Il est vrai que ses victimes font en général peu de bruit malgré ce qu'elles endurent. En dépit du nombre insensé de risques sur lesquels on nous alerte, personne ne nous enseigne comment nous prémunir de ce terrible sentiment rampant. Chacun se débrouille comme il peut, dans son coin, quitte à renoncer à tout. C'est ainsi que tellement d'humains qui auraient tant à offrir ne le donnent plus qu'à de précieux animaux de compagnie qui leur apparaissent comme seuls dignes de purs sentiments. Je les comprends. Avec eux, pas de trahison, pas de faux-semblants. Fidélité, loyauté, rien d'autre. Nos fabuleux compagnons, aussi attachants soient-ils, ne peuvent cependant pas tout nous apporter, et la solitude s'étend insidieusement.

Je suis tous les jours témoin de l'isolement d'âmes remarquables qui, malgré les illusions de contacts qu'offrent des technologies dont il faut user avec discernement, s'épuisent à chercher leur moitié. Ce manque absorbe une grande part de leur attention et de leur énergie, les entravant du coup dans tous leurs talents. Cette absence les fragilise et nous prive de ce qu'elles auraient à partager. Ce ne sont pas des drapeaux, des uniformes, des partis ou des dogmes qui nous rassemblent, c'est l'expérience d'un lien personnel pratiqué de façon concrète qui nous ouvre au reste du monde.

Plus que jamais, ces derniers mois nous ont poussés à redécouvrir l'importance des alliances, soit parce que l'on espère en former une, soit parce que l'on a la chance d'en faire partie, soit parce qu'il est temps d'ouvrir les yeux sur celle qui est en place. Les épreuves ne doivent pas être traversées en vain.

J'ai l'immense bonheur de vivre une union heureuse, mais je ne me contente pas de considérer la vie au prisme de ce dont je bénéficie. Il nous arrive à tous d'être seuls, tôt ou tard, d'une façon ou d'une autre. Je l'ai été, et j'en garde la mémoire même si je ne le suis plus. C'est parce que je ne l'oublie jamais que je peux apprécier sans m'habituer. Considérer un miracle comme un dû est le meilleur moyen de le gâcher. Je n'ai ni leçon, ni méthode magique à vous proposer, mais un constat qui ne se dément pas : quand vous êtes seul, l'unique remède, c'est l'autre. Éliminer l'isolement revient à naître une seconde fois. Dans vos traversées du désert, dans vos doutes, dans vos folies pleines d'espoirs, dans vos attentes, tenez bon et cherchez.

En imaginant cette histoire, j'ai constamment songé à celles et ceux qui n'ont pas encore la chance d'avancer accompagnés comme ils l'espèrent. Je leur dédie ce livre avec affection.

Avec une vraie tendresse, je forme des vœux pour que tous ceux qui cherchent finissent par trouver. Je vous souhaite de rencontrer celui ou celle avec qui vous pourrez courir en liberté, auprès de qui vous pourrez apprendre, tester, imaginer, et même vous tromper. L'allié qui vous donnera de la force en vous permettant de vous montrer fragile. Du fond du cœur, j'espère que vous croiserez la route de l'être avec qui vous deviendrez vous-même dans toutes vos dimensions.

Restez-vous fidèle, n'acceptez ni les rêves, ni les peurs, ni les dogmes des autres. Vous aurez bien assez des vôtres ! Gardez le cœur, l'esprit et les yeux ouverts. Ne vous contentez jamais de ce que d'autres estiment suffisant pour vous. Si la consommation de biens matériels doit reculer, sur le plan affectif, elle a tout intérêt à exploser ! Cela ne pollue pas et notre monde n'en sera que plus grand.

Aujourd'hui, sous prétexte de contacts prétendument faciles, il est de plus en plus difficile de nouer de vrais liens. On nous brandit sans cesse des promesses ou des peurs, en nous imposant une image de la vie à travers ce qu'elle a de pire. Cette époque anxiogène nous pousse à nous méfier, de tout, de tout le monde. On détruit la confiance, on castre l'envie. On isole les êtres, on les habitue à craindre leurs semblables. On nous assène un déluge de causes « prioritaires », de révoltes obligatoires, de bons sentiments officiels, jusqu'à nous faire croire qu'essayer d'être simplement heureux à notre façon est un crime.

Pour qu'un individu puisse réagir et prendre position, il ne doit pas lui-même être en souffrance. Combien de gens ont les jambes coupées parce que le soir venu, ils se retrouvent seuls, d'une façon ou d'une autre ? Combien de fardeaux solitaires ? C'est ce combat-là que chacun doit d'abord gagner pour lui-même. Cela nous placera ensuite en situation de remporter tous les autres. Avant d'aider autrui, aidez-vous sur un plan personnel. Exactement comme en cas de dépressurisation de la cabine d'un avion, lorsque les masques à oxygène tombent, vous devez d'abord enfiler le vôtre avant de porter assistance autour de vous. Tous les sauveteurs sont d'accord sur ce point. Alors pourquoi, dans notre époque, faudrait-il se précipiter sur tous les combats que l'on nous désigne, alors que l'on a du mal à respirer ? Cette crise nous a obligés à aller au fond des choses, dans des questionnements qu'il était encore envisageable d'éviter avant. Nous n'en sommes plus là. C'est une bonne occasion de repartir en fixant le cap. N'oubliez pas vos propres aspirations.

N'ayez pas honte de choisir ce qui vous donne envie d'avoir du cœur. Décidez de vos combats. Si notre monde est en danger, c'est parce que ce qui fait notre valeur est sans cesse nié au profit de causes qui ne nous ressemblent pas. Je ne vous pousse pas à faire la révolution, je vous parle de trouver votre bonheur au quotidien, à votre mesure, et du coup de devenir capable de faire entendre votre voix, sereinement mais avec conviction, modestement mais puissamment, face à ce que l'on nous agite sous les yeux sans nous laisser aucun répit. Je suis convaincu que ce qui est bon pour le monde, c'est vous, en forme, responsable, capable de penser et d'agir au mieux de ce que vous pouvez. La somme de nos combats personnels façonnera un résultat global. C'est parce que la base est solide que le sommet peut monter très haut. Impossible de faire autrement.

Je dois vous confier quelque chose. Je me demande souvent pourquoi j'écris et pourquoi j'aime autant cela. Je cherche en permanence à comprendre. Livre après livre, à travers les idées, les espoirs et les doutes que je brasse, grâce aux rencontres, à tout ce que je vis avec vous, la réponse se dessine peu à peu.

Depuis mes débuts, je sais que je n'écris pas avec l'idée de prouver quoi que ce soit, à moi-même ou aux autres. Je n'écris pas non plus en espérant devenir une célébrité. J'ai coutume de dire que je n'écris pas pour les gens qui jugent, mais pour ceux qui ressentent. Pouvoir m'adresser à vous est un privilège. C'est la conséquence d'un lien que vous avez bien voulu permettre, et dont j'essaie de me montrer digne. Mes histoires sont l'expression de ce qui me fait réellement vibrer, de ce qui me soulève et m'emporte.

J'aime considérer mes romans comme des fables, des histoires qui, sous des dehors distrayants, abordent des sujets qui comptent pour moi et ceux qui me suivent. Je conçois mes récits comme des ponts lancés entre notre imaginaire et ce que nous sommes. Les livres ont un pouvoir unique. Toutes les émotions sensorielles qu'ils font naître éclosent en notre for intérieur, au plus profond de nous, court-circuitant ainsi nos capteurs extérieurs anesthésiés à force d'être sollicités. En lisant, on voit, on entend, on respire, on touche. Ces sensations normalement apportées par ce qui nous entoure arrivent pourtant de l'intérieur. Le livre nous conduit à puiser dans nos sources souterraines. Avec le livre, on vit une absolue liberté de pensée, sans pub, sans aucune interférence. Les émotions prennent nos remparts perceptifs saturés à rebrousse-poil pour mieux les renforcer. Quel autre média accorde cela ?

J'aime qu'en parcourant mes pages, naturellement, vous vous posiez des questions sur vous-même, sur ce que vous appréciez ou détestez. Au fil des livres, j'espère que vous me considérerez comme une jolie rencontre, comme le voisin, le lointain cousin ou le frère avec qui on passe un bon moment et qui tient sa place. J'écris avec l'espoir de trouver un écho dans vos cœurs immenses. Une note, si possible harmonieuse, dans la quiétude de votre vérité.

Offrir des émotions reste la meilleure façon que j'ai trouvée d'être auprès des autres. En les faisant rire parfois, mais surtout en utilisant ce que je perçois et en le mettant en scène.

Le rire pour le rire ne sert pas à grand-chose. Ce qui n'a pas de fond présente peu d'intérêt. On rit d'autant plus si l'aventure humaine s'ancre dans des situations réelles et des sentiments authentiques. Les douleurs, les doutes et les erreurs constituent à mes yeux un excellent terreau pour semer les graines d'une réjouissante fable. On me parle de mes « comédies », mais avec celle-ci par exemple, il est tout de même question d'une jeune femme déçue par sa vie et qui se demande si elle ne va pas finir seule…

Chacun de mes romans naît d'un sentiment qui me touche. L'étincelle de celui-ci a été l'impression que l'on ressent tous un jour de ne plus avancer, que notre vie stagne. Même ceux qui n'affrontent pas de catastrophes faisant la une des journaux peuvent perdre foi en la vie. L'usure du quotidien, les petites déceptions qui se multiplient, le temps qui passe, le manque d'accomplissement… Sans être des traumas spectaculaires, ces facteurs n'en sont pas moins destructeurs. Il faut d'autant plus s'en méfier qu'on ne les voit pas venir.

Je considère l'humour comme le masque à oxygène de l'esprit. La bouée de sauvetage ultime. En tant qu'auteur, on m'a pris pour le type qui a écrit un roman qui a marché et que l'on ne reverra pas, puis le type avec des chats sur les couvertures, le type qui écrit dans la peau d'une femme, le type qui fait rire. On passe notre vie à se voir coller des étiquettes, et ce n'est pas si grave. Mes lecteurs savent qui je suis. Pour moi, l'humour est d'abord le meilleur moyen d'aborder des thèmes sérieux de façon indolore. On a moins peur des choses dont on peut rire. C'est aussi une façon d'être dans ma vie. J'aime rire. Peut-être parce que j'ai peur de tant de choses pour ceux que j'aime. Sans doute parce que beaucoup de ce que l'on me demande de prendre au sérieux en vaut si peu la peine qu'il n'y a rien d'autre à faire que de s'en moquer.

Plus sérieusement, je suis convaincu que l'humour est la manifestation la plus chaleureuse d'une intelligence. Celui qui cherche à vous faire rire vous aime toujours un peu. Je préfère de loin les clowns aux donneurs de leçons.

Avant de vous laisser, je souhaite rendre hommage à celles et ceux que j'ai côtoyés pour préparer ce roman. Les individus qui soignent leurs semblables ont toujours été très présents dans mes histoires. Déjà dans un de mes premiers romans, j'écrivais que ces femmes et ces hommes sauvent l'honneur de notre espèce. Ce qui les rend essentiels à mes yeux, au-delà de leur profession, c'est l'esprit qui les pousse à choisir leur domaine d'activité et à le pratiquer en dépit des conditions souvent difficiles.

Ce n'est pas tant le métier d'infirmière qui m'intéressait pour mon personnage principal, que ce que vit cette jeune femme au contact de ses patients. La formidable variété de ses rencontres l'amène à développer une vue panoramique sur l'humanité. Elle ne choisit pas ceux dont elle doit prendre soin. Quand on y réfléchit, ce simple fait change tout.

Les gens qui soignent ne sont pas là pour le salaire, ils vivent leur état d'esprit. Il est essentiel de le comprendre pour les aider et les valoriser. Bien sûr, l'hôpital n'est pas parfait, et certains n'y sont pas à leur place. Mais sur le fond, nous avons vraiment besoin d'eux. Les négliger revient à maltraiter nos propres défenses immunitaires. Ils sont les anticorps de notre société. On ne devient pas soignant par ambition, mais par nature. Ces femmes et ces hommes incarnent sans doute la plus noble définition d'une vocation.

J'ai régulièrement été amené à fréquenter les hôpitaux, le plus souvent pour accompagner des proches qui n'en sont pas toujours ressortis. Même dans ces circonstances, j'ai toujours énormément observé les gens autour de moi. J'en ai tiré une sorte de « culture hospitalière ». Ce n'était cependant pas suffisant. Pour ce roman, j'ai souhaité passer du temps en immersion dans un service de chirurgie orthopédique. J'ai choisi cette spécialité parce qu'elle accueille des patients d'absolument tous les âges et que l'on en repart souvent en meilleur état que lorsqu'on y est entré. Je ne cherchais pas des anecdotes, mais la vérité des gestes, des êtres, dans leurs forces et leurs fragilités. J'étais là en témoin. Ces femmes, ces hommes, j'ai pris le temps de les observer, jusqu'à ce qu'ils oublient ma présence. C'est alors que ma démarche prenait tout son sens. Capter des attitudes, des intonations de voix, des procédures standardisées que chacun exécute avec sa propre personnalité. On trouve souvent chez les soignants des êtres de grande empathie, qui savent raisonner au-delà de leurs propres intérêts. Cela me parle énormément.

Je remercie très sincèrement le personnel et les équipes de l'hôpital Simone-Veil, à Eaubonne. Merci à Mme Nathalie Sanchez, sa directrice, de m'avoir ouvert les portes de son établissement à un moment où la situation était encore plus complexe qu'elle ne l'est d'habitude.

Un immense merci à Mme Séverine Caron, directrice des soins, pour nos entretiens aussi chaleureux qu'instructifs, et pour m'avoir guidé dans son univers professionnel en répondant à mes questions les plus surprenantes. Ce n'est pas si souvent que quelqu'un est heureux d'aller à l'hosto, c'était pourtant mon cas !

Merci au Dr Damien Pourre, chef du service de chirurgie orthopédique et traumatologique, de m'avoir accueilli dans son unité et d'avoir pris le temps d'échanger entre deux urgences.

Merci à Mme Elena Sauvage, cadre de santé, pour son regard, sa patience, et tout ce qu'elle m'a transmis en si peu de temps.

Pour leur formidable accueil, leur gentillesse, leur franchise, leur superbe humanité dont j'ai été témoin à toutes les heures du jour et de la nuit, je remercie les infirmières, Virginie Boulet, Victorine Fontenelle, Mireille Quatremain, Dariane Stankovic et Coralie Rangoo, ainsi que les aides-soignants Laurent Lelarge, Charles Mbappé et Cédric Mboukou. Merci à Valérie

Hubin, cadre de santé, pour cette discussion aussi sincère qu'émouvante.

Ma gratitude à Sandrine Tallec, amie d'enfance et responsable dans l'établissement, sans qui tous ces contacts n'auraient pas été possibles. Voilà des années que nous avançons en gardant le lien. Quand je repense à nos réjouissants échanges alors que nous étions collégiens et que je fais le parallèle avec nos conversations devant l'hôpital, je me dis que si nous sommes devenus un poil plus sérieux, ton intégrité, cette façon que tu as de penser le monde avec une hauteur de vue que j'ai toujours beaucoup appréciée, a toujours fait partie de ta personnalité. Merci d'être dans ma vie.

Rencontrer des gens dans l'exercice de leur passion est un des vrais plaisirs de ma préparation à l'écriture. À mon sens, écrire n'est pas du tout une activité solitaire. Elle me donne au contraire l'occasion de me connecter à ceux dont je parle, à vous pour qui j'écris, et à ceux grâce à qui mes livres vivent leur vie. Je remercie celles et ceux avec qui j'avance, mes éditeurs, dans tous leurs métiers ; les libraires et lieux de partage des livres, relais d'opinion, établissements scolaires, médiathèques et représentations étrangères.

Permettez-moi de saluer Nora et Julien en leur présentant tous mes vœux. Je souhaite bonne chance à Sofia pour sa nouvelle vie. Bienvenue à Timothée, qui a beaucoup de chance d'avoir Marion « Canari » et Éric comme parents.

Un très chaleureux clin d'œil à Mandy Descoutures, dont la bienveillante personnalité m'a donné envie d'utiliser son beau prénom, et certainement pas dans le rôle d'une méchante psychopathe !

Merci à vous, à qui j'espère apporter un peu, avec qui je vis tant d'échanges surprenants. Merci de m'avoir suivi jusqu'à ces ultimes lignes. Prenez soin de vous. On se retrouve au prochain rendez-vous, peut-être un mardi soir, 19 h. En attendant, existez de toutes vos forces pour vous et ceux que vous aimez. Soyez heureux, c'est toujours possible.

Chaleureusement,

Votre bien dévoué,

www.gilles-legardinier.com

Gilles Legardinier
BP 70007
95122 Ermont Cedex
France

13591

Composition
NORD COMPO

Achevé d'imprimer à Barcelone
par CPI Black Print
le 5 septembre 2022

Dépôt légal : septembre 2022
EAN 9782290370889
OTP L21EPLN003266-403676

ÉDITIONS J'AI LU
82. rue Saint-Lazare, 75009 Paris

Diffusion France et étranger : Flammarion